国家社会科学基金年度一般项目《全球左翼运动中的世界社会论坛研究》(14BKS067) 最终成果；

山东省一流学科马克思主义理论研究成果

国家社科基金丛书

GUOJIA SHEKE JIJIN CONGSHU

全球左翼运动中的
世界社会论坛研究

Study on the World Social Forum in the
Global Left-wing Movements

刘 颖 著

人民出版社

目　　录

导　　论

一、　研究价值与意义

　　1991 年苏联解体、东欧剧变后,在为资本利益服务的新自由主义全球化进程加速推进的同时,反抗新自由主义全球化的抗议运动也不断增加。2001年,作为世界经济论坛对立面而出现的世界社会论坛(World Social Forum,简称 WSF)的兴起,不仅标志着反全球化运动进入一个新发展阶段,同时也是全球左翼运动重新崛起的重要体现,预示着一个充满活力的新时代来临。对此,学者威廉·费舍尔(William F.Fisher)与托马斯·庞尼亚(Thomas Ponniah)认为,"在 20 世纪下半叶占主导地位的左翼中央集权计划的合法性受到削弱的同时,世界社会论坛所提出的替代方案代表了一个新兴的全球左派在国家进步可能性明显下降之后重新设想解放的尝试"①。经过近二十多年的发展,目前世界社会论坛不仅是 21 世纪左翼力量的一种新政治形式,更是推动全球民主的实验场所。尤其是 2011 年之后,在欧洲反缩减运动、中东地区"阿拉伯之春"以及美国"占领华尔街运动"等新抗议浪潮的持续推动下,世界社会论坛也迎来了新的发展篇章。新一代抗议活动者在世界社会论坛中的参与、融入与行动,为论坛的发展增添了新活力。不难看出,在这种波澜壮阔的社会背景

①　William F. Fisher and Thomas Ponniah, *Another World is Possible*:*World Social Forum Proposals for An Alternative*,London:Zed Books Ltd,2015,p.xxi.

下,选择全球左翼运动中的世界社会论坛进行剖析研究,具有重要的理论价值与现实意义。

第一,研究世界社会论坛有助于加深对新自由主义资本危机及其本质的认识与理解。

世界社会论坛是反对新自由主义全球化的抗议运动发展到一定阶段的必然结果。反对新自由主义资本全球化以及与此相连的帝国主义、军国主义、殖民主义、父权制等不平等现象是历届世界社会论坛的主题。就某种意义而言,历届世界社会论坛多元化、多样化的活动议题是对新自由主义多元危机与后果的一个充满活力和张力的主动回应。

20世纪七八十年代,以市场化、自由化、私有化为特征的新自由主义模式,不仅是以美英法为代表的西方主要发达国家国内基本的政治经济实践,而且也被大力输出推广,成为主导国际秩序的主要政治与经济范式。受新自由主义政策的渗透与影响,全球政治经济的活动规则发生了深刻改变。20世纪90年代苏联东欧发生剧变后,新自由主义主导的资本全球化进程日渐加速,与此同时,经济不平等、环境恶化、政治正义受到破坏等新自由主义所带来的问题也越来越突出地表现出来。2008年国际金融危机的爆发不仅是新自由主义主导下的资本主义制度系统性危机的集中表现,也暴露了新自由主义主导的资本主义全球化存在难以克服的结构性矛盾与弊端。在此次金融大危机的冲击下,"新自由主义的全球化方案虽依然活着,但其合法性已然丧失"[①]。与新自由主义全球化的发展相呼应,反抗新自由主义的抗议运动也如影随形。早在20世纪七八十年代,全球南部地区就出现了反对国际货币基金组织贷款政策的抗议活动。到20世纪90年代,每当世界政治和经济精英汇聚一起召开高层次会议时,就会有成千上万的抗议者聚集在会议场所,对新自由主义政治和经济政策进行批评,并呼吁出台更公正和公平的政策。2001年,首届世

[①] 大卫·哈维:《新自由主义方案依然活着 但其合法性已然丧失——英国马克思主义学者大卫·哈维专访》,禤明亮译,《吉首大学学报》2019年第3期。

界社会论坛在巴西阿雷格里港召开,实现了所有反对新自由主义全球化力量的大联盟,它的出现及其发展也成为全球反对新自由主义全球化运动的旗帜与焦点。与世界经济论坛"代表的新自由主义全球化相对应,世界社会论坛代表着另一种全球化,它象征着一种反霸权的全球化、自下而上的全球化、反对资本主义、殖民主义和父权制的基层运动的全球化"①。因此,选择世界社会论坛进行研究,通过分析世界社会论坛活动的主要理念以及政治主张,可以增强对新自由主义资本全球化的理解,加深对资本主义制度危机的认识。

第二,选择世界社会论坛进行研究,有助于深入理解世界社会论坛的运作机制与动力,推动全球政治沿着正确的轨道良性运转。

剑桥大学教授大卫·莱恩认为,"在历史上,主要出现过三次替代自由资本主义的社会实践,即在苏联实行的国家社会主义,在战争时期兴起于德国和意大利的国家资本主义,以及第二次世界大战后推行于西欧的社会民主主义。"②但这三次替代自由资本主义的社会实践由于其自身存在的弊端,相继都归于失败。20世纪末,世界的政治与经济结构均出现了重大调整,新自由主义、资本主义制度和全球化浪潮相互交织,人们对替代自由资本主义的社会实践也开始出现分化,出现了不同的替代自由资本主义的方案。世界社会论坛宣称"另一个世界是可能的",呼吁民间社会,以推进一个更加公平、民主、团结的全球化进程。为此,世界社会论坛为公民创造了一个没有领导人的"开放空间",允许人们在合作而不是竞争的气氛中去自由地探讨新自由主义主导下的全球结构调整给不同区域和国家带来的负面影响;扩大跨国对话和社会运动网络,加强不同运动与组织之间的横向联系,在抵制新自由主义占主导地位的全球化人们之间形成团结,以解决人类共同面对的问题。相对于传统的替代自由资本

---

① William F. Fisher and Thomas Ponniah, *Another World is Possible*: *World Social Forum Proposals for An Alternative*, London: Zed Books Ltd, 2015, p.xvii.

② 张茂钰:《新自由主义的资本主义全球化及其替代方案——访剑桥大学大卫·莱恩教授》,《国外社会科学》2019年第1期。

主义的社会政治实践而言,世界社会论坛的出现无疑是一种非常新颖的政治创举,代表着 21 世纪政治发展的一种新形式。在这种情况下,对世界社会论坛进行研究,了解这一新政治发展形式的运作机制与动力,有助于激励人们采取合理行动,推动全球政治健康发展,使"另一个世界"愈益成为可能。

第三,研究世界社会论坛有助于正确评判以其为代表的全球左翼力量在反对新自由主义全球化斗争中的功效与影响。

作为当今反对新自由主义全球化运动的典型代表,世界社会论坛自 2001 年首次召开以来,就具有全球扩散性。在遵循世界社会论坛原则宪章的基础上,从欧洲大陆到地方的各个层面均出现了各种自主性的社会论坛。各种层面的社会论坛在反对新自由资本主义这一大的政治理念框架下,紧密结合新自由主义全球化带给本地的负面影响开展活动。正是这种"扎根的世界主义"使世界社会论坛成为一股真正全球性的左翼力量。不可否认,相对于各层面的社会论坛而言,世界社会论坛发挥着组织平台与连接扩散等功能。但是,在反对新自由主义全球化斗争中,作为一种真正的全球性左翼力量,世界社会论坛不仅仅是各种左翼运动与组织的汇集场所,而且也寻求最大限度地改变现有的全球化民主制度。当然,世界社会论坛这些功用的发挥并不是一帆风顺的,在整个论坛发展进程中,不仅要处理内部存在的各种问题,而且还要应对来自外部的诸多挑战。在这种情况下,对世界社会论坛进行研究,系统分析论坛发展过程中存在的各种问题与挑战,有助于客观地正确评价世界社会论坛在反对新自由主义全球化斗争发挥的功效与影响。

第四,世界社会论坛是社会变化实践与远景探路的结合,对其进行系统研究,不仅有助于解决由新自由主义全球化带来的全球性问题,而且对推动世界的和平与和谐发展,促进全球公平、公正的实现具有重要的现实意义。

世界社会论坛不仅批判新自由主义全球化,揭露由新自由主义全球化带来的各种问题,而且反对战争,反对以美国为代表的帝国主义的侵略政策与战争政策,同时试图提出一种不同于新自由主义全球化的替代方案,所有这些都证明世界社会论坛代表着一种完全不同于新自由主义全球化的发展模式。显然,在当今新自由主义全球化出现危机、国际局势复杂多变的情况下,研究世界社会论坛的运作与影响等问题,对推动世界的和平与和谐发展,促进全球公平、公正的实现具有重要的现实意义。

二、　学界已有研究成果

20 世纪 90 年代以来,新自由主义全球化带来的弊端和问题在全世界范围内引发了持续不断的抵抗运动。截至当下,这种反对新自由主义全球化的左翼运动已在地方和国家层面的斗争联系中形成了全球规模。在这一过程中,作为真正的全球性左翼力量的代表,世界社会论坛因其对推动全球社会发展的作用以及自身展现出与西方新社会运动相关的特征而备受学者关注。

(一) 国内的研究状况

国内学者对世界社会论坛的关注与研究开始于 2001 年第一届世界社会论坛的召开之际。换言之,自首届世界社会论坛开幕以来,其不断扩大的参与规模就引起了国内学者的关注,但受资料所限,系统的直接相关的研究成果还比较鲜见,已有成果多散见于期刊论文与一些著作的个别章节中。[①] 另外,必须指出的是,截至目前,世界社会论坛已历经了近二十年的发展进程,但国内学者的研究成果仍较多地限于对 2008 年之前的几届世界社会论坛的关注与研究,对 2008 年国际金融危机后的世界社会论坛发展状况的关注度明显不足,相关的研究成果也寥寥无几。总之,国内学者对此问题的研究还非常滞后,不仅远远落后于世界社会论坛的现实进展,更无法满足国内学术界深入了

---

① 论及世界社会论坛的著作主要有:刘颖:《新社会运动理论视角下的反全球化运动》,复旦大学出版社 2013 年版;刘颖:《新世纪以来西方新社会运动研究》,人民出版社 2018 年版;向红:《全球化与反全球化运动新探》,中央编译出版社 2010 年版;李丹:《反全球化运动研究:从构建和谐世界的视角分析》,九州出版社 2007 年版。

解论坛的现实需要。

整体来看,国内学人对世界社会论坛的研究主要体现在以下方面:

一是介绍一年一度的世界社会论坛(主要是 2001—2007 年的世界社会论坛)的召开情况并进行评述。王宏伟于 2002 年发表的论文《质疑新自由主义全球化的世界社会论坛》以第一、第二届世界社会论坛的召开为例,较为详细地介绍了世界社会论坛的由来和纲领。[1] 该文的刊发引发了国内理论界对该论坛的广泛关注。同年,郭元增也发表论文对第一、第二届世界社会论坛的状况、讨论的主要问题以及论坛召开中存在的问题进行了剖析。[2] 此后,国内学者相继发表了一系列关于世界社会论坛的文章(其中多数为译文),对 2001—2006 年召开的世界社会论坛的基本状况,包括召开情况、存在问题与挑战等进行介绍,为国内学者较为全面了解该论坛的情况提供了难得的信息来源,也为进一步研究该问题提供了重要的素材与资源。[3]

二是探讨世界社会论坛的起源、发展、挑战以及其在反新自由主义全球化运动中的作用。刘金源在《"运动中的运动"——发展中的世界社会论坛》与《世界社会论坛:反全球化运动的新形式》两篇文章中对世界社会论坛的起源、发展,论坛进程中面临的各种挑战以及对反全球化运动的推动作用进行了详细研讨。[4] 王双则对世界社会论坛成立的时代背景、发展历程和各届会议

① 王宏伟:《质疑新自由主义全球化的世界社会论坛》,《国外理论动态》2002 年第 6 期。

② 郭元增:《世人关注的世界社会论坛》,《拉丁美洲研究》2002 年第 5 期。

③ 相关研究参见:杨雪冬:《在狂欢中抗议——感受 2003 年世界社会论坛》,《国外理论动态》2003 年第 4 期;[美]伊曼纽尔·沃勒斯坦:《新一轮反体系运动的代表:世界社会论坛》,陈靖译,《国外理论动态》2004 年第 8 期;张文红:《环球何时同此凉热——第五届世界社会论坛评述》,《当代世界与社会主义》2005 年第 2 期;晋营:《另一个世界就是社会主义——第 6 届世界社会论坛在巴马科、加拉加斯和卡拉奇举行》,见王贻志、莫建备主编:《国外社会科学前沿(2006)》第 10 辑,上海人民出版社 2007 年版;诸梅容:《另一个更美好的世界是可能的——第五届世界社会论坛在巴西阿雷格里港举行》,见王贻志、莫建备主编:《国外社会科学前沿(2005)》第 9 辑,上海社会科学院出版社 2006 年版;陆夏:《第七届世界社会论坛综述》,《马克思主义研究》2007 年第 5 期;徐步华:《反全球化的世界社会论坛析论(2001—2006)》,上海师范大学 2007 年硕士学位论文。

④ 刘金源:《"运动中的运动"——发展中的世界社会论坛》,《国外理论动态》2006 年第 6 期;刘金源:《世界社会论坛:反全球化运动的新形式》,《国际论坛》2005 年第 6 期。

的情况进行了梳理,并以此为基础分析了世界社会论坛的特点、主张及理念,指出世界社会论坛在发展中存在一些局限性。① 贺钦所撰《拉美左派力量和公民运动的前沿——圣保罗论坛和世界社会论坛的特点及其意义》一文在具体分析世界社会论坛特点的基础上,探讨了世界社会论坛在促进现代社会兴起、推动参与式民主演进、推进非政府组织发展等方面的作用,指出世界社会论坛为创建"另一个世界"提供了有益的启示和可能性的方案。② 此外,丁晓钦还指出世界社会论坛创造出一种真正的抵抗性文化,它反映了民众的变革愿望、团结愿望以及面对强大资本主义体系的勇气、自信心和创造欲。③

总体而言,国内学者对世界社会论坛的关注力度明显不够,尤其近 5 年,世界社会论坛似乎已经淡出了国内学者的研究视野,几乎没有出现关于世界社会论坛研究或与之关系比较密切的相关研究成果,这显然是学术研究上的欠缺与不足,不仅不利于学术的全面成长,也不利于相关研究的咨政作用发挥。基于此,本研究希望能为学人全面、系统地了解世界社会论坛提供一个可信的平台和窗口。

(二) 国外的研究状况

与国内学者对世界社会论坛的研究热情明显呈现前后两个阶段的区分不同,国外学者普遍对历届世界社会论坛的召开给予了相对广泛与深入的关注与研究,相关成果丰富多样,专业论著也比较多,取得的学术成就自然也比较突出。综合国外学者的研究成果,主要体现在以下方面:

一是从整体上对世界社会论坛的发展进程进行持续关注,探讨该论坛的产生背景、运转情况以及面临的挑战。葡萄牙著名社会理论家鲍温图拉·

---

① 王双:《世界社会论坛:时代背景、发展进程与局限》,《当代世界社会主义问题》2015 年第 1 期。

② 贺钦:《拉美左派力量和公民运动的前沿——圣保罗论坛和世界社会论坛的特点及其意义》,《拉丁美洲研究》2005 年第 3 期。

③ 丁晓钦:《全球左翼运动与西方左翼经济思潮》,《海派经济学》2006 年第 16 期。

德·苏撒·桑托斯(Boaventura De Sousa Santos)在 2006 年第六届世界社会论坛举办之后,对世界社会论坛的社会历史背景、认识论基础、组织结构、代表构成、交流、讨论和决策机制、政治倾向等问题进行详细梳理、概括、反思与总结,撰写了《全球左翼的崛起:世界社会论坛及其超越》(*The Rise of the Global Left: The World Social Forum and Beyond*)一书,对世界社会论坛这一抗衡全球新自由主义的批判性的乌托邦进行了一次全景性的描述与阐释。① 该书在 2013 年已被译成中文出版,成为国内学界了解与研究世界社会论坛的一个重要资料参考。杰克·史密斯(Jackie Smith)等人与其他学者合著的两本著作也对世界社会论坛进行了全景式描述,其中一本是《全球民主与世界社会论坛》(*Global Democracy and the World Social Forums*),该书对世界社会论坛产生的全球背景、参与的公开性、活动规模、参与决策进程的机制以及与会者提出的一系列替代办法等问题进行了详细描述,向人们展现了一个丰富而复杂的世界社会论坛图景。② 另一本名为《世界社会论坛行为主义手册》(*Handbook on World Social Forum Activism*),该书对世界社会论坛十余年的发展进程进行梳理研究,特别对该论坛的产生与背景、论坛进程中各种类型的运动与斗争、世界社会论坛的全球扩散,尤其是对在各地区的分论坛活动以及论坛进程中的民主革新等问题均进行了详细分析。③ 琼斯·考利·赖特(José Corrêa Leite)详细剖析研究了前四届世界社会论坛,在其著作《世界社会论坛:抵抗战略》(*The World Social Forum: Strategies of Resistance*)一书中,赖特认为世界社会论坛的产生是反对新自由主义全球化运动发展的必然结果,世界社会论

① Boaventura De Sousa Santos, *The Rise of the Global Left: The World Social Forum and Beyond*, London · New York: Zed Books, 2006; [葡萄牙]鲍温图拉·德·苏撒·桑托斯:《全球左翼之崛起》,彭学农等译,上海人民出版社 2013 年版。

② See Jackie Smith etal, *Global Democracy and the World Social Forums* (International Studies Intensives), Boulder · London: Paradigm Publishers, 2014.

③ See Jackie Smith, Scott Byrd, Ellen Reese and Elizabeth Smythe, *Handbook on World Social Forum Activism*, Boulder · London: Paradigm Publishers, 2011.

坛的出现是一个重大的政治创新,是不同社会运动聚合的真正政治空间。尽管在世界社会论坛中存在各种问题与挑战,但并不会阻挡其国际化过程。[①] 琼斯·马里亚·拉马斯(José María Ramos)则从社会生态分析的视角对世界社会论坛的出现、问题与创新进行宏观的阐释,通过采取层次行为分析与文本分析相结合的方法,重点剖析电影制作者、地方论坛、积极的活动者、教育革新者等参与者在世界社会论坛进程中的作用,为认识和理解世界社会论坛提供了一个新视角。[②] 需要指出的是,国外学者在对世界社会论坛进行整体分析时,大多数都认为世界社会论坛代表的全球化是与新自由主义全球化完全相反或不同的全球化,是一种"自下而上的全球化"。但也有学者对此并不赞同,认为世界社会论坛是一种"自上而下的全球化",阿列坚德罗·米尔西(Alejandro Milci)等人就持此论。他们联合发表的论文《自上而下的全球化? 企业社会责任、工人党与世界社会论坛的起源》(*Globalisation from Above? Corporate Social Responsibility, the Workers' Party and the Origins of the World Social Forum*)挑战了学者对世界社会论坛的传统理解,认为它代表着一种"从上到下的全球化"[③]。

二是研究世界社会论坛与民主/全球民主的关系。早在 2002 年,泰伊沃·特伊万宁(Teivo Teivaine)就发表论文探讨世界社会论坛与全球民主化的关系,其撰写的论文《世界社会论坛和全球民主化:从阿雷格里港学习》(*The World Social Forum and Global Democratisation: Learning from Porto Alegre*)针对前两届世界社会论坛会议中各种实现全球民主化的方法所表现出的矛盾和前

①　See José Corrêa Leite, *The World Social Forum: Strategies of Resistance*, Chicago Illinois: Haymarket Books, 2005.

②　See José María Ramos, *Alternative Futures of Globalisation: A Socio-Ecological Study of World Social Forum Process*, Doctor Degree, May 2010.

③　Alejandro Milci Andes Pen A & Thomas Richard Davies, "Globalisation from Above? Corporate Social Responsibility, the Workers' Party and the Origins of the World Social Forum", *New Political Economy*, 2014, Vol.19, No.2, pp.258-281.

景进行分析,并主张从发展中国家的创新经验中学习,这对实现全球民主化具有非常重要的政治意义。① 2003 年,威廉·费舍尔(William F.Fisher)与托马斯·庞尼亚(Thomas Ponniah)出版了《另一个世界是可能的:在世界社会论坛中流行的全球化替代方案》(*Another World is Possible:Popular Alternatives to Globalization at the World Social Forum*)一书。2015 年该书稍作修改后,以《另一个世界是可能的:世界社会论坛关于另一种选择的建议》(*Another World is Possible:World Social Forum Proposals for An Alternative*)为名再版,它不仅是第一部认为贯穿世界社会论坛提出的所有备选方案的共同主题是呼吁参与性激进民主的著作,也是第一部认为世界社会论坛代表了建立新左翼和新全球意识出现的最初步骤的著作。在该书中,著者采取案例形式,对财富生产和社会再生产、走向富裕与可持续性、市民社会和公共空间以及新社会中政治权力和伦理道德等诸多问题与关键议题进行了深入而系统的分析。② 米哈·菲德舒斯特(Micha Fiedlschuster)则从世界社会论坛在全球市民社会运动中的作用、论坛的组织结构等方面分析了世界社会论坛所体现的民主维度。作者认为,与程序性民主及经验民主不同,世界社会论坛体现的民主模式是会议民主(Meeting Democracy)模式,论坛的部分组织如理事会也在寻求民主的道路上努力。③ 另外,前文论及的杰克·史密斯等人的《全球民主与世界社会论坛》一书,不仅向人们展示了丰富而复杂的世界社会论坛图景,也有助于人们通过了解世界社会论坛的进程来认识其对未来民主的价值与意义。④

---

① Teivo Teivaine,"The World Social Forum and Global Democratisation:Learning from Porto Alegre",*Third World Quarterly*,2002,Vol.23,No.4,pp.621-632.

② William F.Fisher and Thomas Ponniah,*Another World is Possible:Popular Alternatives to Globalization at the World Social Forum*,Nova Scotia:Fernwood Publishing Ltd,2003;William F.Fisher and Thomas Ponniah,*Another World is Possible:World Social Forum Proposals for An Alternative*,London:Zed Books Ltd,2015.

③ Micha Fiedlschuster,*Globalization,EU Democracy Assistance and the World Social Forum:Concept and Practices of Democracy*,London:Palgrave Macmillan,2017.

④ Jackie Smith etal,*Global Democracy and the World Social Forums*(International Studies Intensives),Boulder·London:Paradigm Publishers,2014.

三是关注世界社会论坛的分支论坛——地区层面的或国家层面的社会论坛。伴随着世界社会论坛的快速发展,在坚持世界社会论坛原则宪章的基础上,众多分支性的社会论坛如亚洲社会论坛、欧洲社会论坛等地区性论坛以及一些国家层面的社会论坛都以雨后春笋般的速度涌现出来,并引起了国外学者的普遍关注,与此相关的研究成果也比较丰富。

就地区层面的社会论坛而言,国外学者对欧洲社会论坛的筹备进程、活动实践及其作用发挥尤为关注。多纳特拉·德娜·泡塔(Donatella Della Porta)对欧洲社会论坛内部的组织进程、交流沟通、民主模式等问题进行了系统剖析,认为欧洲社会论坛代表的"另一个欧洲"是可能的。① 帕布鲁·伊格莱西亚斯·图里恩(Pablo Iglesias Turrión)与萨拉·劳佩·马丁(Sara López Martín)以2004年10月在伦敦举行的第三届欧洲社会论坛为研究样本,着重从政治和历史角度阐明了自治空间是第三届欧洲社会论坛的并行选择,不仅剖析了挑战城市领土控制的自治空间的集体行动及其空间动态,还梳理了以自主集体特性为关键的集体行动计划,并批评了以界定该行动计划为基础的官方论坛,指出其不足。② 克里斯托弗·豪格(Christoph Haug)则对欧洲社会论坛的筹备进程进行了研究,重点讨论了其作为公共领域所发挥的作用。③萨奇布·赛义德(Saqib Saeed)等人则对2008年在瑞典马尔默市举行的第五

---

① Donatella Della Porta, *Another Europe: Conceptions and Practices of Democracy in the European Social Forums*, London and New York: Routledge, 2009.

② Pablo Iglesias Turrión and Sara López Martín, "The Autonimous Singal. Political Identity and Collective Action of the Autonomous Spaces at the European Social Forumin London 2004", Paper Presented at the *Social Movements Conference Alternative Futures* and *Popular Protest*, Manchester Metropolitan University, Manchester, U.K, 30th March 1st April 2005.

③ Christoph Haug, "Democracy in Movements: Analysing Practices of Decision-making Within the European Social Forums Process Using the Public Arena Model", Paper prepared for the Cortona Colloquium 2006 on *Cultural Conflicts, Social Movements and New Rights: A European Challenge*, held from 20-22 October 2006 in Cortona, Italy; Christoph Haug, "Meta-Democracy? Practices of public decision-making in the preparatory process for the European Social Forum 2006", Paper prepared for the ECPR Joint Sessions Workshop *Democracy in Movements. Conceptions and Practices of Democracy in Contemporary Social Movements*, held 7-12 May 2007 in Helsinki.

届欧洲社会论坛与 2010 年在土耳其伊斯坦布尔举行的第六届欧洲社会论坛复杂的社会活动实践,尤其是欧洲社会论坛组织过程中信息和通信技术的使用情况进行了实证研究与分析。他们用"碎分化的元协调"(fragmented meta-coordination)一词来表示欧洲社会论坛的活动实践,认为尽管普通的信息技术应用程序,如邮件列表和内容管理系统在支持分散的元协调的不同方面起核心作用,但论坛实践活动中存在缺乏资源、组织分配和技术限制等问题。这些问题的存在又阻碍筹备进程,并在一定程度上降低了政治决策的透明度。①

就国家层面的社会论坛而言,国外学者对 2007 年创立的美国社会论坛倾注了更多的热情。朱迪丝·布劳(Judith Blau)和马里纳·卡里德斯(Marina Karides)共同编著的《世界和美国社会论坛:一个更美好的世界是可能的,也是必要的》(*The World and US Social Forums:A Better World Is Possible and Necessary*)一书认为,作为反思思维和民主辩论的重要场所,世界社会论坛和美国社会论坛不仅为促进相互教育、建立网络以及为反对当前新自由主义世界秩序的团体制定替代解决方案创造了一个创新的空间,而且通过视论坛为支持运动建设的一个过程,补充了社会运动传统的动员模式。该书为了解世界社会论坛与美国社会论坛的使命、目标和成就以及论坛的未来发展提供了一个新视角。② 埃伦·里斯(Ellen Reese)等人则对美国社会论坛中工会与劳工活动分子在建立全国劳工团结中的活动状况进行了分析研究。③

---

① Saqib Saeed, Markus Rohde & Volker Wulf, "Analyzing Political Activists' Organization Practices: Findings from a Long Term Case Study of the European Social Forum", *Computer Supported Cooperative Work*, 2011, Vol.20, pp.265-304.

② Judith Blau and Marina Karides, *The World and US Social Forums:A Better World Is Possible and Necessary*, Lanham · Boulder · New York · Toronto · Plymouth, UK: Rowman & Littlefield Publishers, INC 2009.

③ Ellen Reese, Kadambari Anantram, Linda J. Kim, Roy Kwon, and Preeta Saxena, "Building National Labor Solidarity: Unions and Labor Aactivists at the 2007 United States Social Forum", In *Handbook on World Social Forum Activism*, eds, Jackie Smith, Scott Byrd, Ellen Reese and Elizabeth Smythe, Boulder · London: Paradigm Publishers, 2011, pp.125-147.

四是从性别视角或参与者角度对世界社会论坛进行分析探讨。从性别视角方面来看，主要是集中在对女性参与世界社会论坛的情况进行研究，如艾利·威尔逊(Ara Wilson)在《世界社会论坛政治空间中的女性主义》(*Feminism in the Space of the World Social Forum*)一文中以 2005 年在巴西城市阿雷格里港举行的世界社会论坛和 2006 年在马里首都巴马科举行的非洲社会论坛为例，通过具体的实践、文本和空间，从不同的层面讨论了女权主义与世界社会论坛互动，如政治规范、政治地理和历史轨迹，探讨跨国女权主义和世界社会论坛之间的联系，认为女权主义和世界社会论坛之间的关系不仅取决于女权主义者是怎样的，还取决于女权主义者在论坛上所做的和试图做的事情。① 林迪·休伊特(Lyndi Hewitt)与马里纳·卡里德斯(Marina Karides)也刊发论文《不仅仅是一个不同的影子? 妇女参与世界社会论坛》(*More than a Shadow of a Difference? Feminist Participation in the World Social Forum*)对世界社会论坛中的性别动态以及女权主义在论坛中的位置进行分析，认为世界社会论坛活动中也存在女权主义组织差异的阴影。② 从参与者视角来看，研究主要集中在底层活动者以及青年人参与世界社会论坛的情况分析。如皮特·史密斯(Peter Smith)分析了来自印度底层的达利特人如何参与到世界社会论坛中，并使世界社会论坛成为提供全球资本主义对达利特人影响控诉最强烈的地方。③ 马克·贝克尔(Marc Becker)与阿什利·科达(Ashley N.Koda)对土著人民参与社会论坛进程情况进行了概述，并对社会论坛是否是表达他们关切

① Ara Wilson, "Feminism in the Space of the World Social Forum", *Journal of International Women's Studies*, 2007, Vol.8, No.3, pp.10–27.

② Lyndi Hewitt and Marina Karides, "More than a shadow of a difference? Feminist Participation In the World Social Forum", In *Handbook on World Social Forum Activism*, eds, Jackie Smith, Scott Byrd, Ellen Reese and Elizabeth Smythe, Boulder·London: Paradigm Publishers, 2011, pp. 85–104.

③ Peter(Jay) Smith, "The Road to the World Social Forum: The Case of the Dalit Movement," In *Handbook on World Social Forum Activism*, eds, Jackie Smith, Scott Byrd, Ellen Reese and Elizabeth Smythe, Boulder·London: Paradigm Publishers, 2011, pp.206–223.

的最佳场所,以及土著人是否通过建立社会论坛这一政治空间来更好地解决土著问题进行了深入分析。① 而法特玛·贾贝里(Fatma Jabberi)则梳理剖析了 2013 年突尼斯世界社会论坛中的青年活动者,他认为作为世界社会论坛中最大的参与者群体之一,青年在世界社会论坛中发挥着关键作用,他们积极从事翻译活动,创建多文化的接触区,从而将论坛中的不同行为者联系起来。②

不可否认,国内外学者已有相关成果为进一步系统深入剖析研究世界社会论坛提供了相对丰富的资料与可资借鉴的多维视角。但是把世界社会论坛与全球新左翼运动联系起来进行分析,尤其是立足于全球新左翼运动的背景对世界社会论坛进行系统梳理和全景分析的力度与深度还很不够。尤其是国内已有的研究成果,译介性的文章较多,缺少对世界社会论坛的深入系统分析,另外,已有成果翻译类文章占了绝大部分,学术研究的原创性还十分欠缺。之所以如此,主要有三方面的原因:一方面是与世界社会论坛的资料分散,不易搜集有直接关系;另一方面,也与世界社会论坛包罗万象、光怪陆离,不易把握其发展演变,难以下结论有关;此外,世界社会论坛在国际政治中的非主流地位也是一个不可忽视的因素。这三种情况造成学界不愿或不能开展与此相关的系统研究工作。毋庸讳言,国内外学界研究不足,资料欠缺,没有成型的成果做参考,不仅使本研究的深入开展面临着种种困难,也为本研究的开展创造了一定的条件,鼓舞了研究者进一步探究世界社会论坛的信心与勇气。

（三）主要创新之处

大致而言,本研究重要的创新之处主要体现在两个方面:

---

① Marc Becker and Ashley N.Koda, "Indigenous Peoples and Social Forums", In *Handbook on World Social Forum Activism*, eds, Jackie Smith, Scott Byrd, Ellen Reese and Elizabeth Smythe, Boulder·London:Paradigm Publishers, 2011, pp.106–124.

② Fatma Jabberi, "Spaces of dialogue? The Case of the World Social Forum Tunis 2013 from the Perspective of Young", *Local Volunteers Global Studies of Childhood*, 2015, Vol.5, No.2, pp.178–190.

　　一是把对世界社会论坛的分析研究置于全球左翼运动的宏观视野下去考查。如此，一方面，既有利于加深世界社会论坛反对新自由资本主义的性质理解，也便于透视世界社会论坛在全球左翼运动中地位和作用，以及它对世界社会主义运动的贡献。另一方面，可以赋予本研究更广阔的学术视野，更有利于探究研究对象的发展演变历程，所得结论也更为真实可信。这种独特视野的选择是本研究重要的创新点，冲破了学界较多采用的就研究对象讨论研究对象的狭窄视域的桎梏。

　　二是采取辩证分析、定性研究与定量研究相结合等综合研究方法对世界社会论坛进行全面、系统、深入地梳理描述剖析。在对世界社会论坛的活动理念、内部运作机制及其功能发挥等方面均有新阐述与新观点，力争对世界社会论坛有一个全景式的分析与描述。这种全景式的深入研究构建了关于世界社会论坛的全面形象，对学界在此问题上相对薄弱的研究现实无疑是一个重要的补充和丰富。

第一章　西方左翼运动的发展

　　一般而言,在学术研究与学术活动中,基本概念的正确理解与解读是对复杂政治现象、政治事件与政治过程形成科学认识的基础。因而,对左翼、左翼运动的概念界定就理所当然地成为理解与认识西方左翼运动的起点。大致来看,西方左翼运动经历了从传统左翼运动到新左翼运动的发展历程。相对于传统左翼运动尤其是工人运动而言,以新社会运动为代表的西方新左翼运动在构成要素上呈现出明显不同于以往的鲜明特点。本章拟在对左翼与左翼运动这两个概念进行界定的基础上,系统地梳理阐释西方左翼运动的发展历程,以期为全球新左翼运动乃至世界社会论坛的分析研究奠定坚实基础。

第一节　概念界定:左翼与左翼运动

一、　何为左翼?

　　通常来说,左翼,又称左派,是相对"右翼"和"右派"而言的,是用来表述、指称某些人政治信仰的专有名词。在任何历史时期,对任何事物、任何社会力量或人群都会有保守、温和与激进的态度,即均有左中右之分。对此,有学者认为"左派可以是一种情绪、一种气质,这些人总比常人偏激一些,总是拿现实与他们的理想相比,对人间期望甚高,因此较常人更难接受现实中的不足,也就加倍感到激愤。当别人要求改良的时候,他就会要求革命。当别人诉诸法律的时候,他就会诉诸暴力"①。从词源上看,学界一致的看法是"左派"一词最初来自法国大革命时期。1789 年 5 月,法国国王第一次召开三级会议,坐在国王右边的是主要由贵族和僧侣组成的第一、第二等级代表,坐在国王左边的则是主张改革的第三等级市民代表。这种位置上的安排很快就成了法国国民会议召开时不同政治倾向就座的习惯,每当国民会议召开时,通常坐在议长左边的是主张民主与自由的激进派,而坐在议长右边的则是主张维持现状的保守派和保皇派,从而形成了左右两派。在拿破仑战争战败后的整个 19 世纪,法国这种左右分野的政治格局开始逐渐占据并支配议会或代议民主的主导地位。1848 年 6 月,法国国民会议继续沿袭 1789 年法国三级会议开始后的习惯,根据各自政治倾向的不同,议员自然地分坐左右两侧,当时坐在国民会议左侧的是法国的激进山岳派和雅各宾派成员,代表广大第三等级的利益与诉求。从此之后,其他欧洲国家的议会也逐渐以议长座椅为界,激进派和保守派分坐左右。左派通常是指那些坐在议会左侧,支持共和制、大众政治运动和世俗化的人。据此言之,"左翼"一般"指政治上激进或革命的派别或政党,有时亦指个人"②。

但是,事实上,许多现代关于左翼概念的思想,如社会公正、经济再分配和性别平等并非来自于法国大革命,而是产生于更早时间,具体甚至可以追溯到 1566—1609 年的荷兰资产阶级革命以及 1640—1689 年的英国资产阶级革命。这两个资产阶级革命都没有把革命普遍化,相反法国大革命却是全球进程的一个里程碑式表现,它把革命的火种播种到欧洲各国,不仅对欧洲革命而且对世界其他地方的革命活动也产生了重大而深远的影响。更为重要的是,

---

① 钱满素:《美国自由主义的历史变迁》,生活·读书·新知三联书店 2006 年版,第 144 页。
② 《辞海》(第六版　彩图本),上海辞书出版社 2009 年版,第 3090 页。

荷兰资产阶级革命与英国资产阶级革命中与左翼概念相关的一些思想最终也因法国大革命才逐渐成型并确立下来。正是基于此,法国大革命遂成为现代左翼理念的源头。对此,美国学者 E.扎茨里基认为:"这部分是因为法国大革命被认为是最恰当地表达了左派的现代理念,革命席卷了欧洲,甚至是部分印度与中东地区,是第一个世界性的历史事件,同时也因为革命为左派的实施提供了第一个场地,法国大革命显著地包含了戏剧性的、救赎性的与其他前政治的因素,水平状态替代了垂直的等级状态,太阳王和天主教等级让位于公开进行的爱国狂欢,以至于每个人都处于同一层次,并能对其他人一视同仁。正是在这种新的水平空间内,现代的左右二分法诞生了。"①

必须指出的是,这种左右二分法立足于社会权力的本质基础之上。在每一个社会,掌握大权的部长、教会主教以及富有的赞助人,被视为"人类之子"与秩序象征的群体,一般坐在权力的右边,而坐在权力左边的往往是次要的当权者、反叛的天使与奴仆。因而,在权力天平的右边象征着统治、权威与神圣,而左边则象征着反抗、危险、不满。不难看出,在社会权力的存在位置中,左派普遍处于从属地位,它反映的是一种为社会权力寻求基础的普遍努力。不过,随着时代的发展,在当今政治生活中,当人们谈及"左翼"或"左派"时,常常习惯于把其与主张进行改革、革命的激进力量联系在一起,而把主张维护秩序稳定的保守力量与"右翼"或"右派"联系在一起。因此,可以这样归纳,"左翼"一般指"支持改变传统社会秩序,主张创造更为平等的财富和基本权利分配的党派、组织、学派或个人"②,或指"对社会变革抱有积极态度的社会力量及其思想体现"③。

---

① E.扎茨里基:《左派的概念》,高静宇译,见王贻志、莫建备主编:《国外社会科学前沿(2007)》第 11 辑,上海人民出版社 2008 年版,第 145—146 页。

② 孟鑫:《西方左翼对当代资本主义的研究》,中共中央党校出版社 2014 年版,前言第 1 页。

③ 陈林、侯玉兰等:《激进、温和还是僭越? 当代欧洲左翼政治现象审视》,中央编译出版社 1998 年版,第 18 页。

二、　左翼运动

在近现代西方国家,资本主义生产方式的全面确立,不仅改变了社会的生产关系与消费模式,更是"赋予了左翼以相对固定的政治和意识形态含义"①。因为,根据前文对左翼概念的界定不难看出,在西方资本主义社会中,凡是反对资本主义制度或对现存资本主义制度不满进而要求变革、主张改变资本主义社会秩序或对资本主义制度实行革命,为创造更加平等的财富和基本权利的一切力量均可被视为左翼力量。其具体体现为左翼思潮、左翼运动与左翼派别(左翼政党与左翼组织)三种形式,但在现实的政治生活与政治运作中,左翼力量的三种具体形式并不是相互独立的,而是错综复杂地交织在一起。一般而言,不同的左翼思潮影响并指导着不同的左翼运动,同一种左翼思潮也可能会产生彼此相异的左翼运动,同时左翼思潮与左翼运动又以各种不同的方式和形态与左翼政党或左翼派别相联系。因此,在西方资本主义国家,左翼力量所呈现的图景是极为错综复杂、五彩斑斓的。出于本课题研究内容的需要,本章主要关注左翼运动。

西方国家的左翼运动,又称左派运动,指在欧美国家产生的对资本主义制度进行批判、改造,并带有"社会主义"色彩的社会运动。其中既包括 19 世纪以来在西方国家兴起的以工业无产者为主体的反抗资本剥削的社会民主主义运动,也包括 20 世纪以来坚持马克思主义指导思想与共产党领导的共产主义运动,同时还包括由一批有独立意识和自由主义倾向的左翼知识分子发起的独立左翼运动。西方国家的"左翼运动指导思想比较庞杂,既有民主社会主义,也有西方马克思主义等对资本主义进行批判的思潮,但总体上是与自由主义和保守主义等为资本主义辩护性思潮相对立"②。需要指出的是,西方国家

---

① 陈林、侯玉兰等:《激进、温和还是僭越? 当代欧洲左翼政治现象审视》,中央编译出版社 1998 年版,第 45 页。

② 顾海良、梅荣政:《科学社会主义理论与实践》,武汉大学出版社、湖北人民出版社 2006 年版,第 298 页。

左翼运动的历史变迁呈现出鲜明的时代性。随着时代、地缘与人文环境的变迁,左翼运动的具体内容与关注中心会因时因地而发生改变,不同时代、不同国家的左翼运动表现形式并不完全相同。

以时代发展变迁以及左翼运动的具体表现为依据,可以把西方国家的左翼运动分为传统左翼运动与新左翼运动。传统左翼运动主要指 20 世纪 60 年代前在西方国家爆发的一系列以工人阶级为运动主体反抗资本主义压迫、争取基本政治经济权利的社会抗议运动。传统的工人运动代表着全体劳动者的利益,不仅体现了社会公正的要求,而且也体现了所有人都应当享受的公民权利的要求。在西方资本主义国家,传统工人运动既是一种长期存在的重要社会运动,也是对资本主义制度影响最为深刻、冲击最大的社会运动,对资本主义社会的形成、发展与现状产生重要作用和影响。新左翼运动主要指 20 世纪 60 年代以来风靡欧美的以青年知识分子与学生为主体、专注于身份政治或阶层政治的新社会运动模式。其运动内容排除了阶级对立与阶级剥削,运动议题主要包括性别、种族、性取向、环境保护等。虽然就理论层面而言,不能把新社会运动等同于新左翼运动,但是考虑到西方新社会运动是新左翼运动的一支重要且集中的组成力量,因而,本研究在对西方左翼运动从传统左翼运动向新左翼运动转变的阐述中,较多地集中于传统工人运动与西方新社会运动的剖析解读上。

第二节 由"旧"到"新":西方左翼运动的变迁

20 世纪 60 年代以来,西方左翼运动发生了巨大变迁,其突出的表现就是传统工人运动的衰落与以新社会运动为代表的新左翼运动的兴起。对此,瑞典著名左翼学者格瑞·瑟博恩(Göran Therbon)认为,第二次世界大战后西方资本主义的社会政治空间参数发生了根本性变化:集体性的工人运动衰落了,而具有个人主义风格的各种新社会运动开始兴起,出现了环境政治、认同政治等新政治现象。① 作为新左翼代表的新社会运动与传统左翼工人运动相比,无论是在内在构成,还是在价值观选择以及政治变革等方面均表现出不同,从而使西方左翼运动呈现出一幅新图景。

一、 传统工人运动的衰落

一般意义上说,"'工人运动'就是指西方国家中雇佣劳动者为了维护自身的经济、社会及其他方面的利益,运用政治、经济、法律、罢工、暴力等一切手段所进行的社会运动。其中既包括政治斗争,也包括经济斗争;既包括暴力斗争,也包括和平斗争"②。不过,如果从更广泛的层面上理解,但凡维护工人阶级利益的一切斗争都可以看作是工人运动。长期以来,西方发达国家的工人运动坚持暴力革命,与马克思主义保持着密切联系,是世界社会主义运动的重要组成部分。但第二次世界大战后,尤其是 20 世纪 60 年代以来,西方发达国家的工人运动却经历了根本性的变化,传统意义上工人运动的那种"革命性"色彩开始出现淡化,曾经在西方发达国家中产生重要政治影响,并让资产阶级惶惶不可终日的工人运动开始日渐衰落。正如莱纳德·R.伯兰斯坦(Lenard R.Berlanstein)所言:"有组织的劳工阶层似乎越来越难以承担革命话语与改革主义话语所赋予他们的解放者的角色。"③当然,西方国家传统工人运动的衰落是多种因素共同发酵促成的结果,其中既有传统工人运动自身变化的内在因素,也有社会政治环境变化的外在诱因,在多重因素的力推下,传统工人运动日渐衰微。

通常情况下,判断一个社会运动的兴盛或衰落主要根据运动内在构成要素与外在政治影响力这两个标准。一般而言,如果一种运动的运动队伍、运动

---

① See Göran Therbon, *From Maxism to Postmaxism*, London: Verso, 2008.
② 杨光等:《试析二战后西方工运特点与成因》,《天津市工会管理干部学院学报》2007 年第 1 期。
③ Lenard R. Berlanstein, *Rethinking Labor History: Essays on Discourse and Class Analysis*, Chicago Illinois: University of Illinois Press, 1993, p.5.

组织、运动方式、运动目标均保持不变且政治影响力不断扩散,那么该社会运动的发展应该是良性的;反之,该社会运动的发展则会滑向衰落。20 世纪 60 年代以来,无论是从运动的内在构成要素方面进行考察,还是从运动的政治影响力上进行审视,西方传统工人运动的发展均呈现衰落趋势。

(一) 内在因素

1.传统工人阶级的逆向发展,削弱了工人运动的战斗力

工人阶级队伍的整体发展状况对工人运动的发展态势具有重要而深远的影响,决定着运动的性质与走向。通常而论,传统意义上的工人阶级是指工业无产阶级,他们不占有生产资料,靠出卖劳动力(主要是指体力劳动)为生。第二次世界大战后,随着社会经济的发展、科技革命和产业结构的调整,西方工人阶级本身也随之发生重大变化,在阶级结构、阶级队伍与思想方面均出现了与第二次世界大战前工人阶级发展方向相逆的趋势。①

就工人阶级的阶级结构而言,主要体现为阶级层次的变化,出现了由双层次向多层次转变的逆向发展。阶级层次即阶层,一般来说,在同一个阶级内部,由于经济地位不同可以分为不同的层次。工人阶级也是如此,可以根据其所从事职业的不同、收入与地位的差异分为不同的层次。西方工人阶级的层次变化与资本主义工业发展状况密切相关,尤其与资本主义从工场手工业到机器大工业的转变紧密相连。在资本主义工业发展处在工场手工业时期,劳动工具的分化与专门化促使资本主义社会涌现出众多的行业,不同行业的劳动者由于劳动环境不同、技术复杂程度不同,地位与收入也大相径庭。这天然地造成工人阶级内部的多层次性,也使工人阶级内部分层呈现复杂性。当资本主义由工场手工业发展到机器大工业阶段后,先进机器的使用促使工人阶级内部进一步分化。在机器大生产过程中,由于工人对机器的使用熟练程度

① 张学斌:《西方工人阶级的逆向发展及其影响》,《当代世界社会主义问题》1988 年第 4 期。

不同,工人阶级逐渐向熟练工人与非熟练工人两个阶层发展。

不过,第二次世界大战后,随着新技术的大规模采用以及产业结构的深刻变化,这种双层次的工人阶级结构逐渐被打破。数控自动化生产的推广与应用,使原来属于熟练工人的机器操作工逐渐分化为从事办公室工作的"白领阶层"与进行机器操作的"蓝领阶层"。随着分工的多样化和办公设备自动化的推展,工人阶级的"蓝领阶层"与"白领阶层"内部也出现了不同层次的分化。从事办公室工作的"白领阶层"内部也有高级管理员、中层职员以及下层办事员的层次差别;相应地,"蓝领阶层"也根据他们的工作性质、劳动条件、技术高低、工资多寡以及工作时间的长短等标准划分为不同的层次。不难看出,第二次世界大战后,工人阶级内部结构层次出现了重大变化,呈现出多层次的发展趋向,不同层次的工人阶级有不同的政治与经济要求。在这种情况下,很难把具有不同诉求的工人阶级的各层次人员都协调起来,统一到大规模的斗争中去,这深刻地影响着工人运动的发展。"工人阶级结构层次的逆向发展,部分削弱了过去工人处在同样劳动场所,从事同性质的工作,拥有几乎完全相同的诉求而产生的团结意识"①,从而对工人运动的开展造成不利影响。

就阶级队伍而言,工人阶级的逆向发展主要表现为工人阶级队伍的流向出现了多向性的流动趋势。在反对资本家的斗争过程中,工人阶级队伍并不是固定不变的,而是随着资本大工业的发展不断变化流动。第二次世界大战之前,伴随着机器大工业的发展以及资本主义生产竞争的加剧,工业生产越来越集中于交通便利、资源丰富的城市,这也吸引着来自全国四面八方的工人阶级队伍涌向大城市、大企业与先进发达地区。尤其是 19 世纪末,当自由资本主义发展到垄断资本主义阶段时,这种向大城市流动的趋势进一步加强。不言而喻,这种从多方向流向大城市的现象是工人阶级队伍集中和壮大的过程,

①　张学斌:《西方工人阶级的逆向发展及其影响》,《当代世界社会主义问题》1988 年第4 期。

对加强队伍团结、有效开展工人运动十分有利。然而,第二次世界大战后,由于计算机和机器人等新技术的采用,生产的自动化水平与劳动生产率大幅提高,资本主义的生产模式发生了重大改变,由劳动密集型转向技术密集型。在这种情况下,资本主义企业的规模、组织模式以至整个产业结构都发生了很大变化:一方面,伴随着企业由大型化向中小规模的发展,企业的组织形式也由集中管理向分散管理转变;另一方面,随着新技术的采用,西方主要资本主义国家的产业结构也发生了重大变化,工业、农业在国民经济中的比重普遍下降,商业、服务业所占比重则大幅度上升。与之相应,工人阶级队伍的流向也出现了多方向的逆向流动。具体来看,这种逆向流动主要体现在四个方面,呈现出四个方向:由大企业向中小企业流动;由工业地区向非工业地区流动;由集中生产向分散生产流动;由生产企业向服务行业流动。很显然,工人阶级队伍的逆向流动,降低了之前工人阶级队伍的集中程度,"分散了工人阶级的力量,削弱了工人阶级队伍的整体性,助长了工人阶级的散漫意识,降低了工人阶级的组织性和纪律性,严重影响了工人阶级的有效战斗力"①。

就阶级思想而言,工人阶级的逆向发展主要体现为工人阶级的指导思想出现了由一元化向多元化的逆向运动。自工人阶级诞生之后,在其斗争过程中就一直充斥集合着各种思潮与流派,马克思主义只是其中一个流派。事实上,在工人阶级内部存在着多元化倾向的工人阶级思想,马克思主义作为工人阶级的一元化指导思想地位的确立,既是工人运动长期斗争的结果,也是马克思主义与其他各种非马克思主义思想进行斗争的结果。十月革命的胜利以及第二次世界大战后一系列社会主义国家的诞生表明了马克思主义作为工人阶级指导思想的正确性。但第二次世界大战后,资本主义生产快速发展,而一些马克思主义者的理论水平与理论素养则趋于固化,造成他们无法解释资本主义发展中出现的新情况、新问题,再加上受国际共产主义运动大论战的冲击,

---

① 张富厚:《马克思主义理论与教学研究》,辽宁大学出版社 1994 年版,第 225—226 页。

马克思主义在工人运动中的影响力开始减弱。与此同时,西方国家中社会民主党的"民主社会主义"思想、托派第四国际的力量以及各种形形色色的政治思潮(如人本主义、实用主义、存在主义、结构主义等)均有了很大发展,并对工人阶级产生了重要吸引力和影响力,成为工人阶级发展不能忽视的力量或思想要素。很显然,工人阶级队伍中思想的多元化趋势,势必增加工人运动斗争中强化团结的难度,进而影响工人运动的战斗力。

2.工人运动内部的改良主义倾向逐渐加强,工人运动的革命性遭到削弱

第二次世界大战之前,西方工人运动中虽然也有改良主义因素的存在,但在坚持无产阶级政党领导与马克思主义思想指导下,为了实现推翻资本主义制度的政治目标一直在不懈地开展武装运动,总体上看革命色彩非常强烈。然而,第二次世界大战后,西方工人运动的改良主义倾向在新科技革命刺激与产业结构调整的冲击下逐渐加强,这主要体现在工会的作用、工人运动的斗争方式以及斗争目标等方面。在工会作用方面,第二次世界大战前,西方国家的工会作为工人运动的组织力量存在,是凝聚工人力量、代表工人阶级利益与资本家对抗的坚定力量。然而,第二次世界大战结束后,工会在西方工业化国家获得了普遍的社会合法性和法律权利,不再是资本家的对立方,而成为国家赋权的一个合法机构,虽然在某些时候仍关注工人阶级的诉求,但更多地是行使参与职能,要求建立与政府、雇主的社会伙伴关系。"但在1960年代,在妇女运动和反种族主义运动采取了更激进的立场后,参加这些运动的人开始感到,站在他们压迫者一边的工会是问题的一部分,而不是他们的盟友。"①至于工人运动斗争方式方面,多是工会与雇主的谈判,强调依靠法制、政府调解和罢工,早期工人运动中曾出现过的武装斗争在第二次世界大战后近乎绝迹。从工人运动的斗争目标方面来看,第二次世界大战后的工人运动不再提出变革

---

①　[美]伊曼纽尔·沃勒斯坦:《转型中的世界体系:沃勒斯坦评论集》,路爱国译,社会科学文献出版社2006年版,第135页。

资本主义制度的政治目标,而是从经济利益考量,更多地关注经济方面的现实利益诉求,尤其集中在争取更多的福利和社会权益等方面。其中较多地体现在争取更多的工作报酬,要求雇主发放工资时要考虑工人的生活费用,工资要与物价挂钩,工资的增长率应高于通货膨胀率;争取更多的福利,要求雇主在为工人购买工伤、医疗、退休等保险金方面支付更多份额;要求改善劳动条件,保障工作环境安全与健康;要求工人拥有企业股份、参与企业管理。很显然,这些诉求几乎不涉及政治目的,明显淡化了传统工人运动的革命目的与色彩。正因为此,国内有学者认为,"'二战'后西方工人运动经历了一个体制化和非激进化的过程,并且在战后很长一段时期内,这种体制化的工人运动一直处于温和有序状态"[1]。

(二) 外在诱因

1.科技革命特别是信息技术革命深刻影响着西方社会阶级结构和社会结构的演变

第二次世界大战后,世界迎来了第三次科技革命。此次科技革命对西方社会阶级结构与阶层结构产生了深刻影响,特别对资本主义国家的工人阶级带来巨大冲击,推动工人阶级发展到一个新阶段与新历史时期。这主要体现在传统体力劳动者(蓝领工人)数量的减少、脑力劳动者(白领工人)数量的增加。脑力劳动工人阶级亦即白领工人的大量出现是 20 世纪发达国家工人阶级就业结构变化中最突出的现象。奈斯比特认为"1956 年在美国历史上第一次出现从事技术、管理和事务工作的白领工人数字超过了蓝领工人"[2],从此之后,白领工人成为工人阶级中所占比重最大的职业群体,从 1900 年到 1970

---

[1] 范春燕:《西方发达国家阶级结构新面相与社会反抗运动新态势》,见王振、李安方主编:《国外社会科学前沿(2016)》第 20 辑,上海人民出版社 2017 年版,第 374 页。

[2] [美]约翰·奈斯比特:《大趋势——改变我们生活的十个新方向》,梅艳译,中国社会科学出版社 1984 年版,第 11 页。

年的 70 年间,白领工人所占比重从 17.6% 提高到 46.7%;1970 年到 2000 年的 30 年间,这一比重则从 46.7% 上升到 59.4%。而 1900 年到 2000 年间,蓝领工人所占比重则从 35.8% 降至 24.6%。[1]

脑力劳动型工人阶级的快速增长,不仅预示着工人阶级革命的潜力大增,同时也证明工人阶级的觉悟也在不断提升。一方面,脑力劳动型工人阶级掌握了先进的科学技术,也就直接掌握了科学技术这样一种可以翻转世界的"伟大的历史杠杆""按最明显的字面意义而言的革命力量"[2];另一方面,脑力劳动型工人阶级一旦掌握了科学知识,主体能力也就有了极大提高,其理论思维、认识世界的本领自然随之增强,从而对资本主义社会的本质、资本剥削的奥秘、社会发展的规律有了更深入的理解与认识,这就为整个无产阶级思想觉悟的提高提供了一个坚实基础,也为开展无产阶级革命创造了良好前提。所有这些均表明,信息技术革命客观上增长了工人阶级革命的潜力。

但是,信息技术革命在提高工人阶级革命潜力的同时,也深刻影响着甚至左右着工人阶级革命潜力的发挥。对此,曼纽尔·卡斯特(Manuel Castells)直言:"'信息时代'的来临,已经改变了国家主权和劳动的工作体验,并且以不同方式削弱了劳工运动作为'社会凝聚力和工人代表性的主要来源'的能力,信息时代的来临,还削弱了工人在未来成为解放'主体'的可能性,只有基于非阶级认同的各种认同运动,才是'信息时代唯一可能的'主体。"[3]虽然白领工人与蓝领工人只是脑力劳动与体力劳动的区别,在本质上都是工人,但新兴白领阶层与传统产业工人之间无论在生活方式还是思想方式上都存在着根本区别。英国学者克吕尔指出,新的中产阶层需具备五方面的特点:"(1)受过职业教育,而且通常是从学校毕业;(2)受雇于人而不是自己干活;(3)受雇于

---

[1]　参见孙寿涛:《20 世纪 70 年代以来发达国家工人阶级的"白领化"特征》,《教学与研究》2011 年第 2 期。

[2]　《马克思恩格斯全集》第 25 卷,人民出版社 2001 年版,第 592 页。

[3]　[美]贝弗里·J.西尔弗:《劳工的力量:1870 年以来的工人运动与全球化》,张璐译,社会科学文献出版社 2012 年版,第 2 页。

大型官僚组织,尤其是像地方与中央政府,国有化工厂,半自治的非政府机构、大学、医院等等公共机构;(4)相对比较年轻;(5)一般是技术工人阶级或者低层中产阶级的后代,换言之,他们之所以进入中产阶层乃是因为通过教育体系而不是通过资本或通过'感染'"①。可以看出,这些新型白领工人拥有一定的社会地位和比较舒适的生活,是既得利益者。他们虽然既不满意垄断资本家及其政党对公民选举的把持或操纵,也不满意政府机关的官僚主义作风,同时也对社会丑恶现象深恶痛绝,但却反对根本性或重大的社会变革,只主张温和的社会改良。②

与科技水平的增长相一致,工人的收入、地位和福利也都有所提升。从1949年到1971年,美国工人的实际工资提高41%,英国提高92%,法国提高131%,德国提高264%,日本提高316%。③ 此外,工人也获得了一定的政治权利,可以直接参与企业管理,进行集体劳动谈判等。法兰克福学派的代表人物马尔库塞(H.Marcuse)注意到,随着工业文明的发展,出现了阶级同化现象。"工业文明最发达的地区,形成了全民动员的社会,这个社会在生产联合方面,同时具有福利国家和战时国家的特色。与先前的社会相比,这确实是一个'新的社会'。传统的污点正被清除或缩减,各种导致分裂的因素正被控制。人所共知的主要趋势是:因有政府作为推动、支持有时甚至控制的力量,国民经济集中于大公司的需求上;国民经济与世界范围的众多的军事同盟、金融机构、技术组织和发展组合结合在一起;蓝领群众与白领群众之间、劳资双方的领导层之间以及不同社会阶级的闲暇活动与向往之间,逐渐同化;学术与国家目标之间形成了一种前定和谐;公众舆论的结合侵扰了私人家庭;寝室已向大众传播媒介敞开。在政治领域里,这种趋势以对立双方引人注目的统一或结

---

① 转引自黄宗良、林勋健等:《世界社会主义的历史和理论》,中央编译出版社1995年版,第205—206页。

② 参见李惠民:《世界经济学概论》,陕西旅游出版社1997年版,第258页。

③ 参见倪力亚:《当代资本主义国家的社会阶级结构》,福建人民出版社1993年版,第40页。

合形式表现出来。在国际共产主义的威胁面前,两党在对外政策上超脱了竞争着的集团利益,并扩大到对内政策上,两大政党的纲领在对内政策上更别无二致,以致虚伪和陈词滥调甚嚣尘上。对立党派的这种联合影响了社会变革的可能性,它掌握了那些把这一制度的进步置于脑后的社会阶层,即那些其生活一度体现着同整个制度相对立的社会阶级。"①他甚至在《单向度的人》一书中提出"工人阶级一体化"概念,认为工人阶级已经同资本主义社会一体化,这种一体化不仅表现在生产劳动方式与生活方式的一体化,而且还体现在物质利益与意识形态上的一体化。很显然,"'工人阶级一体化'理论不仅在一定程度上批判了'二战'后发达资本主义国家存在的弊端,而且提出了工人阶级革命性正在消失的重大问题"②。换言之,在新信息技术的强烈冲击下,工人阶级的团结意识、反抗意识、战斗精神等这些革命潜力因素正在迅速衰减。

既然大多数人,特别是工人阶级已经被当下的社会制度同化,且其革命性正在消失时,那新的革命主体在哪儿呢? 换言之,谁来承担革命的任务呢? 马尔库塞说:"在保守的公众基础下面的是生活在底层的流浪汉和局外人,不同种族、不同肤色的被剥削者和被迫害者,失业者和不能就业者。他们生存在民主进程之外;他们的生活就是对结束不可容忍的生活条件和体制的最直接、最现实的要求。因此,即使他们的意识不是革命性的,他们的反对也是革命性的。"③也就是说,既然工人阶级已不再是社会革命的动力,那么推翻现存社会制度的任务就自然落在了社会底层群体和青年知识分子肩上。

2. 社会主义运动中出现的信誉性危机给传统工人运动带来冲击

伴随着新技术革命对传统工人阶级影响的日渐凸显,社会主义运动也出

---

① [美]赫伯特·马尔库塞:《单向度的人——发达工业社会意识形态研究》,刘继译,上海译文出版社1989年版,第19页。

② 周穗明、王玫:《西方左翼论当代西方社会结构的演变》,江苏人民出版社2008年版,第100—102页。

③ [美]赫伯特·马尔库塞:《单向度的人——发达工业社会意识形态研究》,刘继译,上海译文出版社1989年版,第230页。

现了世界性的信誉危机,对苏联社会主义模式的质疑以及西方社会民主党的历史性失败是社会主义运动衰落的两个最主要体现。[1] 受此冲击,社会主义的传统工人运动也不可避免地走向衰落。不言而喻,社会主义实践的效果是其号召力与影响力的最好展示,也直接影响着传统工人运动的发展与走向。事实上,苏联的社会主义实践就深刻影响着工人运动乃至世界社会主义运动的走势。

所谓苏联社会主义模式,"指的是苏联人民在列宁、斯大林的领导下建设社会主义的方式、道路,包括所建立的社会基本制度和具体体制、运行机制,所实行的社会经济发展战略和具体的方针、政策,等等。"[2]它是苏联共产党运用马克思主义基本原理并使之与苏联具体实践相结合的产物,是社会主义性质的发展模式。由于苏联社会主义模式基本上是在斯大林领导下建立起来的,所以,苏联社会主义模式又多被称为"斯大林模式"。苏联模式曾在一定历史时期内发挥了巨大的历史作用,"一是保证了苏联在落后国家实现社会主义工业化,建成社会主义物质基础,使'近似中世纪的国家'的野蛮俄国,沿着这条道路一步步地向着现代化迈进。二是保证了苏联反法西斯战争的胜利。三是推动了世界社会主义运动的发展"[3]。毫无疑问,苏联社会主义模式存在许多明显且关键的弊病,如在经济领域,经济结构没有及时调整,重工业比重过大,忽视了农业、轻工业的发展,经济体制没有根据生产力发展的需要及时进行改革,推行指令性、法治化、统得过死的计划经济管理体制,造成了所有制结构单一、企业与农庄缺乏经营自主权、资源配置忽视市场的作用等弊端;在政治领域,实行高度集中的党和国家领导体制,造成了党政不分、以党代政、机构重叠、个人权力过度集中,对领导人缺乏监督和制约,法制不够健全;在思想文

---

① 贾学军:《社会主义运动的消沉与"新社会运动"的兴起——西方社会主义运动沿革的历史性研究》,《前沿》2011 年第 1 期。

② 周新城:《如何看待苏联社会主义模式》,《思想理论教育导刊》2008 年第 6 期。

③ 张有军、赵常伟:《苏联模式的衰落与社会主义的未来发展》,《山东社会科学》2005 年第 4 期。

化领域,理论僵化,缺乏生动活泼的学术环境;在外交领域,大国沙文主义倾向使其国际形象严重受损,等等。这种优点与不足同样突出的苏联模式深刻影响着工人运动的发展。社会主义实践曾在苏联取得过巨大成就,苏联社会主义模式曾在许多国家产生了广泛影响,成为工人运动的榜样,是一个伟大时代的象征,带动着国际社会主义运动的快速发展。不过,随着时代的进步、社会的发展,苏联模式越来越落后于时代现实,曾经的辉煌遭遇着严重的问题,给国际工人运动与世界社会主义运动造成致命的伤害。

随着苏联模式弊病的不断被暴露,加之这些弊端被资产阶级夸大渲染,笼罩在其头上的光环黯然失色,其在西方国家人民心中的威望和榜样力量也在飞快地被削减。事实上,在物质生活水平有了较高提升、民主制比较完善的资本主义世界,工人群众很难再把苏联的社会主义道路视为理想的奋斗目标。另外,苏联的大党和大国主义,不仅损害了共产党和社会主义国家的形象,还造成国际共运的大分裂,导致社会主义国家之间关系紧张。如此等等,显然都不利于工人运动的发展。

在苏联模式暴露出其弊端并逐渐走向崩溃的同时,曾经一度盛行于西方世界的民主社会主义也面临着不同程度的危机。"民主社会主义是20世纪以来西方社会盛行的一种资本主义改良主义思潮。它是社会民主党、社会党、工党和社会党国际思想体系的总称。"[1]第二次世界大战结束以后,西方发达国家的经济进入复苏与增长时期,从而为民主社会主义的复苏创造了良好环境。民主社会主义主张在资本主义民主体制里进行社会主义变革,支持多样性经济发展,并要求国家提供良好的福利保障以及进行财富的再分配,而战后西方国家的经济复苏恰好为民主社会主义倡导的福利措施与财富的再分配提供了保障条件。这种主张显然契合了战后社会发展的现实,欧洲社会民主党纷纷上台执政,建立福利国家,对当代的世界发展进程产生了深远影响。然

---

① 程恩富、张飞岸:《民主社会主义及其与中国特色社会主义的区别》,《学习月刊》2007年第6期。

而,到了 20 世纪 70 年代中期,随着福利政策弊端的凸显以及资本主义经济发展"滞胀"时期的来临,民主社会主义推行的社会福利措施以及充分就业很难为继。70 年代末,在代表垄断资产阶级利益的新自由主义咄咄逼人的攻势面前,民主社会主义因缺乏有效对策而陷入了困境,被迫离开执政舞台。

显然,具有社会主义性质的苏联模式的崩溃以及主张社会主义变革的民主社会主义深陷危机之中,两者几乎发生在第二次世界大战后的相同时间段,这充分说明了世界社会主义运动在 20 世纪六七十年代开始出现信誉危机。受此影响,作为世界社会主义运动一个重要组成部分的传统工人运动也不可避免地陷入了低落。

3. 世界政治的变化对传统工人运动产生影响

第二次世界大战后的传统工人运动不仅与世界社会主义运动的发展状况紧密相连,而且与世界政治的变化密切相关。对此,美国学者贝弗里·J.西尔弗就一针见血地指出:"20 世纪的全球劳工抗争深深陷入世界政治和战争发展的动力机制之中。20 世纪下半叶劳工抗争的衰退和劳工运动的去激进化过程是一种局面转型的结果,即战争得到了更多的控制与更为有限度。同时,出现了一个对劳工更为友善的国际环境"[1]。

在 20 世纪上半叶,在世界范围内劳工抗争的总体图景中,呈现出一个最直接、最引人探究的特点,就是劳工抗争和两次世界大战之间存在相互关联。根据世界劳工小组数据库的资料显示,两次世界大战均对世界劳工运动产生了深刻而重要的影响,在两次世界大战爆发前的年份以及战争结束之后的年份往往都是劳工抗争的高峰年份。据统计,在第一次世界大战爆发前的 10 年时间里,有记录的劳工抗争总数从 1905 年的 325 起增加到 1909 年的 604 起,到 1913 年更是高达 875 起。同样,在第二次世界大战爆发前的 10 年间,有记录的劳工抗争总数也在增加,从 1930 年的 859 件增加到 1934 年的 1101 件,

---

[1] [美]贝弗里·J.西尔弗:《劳工的力量:1870 年以来的工人运动与全球化》,张璐译,社会科学文献出版社 2012 年版,第 220 页。

到 1938 年达到 1186 件。但在战争爆发期间,1915 年记录的劳工抗争数量只有 196 件,1942 年仅有 279 件。战争结束后,1919 年与 1920 年均出现了劳工抗争的峰值,有记录的抗争总数达 2720 件和 2293 件,在 1946 年和 1947 年,有记录的劳工抗争总数分别是 1857 件和 2122 件。[①] 出现这种情况的根本原因在于 19 世纪晚期的全球化过程逐步破坏了已有的各种社会契约,并创造(和壮大了)新的工人阶级,为马克思式的劳工抗争以及波兰尼式的劳工抗争浪潮的发展提供了历史舞台。[②] 另外,两次世界大战前后不断增长的劳工抗争既受到帝国主义之间敌对竞争的影响,同时又反过来加剧了帝国主义之间的敌对竞争,最终导致 20 世纪上半期战争和劳工抗争之间不断扩展和深化的"恶性循环"。[③]

　　然而,与 20 世纪上半叶世界劳工抗争的发展轨迹明显不同,20 世纪下半叶世界劳工抗争不仅呈现出快速下降趋势且运动自身远没有到达那种爆发性的特点。这种劳工抗争的衰退和劳工运动的去激进化与世界政治的转变密切相关。一方面,第二次世界大战结束后,美国很快确立了其世界霸主地位,世界经济和军事力量空前集中到美国手中。在核威慑的作用下,美、苏两个超级大国长期的冷和平结束了大国之间的"热战",从而使战争与劳工抗争之间的恶性循环也随之终结。另一方面,第二次世界大战后在国家层面尤其是全球层面发生的各种深层次的制度变革,尤其是凯恩斯主义经济政策的推行不仅为国家建立相对稳定的社会契约提供了环境,而且在一定程度上也使劳动力去商品化,调节了劳工力量并平息着劳工的激进抗争。在这种情况下,传统工人运动开始呈现出衰退迹象。

――――――――――

　　① 参见[美]贝弗里·J.西尔弗:《劳工的力量:1870 年以来的工人运动与全球化》,张璐译,社会科学文献出版社 2012 年版,第 158—159 页。

　　② 贝弗里·J.西尔弗把劳工抗争分为两种模式:马克思式的劳动抗争和波兰尼式的劳工抗争。前者是指在资本主义发展过程中被不断塑造和加强的新兴工人阶级的斗争;后者是指因为全球经济转变而被消解的工人阶级,以及从正在瓦解的社会保护性契约中受益的工人们进行的反冲式斗争。

　　③ 参见[美]贝弗里·J.西尔弗:《劳工的力量:1870 年以来的工人运动与全球化》,张璐译,社会科学文献出版社 2012 年版,第 161 页。

某种程度而言,工人运动的发展轨迹已经深深嵌入战争和世界政治交错互动的时代大潮中,既反映两者动态的演变走势,也体现着两者互动的结果。20世纪五六十年代,世界政治发生重大变化是传统工人运动出现衰落现象的一个重要的外部因素,在独特世界发展潮流的影响下,传统工人运动的式微也就在情理之中了。

二、 西方新社会运动的兴起

20世纪六七十年代,伴随着传统工人运动的衰落,新社会运动在西方发达国家悄然兴起。所谓新社会运动,主要是指20世纪六七十年代以来在西方发达国家兴起的以新中间阶级为主体的广泛性群众性抗议运动的总称。参与者来自不同国家、不同民族、阶级和阶层,他们为实现一定的社会进步目标或反对现存政府及其实行的某一政策,采取多种多样的形式和方式进行抗议。汉克·约翰斯顿(Hank Johnston)认为,"这些运动主要包括20世纪70年代以来在西方发生的学生运动、和平运动、反核抗议运动、少数民族的民族主义运动、同性恋权利、妇女权利、动物权利、选择医疗、原教旨主义宗教运动、新时代运动、生态运动,等等"[1]。新社会运动的兴起与传统工人运动的衰落紧密相关,正是西方传统工人运动尤其是发达国家社会主义运动的困境给新社会运动的兴起创造了难得契机。面对传统工人运动在现实问题面前反应迟钝、在实践中不断出现失误的糟糕局面,新社会运动参与者强烈不满,开始重新思考传统的反制度运动,把抗议矛头不仅指向高高在上的国家权力和狂妄自大的旧资本主义精英,同时也指向权威主义的工人运动。因此,新社会运动是对传统工人运动的反思与挑战。从某种程度上看,传统工人运动衰落的原因也是新社会运动兴起的原因,是在一定社会历史背景下社会阶级结构、产业结构发生深刻变化的必然结果。具体而言,新社会运动兴起不仅与国际环境的变化

---

[1] Hank Johnston, *New social movement*, Philadelphia:Temple University Press,1994,p.3.

密切相关,也与西方国家内部社会结构的变化紧密相连,同时又是西方国家人民的价值观/意识形态改变的一种反映。

(一) 国际环境因素

第二次世界大战后,国际社会各领域均发生了翻天覆地的变化,如国际政治格局的改变,新信息技术革命的出现,经济全球化双刃剑作用的凸显,等等,所有这些都对新社会运动的产生乃至兴起影响深远。

1.两极对立的国际政治格局为新社会运动的兴起提供了温床

第二次世界大战后,国际社会进入了美国与苏联两个超级大国长期对峙的冷战时期。在核威慑的强大压力下,美、苏两国都不得不长期保持着一种克制状态,谁也不敢贸然挑起战争,正是在这种长期冷"和平"笼罩下的两极对立格局中,一股新的底层政治力量悄然出现并快速崛起。一方面,在两极对立的国际格局下,世界主题发生了根本变化,由革命与战争演变为和平与发展,伴随着世界主题的转变,曾经长期沉陷于世界政治与战争发展动力机制中的20世纪的全球劳工运动在第二次世界大战后也逐渐走向低落。但世界主题的转变并没有减少人们对战争残酷性的惨痛记忆,"冷和平"也不能掩饰内心的焦虑和不安,在这种情况下,以反战、反核为运动主题的抗议在西方国家不断出现。另一方面,在"冷和平"状态下,西方国家的经济发展迎来了一段黄金时期。在经济繁荣、物质富裕的相对"饱和"与"稳定"的社会环境中,人们逐渐淡化了对物质利益的猛烈追求,开始关注物质利益之外的其他诉求。如何更好地实现自我,如何更好地维护个人权益,如何才能生活得更好等诉求纷纷出现,而这些诉求恰好正是新社会运动所要追寻的目标,这种契合为两者的快速结合提供了难得的机遇。美国学者杰弗里·伊萨克就认为,"新社会运动是在战后发达资本主义社会政治相对稳定中出现的对抗(不满的宣泄)和挑战"[①]。因此,从某种意

---

① 沈瑞英:《矛盾与变量:西方中产阶级与社会稳定研究》,经济管理出版社2009年版,第186页。

义上而言,正是战后形成的两极对抗的世界格局为新社会运动的孕育与发展提供了天然的温床。

2. 新信息技术革命的发展助推新社会运动的兴起

第二次世界大战后,信息技术革命的出现及其突破式发展不仅是资本主义生产获得新发展动力的源泉,而且也是西方新社会运动兴起的重要助推器。一方面,信息技术革命为新社会运动提供了迅速快捷的通讯交流工具,使运动参与者不仅能够借助便捷的通信工具进行跨地区、跨国界的交流和合作,而且也有助于新社会运动影响的迅速扩散,一旦运动爆发就会飞速产生"滚雪球"效应,从而给人们带来视角上、情感上的震撼与冲击。另一方面,信息技术革命的突破性进展也为新社会运动的爆发提供了及时且有针对性的运动议题。众所周知,科学技术是第一生产力,其本身并不具有任何阶级与政治属性,但对科学技术的使用却具有强烈而鲜明的阶级性与政治性,因而,在西方资本主义国家,科学技术双刃剑的特性表现得尤为突出明显。力争获取更多剩余价值的资本本性决定了西方发达国家在利用科技创造更多物质财富的同时,会淡化甚至无视科学技术的负面效应。在这种情况下,伴随着科技成果的推广与应用,大规模高新技术运用所导致的结构性失业、环境恶化和宗教信仰所引发的冲突等一系列对人类生产、生活产生负面影响的问题也越来越多,其造成的危害性也越来越严重。但是,面对这些问题,西方资本主义各国政府并不是积极应对,反而采取削减福利的措施,结果造成劳动人民生活水平下降。从而使人们对现行制度逐渐失去信心,迫切希望能以彰显自己力量的模式对政府决策形成压力,迫使政府制定出更多切实可行的保障人民生活的措施或具有现实可行性的方案。因此,诸如环境保护问题、个人权利实现问题、社会平等问题等与人民切身利益密切相关的议题,逐渐成为新社会运动参与者的运动诉求。据此而言,信息革命不仅为新社会运动的兴起提供了基础与前提,还创造了运动的重要组成部分——运动议题。

3.全球性问题的出现为新社会运动的兴起提供了现实动力

随着地理大发现和新航路的开辟,特别是第一次工业革命以来,人类社会开启经济全球化进程。虽然两次世界大战的爆发使经济全球化的步伐有所迟缓,但其方向却没有改变。特别是第二次世界大战后,随着西方国家战后经济的复苏以及新技术革命的推动,经济全球化得以加速发展,迎来了发展进程中的黄金时期。必须承认,经济全球化不仅推动了商品、资本、人员、技术和信息的广泛流动,也加速了资源在全球范围内的优化配置,拓展了世界各国的发展空间,赋予各国更多的发展机遇。但是,受资本主义生产方式主导与推动的经济全球化并不只是"蜜与糖",而是一把锋利的双刃剑,为人类带来福祉的同时,也带来了如全球发展不平等、全球生态危机等一系列问题,从而引起世人的广泛关注和深刻思考。对这些日益迫近的全球性问题,无论是信奉自由主义的左翼政党还是信奉保守主义的右翼政党都没找到可行的解决方案。在这种情况下,作为现代社会中一支重要力量,新社会运动试图超越意识形态的限制,在资本主义政治体制外以采取非常规的方式提出解决全球性问题的诉求目标。因此,世界发展过程中出现的全球性问题的存在自然成为新社会运动兴起的现实动因。

(二) 社会结构因素

受战后信息技术革命的影响,西方国家的产业结构、阶级结构均发生了重要的变化。某种程度上看,新社会运动的兴起恰是西方社会结构变化的直接结果。

就产业结构而言,正如第一次技术革命导致了第一次产业革命一样,第二次世界大战后的信息技术革命也以无与伦比的力量冲击着西方社会的产业结构。首先,信息技术革命使西方国家农业结构和工业结构均发生变化。在农业结构方面,信息技术革命不仅促使农业生产现代化,逐渐步入了工业化阶段,农业劳动生产率大幅度提高,也使农业重心发生转移,农业结构发生深刻变化。在工业结构方面,随着战后科技革命的技术成果在工业中得到普遍使用,工业生产的能耗降低,原材料利用率得以提高,在重工业化过程中,工业结构又表现为以原材料和能源工业为中心转向以加工、装配工业为中心的发展趋向,从而对工人的劳动技能也提出了更高的要求。其次,信息技术革命改变了西方国家的三大产业结构的关系。在第二次世界大战之前,发达资本主义国家产业结构的重心已经开始从第二产业转向第三产业。在战后科技革命的推动下,受信息技术革命的影响,这种转向大大加速。具体表现为:第一产业在国民经济中的比重急剧下降;第二产业的比重从停滞转为逐渐下降;第三产业的比重则迅速上升。①

在社会结构中,阶层结构用来表示人与人之间或群体与群体之间的等级或差别构成,它实际上反映了社会主体构成的特征。第二次世界大战后,伴随着社会生产方式与产业结构的调整,西方发达国家的阶层结构也发生重大变化,其最突出的一个特点是新中间阶层的出现。新中间阶层是相对传统意义上的中间阶层而言。传统的中间阶层主要由中小雇主、业主、农场主、自我雇佣农民、手工业者、中下层自由职业者等组成;而新中间阶层主要指雇佣专业人员、经理人员、官员、职员、店员、领班等以脑力劳动为主的雇佣劳动者,也即“新工人”,以及现实新科技革命中出现的集业主、经理与研究人员诸角色于一身的新兴创业资本家。② 虽然战后西方发达国家的中间阶层仍包含传统中间阶层的成分,但新中间阶层的数量显然在不断扩大。表1.1反映了第二次世界大战后英、法、美等发达资本主义国家中新、旧中间阶层在经济活动中的比重。通过比较不难发现,战后新中间阶层在经济活动中所占比重不断上升。20世纪50年代初期,新中间阶层在美、英、法三国经济活动中所占比重分别是8.9%、9.3%与5.4%,到20世纪70年代初,这一数字分别上升为13.6%、12.6%与8.7%。而在同一时期,传统中间阶层在美国、法国这两个国家经济活动中所占的比重却出现了明显下降,英国传统中间阶层在经济活动中的比重虽有微小上升(由6.0%到6.3%),但并未改变新中间阶层在经济活动中所占比重大幅上升的趋势。

---

① 参见王舒建:《世界经济》,天津大学出版社2013年版,第21页。

② 参见周志成:《阶级划分与阶层划分是马克思主义的起点——兼论西方中间阶层的概念与特征》,《上海社会科学院学术季刊》1992年第1期。

表 1.1 第二次世界大战后美、英、法三国中间阶层状况

国家	年代	旧中间阶层		新中间阶层	
		人数（千人）	比重（%）	人数（千人）	比重（%）
美国	1950	4676	8.0	5460	8.9
	1960	4682	6.9	7700	11.3
	1970	3690	4.6	11050	13.6
英国	1951	1311	6.0	2500	9.3
	1966	1295	5.2	3050	11.6
	1971	1560	6.3	3100	12.6
法国	1954	2432	12.6	1039	5.4
	1968	2062	10.1	1512	7.4
	1972	2066	10.0	1840	8.7

资料来源：李俊奎：《战后西方社会利益结构的变迁及启示——以中间阶层为例》，《晋阳学刊》2003年第6期。

因此，某种程度上，新中间阶层已成为西方社会的主体。他们在战后西方国家中相对富有，具有较高的文化素养，享有较高水准的生活质量，拥有较为轻松良好的工作环境，是战后社会秩序的既得利益者。不过，一旦他们的利益受到钱权交易与官僚系统中非法行为的侵害与不正当的阻碍时，新中间阶层又对现状表现出强烈的不满。对此，美国学者丹尼尔·贝尔指出，在西方社会，"有一个中产阶级和上层中产阶级的核心，他们不仅形成一个巨大的文化市场，而且总的说来，他们的政治和社会态度比整个社会的政治和社会态度更加自由，正是在这个领域内将出现要求变革的巨大压力"①。因此，在西方发达国家中，新中间阶层这种特殊的社会身份与社会地位，决定了他们本能地反对社会"震荡疗法"的"革命"，不希望采取激进的变革来否定现存体制与秩序，但又天然地关注自身利益，抗议自身利益的受损，这种特殊的身份定位促使新中间阶层自然而然地成为西方新社会运动兴起的重要力量来源。

---

① [美]丹尼尔·贝尔：《后工业社会的来临——对社会预测的一项探索》，高铦等译，新华出版社1997年版，第164页。

（三）思想文化因素

思想指导行动,行动引领时代。西方新社会运动的兴起是西方社会时代精神的一种反映。对此,美国学者杰弗里·亚历山大认为,"'新社会运动'的产生是时代变化的结果,是新的时代精神的体现"①。因此,新社会运动的兴起与西方社会中的思想因素的推动密切相关。英国学者劳伦斯·威尔德(Lawrence Wilde)则称它"既是由经济和政治合理化引起的新抱怨,也是富裕社会正在上升的期望和正在变化的价值选择"②。第二次世界大战后,在西方社会中推动新社会运动兴起的思想因素主要体现在人们的不满情绪以及价值观与意识形态转变方面。

首先,第二次世界大战后西方社会和人们思想意识中普遍存在的不满情绪是新社会运动兴起的直接动因。这种不满主要表现为对资本主义体制的不满、对福利国家政策的不满以及对人的需要受到忽视而导致的不满。一方面,第二次世界大战后西方发达国家在经济迅速发展满足人们物质需求的同时,也助长了人们产生新的价值追求,如良好的自然环境、自我实现与政治参与等,然而,这些新的价值追求在现存的资本主义体制内却很难实现。在这种情况下,美好理想与残酷现实的对照使人们对资本主义体制产生不满。另一方面,第二次世界大战后西方国家普遍推行的福利国家政策虽然满足了人们全面的物质需求,但是却无法满足人们对地位性物品的强烈需求,更无力解决人们因对地位性物品的争夺而产生的各种矛盾与冲突。因此,人们对福利国家政策的不满情绪也逐渐上升。不仅如此,随着第二次世界大战后西方国家对经济与社会干预,人们也越来越认识到生活世界越来越被殖民化,人与人之间的关系受到破坏,人际关系发生了异化。在这种情况下,要求重建人与人之间的忠诚与

---

① 陈林、侯玉兰等:《激进、温和还是僭越? 当代欧洲左翼政治现象审视》,中央编译出版社 1998 年版,第 338 页。

② Lawrence Wilde, *Modern European Socialism*, New Hampshire:Dartmouth,1994,p.4.

认同的需求也不断增强。因此,当人们对资本主义体制、对福利国家政策以及对生活世界被殖民化的不满积累到一定程度时,必然导致新社会运动的爆发。

其次,第二次世界大战后西方国家人们价值体系或意识形态也在发生转变。在第二次世界大战后发达国家兴起的新社会运动浪潮,价值体系或意识形态是驱使人们采取行动的根本动力。一方面,物质主义/后物质主义维度在新社会运动兴起中扮演着关键角色。一般而言,在工业革命起飞的阶段,经济增长是核心问题,人们普遍关心的是物质利益与经济安全。然而,在第二次世界大战后,西方发达国家普遍进入了"后工业社会",后工业社会是一个人们生活相对富裕与稳定的社会形态。在这种社会形态下,人们关注非经济的生活质量问题——关注社会环境的质量问题,追求等级程度较低的、较密切的和非正式的人际关系的实现等。第二次世界大战后西方社会人们价值观的这种变化,被美国学者罗纳德·英格尔哈特看作是一场"静悄悄的革命",即后物质主义价值观的兴起。当然,人们后物质主义价值观的兴起并不代表后物质主义者排斥经济繁荣与物质利益,而是表明"他们的优先价值观较少地受到早期工业社会核心准则的支配"[1]。正是这种后物质主义的优先价值观推动了新社会运动的兴起。但是,另一方面,新社会运动的兴起不是价值观单独造成的,在某种程度上,这一运动的出现也反映了意识形态灌输的明显结果。严格地说,意识形态与价值体系都属于信仰体系,二者之间没有明确的界分,都可能会带来对广泛具体议题的某种一致性的倾向。但是,"意识形态"一词通常被理解为某政党或运动所宣传的行动计划,其被接受的过程多少是有意识的,是直接灌输思想的结果。而"价值体系"则反映的是一个人的整体社会化过程,尤其是在其早年阶段。理性说服可能会让人们隔天就接受(或拒绝)某种意识形态[2]。价值观具有持久

---

① ［美］罗纳德·英格尔哈特:《发达工业社会的文化转型》,张秀琴译,社会科学文献出版社 2013 年版,第 378 页。

② 参见［美］罗纳德·英格尔哈特:《发达工业社会的文化转型》,张秀琴译,社会科学文献出版社 2013 年版,第 376 页。

性,可以驱使一个人接受某种意识形态。正因为此,后物质主义价值观的崛起使人民逐渐接受了新社会运动这种属于"新左翼"的意识形态。正如前文所论,广义上而言,左翼是寻求社会变革的政治力量,但是新左翼与传统左翼是不同的,传统左翼认为经济增长和技术进步从根本上来说都是好的和进步的,而新左翼却对此持怀疑态度。因此,在第二次世界大战以后,随着后物质主义价值观的崛起,"'左派'的核心含义不再是简单的生活资料国家所有制以及着重于阶级斗争的相关议题,而是日益指向有关自然和社会环境质量、女性角色、核能和核武器等一系列的问题"①。

当然,新社会运动的兴起除了上述原因之外,"在很大程度上还要归因于公众政治技能水平的逐步提高——这是教育变得更加普及而政治信息变得更加广泛的结果。"②第二次世界大战后,"随着人们受教育机会的增加,社会成员的文化修养普遍大大提高,这就使关于个性和生存价值问题日益突出,对健康、长寿、健美的追求成为社会时尚。于是,人们更敏锐地感触到资本主义制度下种种有关问题,也更加意识到不能再把世界的命运寄托在政治家和将军们身上,力图自己掌握自己的命运"③。

三、 西方新社会运动的发展④

新社会运动兴起的前史或序幕是 20 世纪 50 年代末美国青年的反主流文化运动和 60 年代末的法国"1968 年革命"。20 世纪 50 年代末期,反主流文化运动开始在美国出现,这场运动不仅是美国被称为"垮掉的一代"的青年"对

① [美]罗纳德·英格尔哈特:《发达工业社会的文化转型》,张秀琴译,社会科学文献出版社 2013 年版,第 380 页。
② [美]罗纳德·英格尔哈特:《发达工业社会的文化转型》,张秀琴译,社会科学文献出版社 2013 年版,第 377 页。
③ 文晓灵:《谈谈当代西方的新社会运动》,《当代世界社会主义》1986 年第 3 期。
④ 关于西方新社会运动较为详细系统的发展演变脉络,笔者在已出版的《新社会运动理论视角下的反全球化运动》(复旦大学出版社 2013 年版)、《新世纪以来西方新社会运动研究》(人民出版社 2018 年版)两书中有详细的阐释。此部分内容不再详细展开,仅拣择与研究主体密切相关的重要内容略述之。

主流文化的反叛和背离,更是他们在文化失范状态下探求建立一种新的文化价值体系的尝试"①。在摇滚、吸毒、性自由、群居等"颓废"的生活方式背后,透露出他们对资本主义传统价值的怀疑以及对工业社会和富裕生活的不满和反抗,闪烁出一种激进、反叛甚至不乏些许浪漫色彩的理想之光。尽管"垮掉的一代"所掀起的反主流文化对当时的美国社会并没有造成太大的损害,但他们却以自身独特的方式解构美国的主流社会和主流文化,预示着风暴的来临。受"垮掉的一代"反主流文化运动的影响,一些反文化的新左派人士或思想家也随之登上历史舞台,如美国社会学家 C.赖特·米尔斯(C. Wright Mills)、赫伯特·马尔库塞等人,他们对美国社会及其制度展开了激烈批判,从而进一步推动了新左派思想的传播。到 20 世纪 60 年代,美国"垮掉的一代"转变为"造反的一代",以学生运动为主体的新左派运动迅速兴起,参与并领导了 60 年代的美国民权运动、反战运动与造反运动。1968 年,新左派运动在欧美世界的持续爆发终于酿成了一场以"五月风暴"为发展顶峰的大规模的西方学生造反运动。1968 年法国"五月风暴"是西方青年反对资本主义制度的集中展示,也是一场典型的文化抗议运动。虽然这次运动失败了,但却为新社会运动提供了理念,奠定了社会基础。因此,"五月风暴"是一个拐点,被视为新社会运动的第一个雏形。

典型意义上的新社会运动出现在 20 世纪 70 年代。这一时期,以环境保护为目的的生态运动,以强调妇女个体性别意识和心灵独立、反对在日常生活领域和文化价值观方面的性别歧视与压迫的新女权运动,以及大规模的反核运动在西方国家蓬勃兴起,各种形式的新社会运动席卷西方社会,波澜壮阔,影响空前。20 世纪 80 年代,西方新社会运动的发展进入深化阶段,尤其是 80 年代中期以后,以反核运动、生态运动为代表的新社会运动开始出现"低动员化"与"制度化"的倾向。80 年代末 90 年代初,伴随着苏联解体与冷战的

---

① 张永红:《20 世纪 60 年代美国青年运动及其社会应对研究》,新华出版社 2014 年版,第 53 页。

终结,国际形势的变化为新社会运动的进一步发展提供了良机,伴随着全球化进程的推进以及反对新自由主义全球化抗议运动的蓬勃兴起,生态运动、人权运动、和平运动等不同形式的新社会运动类型也纷纷融入到反全球化抗议浪潮中,开始以"反全球化运动"这一新面孔展现于世界舞台。新世纪以来,尤其是 2008 年国际金融危机以来,西方新社会运动在运动主体、运动议题、组织方式等方面又呈现出新的发展态势,其追求"全球正义"的目的越来越明显,因此,新世纪以来西方新社会运动开始向真正的"全球正义运动"转变。

总之,西方新社会运动的兴起与蓬勃发展,逐渐取代了传统左翼运动和劳工运动在社会政治生活中的主要地位。这充分证明新社会运动不仅是 20 世纪后期在西方社会中最有成长性、上升性的大型社会运动,也是当今西方社会参加人数最多、规模最大、影响最为广泛深刻的社会运动。

四、 传统左翼运动与新左翼运动之比较

传统工人运动是传统左翼运动的典型代表,而新社会运动则是新左翼运动的典型代表。通过比较传统工人运动与新社会运动的异同大致可以一窥传统左翼运动与新左翼运动的异同。作为同属左翼阵营的力量,传统工人运动与新社会运动均表现出对现实社会的批判、不满与反抗,就本质而言,二者同属于反体制运动。尽管如此,传统工人运动与新社会运动/传统左翼运动与新左翼运动在批判对象、意识形态、主导逻辑、社会基础等诸多方面均存在差异。

首先,就批判对象而言,传统工人运动主要是对资本主义经济社会制度进行批判,而新社会运动主要是对新自由主义及其弊端进行批判。正如前文所言,20 世纪 60 年代之前,传统工人运动对社会的批判主要是由经济原因引起的。伴随着利益冲突加剧、社会鸿沟增大以及劳资矛盾的日益尖锐,产业无产阶级作为传统工人运动的主体力量,对资本主义制度进行彻底批判,并以推翻

资本主义制度作为最终目的。对此,有学者认为,"无产阶级试图推翻资本主义制度主要是因为他们认为资本主义造成了自己的贫困无权"①。显然,传统工人运动的彻底革命性是与他们的政治诉求密切相关的。20世纪60年代以后,伴随着全球化进程的进一步发展,代表西方大国主导意识形态的新自由主义开始在全球蔓延,并渗透到社会各个领域,对人们的经济生活、社会生活和个人生活带来了全方面影响。不可否认,作为一种经济发展模式,西方国家所倡导的新自由主义经济模式确实在一定程度上促进了西方国家经济的繁荣,但是作为一种社会模式,新自由主义的推行却带来了一系列严重的社会问题,人们也深刻感到自己的生活被殖民化了。这种环境下,在第二次世界大战后富裕社会中成长起来的年轻一代逐渐对物质富足但精神贫乏的社会现状深感不满,其中尤以青年学生和社会新中间阶层最为突出典型。"他们反叛的原因主要是异化和无权的感觉,本身并无经济目的,但他们自认为是为民请命。"②为此,他们"从人本主义和理想主义出发,对理性的社会、科技官僚的社会和后工业社会发起批判和挑战"③,很显然,这种批判是对资本主义进行的包括文化、社会和精神批判的总集合。从根本上说,这种批判是一种对新自由主义主导的资本主义的全面批判,经济原因不再是引起批判的唯一主要因素。在此基础上,以青年学生与新中产阶级为运动主体的新社会运动的革命色彩自然逐渐淡化,运动仅仅是对新自由主义及其弊端进行揭露和批判,并不以推翻资本主义制度作为目的。

其次,就意识形态层面而言,传统工人运动往往拥有一个诸如共产主义、社会主义等集中的、统一的、整体性的宏大意识形态,而新社会运动则缺

---

① 钱满素:《美国自由主义的历史变迁》,生活·读书·新知三联书店2006年版,第143页。

② 钱满素:《美国自由主义的历史变迁》,生活·读书·新知三联书店2006年版,第144页。

③ 许平、朱晓罕:《一场改变了一切的虚假革命——20世纪60年代西方学生运动》,上海人民出版社2004年版,第6页。

乏严整统一的意识形态。传统工人运动以马克思列宁主义作为一元化的指导思想,在无产阶级政党的领导下追求物质利益的提高以及与这一要求相适应的政治权力的保障。因而,传统工人运动是以利益关照为中心的"利益政治",其阶级倾向、阶级认同非常显著,具有工具性、政治性和物质性的特征。与之相反,新社会运动则没有统一确定的宏大意识形态,"而只有一套与特定群体的归属感,与特定群体的成员关于自身形象的意象、与其对日常生活意义的理解联系在一起的信念、符号、价值和意义"①。"新社会运动想要改变的仅仅是社会上的某一种主流价值观和行事方式,其成员之间的凝聚基础往往是对一种共同身份的认同。"②因而,新社会运动属于以群体/身份认同为中心的"认同政治"。这种认同会随着时间、地域、群体、议题的变化而发生变化,具有强烈且鲜明的伸缩性与零碎性,因而也就缺乏意识形态所应有的逻辑性和完整性。不过,有学者认为新社会运动有意识形态,只不过不是统一的一元化的意识形态,而是表现为意识形态多元化,在运动过程中充斥着无政府主义、生态主义、女权主义、马克思主义等多元观念和价值。③

再次,就主导逻辑而言,传统工人运动坚持以命令为主导的逻辑,新社会运动坚持以网络逻辑为主。传统工人运动"有等级分明的结构和权力集合的核心领导者"④,是以产业无产阶级为主导力量,在纪律严明的无产阶级政党的集中领导下进行暴力革命。因此,在运动策略与组织方式方面始终贯穿着以命令为主导的逻辑。如在运动策略上采取中心化的集中统一领导,在运动过程中上下级别严明,下级完全服从上级的指挥与领导;在组织方式上采取科层制与等级性的形式;在运动过程中建立了全国性的党组织以及地方性党组

---

① 冯仕政:《西方社会运动理论研究》,中国人民大学出版社 2013 年版,第 272 页。
② 赵鼎新:《社会与政治运动讲义》,社会科学文献出版社 2006 年版,第 290 页。
③ 参见周穗明:《新社会运动:世纪末的文化抗衡》,《当代世界与社会主义》1997 年第 4 期。
④ 赵鼎新:《社会与政治运动讲义》,社会科学文献出版社 2006 年版,第 293 页。

织或基层党组织。而"新社会运动既不像工人运动那样对暴力夺取政权跃跃欲试,也不像工人运动那样会设法利用既有的政治参与渠道尽可能多地获取利益,而是倾向于保持在既有的政治参与渠道之外,同时采取直接的、破坏性的、反制度的行动策略"①。另外,新社会运动的组织形式也非常分散,很少建立全国性的或区域性的伞状组织,在运动的开展过程中,多以社会团体等组织模式出现。所有这些均表明,新社会运动的主导逻辑已经完全不同于传统的工人运动,而更倾向以网络逻辑为主导。

最后,就社会基础而言,传统工人运动以工业无产阶级与农民为主要的运动力量,而新社会运动则是以新中产阶级为主的跨阶级的广泛联盟。传统工人运动与工人阶级与资产阶级二元对立的社会结构相契合,强调物质利益与权利的获取,并与特定的阶级相联系,因而,传统工人运动是为了生存而斗争的运动,其主要社会基础是工业无产阶级。而新社会运动不与任何特定阶级相联系,其社会基础是人们对某些社会议题的共同关注。"随着议题的展开,新社会运动的参与者也在不断变换,并没有一个一致的、稳定的、明确的阶级界限"。② 因而,相较于传统工人运动而言,新社会运动是由相对分散的社会阶层构成,在运动开展过程中,其支持者和参与者往往由两部分人组成:一部分是社会弱势群体,即那些在现代化进程中被边缘化的人或为现代化过程付出了代价的人;另一部分是由于社会发展发生产业结构变化而出现的新的社会群体,这主要是新中产阶级。③ 从当前新社会运动的发展实践中可以明确看出,新社会运动的主体力量是新中产阶级。

新中产阶级之所以是新社会运动的基础力量,主要原因有以下四个方面:

① 冯仕政:《西方社会运动理论研究》,人民出版社2013年版,第273页。
② 冯仕政:《西方社会运动理论研究》,人民出版社2013年版,第274页。
③ 参见胡振良、常欣欣:《当代世界社会主义前沿问题》,中共中央党校出版社2011年版,第202页。

第一，中产阶级的"矛盾性格"、利益多元化与价值多元化同新社会运动的特点和活动方式相吻合。中产阶级处于社会中间结构的经济地位决定了他们中间的大多数并不支持劳工运动等传统左翼运动，而只赞成对社会的改良。①而作为反体制运动的新社会运动，虽然不满意现行政治体制的功能，但并不主张推翻现行的政治制度。因此，中产阶级与新社会运动二者在政治倾向上不谋而合。第二，在西方社会，还没有任何一个政党能够代表中产阶级的多元利益、多样化的政治与价值诉求。因此，中产阶级必须采取社会行动去实现自己的某些利益和价值观以影响公共政策，而参与同阶级结构联系并不密切的新社会运动对他们来说无疑是最恰当且有效的选择。第三，在富裕社会中成长起来的中产阶级具有鲜明的后现代主义与后物质主义价值倾向，他们在享受富裕社会带给的物质满足的同时，又深感自己的自由、自尊和自立等自我实现的价值受到现实生活的挑战。这注定新社会运动所关注的社会议题不是根据特定阶级、特定利益集团而提出的，"不是由分配的难题而导致的，而是由那些与生活形式有关的语法所激发的"②，这些议题恰恰是中产阶级后现代主义/后物质主义价值重点关注和强调的。因而，新社会运动反映了中产阶级后现代主义/后物质主义的文化张力。第四，新社会运动所涉及的社会议题包含较强的专业知识背景，需要接受过高等教育的新中产阶层的加盟以提供知识支撑，而价值多元、诉求多样的新中产阶层也需要在新社会运动中发挥专业知识以彰显和证明自己。

总之，新社会运动在批判对象、意识形态、主导逻辑、社会基础等方面与传统社会主义运动和工人运动均存在一定距离。但从理论和政治上来看，作为左翼运动的新、旧力量，新社会运动与传统左翼运动仍存在结合的客观基础。

---

① 参见沈瑞英：《矛盾与变量：西方中产阶级与社会稳定研究》，经济管理出版社 2009 年版，第 239—240 页。

② ［美］斯蒂芬·K.怀特：《政治理论与后现代主义》，孙曙光译，辽宁教育出版社 2004 年版，第 11 页。

尤其是在反对新自由主义的全球新左翼运动中,传统社会运动与新社会运动并不是两个相互对立的力量,相反,在反对新自由主义全球化这一宏大的斗争框架中,二者已经出现了融合的趋势。

第二章 走向全球：全球新左翼运动的发展

就一定意义上而言，20 世纪 60 年代末在西方社会兴起的新社会运动，虽然从一开始就具有跨国性与全球性色彩，但是其真正成为具有全球意义性质的"新左翼运动"是在 20 世纪 90 年代以后。正是在这一时期，在国际、国内以及新社会运动自身因素的交互作用下，各种类型的新社会运动纷纷融入到反对新自由主义全球化的抗议浪潮中，助推了全球新左翼运动的蓬勃发展。从而，西方新左翼运动也具有了新的价值与意义，成为真正的"全球新左翼运动"。之所以视"全球新左翼运动"为西方新左翼运动的新拓展，不仅指全球新左翼运动处在新的历史时期，具有新的时空背景，更指其与之前相比，有不同的运动方式、社会基础、组织策略和运动目的等新态势。"全球左翼论坛"的兴起、全球各地爆发的反抗资本主义与反对新自由主义全球化的民众抗议运动不仅是全球新左翼运动中的亮点，也代表了全球新左翼运动的发展动向。

第一节 全球新左翼运动的发展动因

20 世纪 90 年代以来，伴随着苏联解体、两极格局的终结以及经济全球化进程的深入发展,经济全球化带来的负面影响越来越突出,质疑与反对全球化的声音此起彼伏,连绵不绝。在这种情况下,20 世纪 60 年代末在西方国家兴起的各种类型的新社会运动也融入到反全球化抗议浪潮中,全球新左翼运动随之蓬勃兴起。

一、 全球场景因素:新自由主义全球化及其问题的出现

所谓全球场景因素,主要是指从全球层面上推动全球新左翼运动发展的宏观因素。其中,新自由主义全球化及其问题的出现作为全球层面的一个重要因素,为全球新左翼运动的发展提供了现实可能。

从 20 世纪 30 年代到 80 年代中期,是凯恩斯主义经济学盛行的时期,约翰·梅纳德·凯恩斯(John Maynard Keynes)的思想主导了西方国家的经济政策。凯恩斯主义包含两个重要的特征:一是鼓励政府参与经济发展。凯恩斯主义认为政府参与/干预经济对于资本主义工业化发展至关重要。政府职责包括为抵御周期性经济下坡提供缓冲,规划和发展各种经济部门。二是政府干预可以减轻资本主义市场经济发展过程中必然存在的不平等。凯恩斯主义认为,资本主义市场经济不能解决平等问题,必然造成失业和危机,因此必须加强政府干预。政府针对市场弊端采取的各种再分配与援助政策和措施将不仅不会阻碍经济的增长,反而还会促进经济的增长。20 世纪 30 年代世界经济大危机爆发后,主张国家干预的凯恩斯主义经济理论盛行,并为美国与世界经济政策的制定提供了重要指导。然而,到 20 世纪 80 年代中期,凯恩斯主义时代以及建立在凯恩斯主义原则基础上的全球政治经济走向没落,取而代之的是新自由主义政策。学界对新自由主义概念有不同的理解,有学者指出,它有三张不同的"面孔":作为一种智识,它主要表达以哈耶克、弗里德曼为代表的一套经济学理论;作为一种政策体系,它包括了一些以自由化、放松控制、私有化、去政治化和货币主义等为特征的经济政策;作为一种政治方式,它表达了一种以市场为中心的政治权力和政治行为逻辑,其中包括了一套对合理政

治秩序的理解。① 三者交互作用,意义并不等同,但共同服务于欧美等国的政策、理念与利益。

美国总统里根以及英国首相撒切尔夫人大力倡导新自由主义,从而开创了新自由主义的兴盛时代。撒切尔夫人无数次地重复和强调"除了新自由主义,别无选择",并认为能够替代资本主义的制度并不存在。毫无疑问,"别无选择"(There is No Alternative,简写成 TINA)这种颂歌式的说法向世界传递了这样一个强烈信号:新自由主义主导的资本主义制度是史上最美好的制度。因此,在里根与撒切尔夫人的倡导下,新自由主义不仅在欧美一些国家占据主导地位,而且也影响到拉美、非洲与亚洲等其他地区。在这种环境下,TINA 就成为一股不可遏制的巨大力量推动着资本全球化在遵循新自由主义规则的前提下不断快速向前发展。新自由主义全球化时代的来临,不仅改变了世界的经济政治规则与发展态势,而且也在全世界增加了经济不平等,恶化了生态环境,破坏了政治正义。

(一) 新自由主义改变了世界经济规则

与凯恩斯主义经济学所主张的经济原则相反,新自由主义提出了一种新的资本主义经济原则,一种有利于中心统治边缘、资本统治劳动的经济原则,即在中心和边缘、资本和劳动、政府和市场关系上更有利于前者驾驭后者。也就是说,新自由主义所采取的经济原则在劳资之间更有利于资本利益,在中心与边缘之间更有利于中心国家尤其是发达资本主义国家。

一方面,在政府与市场的关系上,新自由主义反对国家和政府对经济的不必要干预,强调自由市场的重要性。在新自由主义盛行的全球化时代,优先考虑资本利益是国家成功的唯一保证。因此,为了获取更多的资本利益,各国政府必须放松对市场经济的干预与调控,大幅减少对经济活动的参与和控制。

---

① See Stephanie Lee Mudge,"The State of the Art:What Is Neo-liberalism?",*Socio-Economic Review*,2008,No.6,pp.703-731.

判断一个国家善政的标准是看这个国家通过市场力量促进发展的程度。在这种理论框架内，政府为了减轻贫穷和减少社会不平等所进行的一切努力均被认为不利于经济增长。同样，新自由主义认为在公司企业生产过程中，各种对公司活动加以规定的法律法规，如保护环境不受污染的法规，或工人免受不安全和不健康工作环境影响的法规均不利于生产与发展，同样也是阻碍经济增长的因素。

另一方面，在劳资关系与中心边缘关系的认识上，新自由主义推崇一种"向下溢出"的政治认知。在国内领域，新自由主义经济政策的赞成者认为，如果政府颁布鼓励企业的国际贸易政策以及促进经济增长的政策，由此所获得的好处就会自然"渗漏"到社会各个阶层，惠及国内各阶层的民众。在国际领域，新自由主义经济政策的推行者认为，要实现全球经济一体化的特殊愿景，那些在世界体系中最富裕、最强大，且采取新自由主义经济发展模式、占据权力中心地位的国家，必须从上层有效加强新自由主义的全球化模式，通过国际援助、国际贷款以及贸易安排等措施将新自由主义经济思想逐渐渗透到处于世界体系外围或边缘的国家。为了推动全球经济一体化愿景的实现，新自由主义通过世界银行、国际货币基金组织和世界贸易组织等全球机构积极推行新自由主义经济政策。正因为此，坚持主张为全球经济治理建立自由市场模式的撒切尔夫人才信心满满地说，世界经济要取得进展，除了资本主义的全球扩张，别无选择。

不可否认，新自由主义突出强调市场在经济发展中的作用有其合理之处。放松对市场的干预与监管，让市场主体自由竞争，不仅能创造大量财富，也有助于促进技术创新。市场有时候确实有助于经济增长，但单独依靠市场并不能够实现许多重要的社会目标。不少批评新自由主义政策的人认为，在诸如保障所有人过上有尊严的生活、保护自然环境以及减少不平等社会目标实现上常常出现"市场失灵"现象。因此，新自由主义在促进经济增长的同时，也助长了全球不平等的加剧。许多学者认为，"最近几十年新自由主义全球化的快速推进并没有为世界上大多数穷人带来经济利益。世界银行和联合国的统计数字表明,最贫穷的 100 个国家的经济状况实际上比 1980 年以前还要差"①。显然,在新自由主义思想主导下推行的全球经济结构调整已经不成比例地影响到最贫穷的国家,因而,对新自由主义经济原则的不满不仅来自世界体系中心地带的西方发达国家,更有处于世界体系边缘地带的第三世界民众的强烈诉求。

(二) 新自由主义改变了全球范围的政治参与

新自由主义不仅深刻影响着世界的经济并推动世界秩序的改变,还促使全球范围的政治参与发生根本改变。在制定如何组织世界经济和社会生活的政策时,起决定作用的不是广大的人民,而是极少数金融专家和政治精英。也就是说,在新自由主义主导下的世界秩序中,全球治理采取的是一种"非政治化"的精英战略,民间社会被蓄意地排除在全球治理的政治参与之外,全球机构越来越"非政治化"。新自由主义这种"非政治化"精英战略深受"民主会混淆领导和经济效率"这一信念驱动。这种民主危机明确反映在公众抗议和其他形式的公民政治参与激增上。新自由主义者认为公民过度参与是造成民主危机的根本原因,换句话说,国家和政府因增加参与社会和经济计划的民主要求而不堪重负。因而,无论盈利与否,国家和政府必须通过社会的非政治化战略,采取公共空间私有化以及政治镇压措施,迫使公民及其组织退出日益缩小的公共领域。同时,新自由主义认为国家和政府无力解决无家可归、住房短缺或环境污染等问题,这些问题应该在市场力量运作下进行解决。国家和政府仅在执行产权以及以其他方式推进资本需求方面是有能力的。因此,在新自由主义主导下,民主政体的治理不再是民选政府的责任,而是市场的责任。新自由主义认为公民参与会造成"民主危机"。之所以如此认定,与推行新自由

① See Jackie Smith etal, *Global Democracy and the World Social Forums* (International Studies Intensives) ,Boulder・London:Paradigm Publishers,2014,p.8.

主义政策的西方政府作出的两份报告密切相关。这两份报告分别是 1975 年的三边委员会报告与 1995 年的全球治理委员会报告。

为了应对共同的危机，以及加强彼此之间的沟通合作，1973 年，北美、西欧和日本三地区 14 个国家的学者以及政经要人联合组成了三边委员会。三边委员会总干事布热津斯基认为，该委员会是"研讨政治、安全、经济和社会等领域的一系列广泛的问题，既拟订有关的政策，又作为促进三边相互接受意见的一个行动组织"。三边委员会以美国人为核心，资金亦由美国洛克菲勒基金会与福特基金会提供。在卡特政府的高级官员中，来自该组织的就达 19 人，其一度被称作美国的"影子政府"。1974 年春，三边委员会成立了一个由法国社会学家和政治学家克罗齐、美国政治学家亨廷顿、日本政治学家绵贯让治组成的研究民主国家统治能力的工作小组，一年后，该工作小组提交了一份非常著名的研究报告。该报告认为"广泛的政治参与使人们对政府的要求增加"，这"给政府带来了'过重负荷'，引起了政府活动和经济上加剧的通货膨胀趋势的不平衡发展"，导致政府工作效力和效率减弱，最终会降低政治参与。此外，民主还"鼓励了在国际事务中更加严重的眼界狭小病"[1]，这"正是因为民主过剩引起的"，为了挽救民主危机，需要对民主进行"节制"。亨廷顿等人还提出了具体的民主节制办法：一是限制民主在建立权威方面的作用，恢复对"专业知识、资历、阅历和特殊才能的需求"；二是促使"某些个体和群体"保持"某种程度上的冷漠和回避"，以便使"民主政治系统"能够"有效运转"。[2] 换言之，政府鼓励"政治被动"，以便减少普遍存在的过度公民民主参与。同时还认为"依靠专家、经验和资历是最有效的治理模式"[3]。

---

① ［法］米歇尔·克罗齐、［美］塞缪尔·P.亨廷顿、［日］绵贯让治：《民主的危机——就民主国家的统治能力，写给三边委员会的报告》，马殿军等译，求实出版社 1989 年版，第 138—146 页。

② 参见［法］米歇尔·克罗齐、［美］塞缪尔·P.亨廷顿、［日］绵贯让治：《民主的危机——就民主国家的统治能力，写给三边委员会的报告》，马殿军等译，求实出版社 1989 年版，第 100—101 页。

③ Jackie Smith etal, *Global Democracy and the World Social Forums* (International Studies Intensives), Boulder · London: Paradigm Publishers, 2014, p.11.

与三边委员会报告一样,全球治理委员会1995年的报告也有助于理解新自由主义"非政治化"的精英战略。1992年,28位国际名流发起成立了"全球治理委员会"(Commission on Global Governance),并创办了一份名为《全球治理》的杂志。1995年,该组织发表的题为《天涯若比邻》(*Our Global Neighborhood*)的研究报告直言不讳地指出各国政府越来越没有能力处理一系列不断增长的全球问题,"《联合国宪章》建立的国际体系需要更新,……需要制定更严格的国际标准,在全世界扩大法治,并使公民能够对全球治理的进程施加其影响"。为此,该委员会还提出一套激进方案,最主要就是"改革联合国",以经济安全理事会取代经济与社会理事会,举行民间社会论坛年度会议,使人民及其组织能够成为一个"国际民间社会",在解决全球关切问题方面发挥更大作用。报告认为,全球治理是通过世界层面的一系列复杂的场所运作,包括国际货币基金组织、世界银行、世界贸易组织以及7国集团等组织。在这些组织中,不灵活的、集中的指挥和控制的结构已被证明是不可持续的,相反,依赖协商、共识和灵活且体现游戏规则的多层次决策系统正在出现。[1] 但是,重要的是,报告还指出,全球治理不能仅仅依靠政府和公共部门的活动,而应依靠跨国公司——跨国公司"占经济活动的相当大的份额,而且越来越大"。[2]

可以看出,尽管全球治理委员会的报告认识到需要市民社会和非政府组织在全球治理中活动,但支持市场在全球治理中的作用明显增加,尤其支持世界贸易组织等新自由主义全球化推动者活动区域的扩展。因而,全球治理委员会的报告实际上是非常赞同企业和私营企业应在全球治理中发挥作用,而非政府组织和民间社会则应在地方层面协助政府和企业的发展。很显然,这种观点与实践带有鲜明的新自由主义色彩,意味着在全球层面,公民和社会仍

---

[1] 参见《〈天涯若比邻——全球治理委员会的报告〉节选》,谢来辉译,见杨雪冬等主编:《全球治理》,中央编译出版社2015年版,第141—163页。

[2] Jackie Smith etal, *Global Democracy and the World Social Forums* (International Studies Intensives), Boulder · London: Paradigm Publishers, 2014, p.13.

然是非政治化的实体,被排斥在全球治理的政治参与之外。不可否认,三边委员会报告对西方民主危机的探寻以及全球治理委员会报告对全球治理困境的强调都有一定的现实意义。但是,二者把多数人排除在政策制定之外的"非政治化"战略,与加强全球治理可能性的目标之间存在着紧张关系,从而为那些既想塑造全球化的发展方向,但又缺少发言权的人创造了可能机会,他们强调,"我们需要一个全球一体化的模式,可以让更广泛的人——而不仅仅是金融专家——参与制定关于如何组织我们经济和社会生活的政策决定。"①与此相呼应,从 20 世纪 90 年代起,在全球层面抗议全球机构存在"民主赤字"的活动不断增多。

(三) 新自由主义全球化加剧了全球性问题的凸显

新自由主义全球化兴起于 20 世纪 70 年代末 80 年代初,随着全球化进程的推进,新自由主义也开始在全球各个角落野蛮地蔓延扩散,并在不同国家和地区有了各种有针对性且独具特色的别名,在拉丁美洲称之为"华盛顿共识",在非洲被称为"经济结构调整",在苏联和东欧国家被称为"休克疗法"。虽然名称有别,但都暴露出新自由主义全球化的丑恶和给人类带来的巨大危害。由新自由主义全球化所引起的全球性问题更是让人触目惊心,这些全球性问题突出体现为全球贫富两极分化与环境破坏的全球化。

首先,新自由主义全球化造成全球贫富两极分化空前加剧。从本质上说,资本主义是一种制造两极分化的制度模式。新自由主义全球化,或者说资本主义全球化的新自由主义阶段,既是资本主义所固有的一方面积累富有、一方面积累贫穷的全球化的继续,又是这种两极分化全球化的登峰造极的阶段。②在新自由主义占主导地位的 20 世纪 80 年代,新自由主义全球化在导致富人

---

① Jackie Smith etal,*Global Democracy and the World Social Forums*(International Studies Intensives),Boulder・London:Paradigm Publishers,2014,p.8.

② 参见唐袅:《新自由主义全球化别名考》,中央民族大学出版社 2007 年版,第 106 页。

越来越富的同时,普通民众却越来越穷,"贫富悬殊比以往任何时候都严重的世界"①。世界进入一个从全球奇迹变为全球灾难的过程。"据联合国公布的数据,世界上居住在最富裕国家的1/5人口与居住在最贫穷国家的1/5人口,在全球化之前的1960年收入差距是30∶1,在1990年则变成60∶1,到了1997年是74∶1。到20世纪90年代后期,世界最富裕的20%的人口占有世界国内生产总值的86%,最贫穷的20%人口只占1%。"②

表 2.1　全球财富分配(1960—1994 年)

单位:%

年份	工业化国家	发展中国家	苏联及东欧国家
1960	67.3	19.8	12.9
1970	72.2	17.1	10.7
1980	70.7	20.6	8.7
1989	76.3	20.6	3.1
1994	78.7	18.0	3.3

资料来源:唐凌:《全球化背景下的对话:对一种新的传播理念的探讨》,文化艺术出版社2012年版,第20页。

事实上,新自由主义全球化带来的贫富两极分化是全方位的,覆盖到世界的每一个角落。不仅发达国家与发展中国家之间的实力差距在明显拉大(见表2.1),就是在发达国家之间及其内部与发展中国家内部也出现了严重的两极分化。也就是说,"富裕的北方国家内部贫困和落后现象也与日俱增,北方国家在形成自己国家内部的'南方';南方贫困国家也出现了自己的'北方'及少数富有的人,他们与本国人民隔绝而走向北方国家的富有者,买办性使其成为后者的附庸"③。在西方发达国家之间,富裕国家剥削次富裕国家的现象日

---

① 卫建林:《全球化与第三世界》(第3卷),清华大学出版社2009年版,第940页。
② [希]塔基斯·福托鲍洛斯:《当代多重危机与包容性民主》,李宏译,山东大学出版社2008年版,第30页。
③ 卫建林:《全球化与第三世界》(第3卷),清华大学出版社2009年版,第943页。

渐明显和突出,如美国与欧洲国家之间的差距在扩大。根据联合国经济委员会 1998 年的数据显示,"欧盟 15 国的生活水平,比美国落后 33%。在欧盟国家内部,1997 年欧盟国家人均收入 1.83 万美元,最富有的德国和比利时为 15 国平均数的两倍,卢森堡人均 3.349 万美元,葡萄牙仅 7945 美元"①。这种国别差别正是新自由主义全球化占主流地位的一个必然结果。不仅如此,在西方发达国家内部,贫富两极分化尤其明显。美国是西方国家最不平等与贫富两极分化最严重的国家。"在 1979 年,美国最富的 5% 与最贫穷 20% 的家庭收入比是 10∶1,到 1989 年,这一比例是 16∶1,到 1999 年则上升为 19∶1。到 21 世纪初,这种两极分化现象更加严重,2004 年,美国最富的 1% 人口,占全国总收入中的 19%,下层 50% 人口只占总收入的 13.4%。"②联合国极端贫困与人权问题特别报告员菲利普·奥尔斯顿 2018 年 5 月发布报告指出,"美国已经沦为贫富分化最严重的西方国家,1850 万美国人生活在极端贫困中,青年贫困率居经合组织成员国之首。2016 年,1% 的最富有人群拥有全国 38.6% 的财富,而普通民众的财富总量和收入水平在过去 25 年总体呈下降趋势"③。

就第三世界国家来看,在新自由主义全球化的冲击下,贫富两极分化现象更是达到极致,在地区、阶级、部门、城乡、职业、性别、教育等方面均表现出两极化的倾向。换言之,两极分化已席卷了社会生活的各个领域。在新自由主义全球化的冲击下,富饶美丽的非洲不仅成为世界的贫民窟,而且成为一块两极分化极为严重的大陆。"据 1999 年世界银行有关统计数字显示,非洲 53 个国家中,国民生产总值超过 100 亿美元的 8 个,不足 10 亿美元的 5 个,年人均国民收入超过 1000 美元的 14 个,不足 300 美元的 9 个。"④亚洲也是世界贫

---

① 卫建林:《全球化与第三世界》(第 3 卷),清华大学出版社 2009 年版,第 968 页。
② 卫建林:《全球化与第三世界》(第 3 卷),清华大学出版社 2009 年版,第 974 页。
③ 《2018 年美国的人权纪录》,2019 年 3 月 14 日,见 http://www.xinhuanet.com//2019-03/14/c_1124234797.htm。
④ 卫建林:《全球化与第三世界》(第 3 卷),清华大学出版社 2009 年版,第 978 页。

困人口最多的国家,全球 70% 的贫困人口在亚洲。在亚洲国家,印度贫困人口最多,直到 2000—2009 年,日收入低于 1.25 美元(经购买力平价调整)国际贫困线的人口占印度总人口的 41.6%,而按照联合国开发计划署《人类发展报告》制定的多维贫困指数,2005 年,印度有 6 亿多人属于多维贫困人口,占总人口的 53.7%。并且普遍营养不良,2006 年,印度全部人口营养不良发生率为 20%,比世界平均水平(14%)高近一半;2012 年初发布的一份研究报告称,印度 5 岁以下儿童中 41% 营养不良,不足标准体重。① 所有这些都与新自由主义全球化不无关系。

其次,新自由主义全球化造成了资源环境破坏的全球化。在资本主义之前,对环境和生态的破坏是局部性、区域性、地方性的,但是资本主义全球化特别是新自由主义全球化却催生这种破坏呈现全球化趋势。在新自由主义全球化过程中,以美国为首的西方大国为了获取更多的资本利润,扩大资本积累,在“增长不存在极限”“技术将解决一切问题”“拥有信息知识就拥有一切”等傲慢谎言的掩盖下,开始对大自然疯狂掠夺,当对资源的消耗和制造的温室气体、污染、垃圾等“生态脚印”超过了地球的吸收与降解能力时,就会出现严重的生态环境问题。1998 年 9 月 2 日,古巴前领导人卡斯特罗在南非第七届不结盟国家首脑会议第一次工作会议上发表讲话指出:“新自由主义全球化迅速破坏大自然,毒化空气和水源,破坏大地森林,使土地荒漠化,造成水土流失,浪费和枯竭自然资源,造成气候变化”②。

不仅如此,随着新自由主义全球化的发展,逐渐形成了资本主义列强争夺和抢占自然资源的全球体制,即环境破坏的全球化与制度化。在环境破坏全球化的过程中,一方面,以美国为首的西方国家在抢占和掠夺自然资源中越来

①　参见梅新育:《大象之殇:从印度低烈度内战看新兴市场发展道路之争》,中国发展出版社 2015 年版,第 34—45 页。

②　[古巴]萨洛蒙·苏希·萨尔法蒂:《卡斯特罗语录》,宋晓平等译,社会科学文献出版社 2010 年版,第 92 页。

越占绝对主导优势。另一方面,广大第三世界越来越成为资源争夺和抢劫的对象与舞台。并且这种掠夺与被掠夺的局面获得了制度上的保障,且难以看到转变的趋势与可能。2003 年 2 月 14 日,卡斯特罗在第四届全球化与发展问题经济学家国际大会闭幕会议上的讲话中一针见血地指出:"新自由主义全球化对第三世界实行最令人羞耻的再殖民化"①。因此,很大程度上,以美国为首的西方资本主义国家对自然资源的掠夺不仅是全球环境恶化的罪魁祸首,更是第三世界环境遭受破坏的根本原因。在全球范围内,资源大部分蕴藏于第三世界国家,但开采权、使用权以及消费权却掌握在以美国为首的西方大国手中。"整个西方世界占世界人口的 20%,却要消耗世界能源和物质材料的 80%,人均消耗能源和物质材料分别为第三世界国家的 35 倍和 50 倍。"②据统计,"一个美国人消耗的能源是一个印度人的 500 多倍,产生的有害废物是 1500 多倍。在这种消费性质下,不可再生的自然资源 40—50 年就可能耗尽"③。

新自由主义全球化制造的以贫富两极分化、环境破坏全球化为代表的恶果直接影响到世界绝大多数人的生活与生存。因而,不仅引起世人的普遍关注,同时也是滋生愤怒与不满,进而发起持续不断大规模抗议运动的源头。2002 年 10 月 18 日,比利时首相伏思达在致全球化拥护者的公开信中说,如何避免世界上最贫穷人群(他们有 20 亿人)和最富裕人群之间激烈的阶级斗争是"一个世纪问题"④。

二、　区域场景因素:拉美左翼力量的崛起

在区域层面,全球不同地区左翼力量的兴起与发展是推动全球新左翼运

---

①　[古巴]萨洛蒙·苏希·萨尔法蒂:《卡斯特罗语录》,宋晓平等译,社会科学文献出版社 2010 年版,第 92 页。

②　卫建林:《全球化与第三世界》(第 2 卷),清华大学出版社 2009 年版,第 539 页。

③　《马克思主义的历史命运——"圆桌会议"资料》,《国外社会科学》1997 年第 2 期。

④　徐崇温:《当代资本主义新变化》,重庆出版社 2004 年版,第 78 页。

动的发展的直接力量。其中,拉美地区左翼力量的崛起不仅在区域层面最具有代表性,同时也是全球新左翼运动发展中的重要组成部分与引人关注的亮点。

拉美(拉丁美洲和加勒比海地区)是一个拥有丰富资源、巨大发展潜力并将对人类未来产生巨大影响的陆地,同时也是各种政治力量异常活跃并不断进行较量的地区。在拉美现代化过程中,左翼作为一支重要的政治力量,对拉美政治经济和社会发展均产生了重要影响。徐世澄这样定位拉美左翼的地位:"拉美左翼的发展是拉美政治进程的重要组成部分;拉美左翼是拉美民主化进程的积极维护者;拉美左翼是发展观念转变的主要推动者;拉美左翼也是拉美地区新政治格局的积极塑造者。"[1]对于拉美左翼,不同学者和文献有不同的认识与理解,一般来说,拉美左翼不仅指左翼社会运动和左翼政党,也包括一些对现状十分不满、非常期待变革现实的政治力量。国内有学者认为,"拉美左翼所囊括的范围非常广泛,不仅包括主张社会公正、维护人类平等的政党、非政府组织、民众运动,还包括仍然坚持武装斗争道路的政治军事组织,以及知识分子、宗教人士、领袖人物等"[2]。国外学者罗伯特·亚历山大(Robert J.Alexander)也持相同观点,他认为:"在拉美现实中,一般意义上的或广义的左派力量涵盖了十分广泛的对现状不满、期望变革的社会阶层,包括工会、农会、妇女组织、青年组织以及知识阶层、小资产者、自由职业者等"[3]。一般来说,学界多以20世纪80年代末90年代初的东欧剧变和苏联解体为时间节点,将拉美左翼分为前后两个发展阶段,在其之前的拉美左翼一般被称为拉美传统左翼,其后新出现的左翼力量被称为拉美新左翼。此部分所论及的拉美左翼力量的崛起特指拉美新左翼力量。

---

① 徐世澄:《拉美左翼与社会主义理论思潮研究》,中国社会科学出版社2017年版,前言第3页。

② 刘承军:《拉美左翼思想动向》,《拉丁美洲研究》2004年第5期。

③ Robert J.Alexander, *Political Parties of the Americas*, New York:Greenwood Press, 1982, p.97.

东欧剧变和苏联解体不仅深刻影响着世界格局的走势,而且强烈冲击着拉美左翼势力。其具体表现在以下几个方面:社会主义古巴受到沉重打击,经济形势急剧恶化,陷入空前危机;拉美共产主义运动遭受巨大挫折,许多共产党员思想混乱,意见出现严重分歧,一些党组织分裂,甚至改旗易帜,自身实力和社会影响力都明显下降。尽管面临严重危机,拉美左翼还是顶住了强大的压力,顽强地坚持和生存下来,并在20世纪90年代末逐步恢复和发展起来。到21世纪初,拉美左翼展现出新的生机和活力,在世界政治舞台上所起的重要作用越来越令人刮目相看,从而成为世界新左翼运动发展的一个引人注目的亮点。

(一) 拉美左翼力量崛起的表现

作为世界社会主义运动的重要组成部分,拉美左翼在欧亚大陆社会主义运动遭受苏东剧变的重大挫折之际,经受考验,顶住压力,以自己的行动向世界彰显了在解放全人类的道路上左派的影响和作用,其中既有古巴等拉美国家对社会主义道路的坚守与选择,也有一些拉美左派政党与组织的选举获胜或执政;既有拉美左派组织的建立与发展,也有拉美新社会运动的兴起与壮大。

1. 古巴等拉美国家对社会主义道路的坚守与选择

1959年,古巴人民在菲德尔·卡斯特罗的领导下,推翻了巴蒂斯塔的亲美独裁统治,在拉丁美洲建立了第一个摆脱帝国主义统治的社会主义国家。古巴革命胜利后不久,就与苏联以及东欧社会主义国家建交,并保持了密切联系。古巴与苏联以及东欧社会主义国家不仅是经济贸易伙伴,还是政治上的盟友,共同对抗美国的霸权政策。20世纪80年代末90年代初的东欧剧变与苏联解体造成古巴经济形势急剧恶化,陷入空前危机。"据估计,苏联解体使古巴遭受的直接经济损失约40亿美元,国内生产总值1990—1993年累计下降34%。东欧剧变、经互会的解散甚至使古巴同东欧国家的经贸关系几乎不复存在。"①不仅如此,苏联解体也使古巴失去了有力的政治支持,成为拉美地区一个对抗美国封锁与制裁的社会主义孤岛。在此情况下,面对美国通过《托里切利法案》与《赫尔姆斯-伯顿法》的强化制裁,古巴仍然坚持走社会主义道路、坚持共产党的领导,不仅没被压垮,社会经济还获得长足进步与发展。从 1995 到 2001 年,古巴经济增长率平均达到 4.1%,居拉美国家经济发展前列,其货币比索也比 1994 年增值了 7 倍。另外,古巴在教育、卫生、体育等领域的许多指标居于世界前列,免费医疗制度、卫生网络不断完善,平均预期寿命为 76 岁,达到了发达国家水平。② 社会主义红旗在古巴依然屹立不倒。

其他一些执政的拉美国家左翼领导人多自称是"社会主义者",也提出了社会主义的口号,视其为替代资本主义的一个方向,努力带领国家进行"社会主义建设"。如委内瑞拉总统乌戈·查韦斯多次提出用"新社会主义"和"21世纪的社会主义"来取代"资本主义";厄瓜多尔的拉斐尔·科雷亚总统推行"21 世纪的社会主义"和"美好生活社会主义";玻利维亚的总统胡安·莫拉莱斯实施的"社群社会主义"和"印第安社会主义";巴西劳工党卢拉推行"劳工社会主义"等。虽然各种形式的社会主义在实际推行中均存在诸多问题,但其影响深远,在他们的号召下,"要社会主义,不要资本主义"成为一些拉美国家的时髦口号。③ 这些现象充分说明,东欧剧变、苏联解体后社会主义仍是拉美国家的重要发展方向。

2. 拉美左派力量通过大选获得执政机会

20 世纪末以来,拉丁美洲的政治版图出现剧烈变化,突出表现为在几乎所有拉美大国,左翼政治力量都先后通过民主选举取得了政权。1998 年 12

---

① 徐世澄:《拉美左翼与社会主义理论思潮研究》,中国社会科学出版社 2017 年版,第 52 页。

② 参见赵汇:《卡斯特罗与古巴的社会主义改革》,《求实》2004 年第 10 期。

③ 参见《"要社会主义,不要资本主义!"——中国社会科学院徐世澄研究员对拉美左翼政治力量基本现状的分析》,见上海社会科学院中国马克思主义研究所等编:《世界社会主义研究年鉴》(2014),上海人民出版社 2015 年版,第 184—190 页。

月6日,作为竞选联盟"爱国中心"候选人的查韦斯在委内瑞拉大选中获胜,并于1999年2月2日上台执政,以此为标志,拉美左派进入一个全新发展阶段。此后,巴西左翼劳工党领袖卢拉·席尔瓦(2002)、阿根廷正义党左翼领导人内斯托·卡洛斯·基什内尔(2003)、乌拉圭左翼广泛阵线主席塔瓦雷·巴斯克斯(2004)、玻利维亚左派组织争取社会主义运动的领导人埃沃·莫拉莱斯(2005)、厄瓜多尔左派政党主权祖国联盟的候选人拉斐尔·科雷亚(2006)等人都先后获得大选胜利并上台执政,组建了左翼性质的政府。其中,巴西、智利、阿根廷、乌拉圭等国的左翼政权属于社会民主主义性质的政权,委内瑞拉和玻利维亚等国的左翼政权属于民众主义政权。另有一些左派政党,尽管没有如期取得全国政权,也赢得了地方执政权。这一波左翼政党领导人的上台执政,标志着拉美左翼的重新崛起,即拉美新左翼力量的出现。

与传统左翼政党相比,拉美新左翼政党在意识形态、斗争战略与方式、社会基础、基本诉求等方面都呈现出新特点。在意识形态方面,传统左翼政党把马克思主义作为指导思想;而新左翼政党则在意识形态领域淡化或放弃马克思主义,政党意识淡薄,本土化倾向增强。在斗争策略与方式方面,传统左翼政党坚持马列主义,主张通过阶级斗争、武装革命等暴力手段夺取政权;新左翼政党在战略上呈现多元化,主张通过参加选举、抗议活动、组成各种联盟等非暴力手段获得全国或地方政权。在社会基础方面,传统左翼政党主要依靠工人,通过工会进行社会动员;新左翼政党的社会基础比拉美传统左翼政党要广泛得多,包括工人、农民、印第安人、非正规职业者、中产阶层和进步知识分子等社会各阶层人士。在基本诉求方面,拉美传统左翼政党诉求相对单一,主要是反对阶级剥削和压迫;而拉美新左翼政党基本诉求广泛多元,既要求改变新自由主义的经济模式,也要求改变自身所处的边缘化状态,还呼吁实现社会政治经济平等以及反对种族歧视等多种诉求。

3. 拉美左翼论坛的兴起

受东欧剧变、苏联解体的强烈影响,拉美不少左翼政党和组织在思想上、理论上陷入混乱和困惑,迫切需要一个讨论平台与空间,以明确和把握其未来的发展方向。再有,"随着资本主义全球化的迅速发展,尤其是新自由主义全球化对包括拉美各国在内的发展中国家带来的不良影响,向拉美左翼政党和组织提出了批判资本主义、辨析社会主义、寻求新自由主义替代方案的时代任务"①。在这种情况下,拉美左翼政党和组织开始寻找团结合作的新形式——建立论坛。

第一届拉美地区的左翼论坛于 1990 年 7 月初在巴西圣保罗举行。论坛由巴西劳工党和古巴共产党共同发起,来自拉美 13 个国家的 48 个左翼政党和组织积极参与。在本届论坛活动中,为应对新自由主义的攻势,与会代表讨论了世界和拉美地区经济、社会和政治发展等重大问题,并就拉美形势与前景等问题达成共识,表示要在主要问题上加强合作,采取共同行动,决定此后论坛会议一般每年举行一次。1991 年 6 月 12 日,第二届论坛会议在墨西哥首都墨西哥城举行,会议决定将一年一度的拉美左派政党和组织的会议正式命名为"圣保罗论坛"。此后,作为拉美左派进步组织的盛会,该活动以固定形式保留下来,每年由拉美各国的左派力量轮流承办。

在第一次"圣保罗论坛"中,由于参加论坛的左翼政党除古巴共产党外,与会的都是反对党或在野党,影响力十分有限。因此,第一届"圣保罗论坛"只能说是政党间的"非正式"交流。之后,随着拉美左翼政党纷纷通过民选合法地走上政治舞台成为执政党,"圣保罗论坛"在拉美地区的影响也越来越大。"圣保罗论坛的主要目的是与会各党就所在国家的形势、拉美地区形势和世界形势交换看法,就各党的斗争与活动交换经验和对前景提出看法。"②它不仅是拉美左翼政党和组织团结、声援、交流、合作的空间,也是拉美国家政要讨论拉美以及世界地区事务,加强政治凝聚与团结的平台。"圣保罗论坛"

---

① 徐世澄:《圣保罗论坛 20 周年与拉美左翼的崛起》,《当代世界与社会主义问题》2011 年第 1 期。

② 王家瑞主编:《当代国外政党概览》,当代世界出版社 2009 年版,第 1134 页。

的成立和发展对拉美左翼的崛起发挥了至关重要的推动作用,是拉美左翼进入新发展阶段的重要标志。

2001年1月25日至31日,以卢拉为领袖的巴西劳工党和以"圣保罗论坛"为主的拉美左派进步力量在巴西阿雷格里港又举办了一个具有左翼性质的世界性公民运动和非政府组织论坛——世界社会论坛。其最初用意是与达沃斯世界经济论坛相对抗,明确提出"反对经济全球化,反对新自由主义的过分做法所导致的灾难、不平等和不公正现象",因此被称为"穷人的联合国"。① 自2001年首届世界社会论坛召开以来,该论坛已在拉美、亚洲、非洲、美洲等地举办了近20次,影响深远。由于前三届论坛都是在拉美地区的巴西阿雷格里港举行,因而,从某种程度上而言,论坛在成立与发展之初带有浓厚的拉美地区色彩,它不仅是拉美左翼政党和组织在世纪之交崛起的反映,同时也对拉美左翼政党和组织的进一步发展起了推动作用。

总之,作为在拉美地区乃至世界范围内都颇具影响力的左派进步运动和非政府组织的论坛,圣保罗论坛和世界社会论坛的建立与发展以及拉美左派政党和组织在论坛中的积极表现都预示着拉美左翼的回潮和崛起。拉美左翼"在经历了创办圣保罗论坛之初的困惑到参与世界社会论坛的执着后,也逐渐走出低谷,并确立了全球化时代'新左派'的自我定位。以圣保罗论坛和世界社会论坛的主要发起者和承办者之一的巴西劳工党为例,作为传统的左派政党,巴西劳工党代表了巴西广大劳工和民众的利益,在政治上积极倡导民主化运动,反对新自由主义。2002年,巴西劳工党领袖卢拉当选巴西总统,劳工党从主要反对党一跃成为巴西执政党,为巴西树立开放、民主的国际形象和开

---

① 参见李瑞琴:《金融危机时期的世界左翼运动》,2015年4月10日,见 http://world.people.com.cn/n/2015/0410/c1002-26825201.html。

展友好多元的外交提供了契机"①。

4. 拉美"新社会运动"的兴起和壮大

拉美是一个深具抗议文化传统的地区,长期以来一直存在着社会运动,20世纪90年代初,拉美地区的抗议文化传统在全球化浪潮中得以进一步张扬与拓展。伴随着苏联解体以及新自由主义政策在拉美地区负面影响的彰显,以反对新自由主义和维护国家主权和独立、捍卫国家资源和维护民众权益为诉求的"新社会运动"蓬勃发展起来,其中尤以墨西哥萨帕塔运动代表的新型印第安农民运动、巴西无地农民运动代表的农民运动、阿根廷"断路者"运动代表的失业工人运动等为典型。

（1）墨西哥萨帕塔运动

拉美地区共有400多个印第安民族,人口4000多万,约占总人口的8%。其中墨西哥、玻利维亚、厄瓜多尔、危地马拉等是印第安人口较多的国家。长期以来,拉丁美洲各国的印第安人均处于边缘化和被忽略的状态,政府拒绝承认印第安人的身份和他们独特的世界观、语言、风俗、方式和习惯,有时甚至拒绝承认他们最基本的社会、经济和政治权利,比如他们对自己的土地、森林、水等自然资源的权利,以及公民权和基本人权。② 不仅如此,在拉美印第安人口较多的国家大都社会经济发展水平较低,全社会的贫困发生率本来就比较高,而印第安人的贫困发生率又普遍比非印第安人高得多。据统计,"玻利维亚印第安人贫困发生率为64.3%,非印第安人则为48.1%;危地马拉分别为86.6%和53.9%;秘鲁分别为79.0%和49.7%"③。在厄瓜多尔,生活在农村的印第安人80%处于贫困状态。自20世纪八九十年代,为了改变现状,维护

① 贺钦:《拉美左派力量和公民运动的前沿——圣保罗论坛和世界社会论坛的特点及其意义》,《拉丁美洲研究》2005年第6期。

② 参见[墨西哥]卡洛斯·安东尼奥·阿居雷·罗哈斯:《拉美印第安人运动的特征、历史进程及贡献》,于蔷译,《拉丁美洲研究》2018年第4期。

③ 苏振兴:《拉美印第安人运动兴起的政治与社会背景》,《拉丁美洲研究》2006年第3期。

自己的政治、经济权益,拉美地区的印第安人运动率先在印第安人口比重较大的国家发起。其中墨西哥萨帕塔运动尤受世人关注。

墨西哥是印第安人口较多的国家,大约全国人口的 10% 都是印第安人。恰帕斯州是该国最贫穷落后的州之一,360 万人口中有一半以上生活在贫困线下,其中印第安民族约占该州人口的 30% 以上,他们几乎全是农民,以种植玉米、咖啡等农作物为生。不过,在恰帕斯州,土地大多贫瘠,少许生产力较高的土地全都集中在大地主手中。长期以来,恰帕斯原住民对拥有土地、接受教育、使用本民族语言等愿望就表现得十分强烈,多次要求政府采取措施保障他们的基本权利,但合理的要求始终没有得到政府的积极回应。在这种情况下,原住民不得不组建独立的农民组织开展运动,以集体力量表达诉求、抵抗压迫。1994 年 1 月 1 日,墨西哥与美国、加拿大签署的《北美自由贸易协定》正式实施,同日,恰帕斯州的原住民发动武装起义,自称墨西哥萨帕塔民族解放军。当天,起义者针对墨西哥社会存在的经济贫困、社会不平等、文化和种族歧视等社会问题发布了《战争宣言》,即《第一次丛林宣言》,提出了 11 项具体要求,其中涉及工作、土地、住房、食物、健康、教育、独立、自由、民主、公正以及和平等内容。起义者宣布,斗争目标不是武装夺取国家政权,而是以民主合法的方式推翻当政的萨利纳斯政府,建立过渡政府,同时通过合法、透明、公正的选举,由人民根据自己的意愿选举总统,从而在墨西哥实现真正的民主、自由和公正。不仅如此,萨帕塔运动还提出了一条自下而上共同促进社会变革的"具有创造性、革新性的新型激进社会变革道路",从而成为全球反体系运动的标杆和模范。如此判定主要是基于两方面因素的考量,"一方面是因为它逆转了自 20 世纪柏林墙倒塌和所谓'真正社会主义'经验崩溃后对全球反资本主义社会运动造成的负面影响和致命打击,另一方面则是由于它彻底改变了拉丁美洲印第安人民的处境,使他们重新找回自信,意识到自身的力量和未来的潜力"[1]。

---

[1]　[墨西哥]卡洛斯·安东尼奥·阿居雷·罗哈斯:《拉美印第安人运动的特征、历史进程及贡献》,于蔷译,《拉丁美洲研究》2018 年第 4 期。

　　运动的开展不仅让一直以来被遗忘、被边缘化、被忽略的墨西哥印第安人在本国有了发声机会,站到了历史舞台的中央,而且为整个拉美地区的印第安人打开了一片新天地,让他们从保守的边缘地带走向了进攻的中心位置。"萨帕塔运动却不止是美洲印第安人的反抗和崛起。恰帕斯萨帕塔人的起义,在世界范围内所引起的巨大震动,同时在于,它不仅是走投无路者求生存的揭竿而起,而且有着极为深刻而广阔的内涵在其中"①,是对抗新自由主义全球化的第一枪。"萨帕塔主义者明确表达了一种对全球化蹂躏的个别地区性回应。然而,它也充分唤起了他们作为墨西哥爱国者和民主主义人士要求政府尊重它们自身宪章的需求。"②20 年后,伊曼纽尔·沃勒斯坦这样高度评价萨帕塔运动,"萨帕塔民族解放军的起义是世界左翼对世界右翼 1970 年代至 1995 年间相对短暂的成功进行反攻的开始。在华盛顿共识的经济和政治影响与苏联崩溃的表面胜利中,世界右翼曾洋洋自得于世界体系的永久性支配地位。萨帕塔所做的就是提醒他们(以及世界左翼),确实存在一个不一样的世界,即一个相对民主和相对平等的世界。萨帕塔民族解放军在 1995 年 1 月 1 日铺平了通向 1999 年在西雅图以及随后在其他地方举行成功抗议活动的道路,也铺平了通向 2001 年世界社会论坛(WSF)在阿雷格里港成立的道路。世界社会论坛以及现在被称为全球正义运动的持续斗争由于萨帕塔民族解放军而成为可能"③。

　　(2)巴西无地农民运动(MST)

　　20 世纪 80 年代中期以来,新自由主义风行,拉丁美洲陷入现代化沼泽,作为拉美痼疾的土地问题更趋突出。无地农民要求开展土地改革、实行土地

---

　　① 　戴锦华、刘健芝主编:《蒙面骑士:墨西哥　副司令马科斯文集》,上海人民出版社 2006 年版,第 22 页。

　　② 　[爱尔兰]R.孟克:《拉美的马克思主义抑或拉美化的马克思主义?》,郑祥福等译,《马克思主义与现实》2015 年第 4 期。

　　③ 　[美]伊曼纽尔·沃勒斯坦:《新萨帕塔:二十年后》,路爱国译,2014 年 5 月 13 日,见 http://www.cssn.cn/gj/gj_gjwtyj/gj_sjjj/201405/t20140513_1157171.shtml。

再分配的呼声日益强烈,"耕者有其田"就成为不少拉美国家农民社会运动的重要议题,也使广大农民被动员起来,表达对社会正义和经济利益的理性诉求。其中巴西无地农民运动的规模最大、影响最广。

巴西是拉丁美洲第一大国,地大物博,但贫富悬殊,贫困家庭(每日少于2美元)有1100万户(约4600万人),占总人口的24.9%;而赤贫家庭高达450万户。① 巴西的土地所有权高度集中,土地所有者的1%即约4000个大农场主拥有全国46%的土地,相比之下,巴西的"无地农民"多达2000余万,约有400万户农村家庭没有土地,由此造成社会严重不平等。巴西农民为争取土地改革进行了长期不懈斗争。1950年至1964年间,巴西有三个重要的农民组织争取土地改革:农民同盟(Ligas Camponesas),巴西农民与农业工人工会(União de Lavradores e Trabalhadores Agrícolas do Brasil,ULTABS),无地农人运动(Movimento dos Agricultores Sem Terra,MASTER)。1984年1月,巴拉那州(Paraná)卡斯卡韦尔市(Cascavel)召开全国会议决定建立MST。每次占领土地,媒体就会说:"无地又来了",于是顺势命名组织为"无地农民运动",并界定运动的目的是土地改革及建设"公正、平等、有别于资本主义的"新社会。其成员包括无地农民、小农(没有正式法律契约)、受薪的农业工人。② 1985年1月,1500多位来自全国各大州的代表集聚在巴拉那州首府库里提巴市(Curitiba)召开第一届无地农民运动大会,会议主题是"没有土地改革就没有民主"。大会发表宣言,直斥军人政权颁布的土地法是属于资本家的,便于土地财产的集中,同时,大会宣布MST组织正式成立。之后,该组织在1990年、1995年、2000年和2007年先后召开四次全国代表大会,提出了"占领、反抗、生产""人人为土地而战""土地改革:建立一个没有大地主的巴西""土地改

① 参见薛翠:《1984年以来的巴西无地农民运动》,2016年8月18日,见https://www.thepaper.cn/newsDetail_forward_1515307。

② 参见《无地大军——巴西无地运动》,《视界》第10辑,河北教育出版社2003年版,第128—130页。

革:争取社会正义和人民主权"的口号。

自成立以来,无地农民运动领导"无地农民"展开了声势浩大、历时数十年的农民运动,其"斗争方式主要是游行示威,举行集会,同州长和地方当局举行听证会,进行绝食斗争,在城市和大庄园边搭帐篷和占领公共机构(土地改革委员会)、强行占领土地(主要是无人开垦的土地,包括被大地主全占的闲置土地以及公共用地)等"①。通过这些斗争,无地农民运动实现了两个目的:一是组织农民在无主土地上定居,进而占有土地;二是发起多种形式的抗议活动,呼吁政府推进土地改革。作为一个全国性的"草根"运动,无地农民运动的活动遍及巴西27个州中的23个州。从1984年起,无地农民运动已经为逾35万个家庭争取到土地,使他们的生活有了改善,但"最大的成功可能是占领土地的农民为他们自己争取到了尊严。他们可以以自尊的神情昂首走路,他们知道他们为什么而战斗,他们不让问题悬而未决,这是最大的胜利。没有人能将阶级觉悟夺走"②。换言之,无地农民运动不仅仅争取到土地,还为巴西无地农民夺回尊严与公民权利。受其影响,拉美其他国家的农民运动也开始向无地农民运动看齐,通过建构农民操作的合作社、销售与分配网络,来加强地方与区域市场。因此,巴西无地农民运动不仅是拉美最大、最有影响的社会运动,也是世界上最成功的"草根"农民运动,充分展现了人民力量改变社会现实的可能,从而为当今全球反抗新自由主义全球化斗争树立了典范和标杆。

(3)阿根廷"断路者"运动

阿根廷"断路者"运动是指阿根廷失业工人采取在交通要道设置路障,切断交通的方式进行抗议,向政府施压,要求其采取措施解决就业问题,增加失

---

① 崔桂田、蒋锐等:《拉丁美洲社会主义及左翼社会运动》,山东人民出版社2013年版,第353页。

② 《无地大军——巴西无地运动》,《视界》第10辑,河北教育出版社2003年版,第136—144页。

业救助的集体抗争行为。

阿根廷"断路者"运动之所以爆发,是与20世纪90年代以来阿根廷新自由主义改革带来的结构性失业问题密切相关。20世纪80年代末,阿根廷开始实施改革,推行以企业私有化、贸易自由化和市场化改革为特征的新自由主义经济政策。在此过程中,私人企业为提高效率,大幅裁减人员;同时,随着国内外市场的开放,大批民族企业倒闭,国内出现严重的结构性失业问题。90年代中期,受墨西哥金融危机的影响,阿根廷金融市场出现剧烈动荡,大量外国短期资本抽逃。当时阿根廷GDP下降4%,人均GDP减少5.3%,失业率攀升到17.5%。① 在这种情况下,处于生活困境中的失业者感觉无路可走,只有采取选择拦截重要交通道路的这一抗争手段有效地表达诉求。1997年5月至6月,大批失业者走上街头进行抗议,以切断公路的方式向政府施压,强烈要求政府给予失业者更多的社会救助。这场发端于内乌肯省库特拉尔科市和萨尔塔省塔塔加尔市的运动很快蔓延到更多地区。

"断路者"抗议运动的发展走势与阿根廷的经济态势密切相关,一旦经济恶化,则该运动就会兴起。从1999年开始,阿根廷经济开始滑坡,失业率从1998年的12.4%上升到2000年的14.7%,失业人口从163.4万增加到203.1万。2001年经济危机全面爆发。这场史无前例的灾难重创了阿根廷经济,失去了数以万计的工作岗位,造成24%的高失业率和273.7万的失业人口(2002)。② 与此相呼应,1997年下半年在全国范围内共发生了63次断路抗议活动;2001年共发生1383次断路抗议活动,2002年1月—11月增至2154次。起初,"断路者"抗议运动是松散的、自发的、小规模的,随着参与"断路者"抗议运动的人数越来越多,运动越来越活跃,逐渐发展成一股有组织的、具有浓厚政治色彩的社会力量。2001年7月13日,第一次大规模的全国性

---

① 参见林华:《阿根廷的社会安全治理》,《拉丁美洲研究》2015年第2期。
② 参见周仪,贺双荣:《阿根廷"断路者"现象:根源及其政治影响》,《拉丁美洲研究》2005年第3期。

断路抗议运动在阿根廷爆发,大约 4 万—5 万名"断路者"涌向街头,他们同时切断 145 条公路的交通,要求政府加大救助失业劳动者和创造新工作岗位的力度。这次断路者抗议运动严重冲击了阿根廷的政局,受此影响,2001 年底德拉鲁阿政府垮台,随后的杜阿尔德政府,也因屈服于抗议者的压力不得不宣布提前举行大选。

"断路者"运动最活跃时,除断路以外,还曾经发动过围攻、占领公共设施等活动,这些显然都对公众的人身和财产安全造成威胁。因此,"断路者"运动也是不可小觑的社会不稳定因素,给阿根廷社会安全治理带来一定的困难。然而,"断路者"运动的根源在于失业,因此,减少失业、扩大就业无疑是使其自然消亡的最佳途径。2003 年以后,随着经济形势的好转和劳动力市场的恢复,"断路者"运动逐渐失去了斗争动力,规模越来越小,抗议活动也渐渐偃旗息鼓。但是"断路"这种斗争方式却被延续下来,成为很多有组织的示威抗议活动常用的手段。①

拉美"新社会运动"是当代拉美左翼政治的重要组成部分,与新左翼政党、新左翼政权共同构成拉美新左翼的三大主体,对拉美各国的政治进程产生了重要影响。相对于 19 世纪 60 年代中期到 80 年代中期形成的传统政治组织的民主社会运动而言,拉美"新社会运动"不是为了反抗国家政权和军队的暴力镇压而进行的夺权斗争,而是在现存统治框架内为重新定义和解释公民权而斗争。拉美"新社会运动"力图"打破美国新自由主义意识形态关于自由放任市场经济、自由、民主的话语霸权,挑战拉美旧社会规则和社会价值观,追求一种真的、有效的和参与式的经济民主化与政治民主化进程"②。其不仅已经成为阻击新自由主义政策在拉美推行的重要力量,而且也"在现行资本主

---

① 参见林华:《阿根廷的社会安全治理》,《拉丁美洲研究》2015 年第 2 期。
② 吴茜、王美英:《浅析拉美新社会运动的新特征与新路径》,《当代世界社会主义问题》2017 年第 3 期。

义模式中打开了一个不可忽略的缺口"①。

从拉美"新社会运动"的表现形式可以看出,拉美"新社会运动"在运动主体构成、组织模式、运动目的、组织意识以及发展趋势等方面均表现出一些新特征。

在运动主体的构成方面,参与主体具有鲜明的异质性特征。一方面,工人阶级作为一种传统的反抗力量是拉美"新社会运动"的主体,也是激进政治运动的主要领导者;另一方面,由于新自由主义政策导致的不满情绪在农村民众特别是无地的农村工人、土著印第安农民中的扩散,使拉美"新社会运动"的主体构成不仅仅局限于以阶级身份划分为依据的组织,而是包含了更广泛的社会异质性群体,从而扩大了反新自由主义的社会动员范围。②因而,拉美"新社会运动"改变了传统社会运动在运动中以工会作为运动主体的现象,转而支持具有异质成分的社会政治力量,把工会之外的社会阶层作为运动的中坚力量,并任用一些具有争论性的正义个体。在这方面,巴西的无地农民运动和阿根廷的"断路者"运动,在很大程度上填补了巴西和阿根廷工会运动日益衰落留下的空白,被认为是"当代拉美最为雄心勃勃的社会运动"③。

在组织模式方面,具有参与式民主的特征。拉美"新社会运动"普遍重视并采用允许大众参与和决策的民主机制,以此进行组织并开展活动。在印第安人传统的社区管理模式下,生活在特定区域的土著居民在社区会议上商议和决定有关全体居民的生活事务,如农作物种植、合作社、建立学校、治安等。萨帕塔运动在此基础上发展出"遵从人民的治理"决策模式,其主要精神就是"领导人必

---

① 丁晓钦:《全球左翼运动与西方左翼经济思潮》,《海派经济学》2006 年第 16 辑。

② See Garmany Jeff, Flaxis Bessa Maia, "Considering Space, Politics, and Social Movement: An Interview with JooPedro Stedile, a Leader within Brazil's O Movimento dos Trabaohadores Rurais Sem Terra(the MST)", *Antipode*, 2008, Vol.40, pp.187-191.

③ 崔桂田、蒋锐等:《拉丁美洲社会主义及左翼社会运动》,山东人民出版社 2013 年版,第 355 页。

须绝对服从大多数人的决定",而不是"擅自行动或任意命令"①。巴西无地农民运动充分利用营地培养农民的公民意识和参政能力,领导农民在强占某块土地之后建立营地,长期居住。营地内建立了各种各样的职能部门和委员会,保障生活正常有序。"以集体形式来组织","领导集体由 15 至 21 人组成",但"都没有主席"。所有入住营地的农民无论老少,都要参加某个或者某些部门、委员会,行使一定权利,履行一定义务,从而培养社会责任感和民主意识。② 在无地农民运动营地中,"长期受到压制和剥削的人们在各种会议上投票,自己当家作主"③。

在运动目的上,不以夺取国家政权为目标,倾向于向传统等级制的政治机构寻求自治社会组织权。与传统的游击队运动、工会运动以及通过选举表达自己意愿的左派政党不同,当代拉美社会运动基本上不是为了赢得国家政权,而主要是通过组建自治型的社会组织,形成独立的组织机构和运行机制,寻求社会公正和真正的政治民主化。

在组织意识上,形成和维持自己"独立"的组织意识,推行"身份认同政治"。这是拉美"新社会运动"的一个显著特点。拉美"新社会运动"的主体包括农村地区的印第安人、无地农民、失业工人或非正规部门工人等。由于"参与者往往集中于特定的社会和经济部门、民族或种族,具有先天的、鲜明的、持续的集体认同感和共同的政治、经济、社会诉求"④,因此,容易形成和维持独立的组织与组织意识,巴西的无地农民运动就建立了无数开展互助生产的小营地,用"土地改革:为了创造社会公平和人民主权"口号来招募农村的无地贫民、城市贫民窟民众;墨西哥的萨帕塔主义者在拉坎多纳丛林建立了自己的

---

① Jr John Womack, *Rebellion in Chiapas*, New York: New Press, 1999, p.163.

② 参见方旭飞:《当代拉美社会运动初探》,《拉丁美洲研究》2009 年第 3 期,第 14 页;《无地大军——巴西无地运动》,《视界》第 10 辑,河北教育出版社 2113 年版,第 135—136 页。

③ Jan Rocha, "Cutting the Wire: The Landless Movement in Brazil", *Current History*, February 2003, pp.88-89.

④ 方旭飞:《当代拉美社会运动初探》,《拉丁美洲研究》2009 年第 3 期。

营地,并发出"面向左翼和底层民众"的呼吁;在新自由主义改革中失去工作岗位的工人建立:拦路者组织,提出"争取土地和住房"的口号。各种组织都"从自己的边缘地位出发,以批判的眼光看待现行价值观,对资本主义体制内的'公民'概念提出挑战性的质疑"①,并"尝试建构以集体认同感为基础的参与主体,以此将族群认同和文化认同转化为持久的群体关系,来维持和扩大组织的规模和影响"②。

在发展趋势上,呈现"国际化"趋势强化的倾向。在拉美"新社会运动"开展过程中,不仅出现了不同国家社会运动的合作,如各国的农民运动、印第安人运动和失业工人之间相互声援,开展合作,而且也出现了不同运动之间的合作,巴西无地农民运动和墨西哥萨帕塔运动不断沟通,积极交流,共同反对全球化、自由贸易等新自由主义的基本政策主张。随着国家之间合作与运动之间合作的深入发展,拉美"新社会运动"日益凸显"国际化"趋势。

总之,拉美"新社会运动"的上述新特征,表明它已成为全球激进左翼社会运动中的一股重要组成力量,在反对新自由主义全球化的斗争中发挥着不可替代的重要作用。

(二) 拉美左翼力量崛起原因

拉美左翼力量是世界社会主义运动的有机组成部分。20 世纪末拉美左翼力量的崛起并不是偶然的,而是国际因素与拉美地区因素相互作用的结果。从一定程度上来看,拉美左翼力量的崛起既与新自由主义在拉美的推行密切相关,但同时又与拉美政治民主状况紧密相连。当然,拉美地区一直以来都被美国看作"后院",拉美左翼力量的崛起也反映了美国对外战略重点的转移。

---

① 丁晓钦:《全球左翼运动与西方左翼经济思潮》,《海派经济学》2006 年第 16 辑。
② 吴茜、王美英:《浅析拉美新社会运动的新特征与新路径》,《当代世界社会主义问题》2017 年第 3 期。

1. 新自由主义在拉美地区受挫是新左翼力量崛起的经济社会条件

从 20 世纪 70 年代以来，拉美国家为了适应世界经济全球化的趋势，开始尝试推行新自由主义经济改革，对原来实行的进口替代工业化内向型发展模式进行调整，从内向发展战略向外向发展战略转换，这是一场深刻的经济体制和经济结构变革。不可否认，拉美新自由主义经济改革初期还是有一定积极意义的，它在一定程度上增强了各国经济活力，遏制了宏观经济失衡的局面，通货膨胀率下降，财政赤字减少。但是随着改革的推进，到 20 世纪 80 年代中期其消极效果也日益突显：收入分配不公越来越明显；社会问题日益严重；经济发展缓慢，民族企业陷入发展困境。拉美国家普遍患上了"拉美病"，陷入了债务危机以及政治再民主化的困境之中。

为了医治"拉美病"，1989 年美国等西方国家与国际货币基金组织、世界银行等国际组织开出了"华盛顿共识"这一"药方"。所谓"新自由主义的华盛顿共识指的是以市场为导向的一系列理论，它们由美国政府及其控制的国际经济组织所制定，并由它们通过各种方式实施——在经济脆弱的国家，这些理论经常用作严厉的结构调整方案。其基本原则简单地说就是：贸易经济自由化、市场定价（'使价格合理'）、消除通货膨胀（'宏观经济稳定'）和私有化"①。"华盛顿共识"的意义并不是现代人所期待的那种"公共理性"或人类公共性，而是一国政治意志的普世化，因为美国政府只是"出于自身利益的需要"来推行其全球体系谋划的。作为世界的强者，美国意欲筹划的是"如何运用这一强国地位及影响去建立一个符合自身利益的全球体系"②。

从 20 世纪 90 年代起，拉美多数国家被迫接受"华盛顿共识"，大刀阔斧地进行了新自由主义经济改革，对内实行市场化、私有化，对外推行贸易自由化。可以说，拉美国家的宏观经济在"华盛顿共识"的指导下有所恢复和增

---

① ［美］诺姆·乔姆斯基：《新自由主义和全球秩序》，徐海铭等译，江苏人民出版社 2000 年版，第 4 页。

② 万俊人：《新自由主义的"华盛顿共识"》，《中国图书商报》2000 年 10 月 31 日。

长,但收效甚微。由于右派在推行新自由主义经济改革的实践中脱离了国情,造成许多拉美国家在推进经济社会协调发展方面无所作为,经济增长缓慢、贫穷人口增多、失业率上升、社会不平等、收入分配不公等社会矛盾日趋尖锐,引起中下社会阶层的强烈不满。而拉美传统政党执政能力不足、治国理政无方,面对这些问题大都表现出了无能为力、束手无策的迹象。在这种情况下,广大民众只有寄希望于务实的拉美左翼力量来改变现状,挽救危亡。

2. 政治民主化为拉美新左翼力量的崛起提供了政治便利条件

自 20 世纪 70 年代末起,随着国际形势的变化,拉美军人执政的国家先后通过不同方式还政于民,这一过程被称为民主化进程。到 20 世纪 90 年代初,民主化进程已基本完成,地区政局趋于稳定,多数国家实现了国内和平,普遍实行民选制,左翼政党成为合法政党。但与此同时,传统拉美政党长期以来疏于自身建设,缺乏有效的监督机制,官员丑闻不断,严重削弱了拉美民主政体和传统政党的执政合法性。特别是在推行新自由主义改革、对国有企业实行私有化的过程中,贪污受贿之风盛行,多位总统因腐败问题下台入狱。[1] 在这种情况下,拉美政治民主化和传统政党的治国无方、腐败无能,为拉美新左翼力量的兴起创造了直接便利的政治条件,他们适时地提出了反对新自由主义改革的口号,在很大程度上符合了拉美民众的期望和要求。

3. 美国对外战略重点的转移为拉美新左翼力量的崛起创造了有利的政治空间

长期以来,拉美都被看作是美国的"后院"。第二次世界大战后,为了实现打压苏联势力与左翼力量的双重目的,美国极力扶持右翼独裁政权。但从 20 世纪 90 年代开始,美国的对外战略重点发生转移,倾向漠视拉美"后院"。这突出表现在两方面:一是美国提出建立美洲自由贸易区的倡议。1990 年 6月,美国总统布什在国会发表"开创美洲事业倡议"讲话,提出将同拉美国家

---

[1] 参见陈学文:《冷战结束以来拉美中左翼崛起的原因和面临的挑战》,《当代世界》2012 年第 6 期。

建立"新的经济伙伴关系"。其最终目标是建立美洲自由贸易区,构筑以"政治民主化、经济自由化"为基础的西半球新安全体系。但随着新自由主义改革负面影响的日益凸显,民众反美情绪逐渐上升。二是"9·11"事件的爆发导致美国对外注意力的转移。在2001年本·拉登袭击美国之后,小布什政府将战略重心转向反恐①,视中东恐怖分子为头号敌人,一定程度上减弱了对拉美右翼的支持。美国与拉美国家的矛盾越来越多,关系有所疏远。此时,拉美左翼力量提出反对新自由主义的口号,符合拉美民众的期望和诉求,逐渐走上主流政治舞台。因而,从客观上讲,美国对外战略重点的转移不仅为左翼崛起提供了一个全新的政治空间,更为左翼力量的发展壮大提供了千载难逢的良机。利用此良机,拉美左翼力量或上台执政或掀起民众运动,从而使拉美政治版图呈现出新色彩与新态势。

4. 拉美左翼实施的与时俱进政策为新左翼力量的崛起奠定了政治基础

20世纪90年代初期,受冷战结束和世界社会运动趋冷的影响,拉美左翼也陷入低潮。但90年代末以来,拉美左翼力量依据对经济全球化和政治多极化新态势的判断,抓住时机,顺势而变,适时修正政治理念和斗争策略,赢得民众的支持和认同,重新崛起并发展壮大。这主要表现在:一是积极探索第三条道路,勇于对新自由主义说"不"。苏东剧变后,拉美国家出现的政局动荡、经济衰退和社会发展倒退的负面"示范效应"使许多左翼人士认识到,资本主义并不是人类社会和拉美的最佳选择。另外,20世纪40年代以来拉美国家一直在探索的"第三条道路"也为左翼力量探索自己的前途提供了理论上的指导,在它的影响下,拉美国家倡导"人民的革命""民主的革命""进步的革命"。二是从实际出发,改变策略,采取务实得当的方针政策,赢得民众支持。20世纪90年代末,左翼力量从拉美地区的收入分配不公和贫富悬殊均比其他发展中国家更为严重的现实出发,在制定施政计划时向贫困开战,强调要合

---

① 成晓叶:《拉美左翼政治的历史回顾与未来展望》,《中共南京市委党校学报》2013年第2期。

理分配社会财富,向民众作出解决贫困人口的承诺,并努力兑现。在对外政策上,力图改变现存的不合理的国际经济秩序(特别是拉美的日益美国化),按照拉美自己的方式建立国际新秩序,"用一个声音说话",以突出其强烈的区域主义价值取向。① 三是一些已经上台执政的拉美左翼政党在发展经济、缓解社会矛盾方面成就不俗,这既鼓舞了一些国家的左翼力量,也捕获了大批选民的心。事实证明,已经执政的左翼政党无一不在坚持市场经济、维护民主制度的同时,积极采取向下层民众倾斜的亲民政策,获得了最广大人民的支持。②

总之,作为世界社会主义运动的重要组成部分,拉美左翼力量的崛起,对东欧剧变、苏联解体后处于低潮的全球左派运动和世界社会主义运动来说,无疑是一个巨大鼓舞。作为反对新自由主义全球化的一股有生力量,拉美左翼的崛起使其成为世界反对新自由主义全球化运动的主力。随着拉美左翼的发展,从拉美现实的角度去怀疑、去反抗、去斗争、去创造一个全新局面的斗争精神已成为全球左翼运动发展中的亮点,激励着全球左翼运动走向新里程。

三、 话语场景因素：西方左翼学者的批判言论

一般而言,任何运动的兴起与发展都离不开思想或精神因素的支撑与推动,全球新左翼运动也是如此。在一定程度而言,西方左翼学者对新自由主义全球化与资本主义制度的批评则为全球新左翼运动的兴起与发展提供了思想基础与舆论支持。

东欧剧变、苏联解体在资本主义世界内部也产生了巨大震荡,加速其分化。西方学者在对资本主义认知问题上,出现了两种截然相反的观点。一种观点是对现代资本主义高唱赞歌,歌颂其会长久存在,"终结历史"。美国学者福山在曾经风靡一时的《历史的终结及最后的人》一书中写道:"福音还是

---

① 参见尹德慈:《拉美选择左翼政党执政的四个理由》,《当代世界》2003 年第 9 期。
② 参见杨晓杰:《拉美左翼崛起现象探析》,《探求》2010 年第 4 期。

来了。20 世纪最后 25 年最令人瞩目的变化是,……自由民主制度却始终为唯一一个被不懈追求的政治理想,在全球各个地区和各种文化中得到广传播。此外,经济学范畴中的自由原则——自由市场——也在普及,并且不在工业发达国家,还是在那些二次大战结束时曾经是贫困的第三世界国家中已经成功地创造出前所未有的物质繁荣。"①他声称西方的自由与民主理念无可匹敌,西方的自由民主制度是人类政治的最佳选择。另一种观点是对现代资本主义进行批判,认为资本主义已陷入更深重的危机之中。雅克·德里达(Jacques Derrida)、尤尔根·哈贝马斯(Jürgen Habermas)、艾弗拉姆·诺姆·乔姆斯基(Avram Noam Chomsky)等西方左翼学者就持此论,他们从多角度、多层面对当今资本主义进行了深刻揭露与批判。

(一) 雅克·德里达:断裂中的自由民主制度

作为解构主义的思想大师,并不是马克思主义者的法国左翼学者德里达,其对资本主义自由民主制度的分析和批判主要是由于被苏东剧变后以福山为代表的西方理论界大肆宣扬的"历史终结论"所激怒。他采用典型的解构主义方法,对"正在成为全人类制度"的西方自由民主制度进行了深入剖析。

具体而言,德里达对资本主义制度的批判体现在以下四个方面:

首先,当今的资本主义并非无限美好,而是耗损殆尽。德里达认为福山所宣称的大获全胜的资本主义自由世界是被"置于和充满悖论的和可疑的根据之上"②,实际上是"满目皆是黑暗、威胁与被威胁"③。德里达从间歇性失业所导致的痛苦,国家剥夺无家可归者、流亡者和移民的民主生活、国家间自私

---

① [美]福山:《历史的终结及最后的人》,黄胜强等译,中国社会科学出版社 2003 年版,代序第 4 页。

② [法]雅克·德里达:《马克思的幽灵:债务国家、哀悼活动和新国际》,何一译,中国人民大学出版社 1999 年版,第 75 页。

③ [法]雅克·德里达:《马克思的幽灵:债务国家、哀悼活动和新国际》,何一译,中国人民大学出版社 1999 年版,第 76 页。

无情的经济战争，自由市场机制的失灵和无能，外债恶化，军火工业和贸易战成为国家经济支柱，核扩散的疯狂，种族战争的加剧，贩毒与黑社会问题，国际机构被削弱等十大弊端入手，对当代资本主义制度进行了深刻的批判与揭露。正是基于此，德里达坚持当今资本主义并非如福山描绘的那样美好，而是"病得很厉害，一天不如一天"，"衰败正在扩展，正在自行生长"，"这种衰败并不是发展的一个阶段"，"也不是新的一次资本主义之危机"，因为当今资本主义世界成长本身就是"病态的"，十大弊端的存在已把当今资本主义耗损殆尽。①

其次，西方的议会民主制度并不高效与高质，而是既孤立又存在功能不良。针对福山所歌颂的发达资本主义国家议会制度的高效与高质，德里达一针见血地指出："还有必要指出议会形式的自由民主制度在世界上从来没有处于如此少数和孤立的状态吗？还有必要指出我们称之为西方民主制的东西从来没有处于如此功能不良的状态吗？"②并认为西方议会民主制度的孤立与功能不良不是外在原因造成的，而是"由电视技术的传媒工具、信息与通讯的新节奏以及各种设备和后者所代表的各种势力的速度造成的，而且和因此也是由它们所挪用的各种新模式、它们所产生的事变和事变的幽灵性的新结构造成的"③。也就是说，这种孤立和功能不良是由西方议会民主的内在机制和结构所造成的，这种内在于本质和结构的弊端恰恰是西方资本主义所无法克服的。

再次，西方世界的人权话语不具有普世性，而是存在局限性与虚伪性。针对以美国为首的西方国家打着"人权"的旗号到处干预，试图把西方自由民主制度推广到全世界，使之具有"普遍化"的做法。德里达认为，由于资本存在

---

① 参见［法］雅克·德里达：《马克思的幽灵：债务国家、哀悼活动和新国际》，何一译，中国人民大学出版社1999年版，第111—120页。
② ［法］雅克·德里达：《马克思的幽灵：债务国家、哀悼活动和新国际》，何 -译，中国人民大学出版社1999年版，第113页。
③ ［法］雅克·德里达：《马克思的幽灵：债务国家、哀悼活动和新国际》，何一译，中国人民大学出版社1999年版，第113页。

的条件是市场经济,市场经济的运行遵循市场规律,"只要市场规律、'外债'、科技、军事和经济的发展的不平衡还在维持着一种实际的不平等,只要这种不平等和在人类历史上今天比以往流行范围更广的不平等同样的可怕,那种人权话语就仍将是不合适的,有时甚至是虚伪的,并且无论如何是形式主义的和自相矛盾的"①。也就是说,只要当今资本主义社会存在不平等,存在债权与债务国家之分,就不可能真正实现人权,西方资本国家所鼓吹的"人权普遍化"在资本利益面前只是一句空话。

最后,西方自由民主制度处在断裂中,必然走向失败。自由、民主一直是西方资本主义国家人们所推崇的理想生活状态,但是,在当今资本主义社会不自由、不民主的社会现实比比皆是。因此,在资本主义社会,自由民主在理想与现实之间存在着严重的断裂。因此,德里达认为当代西方民主制度并不是如福山所言具有与其他制度相比的无比优越性,而是正处在断裂中,这种理想与事实的直接断裂必定把西方自由民主之地引向失败。

(二)尤尔根·哈贝马斯:当代资本主义陷入全面危机

哈贝马斯是德国哲学家和社会学家,作为法兰克福学派批判理论的代表人物,他并没有把苏东剧变看作是社会主义的失败和资本主义的胜利,相反地,他认为西方民主社会面临着一些可怕的问题,并从系统论的角度进行分析,将资本主义分为经济、政治与文化三个系统,这三个系统中均存在危机,明确地指出当代资本主义社会是一个陷入全面危机的社会。

哈贝马斯对当代资本主义的批判认识主要体现在以下三个方面:

第一,当代资本主义正陷入窘境,西方民主法治政治呈现出迷茫。1992年,哈贝马斯出版了《在事实与规范之间——关于法律和民主法治国的商谈理论》,这是苏东剧变后他出版的最有影响的一部力作。在这本书中,哈贝马

---

① [法]雅克·德里达:《马克思的幽灵:债务国家、哀悼活动和新国际》,何一译,中国人民大学出版社1999年版,第120页。

斯详细论证了现代西方民主法治社会面临的问题和危机以及资本主义制度的应对。他认为，虽然当代资本主义社会在与社会主义争斗中取得了巨大胜利，但这并不值得欢欣鼓舞，相反却在解决一系列问题时暴露出当代资本主义的无能。他在书中写道："那自认为是胜利者的一方，却并不因为其巨大胜利而欢欣鼓舞。就在它可以独占现代性的道德——实践自我理解的遗产的时刻，面对在全球性社会危机四伏的层面上积极推进对资本主义进行福利国家的、生态主义的驯服这个任务，它却气馁退却了。对市场导控之经济的系统逻辑它毕恭毕敬；在国家科层制权力媒介的过分负担面前它至少是小心翼翼。但是，对于那种实际上已经受到威胁的资源——贮藏在法律结构之中，急需持续更新的社会团结——它却置若罔闻，缺少哪怕只是些相似的敏感性。"①他认为，当代资本主义社会面临着前所未有的巨大压力与困境，它们是"经济增长的生态极限、南北半球生活条件之间的差别日益增长提出了明显挑战；将政府社会主义改造为一种分化开来的经济系统机制提出了独一无二的历史任务；来自南部和东部贫困地区的移民潮形成严重压力；重新抬头的种族战争、民族战争和宗教战争、核讹诈和国际资源分配之争危机重重"，然而，"面临这些可怕的局面，西方民主法治社会的政治却失去了方向感和自信心。"因而，在西方资本主义国家的"华丽的陈词滥调背后""占上风的却是胆怯懦弱"，"既使在那些成熟的民主国家，现行的自由建制也并非太平无事"。②

　　第二，晚期资本主义社会存在严重的政治危机。哈贝马斯把当代资本主义称为"晚期资本主义"，认为当代资本主义社会的政治危机可以分为合理性危机（Retional Crisis）与合法化危机（Legitimation Crisis）。合理性危机是当代资本主义社会政治系统的"产出"危机，是指由于国家机器不能很好履行经济

---

　　①　[德]哈贝马斯：《在事实与规范之间——关于法律和民主法治国的商谈理论》，童世骏译，生活·读书·新知三联书店 2003 年版，前言第 5—6 页。
　　②　参见[德]哈贝马斯：《在事实与规范之间——关于法律和民主法治国的商谈理论》，童世骏译，生活·读书·新知三联书店 2003 年版，前言第 6 页。

职能而造成的一种行政管理危机。造成这种合理性危机的主要原因是:在现有的政治体制下,国家维护的资本家的总体利益与社会中的各种互相矛盾的利益无法有计划地协调。"合理性欠缺是晚期资本主义所陷入的关系罗网的必然后果。在这个关系罗网中,晚期资本主义自相矛盾的行为必然会变得更加混乱不堪。"①合法性危机是晚期资本主义社会政治系统的"投入"危机,是人民大众对现存制度缺乏信任感,即群众忠诚不足的危机,也即晚期资本主义国家存在的合法性得不到认可。至于晚期资本主义之所以发生合法化危机,哈贝马斯认为是"不能随时用来满足行政系统要求的僵化的社会文化系统,是加剧合法化困境并导致合法化危机的唯一原因"②,也即"系统的局限和政府对文化系统的干预产生了不可预料的副作用(政治化)"③。不难看出,哈贝马斯认为,晚期资本主义抛弃了传统的合法性根据,但又没有形成一种能为自己提供合法性辩护的意识形态,政治系统合法性危机正是根源于僵化的社会文化系统不能随时用来满足行政系统要求所产生的动因危机,即"对于维持生存非常重要的传统遭到腐蚀,普遍主义的价值系统超载"④。这就意味着,思想文化系统已不能为晚期资本主义的统治提供支持,经济与政治系统丧失了合法存在的必要条件。

第三,当代资本主义社会是一个陷入全面危机的社会。哈贝马斯认为,晚期资本主义是一个综合体,因此,它所发生的危机并非是单一危机,而是一种全面的、普遍的危机。在晚期资本主义社会时期,资本主义那种自发的盲目的经济运行方式亦没有改变,因此,"它无法终止商品生产的无政府状态"⑤,经济危机自然也不可能销声匿迹。在国家持续不断地干预下,危机就必然会发生转换,即从经济领域转移到政治、文化领域,变成社会危机、政治危机、文化

① [德]哈贝马斯:《合法性危机》,刘北成等译,上海人民出版社2000年版,第83—85页。
② [德]哈贝马斯:《合法性危机》,刘北成等译,上海人民出版社2000年版,第96页。
③ 傅永军:《哈贝马斯晚期资本主义危机理论述评》,《哲学研究》1992年第2期。
④ [德]哈贝马斯:《合法性危机》,刘北成等译,上海人民出版社2000年版,第68页。
⑤ [德]哈贝马斯:《合法性危机》,刘北成等译,上海人民出版社2000年版,第71页。

危机。进入政治领域,导致合理性与合法性危机的出现,而合法性危机最终将危机引入文化系统,产生所谓的"动机危机"①。"这四种危机形式构成一个整体。它们互相牵制,互为因果,层层递进,步步深入,在晚期资本主义发展过程中共同起作用。"②在哈贝马斯看来,在晚期资本主义时期,危机主体已非经济危机,已转移到文化—意识形态方面,主要表现为人民对资本主义丧失了"忠心",对其合法性充满怀疑。显然,并非当代资本主义的根基,而是它的精神出现了问题,只有及时医疗,危机才会解除。哈贝马斯通过细致入微的剖析,有力地阐明了晚期资本主义社会危机的规模、破坏性、影响都远超自由资本主义时期,标志着他对资本主义的揭露已达到相当的深度。

(三) 乔姆斯基:凌驾于人民之上的利润

乔姆斯基是20世纪90年代猛烈批判新自由主义全球化的学者之一,他认为资本主义社会中存在的一切弊端都根源于资本主义制度本身。1998年,乔姆斯基出版了《凌驾于人民之上的利润:新自由主义和全球秩序》(*Profit Over People:Neoliberalism and Global Order*)③一书,该书集中体现了他对新自由资本主义的批判,被视为批判新自由主义全球化的代表作品。④

乔姆斯基对资本主义的批判主要体现在以下四个方面:

首先,批判新自由资本主义导致贫富差距加大。乔姆斯基明确指出,作为一种经济政治范式,新自由主义的基本宗旨以及所奉利润至上原则最终导致的结果只能是进一步加剧剥削贫困人口。虽然新自由主义者允诺只要新自由主义政策不受干涉,最终大多数人都会享受富裕生活,但实际上,"世界上最富有的国家之一"巴西推行的新自由主义改革只"是无意中满足

---

① [德]哈贝马斯:《合法性危机》,刘北成等译,上海人民出版社2000年版,第99—117页。

② 傅永军:《哈贝马斯与勃兰特资本主义危机观比较研究》,《文史哲》1998年第3期。

③ 此书的中译本由江苏人民出版社2000年以《新自由主义和全球秩序》为名出版。

④ Avram Noam Chomsky,*Profit Over People:Neoliberalism and Global Order*,New York:Seven Stories Press,1999.

了少数人的利益,而使民众处于水深火热之中"。"曾经被评价为是华盛顿共识所统治的优秀学生并应是其他国家学习榜样"的墨西哥"工资水平急剧下降,贫困增加的速度几乎与亿万富翁产生的速度一样快,外国资本大量涌入","有一半的墨西哥人得不到足够糊口的食物,而控制着谷物市场的人却堂而皇之登上墨西哥亿万富翁榜"。① 显然,事实与其鼓吹宣传的完全不同。所有这些都说明新自由主义的允诺根本没有实现,大多数人仍艰难生活于穷困之中,新自由主义在印度、巴西、墨西哥等地的"实验"已充分证明了这一点。

其次,批判新自由资本主义推行的市场法则具有虚假性、反民主性。"作为自由市场神话的杰出批判家"②,乔姆斯基认为新自由主义所强调的经济自由放任是虚假的,西方政府在推行新自由主义政策过程中,对经济自由的强调采取了双重标准:一方面,新自由主义的"自由"市场神话不断地向人们灌输市场经济具有竞争性、合理性、有效性的特点;另一方面,在资本主义市场经济条件下,西方资本主义国家并没有放松对市场的控制,而是通过资助大公司,尽力帮助公司实现最大利润的方式来达到控制市场的最终目的。美国"计算机、电子、自动控制、生物技术和通信领域'大公司'的存在和成功都离不开政府大规模的贴补"③,可以看出,在大公司控制经济的前提下,真正意义上的市场竞争是不存在的。更重要的是,这些大公司本身就是一个集权机构,它们的内部运作多是以非民主方式进行的。"大型机构运用战略联盟的形式与自己的竞争对手联系在一起,在自己的王国内部专横独断,破坏民主决策,确保自己不受市场规律的约束。只有穷国和被迫开放国门的国家才被教导要求遵循这

① 参见[美]诺姆·乔姆斯基:《新自由主义和全球秩序》,徐海铭等译,江苏人民出版社2000年版,第9—12页。

② Robert W.Mcchesney, "Noam Chomsky and the Struggle against Neoliberalism", *Monthly Review*, 1999, Vol.50, No.11, p.43.

③ [美]诺姆·乔姆斯基:《新自由主义和全球秩序》,徐海铭等译,江苏人民出版社2000年版,第22页。

些严格的规则。"①因此,乔姆斯基指出,以美国为首的西方新自由主义经济模式具有很大的虚假性,一直挂在他们嘴边的市场法则只是要求别人实施,而他们自己出于利润与利益的考虑,并不是真正地去履行。

再次,批判按照新自由主义原则建立起来的社会制度是反民主的。乔姆斯基认为,新自由主义作为一种经济制度是专制的,作为一种社会生活是反民主的。因而,其与民主参与制格格不入。"在一个民主社会,民众有权表示同意,除此之外就没有任何权利了。……民众是'观看者',而不是'参与者',除了偶尔可以在各派当权的领导者之间作一些选择,那也只限于政治方面。在决定社会走向的经济舞台上,民众不扮演任何角色。"②在资本主义社会中,社会制度并不是民主的,只是披着民主的外衣。这主要是因为:公司化的新闻媒体、公共关系行业、学术理论家和知识分子文化都为新自由主义以及按照新自由主义原则建立起来的社会制度"'制造错觉'欺骗公众"③,使它看起来更加合理、仁慈和必要。然而,实际情况却是在这种所谓的"民主"下,人们越来越成为对政治漠不关心和玩世不恭的非政治化公民。

最后,乔姆斯基指出替代新自由主义体制的另一种社会是完全可能的。针对新自由主义所鼓吹的"没有替代现状的其他选择",乔姆斯基指出,贫富差距加大以及反民主、假民主盛行是当今资本主义社会面临的两大痼疾,而新自由主义,以及新自由主义所支撑的资本主义制度则是产生它们的主要根源。要祛除这两大痼疾,必须在自由、合作、平等、自治的基础上建立一种新的政治经济制度——后资本主义社会的政治经济制度。他认为:"过去没有,现在也没有任何原因相信,我们受到了神秘的和不为人所知的社会法律的约束,而不

---

① [美]诺姆·乔姆斯基:《新自由主义和全球秩序》,徐海铭等译,江苏人民出版社2000年版,第24页。

② [美]诺姆·乔姆斯基:《新自由主义和全球秩序》,徐海铭等译,江苏人民出版社2000年版,第28页。

③ [美]诺姆·乔姆斯基:《新自由主义和全球秩序》,徐海铭等译,江苏人民出版社2000年版,第115页。

仅仅是受制度内部根据人的意志制定的决策的约束——人为的制度,它必须接受法律的测试,如果不合格,将会被更自由和更公正的制度所取代,正如过去一样。"①显然,乔姆斯基相信,人类必然会超越新自由主义及其按照新自由主义理念所建立的社会制度。也正因为如此,美国伊利诺斯大学的罗伯特·W.麦克切斯(Robert W.McChesney)高度赞誉乔姆斯基反对新自由主义的斗争,认为他是一个"及时挺身而出的……当今世界争取民主、反对新自由主义的知识分子的领袖"②。

总之,西方左翼学者对资本主义弊端的揭露以及对新自由主义全球化的批判,"最广泛地聚集了左翼的幽灵"和"大大促进了新左翼的诞生"。③ 尤其是乔姆斯基对新自由主义替代选择的论述,"揭示出了世界人民向往民主的愿望以及浸润在这种憧憬之中的革命潜力"。④ 毫无疑问,所有这些均为全球新左翼运动的崛起提供了思想基础与舆论支持。

第二节　全球新左翼运动的发展动向

新世纪初,伴随着新自由主义政策全球性负面影响的迅速凸显,反对或抵制新自由主义的新左翼运动也呈现出蓬勃发展之势。其中,全球左翼论坛的兴起、全球各地区反对新自由主义全球化的民众抗议就是全球新左翼运动中两个最主要的发展动向,集中体现出全球新左翼运动论坛与抗议并行的发展特色。

---

① ［美］诺姆·乔姆斯基:《新自由主义和全球秩序》,徐海铭等译,江苏人民出版社2000年版,第46页。

② Robert W.McChesney,"Noam Chomsky and the Struggle against Neoliberalism",*Monthly Review*,1999,Vol.50,No.11,p.45.

③ 参见毛禹权:《西方马克思主义学者关于全球替代运动的评论》,《国外理论动态》2009年第9期。

④ Robert W.McChesney,"Noam Chomsky and the Struggle against Neoliberalism",*Monthly Review*,1999,Vol.50,No.11,pp.45-46.

一、 从"世界社会主义学者大会"到"全球左翼论坛"

20 世纪 60 年代，为了能让不同学科领域的左翼学者有机会聚在一起，发表见解，交流思想，美国一个社会民主主义组织——"美国民主社会主义者"（The Democratic Socialists of America）于 1965 年在纽约举办了首届"社会主义学者会议"（Socialist Scholars Conference）。这一会议的目的是为西方左翼学者（他们通常被称为新左派，以区别于 20 世纪二三十年代的老左派）构建一个跨国交流的学术平台。会议的学术气氛很浓，但听众并不限于学术界。之后，在这个会议上，每年都会邀请一些在某个领域公认的专家和学者来发表演讲或进行学术评论。在继承"社会主义学者会议"的宗旨下，1981 年，波格丹·登尼奇（Bogdan Denitch）、斯坦利·阿罗诺维茨（Stanley Aronowitz）等人又创建并领导了新一代的"世界社会主义学者大会"。大会规定任何反对资本主义的左翼团体、左翼力量均可参与。因此，就性质而论，"世界社会主义学者大会"具有很强的左翼色彩。

自从 1981 年第一届"世界社会主义学者大会"在纽约召开后，世界社会主义运动中的左翼学者和争取社会进步的人士几乎每年都会在此地举办世界性的社会主义学术理论讨论会，这种状况一直持续到 2004 年。随着新社会运动组织的积极参与，"世界社会主义学者大会"也出现了某些变化，突出的表现为其浓郁的学术色彩开始淡化，参会人员的异质性逐渐增强，使其内部左、右翼力量的对立逐渐凸显。在 2004 年"世界社会主义学者大会"之后，由于会议的组织者之间发生严重分歧和摩擦，因无法协调，最终导致 2005 年的"世界社会主义学者大会"停办。从 2006 年起，一年一度的纽约"全球左翼论坛"取代了"世界社会主义学者大会"。此后，随着越来越多的劳动者、社会活动家以及政治上表现积极的公民参与会议，会议的规模也越来越大，参会人数也越来越多。从世界范围来看，"尽管左翼力量长期处于分散、分裂状态，但从 20 世纪 60 年代开始，在纽约举行的社会主义学者会议以及后来的左翼论坛一直都是北美左翼乃至世界左翼规模最大的年度聚会,是凝聚左翼力量的平台"①。基于研究针对性的需要,本部分不拟详细梳理该组织的发展演变历程,仅摘其紧扣研究主体的关键演变步骤简单阐述。

(一) 世界社会主义学者大会(2000—2004 年)

2000 年 3 月 31 日至 4 月 2 日,在纽约马克思学院(也称社区学院)等主办单位的努力下,一年一度的世界社会主义学者大会在纽约召开,参会者约 2000 多人,其中包括来自欧、亚、非和拉美等数十个国家的 400 多位学者。本届大会的主题是:同舟共济——建立新世纪的联盟。从政治倾向上看,参与人员政治色彩各异,其中既有共产党的代表,也有社会党、社会民主党、社会主义党的代表,还有工人世界党、工党、第四国际党的代表,工联、工会、女权运动、绿色运动以及青年联盟等一些社会运动及组织也派代表参与其中,在大会中甚至能看到普通工人的身影。总体来说,参与者"都属于世界社会主义运动中的左翼学者和争取社会进步的人士"②。

与会者在"让马克思主义活起来"的会议精神鼓舞下,围绕着社会主义在当代面临的现实问题和构筑新世纪的联盟两大讨论主题,对 20 世纪社会主义历史经验、21 世纪社会主义前景和当前面临的问题进行了交流和研讨。另外,与会者对构筑新世纪联盟的必要性、途径以及联盟性质等进行了热烈讨论,认为构筑新世纪联盟是反对资本主义的需要,必须重视以社区为基础的斗争,以联盟政治代替身份政治。所谓身份政治是一种在斗争中强调自己身份特殊性的抗争手段,这种抗争手段具有自卫性与分散性。在强大的资本主义全球化劲敌面前,其斗争效果非常有限。而以社区为基础的反资本主义斗争可以把不同的基层团体、基层组织在共同的目标下联合起来进行抗争。这种

---

① 许宝友:《占领制度"高地",对抗全球资本主义——2012 年纽约左翼论坛综述》,《当代世界与社会主义》2012 年第 2 期。

② 靳辉明:《纽约世界社会主义学者大会纪要》,《真理的追求》2000 年第 7 期。

基于共同斗争目标而进行联合的身份,因其在反对资本主义斗争中展示了强大的力量,从而才具有了真正意义的身份性。美国学者罗宾·凯列强调:"建立新世纪联盟不是一种临时的策略或自卫手段,而是为共同目标、共同利益而斗争的战略需要。"①

2001 年 4 月 13 日至 15 日,第 19 届世界社会主义学者大会在纽约举行,这次会议仍由美国左派人士发起,来自中国、美国、法国、英国、德国、加拿大、墨西哥、南斯拉夫等国家的 2000 余名学者出席了本次会议。会议主题是"新世纪重建左派"。与会者围绕社会主义在新时期的联合和左派重组、社会转型时期左派的政策、马克思主义理论教育和重构社会主义环境、社会主义民主的实质、全球化与资本主义策略的变化、马克思主义的批判理论等 64 个主题进行了交流和讨论。② 其中,新时期左派重建的必要性、如何认识当代的社会主义、如何认识全球化以及在全球化态势下资本主义出现的新变化这三个问题是与会者集中谈论的热点。之后两届世界社会主义学者大会也基本围绕这三个主题进行讨论。由于内部左、右翼力量的分歧与对立,虽然 2004 年 3 月 12 日至 14 日在纽约仍如期召开世界社会主义学者大会,但大会组织机构分裂为两支,其中一支仍沿用"世界社会主义学者大会"名称,在 2004 年之后未能正常召开年会;另一支即为"全球左翼论坛",其组织形式与原来基本相同,"全球左翼论坛"组委会的主要成员来自原"世界社会主义学者大会",但从受邀代表在大会的发言来看,其倾向稍稍偏"左"了。③ 2004 年世界社会主义学者大会,与会学者专家 2000 余人。大会主题是:"世界不能用来交易!——人类共同利益的再思考",大会开幕式即以此为主题。3 天会期共举办了 80 场小型研讨会,以"左派的未来"为题闭幕。"此次大会涉及的内容极为丰富,但

---

① 靳辉明:《纽约世界社会主义学者大会纪要》,《真理的追求》2000 年第 7 期。

② 参见世南:《美国"2001 世界社会主义学者大会"纪要》,《马克思主义研究》2001 年第 5 期。

③ 参见程恩福、丁晓钦:《来自西方反左翼联盟的声音——2006 年纽约"全球左翼论坛"综述》,《红旗文稿》2006 年第 14 期。

由于与会者多数来自主办国——美国,因此,讨论的议题更多的是美国左翼所关注的问题。"①

总之,自20世纪80年代初以来,社会主义学者大会就成为一个既有学术性也有政治性的集会。在这里,不仅可以听到下层人民和弱势群体发出的声音,为他们提供一个宣泄的渠道,而且也是左翼学者发表政见、评议时政、交流观点的一个重要平台。20多年来,世界社会主义学者大会一直是左翼学者最重要的年会,也是美国左派最大规模的年度集会,成为激进主义者、社会主义者、女权主义者以及其他领域的学者讨论当前热点问题的不可或缺的场所。②

(二) 全球左翼论坛(2006—2018年)

2006年3月10—12日,作为"世界社会主义学者大会"替代的"全球左翼论坛"(Global Left Forum)首届年会在纽约库柏联盟(Cooper Union)召开。此次论坛由左翼论坛、纽约市立大学(City University of New York)社会学系和研究生院共同主办,并得到了许多知名社会组织和媒体的支持。美国共产党执行副主席贾维斯·泰纳(Jarvis Tyner)代表"黑人激进同盟"(Black Radical Caucus)做了发言。论坛的主题是"危险时代:全球的抵抗和帝国的衰落",讨论涉及政治、经济、哲学、历史、教育、军事、文学、艺术等多个方面。③此次论坛是在世界形势错综复杂的社会历史背景下召开的。当时,世界形势呈现出四个方面的突出特征:一是美国昔日的大国地位受到挑战。美国布什政府在政治、经济、外交、社会事务中的政策与行动连连受挫,左翼力量在一定程度上有所复兴。二是新自由主义在拉美受挫。拉丁美洲许多国家的左翼和中左翼政党在大选中获胜,这对新自由主义无疑是致命的一击。三是新自由主义在

---

① 刘元琪:《2004年纽约世界社会主义学者大会述要》,《国外理论动态》2004年第6期。

② 参见周尚文:《近距离观察美国左翼思潮——赴美参加第22届社会主义学者大会及学术交流有感》,《毛泽东邓小平理论研究》2005年第1期。

③ 参见程恩福、丁晓钦:《2006年纽约"全球左翼论坛"综述》,《马克思主义研究》2006年第6期。

欧洲受到抵制。在欧洲,无论是欧洲国家和人民对欧洲宪法的反对,还是"欧洲左翼政党"等新左翼组织的出现,都证明了新自由主义在欧洲的实施并非畅行无阻。四是世界各地抗议新自由主义全球化的运动也在不断发展。因此,鉴于世界现实以及左翼发展现状,与会者围绕着论坛主题,对当代中国的马克思主义观、美国霸权的衰落与帝国主义的未来、全球化与新自由资本主义等内容进行了讨论。虽然这次左翼论坛不是马克思主义的,但是其具有的泛左联盟性质对世界各地的左翼知识分子和社会活动家来说,仍具有很强的吸引力。此后,一年一度的全球左翼论坛就逐渐成为世界各国尤其是北美左翼学者和社会活动家的舞台。截至 2018 年,纽约全球左翼论坛已经举办了 13次。具体情况见表 2.2。

表 2.2 纽约全球左翼论坛概况(2006—2018)

届 次	召开时间	主 题	专题会场或人数
第一届	2006.3.10—12	危险时代:全球的抵抗和帝国的衰落	1100 多人
第二届	2007	开创一个激进的政治远景	不详
第三届	2008.3.14—16	大厦上的裂缝	104 个专场
第四届	2009.4.17—19	转折点	2000 多人,200 多个分专场
第五届	2010.3.19—21	中心不可持续:重燃激进的想象	不详
第六届	2011	迈向团结的政治	不详
第七届	2012.3.16—18	占领制度:对抗全球资本主义	4500 人,400 多个专题
第八届	2013.6.7—9	为生态转型和经济转型而努力	5000 多人
第九届	2014.5.29—6.1	改革与(或)革命——构想一个有转型正义的世界	4500 多人,394 个专场
第十届	2015.5.29—31	没有正义,就没有和平:资本主义和民主的危机	4000 多名左翼学者
第十一届	2016.5.20—22	愤怒、反抗、革命:组织我们的力量	不详
第十二届	2017.6.2—4	抵抗——战略、策略、斗争、团结和乌托邦	4000 人,300 多个专场
第十三届	2018.6.1—3	为左翼制定新战略	266 场专题研讨

注:此表由笔者根据所掌握资料综合汇编而成。

从表 2.2 可以看出，全球左翼论坛一般均有数千名参与者，不仅是北美规模最大的学术事件和政治活动，而且是世界各国左翼学者和社会活动家的共同舞台。综合历年来全球左翼论坛的盛况，可以发现全球左翼论坛具有人员多元化、主题现实性、议题广泛性、活动形式多样性等特征。

第一，参与人员的多元化。从历年全球左翼论坛的参与人员情况来看，这种多元化主要体现在两个方面：一是论坛主办方和协办方的多元。论坛几乎每年均由左翼论坛组织、纽约城市大学社会学系和研究生中心共同主办，此外还得到布莱希特论坛、纽约城市大学文化技术与劳动研究中心、美国国家律师协会、罗莎·卢森堡基金会、激进政治经济学联盟、《批判社会学》《理性》《每月评论》《新政治科学》《新政治》《激进教师》《反思马克思主义》《科学与社会》《社会文本》《社会主义与民主》《灵魂》等社会组织和期刊、杂志社协办。2014 年左翼论坛在纽约州立大学举办，参加者既有美国激进政治经济学联盟、民主和社会主义联合委员会、美国民主社会主义联盟、马克思主义——人道主义同盟、布莱希特论坛、绿党、美国共产党、美国社会主义党、美国革命共产党等知名左翼组织，又有《每月评论》《科学与社会》《激进政治经济学评论》等左翼书刊及出版机构。[1] 二是参会人员的多元化。从总体上看，每届全球左翼论坛均会吸引和聚集来自美国和世界各地的左翼知识分子、左翼运动的组织者和积极分子。事实上，全球左翼论坛并不是一个纯粹马克思主义的左翼论坛，而是一个具有泛左性质的学术论坛。之所以如此，显然与参与人员的多元化密切相关。这种多元化主要体现在两个方面：一方面是身份多元。参与全球左翼论坛的既有像理查德·沃尔夫（Richard Wolff）、戴维·施威卡特（David Schweickart）、彼得·胡迪斯（Peter Hudis）、乔尔·科威尔（Joel Kovel）、大卫·哈维（David Harvey）等知名的左翼理论学者，也有坚持公民自由原

---

① 参见张新宁：《西方左翼对转型正义世界的憧憬——2014 年纽约左翼论坛评述》，见程恩富等主编：《外国经济学说与中国研究报告（2015）》，社会科学文献出版社 2015 年版，第 143 页。

则的人、媒体代言人、社会活动家、环境保护主义者、无政府主义者、社会主义者、共产主义者、工会主义者、争取黑人和拉丁美洲人自由而斗争者、女权主义者、反战积极分子、失业的学生,以及为反对失业、丧失抵押品赎回权、住房短缺和学校状况恶化而斗争的普通的左翼人士,分布领域涉及社会不同领域,不同阶层。这些不同身份的人参与到左翼论坛中,努力表达诉求,平等交流思想。另一方面是参与者政治意识形态多元。参与全球左翼论坛的人员既有马克思主义者,也有非马克思主义者,同时各种社会改良主义者、无政府主义者、后现代主义学派等在论坛中的影响也相当大。

第二,主题的现实性。社会在发展、世界在变化,因此,任何论坛主题的设定都必须充分反映世界发展与变化的现实,如此,论坛的召开才有价值与意义。事实上,与左翼运动发展的实际相联系,积极回应当下各种急迫的社会现实问题,一直都是左翼论坛遵循的传统。梳理每届全球左翼论坛的主题不难发现,它们均是建立在对当年国际社会政治形势与经济形势以及世界左翼力量的现实发展状况进行分析与判断基础之上的,具有很强的现实性。

2006 年全球左翼论坛是在美国公民自由权利被侵犯、广大人民缺乏经济安全、文化自由受到威胁,以及拉丁美洲许多国家的左翼和中左翼政党在大选中获胜,从而使新自由主义遭受致命打击这一广泛而深刻的社会历史背景下召开的,因此,论坛主题设定为"危险时代:全球的抵抗和帝国的衰落"。2007年,论坛主办方认为当前处于一个黑暗与希望并存的时代,为了这个希望,必须采取具有策略性和实践性的步骤,必须讨论往往被忽略的有关政治的组织问题和社会运动的民众力量问题,即采取不同于以往的激进政治的步骤,①因而论坛的主题定为"锻造激进政治的未来"。2008 年,正值经济危机全面爆发,同时也是"失望之冬与希望之春的交接点",此次全球左翼论坛的主题是

---

① 参见林晖:《危机时代的激进想象力:美国左翼学术的新趋向》,《复旦学报》2012 年第2 期。

"大厦上的裂缝",意图通过全面审视濒临衰落的"帝国",探讨如何通过社会运动创建一个更美好的替代世界。① 2009 年,时值全球金融危机,左翼学者思考"如何重新理解马克思""在这一历史处境中马克思主义可以发挥何种积极作用"。因而,论坛的主题为"转折点"。2010 年,论坛组织者认为,仍在持续的全球性资本主义危机使得某种希望得以产生,即给美国和世界其他地区的左翼政党和社会运动重新注入活力,论坛的主题设定为"中心不可持续:重燃激进的想象"。2011 年论坛的主题是"迈向团结的政治",更加强调左翼团结的长期战略目标。2012 年论坛的主题是"占领制度:对抗全球资本主义",其中的"占领"一词,取自 2011 年 9 月的"占领华尔街"民众运动,这表明在美国左翼的一般性策略和规划中,现实行动的急迫性日益凸显。② 2013 年论坛将"为生态转型和经济转型而努力"作为主题,充分表明了资本主义国家正处于生态危机和经济危机交困之中。2014 年,针对世界体系中存在的不平等、不公正等现象的存在,左翼论坛试图运用左翼的各种理论资源,诊断当下资本主义世界体系的诸多症候和病根,并探讨走出当下资本主义困境的路径,谋求建立一个充满活力与正义的世界,因而主题设定为"改革与(或)革命——构想一个有转型正义的世界"。2015 年恰逢世界反法西斯战争胜利与联合国成立 70 周年,论坛主题设定为"没有正义,就没有和平:资本主义和民主的危机"。2016 年全球左翼论坛是在资本主义制度危机日益深化、美国大选如火如荼进行的背景下召开的,因而,论坛的主题确定为"愤怒、反抗、革命:组织我们的力量"。2017 年论坛是在资本主义世界体系面临多重危机和美国新一届总统特朗普上台执政给世界增加了极大不确定性背景下召开的,论坛把主题设定为"抵抗——战略、策略、斗争、团结和乌托邦"。2018 年不仅是马克思诞辰 200 周年和《共产党宣言》发表 170 周年,同时也是特朗普上台执政满一年以

---

① 参见莉娅:《左翼眼中的裂痕——2008 年全球左翼论坛综述》,见王贻志、莫建备主编;《国外社会科学前沿 2008》第 12 辑,上海人民出版社 2009 年版,第 110 页。
② 林晖:《危机时代的激进想象力:美国左翼学术的新趋向》,《复旦学报》2012 年第 2 期。

及反动右翼势力掀起浪潮的一年。在这种情况下，本届论坛的目的就是团结和建设左翼的力量，共同制定新的战略，因而论坛把"为左翼制定新战略"作为主题。

总之，自2005年以来，纽约全球左翼论坛的会议主题一直随着国际形势不断变化的现实而改变，但"左翼论坛的基本价值诉求都未曾改变：批判资本主义及其意识形态，追求自由、平等与正义一直是左翼论坛的内在精神。可以说，时代在变化，主题在切换，风格展示在变化，但价值诉求却未曾改变"①。因此，全球左翼论坛既在改变，又在坚持，在二者的交互影响中、在国际政治中发挥着作用和影响力。

第三，议题的广泛性。2008年左翼论坛共设104个专场，围绕纪念1968，非洲的危机，中国、印度与转型世界，自由主义与民族国家，社会运动和选举政治，拉美问题，无政府主义理论与实践，巴以与中东问题，种族主义，住房问题，反资本主义运动，全球劳工联盟与国际团结，女权主义运动，文学和政治，21世纪的乌托邦，生态与灾难，新学生运动，伊拉克战争和反战运动等话题展开讨论，共有390人做了主题发言。② 2009年论坛设定了200余个分会场，围绕政治经济与当前的危机、马克思主义理论、政治与社会运动、文化与日常生活、美国政治、种族、性别、生态环境、社区组织、食品、医疗、住房与教育、劳工、宗教、艺术等主题进行了广泛讨论，800余人做了主题发言。③ 2012年论坛设立400多个专题讨论分会场，也就意味着实际上有400多个议题，包括选举、就业、贫困、网络、占领运动、经济危机、社会变迁、工人运动、政党建设、左翼复兴、地区政治、国际关系、气候变化、生态主义、女权主义、马克思主义、资本主

---

① 林进平：《为一个正义的世界而奋斗——2014年全球"左翼论坛"综述》，《当代世界与社会主义》2014年第4期。

② 参见莉娅：《左翼眼中的裂痕——2008年全球左翼论坛综述》，见王贻志、莫建备主编；《国外社会科学前沿2008》第12辑，上海人民出版社2009年版，第110页。

③ 参见李百玲、李姿姿等：《资本主义危机与世界历史的转折点——2009年全球左翼论坛综述》，《国外理论动态》2009年第12期。

义、社会主义、无政府主义、殖民主义、新自由主义等理论和实践问题,从"马克思主义的未来""教育与资本主义"等宏观问题,到"占领运动如何利用媒体"等微观问题。从学科领域来看,讨论的话题涉及哲学、伦理、经济、政治、法律、军事、社会、历史、文化、教育、文学、艺术等多个学科领域。① 2013 年的全球左翼论坛内容涵盖了生态环境危机、能源霸权、金融恐怖主义对全球经济的影响、资本主义的未来、能源民主与政治的关系、21 世纪拉丁美洲的左派运动、北美洲的学生运动、教育改革、食品主权与土地革命、叙利亚革命、工业化国家在非洲的能源争夺、21 世纪社会主义的特点、拉美的社会主义过渡、基于性别的收入差距等议题。② 2017 年左翼论坛设立 300 余个专题会场,既包括政治、经济、社会、文化、生态、环境等专题讨论,也包括国际、非洲、欧洲、拉美、亚洲、中东、加勒比、中国、印度、美国等区域性议题,还包括反战、教育、性别平等、种族、艺术、文化、日常生活、食物、住房、健康、原住民、宗教、移民、媒体、劳工、监狱产业复合体、美国政治经济危机、美国社会运动、马克思主义和无政府主义等具体议题。

需要指出的是,尽管历年左翼论坛的议题非常广泛,但是贯穿于各届论坛讨论的热点问题却没有改变。在历次论坛中,与会者不仅探讨马克思主义在当代的发展,而且运用马克思主义基本理论分析新自由主义带来的经济灾难,批判美国霸权,反思资本主义制度。2008 年国际金融危机爆发后,与会学者又着力探讨金融危机的成因及出路,分析左翼运动面临的形势。总体而言,学者的研究兴趣主要集中在 8 个方面:探讨马克思主义在当代的发展、反思新自由主义、批判美国霸权及反思资本主义制度、探讨资本主义金融危机的成因、探讨左翼运动的新趋势、探讨社会主义发展的前景和蓝图、探讨中国等发展中国家的发展问题、其他左翼力量关注的话题。③

---

① 参见许宝友:《占领制度"高地",对抗全球资本主义——2012 年纽约左翼论坛综述》,《当代世界与社会主义》2012 年第 2 期。

② 参见赵明义等主编:《社会主义年鉴(2013)》,山东大学出版社 2014 年版,第 559 页。

③ 参见张新宁:《从纽约左翼论坛看美国激进政治经济学研究新动向》,《海派经济学》2013 年第 2 期。

第四,活动形式的多样性。2016 年,纽约全球左翼论坛以学术研讨、公开辩论、话剧演出、音乐会、书报展览等不同形式,展现了西方左翼学者对资本主义世界的愤怒、反抗及对未来的憧憬。2018 年,纽约全球左翼论坛围绕着论坛主题与主要任务设立 266 场专题研讨会,分为政治论坛、经济论坛、种族论坛、环境论坛、性别和性论坛、创新论坛、理论和历史论坛、国际论坛 8 个不同类别的分论坛,每个分论坛下设置相应的专题讨论。论坛召开期间,举办了 7场戏剧演出和 8 场电影放映,用诗歌、喜剧、音乐、舞蹈、影视等形式表达了左翼的呼声。①

总之,全球左翼论坛具有极强的开放性与包容性,为北美及世界各地的左翼知识分子和社会活动家提供了一个相互沟通、团结行动的共享空间,可以使他们"超越学科、党派、种族、年龄"的限制而集聚在一起,进行"更加统一、公平的动态对话"。因此,"左翼论坛不仅突出反映了资本主义国家面临的主要问题,也集中反映了资本主义国家左翼学者的呼声,以及马克思主义在全球的传播和影响"②。当然,正因为全球左翼论坛旗帜鲜明地亮出自己反资本主义和批判自由主义的意识形态旗帜,从而使其成为暗淡的"后政治"时代的一道亮丽的政治风景。③

二、 全球各地反对新自由主义全球化的民众抗议

伴随新自由主义资本主义全球化的深入发展及其一系列负面效果的暴露,自 20 世纪 90 年代中期开始,世界各地的人民也行动起来,掀起了抗击新自由主义全球化乃至整个资本主义全球化的斗争浪潮。这种斗争不仅波及范

---

① 参见张新宁、张晓明:《马克思主义与北美左翼新战略——2018 年纽约左翼论坛述论》,《毛泽东邓小平理论研究》2018 年第 8 期。

② 薛方圆:《愤怒、反抗、革命:组织我们的力量》,《当代世界社会主义问题》2016 年第 4 期。

③ 参见林进平:《为一个正义的世界而奋斗——2014 年全球"左翼论坛"综述》,《当代世界与社会主义》2014 年第 4 期。

围广,而且也丰富多彩。斗争在政治、经济、思想文化的所有领域展开;有时候直接针对某一事件、某一会议或某一个人,有时候集中爆发于一地、一国或数国;有时候具有相当规模,仿佛是正式召开的会议,有时候是街头游行、示威,烽火四起,或许看不出严密组织和统一部署。其中,既不乏有组织地通过互联网而开展的大规模可见性的全球性抗议事件,也有基于本地组织平台而形成的具有国家或地区倾向的国内抗议事件。如此均已"成为全球化进程中最丰富多彩、最具有社会活力和深刻反映历史运动客观趋向的部分"①。这些反对新自由主义全球化的斗争,可以以时间顺序粗线条地展示出人民斗争连续不断的纵向轮廓,亦可以横向勾勒人民对抗击新自由主义全球化的地区斗争情况。鉴于笔者曾以事件发生的时间顺序对抵抗新自由主义全球化的斗争做过详细梳理描述,此处仅选择以地区为标准,对欧美地区、亚洲、苏东地区以及非洲民众对抗新自由主义的活动进行横向粗线条描述。另外,考虑到拉美地区民众反抗新自由主义全球化的情况前文已有论述,此处也不再赘述。

(一) 欧美地区:斗争使西方再次"变红"

以欧美为代表的西方大国不仅是新自由主义政策的制定者、实施者和推行者,同时也是反对新自由主义全球化的中心和动力源。自 20 世纪七八十年代新自由主义政策在以英美为代表的西方大国推行以来,反对新自由主义全球化的群众运动就没有间断过,其中工人和农民反对新自由主义全球化的斗争尤为突出,带有锤子和镰刀图案的红旗在一些国家迎风招展。尤其是从 20世纪 90 年代晚期开始,针对新自由主义全球化引发的各种社会动荡的大众反抗运动更是愈演愈烈,致使越来越多的观察家认为,劳工运动正在日益高涨。与此同时,伴随着民众运动的高涨,马克思、列宁、斯大林等伟人的名字再度被西方国家人民提起,马克思主义、社会主义等思想在 21 世纪获得新的时代价

---

① 卫建林:《全球化与第三世界》(第 3 卷),清华大学出版社 2009 年版,第 1243 页。

值,西方世界的天空再次"变红"。

1. 美国

20 世纪 90 年代中后期,反对新自由主义全球化的斗争就开始在美国出现。1996 年俄亥俄州两家制动器工厂 3000 人的罢工、1997 年联合快速包裹公司 18.5 万人的罢工、1998 年 8 月西北航空公司 6000 名飞行员的罢工、费林特通用汽车公司工人大罢工、大西洋贝尔公司 7.3 万工人的罢工,均是美国工人抵制新自由主义全球化的最早实例。由于主流媒体的封杀,这些抗议事件并没有在全世界产生反响。但到 1999 年 11 月,当世界贸易组织在西雅图举行会议的时候,美国民众抗议力量已强大到足以使另一轮贸易自由化的启动陷于停顿,并迅速成为世界焦点。评论家们认为:"西雅图的示威游行与美国劳联——产联的新激进主义的(组织)立场一起,标志着复兴的美国劳工运动正在'凤凰涅槃,浴火重生'。"①受西雅图示威游行的鼓舞,包括印度、法国、玻利维亚、瑞士、巴西、泰国等许多国家数以百万计的人们自发地涌上街头举行抗议活动。所有这些示威游行都被统称为"99 西雅图运动"(Seattle'99)。"因此,'西雅图之战'是一场真正意义上的国际运动,它不仅是一场对公平、正义与道德有着最深刻责任感的国际运动,也是一场追求民主理想与追寻生命终极价值的国际运动,更是一场向政治权力与资本垄断吹响战斗号角的国际运动,抗议活动不仅点燃了新世纪正义女神的火炬,同时也拉开了世界范围内全球正义运动的帷幕。"②从这时起,"反对新自由主义全球化的群众运动,内容越来越丰富,团结更为广泛,反对阶级的、民族的、种族的压迫和剥削的斗争,正在同反对美国发动的侵略战争的斗争融为一体"③。

2000 年 5 月好莱坞发生了 12 年来最大规模罢工,数万电视机电台演艺

---

① 　[美]贝弗里·J.西尔弗:《劳工的力量:1870 年以来的工人运动与全球化》,张璐译,社会科学文献出版社 2012 年版,绪论第 3 页。
② 　刘颖:《新世纪以来西方新社会运动研究》,人民出版社 2018 年版,第 111 页。
③ 　卫建林:《全球化与第三世界》(第 3 卷),清华大学出版社 2009 年版,第 1255 页。

人员走上洛杉矶街头。2001 年 9 月,人们在美国国会大厦前集会,强调"奴隶制的影响仍然存在,我们没有做人应有的尊严"。2002 年 9 月,西部旧金山码头工人掀起大罢工,致使包括长滩、洛杉矶、旧金山、奥克兰和西雅图港口的运输陷入停顿。2004 年 6 月,160 万美国和其他国家的女雇员状告沃尔玛的集体诉讼案成为美国历史上原告数量最大的集体诉讼案。2004 年 10 月 2—3 日,国际货币基金组织和世界银行在华盛顿召开年会。400 多人参加示威游行,要求取消穷国债务,并提出"降低利息""停止战争""要求公正"等口号。2005 年 9 月,有超过 10 万的抗议人群在华盛顿举行反战大游行,反对伊拉克战争和经济全球化。与此同时,还有 1000—3000 人在几个街区以外的地方举行集会,抗议国际货币基金组织和世界银行计划于 2005 年秋天举行的会议,抗议者认为推动全球化以及减少贸易壁垒的政策伤害了全世界的穷人。2005 年 12 月 20—30 日,纽约爆发 3.3 万工人参加的公交大罢工,使纽约全城交通瘫痪。2006 年 5 月 1 日,美国出现"没有移民的一天"的群众抗议活动,抗议者采取停止工作一天的独特方式来纪念五一劳动节,造成商店停业、饭店关门、学校停课、交通停运,许多城市几乎成为死城。这次活动不仅遍及美国,而且产生了广泛的国际影响。受此鼓舞,世界各国数百万人均卷入到这次移民抗议运动中,从而"成为世界工人阶级、被压迫人民、被压迫民族空前团结、以国际垄断资产阶级为共同目标,显示最终埋葬新自由主义乃至资本主义伟大力量的历史演习"①。

2008 年国际金融危机爆发后,美国民众的抗议运动更是接踵而来,其中尤以 2011 年的占领华尔街运动,以及 2017 年反对特朗普政策的抗议运动最为引人关注。2011 年 9 月 17 日,美国爆发了"占领华尔街"运动,这是自 20 世纪 60 年代争取公民权运动以来规模最大、扩散范围最广的一次群众运动。抗议者喊出"我们是 99%"的口号,强烈要求遏制华尔街金融资本的贪婪,反

① 卫建林:《全球化与第三世界》(第 3 卷),清华大学出版社 2009 年版,第 1256 页。

对华盛顿的官僚作风和部分官员的贪腐,解决贫富分化加剧问题,改善大众的就业条件和水平。这"表明其已经将矛头直接指向了资本主义民主模式的核心弊端,他们所要反对的是资本主义政治、经济制度本身"①。"占领华尔街"运动影响广泛,不仅点燃了美国的左翼抗议运动,还波及欧洲乃至全球。自从2017年1月特朗普上台以来,其推行的各种任性的、倒行逆施的内政外交政策,不仅招致许多国家的不满与排斥,更引起了美国民众的愤怒。美国国内掀起了针对特朗普的抗议热潮,抗议议题涉及女性权利、难民与移民政策、边境政策、核武器、反对战争等,十分广泛。

不可否认,新世纪以来美国民众抗议运动的连绵不断是美国国内各种社会问题与社会矛盾日益激化的必然结果,也是美国民众对新自由主义全球化以及美式民主不满与愤怒的一种反映,但更深层次的原因是资本主义制度本身存在无法克服的危机。各种抗议活动表明,旧的"合理、负责"的剥削制度已在美国崩溃,美国民众尤其是年轻人正在寻找一种新的制度,一种可以替代新自由主义全球化的新方案。

2. 欧洲

20世纪90年代,随着新自由主义政策的实施,普遍推行福利国家政策的欧洲各国也出现了各种社会问题。大规模的失业年复一年的增加、最贫困人口的数目在持续上升,两极分化日益加剧。受新自由主义全球化的影响,欧洲资本主义国家内部的矛盾愈加显露,并趋于激化。从历史上看,欧洲民众有着捍卫自己权益的光荣传统。新自由主义全球化给欧洲各国带来的负面影响更是激活了欧洲民众内心埋藏的反抗之火。实际上,在欧洲各国,民众反对新自由主义改革的运动就从没停止过。新世纪以来,英国、法国、意大利、西班牙等欧洲主要国家,几乎每天、每月都会发生工人、学生的抗议和示威活动。参与人数少则几万,多则几十万,甚至上百万,规模相当可观。罢工潮一般都与抗

---

① 朱继东编:《"占领华尔街"之争》,中国社会科学出版社2013年版,前言第1页。

议削减劳动者物质待遇,动摇稳定就业有关,而"学生潮"则明显与反对政府削减教育投资,增加学费紧密相连。在抗议中,游行人员高呼口号,高举红色大旗或左翼运动领导人物的头像,不仅在欧洲而且在全世界都产生了重要影响。鉴于欧洲反新自由主义全球化抗议活动数量众多,难以逐一列举,此处仅选择2001年在意大利爆发的热那亚事件以及2011年西班牙的"愤怒者"运动进行简要描述。

2001年7月20—22日,一年一度的八国首脑会议在意大利港口城市热那亚召开。7月20日八国峰会开幕当天,10多万名抗议者冲破警方设置的"红色禁区"举行声势浩大的抗议活动。他们手持标语,高喊口号,对参加峰会的各国首脑表示抗议。在他们眼里,与会的八国首脑及政客代表着少数世界最发达国家的利益,他们主导着世界朝有利于自身利益的方向发展,从根本上无视发展中国家穷苦大众的利益与诉求。抗议示威者们在距离八国峰会主会场外的街头巷尾与意大利军、警、宪、特等政府力量展开激战,23岁的意大利青年卡洛·朱利亚尼在冲突中身亡。次日,约有30万人被动员参与热那亚抗议。在这次事件中有包括警察在内的300多人受伤,另有300多人被捕,1人被警察打死。3天会期,毁坏83辆汽车、41家商店和34家银行,直接损失达1000亿里拉。热那亚事件是反对新自由主义全球化抗议运动爆发以来参与者最多、规模最大、混战最激烈的一次示威行动,卡洛·朱利亚尼成为"反全球化运动"的第一个殉难者。杰克·史密斯(Jackie Smith)认为:这是对全球北部地区活动者的残酷镇压。针对这些压倒性非暴力抗议的警察动员规模在西方民主国家是前所未有的,这表明世界上最强大的政府所推动的经济全球化体系的合法性正在下降。① 热那亚事件促使峰会领导进行反思,明确表示将加强峰会同世界其他国家、社会团体和非官方组织的沟通对话,同时还强调峰会所推动的全球化进程必须以全人类的福祉为出发点。

---

① See Jackie Smith etal, *Global Democracy and the World Social Forums* (International Studies Intensives), Boulder·London:Paradigm Publishers,2014,p.2.

2011 年 5 月 15 日,西班牙约 70 多个城市爆发了要求"真实民主"的示威抗议活动。参与者提出解决财政与债务危机,对腐败"零容忍"以及在政治体制方面进行改革,重视公民政治参与权等抗议诉求。仅马德里市,参与者就达 2 万人。该市的太阳门广场也成为运动的枢纽和活动大本营。西班牙"愤怒者"运动并不是第一次在欧洲地区发起的反缩减运动,在此之前,冰岛、希腊、葡萄牙以及意大利等国均爆发过类似的抗议运动,西班牙"愤怒者"运动之所以在欧洲国家反缩减运动中如此引人注目,与当时西班牙国内政治背景密切相关。在一定程度上而言,西班牙腐朽的政治体制、国内严重的经济困境与失业问题共同催生了西班牙"愤怒者"运动的爆发。①

此外,对于欧洲爆发的反对新自由主义全球化抗议运动,还有两方面问题需要引起关注:一是在所有欧洲国家反对新自由主义全球化的群众运动中,法国民众爆发的次数最多,频度也最大。仅 2000 年 1 月,就爆发了 300 多起抗议事件。此后几乎每年都有几次或几十次的群众抗议,大多数情况下,抗议活动以中下社会阶层为主体,学生和市民积极参与。法国之所以频繁爆发抗议运动与其拥有的革命传统、多元的政党制度以及突出的社会政治问题等紧密相关。二是欧洲左翼力量的新生。在反对新自由主义全球化的斗争中,欧洲社会运动抗议的组织程度在不断加强。最突出的体现是自 2002 年以来欧洲社会论坛的连续召开以及 2005 年以来欧洲左翼政党的反资本主义活动。该活动要求抛弃新自由主义,建立一个和平的、参与型民主的、可持续发展的新欧洲,这些生动的事实充分证明欧洲左翼正在反对新自由主义全球化的抗议实践中焕发生机,获得重生。

(二) 亚洲:在斗争中挑战美国霸权

20 世纪 70 年代末 80 年代初,新自由主义由经济思潮逐步转化为一整套

---

① 参见刘颖:《新世纪以来西方新社会运动研究》,人民出版社 2018 年版,第 150—151 页。

政策主张和一系列改革实践,被西方大国作为主导性的治理范式推向全球。1991 年,一个由美国国会议员和知名学者组成的大型代表团到东南亚和东亚诸国进行游说,大肆宣传实行金融自由化、贸易自由化、投资自由化,将可创造数千亿美元的收入,鼓动东南亚和东亚国家进行新自由主义"改革"。"在美国政府的威逼、利诱下,一些国家开始新自由主义'改革',推行金融自由化,放弃金融监管,特别是放弃对国际游资的管控"。① 在亚洲地区,尤以泰国、印度尼西亚等国最为积极,开始推行被西方大肆称颂的"东南亚经济模式"。但好景不长,"东南亚经济模式"不仅未能给这些国家的人民带来福祉,相反迎接他们的却是经济凋零、社会动荡的惨痛灾难。1997 年亚洲金融风暴的爆发及其所带来的毁灭性经济后果促使亚洲人民开始重新认识新自由主义。在此情况下,亚洲人民掀起了一系列针对新自由主义、针对美国霸权主义的群众抗议运动。

从 20 世纪 90 年代起,日本几乎每年都会举行要求废除《日美安全条约》和有关条约的集会、示威、游行以及反对政府向伊拉克派兵等反战和平运动。这种斗争在冲绳尤为激烈。2000 年 7 月,八国首脑峰会在冲绳举行期间,3 万日本群众走上街头,组成人链,包围美军在冲绳的空军基地,呼吁和平,要求美军立即撤出。2004 年,日本政府在"人道支援"名义下向伊拉克派出自卫队,许多民众认为此举有违宪法,举行了反对政府海外派兵的游行活动。一些反战组织还发起了"组织走向战争之路百万人签名活动"②。2008 年 7 月 7 日至 9 日,在北海道洞爷湖举行八国集团首脑会议期间,来自日本全国和世界各地的数千名反全球化人士进行游行示威活动,指责以八国集团为代表的发达国家在挑起战争、制造贫困、引发粮食和能源危机以及造成全球气候变暖等方面负有不可推卸的责任。③

---

① 何秉孟:《再论新自由主义的本质》,《理论参考》2016 年第 6 期。
② 李文:《东亚社会运动》,社会科学文献出版社 2009 年版,第 173 页。
③ 参见刘颖:《新社会运动理论视角下的反全球化运动》,复旦大学出版社 2013 年版,第 110 页。

在印度,针对新自由主义全球化的群众性抗议运动也此起彼伏,有时甚至发展到影响国家政治走向的地步。2004 年 1 月 16 日,正值美国军事占领伊拉克一周年之际,以反全球化为主题的世界社会论坛在印度孟买举行,这是第一次在诞生地巴西之外召开会议,吸引了来自不同国度、不同种族、不同民族、不同宗教信仰甚至不同政治理念的 10 多万人汇集在一起。论坛不仅为印度人民特别是底层民众提供了一个反对新自由主义全球化的平台,同时也成为新一轮反美运动的发起地。同年 4 月,印度爆发了 5000 万工人抗议新自由主义政策的大罢工,直接导致了长期奉行新自由主义私有化改革的印度人民党下台。2005 年,因政府计划出卖 13 家国有公司,印度又爆发了来自政府、银行、电信、工业、保险、石油、铁路、航空等部门的 4000 万人的大罢工,导致许多行业陷于停顿。

新世纪以来,韩国群众不断爆发反对私有化、反对签署韩美自由贸易协定的罢工和示威、游行,参与者主要是工人、农民和知识分子,有时也包括金融界、演艺界人士。斗争的规模一般比较强大,每次均达数万人或数十万人,韩国也因此常被媒体称为"罢工强国"。2000 年 10 月 20 日,第三届亚欧会议在汉城举行,2 万人发起反对新自由主义全球化的示威,并有针对性地发起亚欧论坛。2004 年 2 月 9 日是韩国国会第三次审议韩国—智利自由贸易协定的日子。当天,2 万名韩国农民在国会议事堂前广场聚集,反对国会通过该协定,并与警察发生冲突。2005 年 11 月 14 日,亚太经合组织第十三次领导人非正式会议在釜山举行,逾 2 万名韩国人在首尔游行,群众手持反全球化标语牌,抗议举行亚太经合组织首脑会议。2008 年 4 月 24 日,"牛肉风波"的爆发是反美情绪的一次大爆发。当天,7000 多名养牛农民聚集在位于首尔郊区果川的政府综合办公大楼前,举行大规模反对全面进口美国牛肉的集会,试图撼动韩美自由贸易协定。2010 年 11 月 7 日,为抗议 G20 峰会在首尔召开,大约 4 万(警方称 2 万)名学生、工人、农民等社会各阶层民众聚集在首尔市政府外的广场上高喊口号,抗议新自由主义全球化以及美韩自由贸易协定。这次抗议是韩国民主劳动组合总联盟(KCTU)(KCTU 是韩国著名的激进工会团体,号称有 70 万成员)联合其他约 50 个团体一同举行的。总之,在韩国,反美、反对新自由主义全球化的抗议运动一直在持续,并随着时间的拓展呈现出新景象。

（三）苏联东欧地区:在"追思"中抗议

一定程度上,苏东剧变可以说是以美国为首的西方大国在苏联与东欧地区推行新自由主义思想的必然结果。之后,俄罗斯与东欧一些国家都积极推行新自由主义经济改革,一场以"休克疗法"①著称的激进变革在俄罗斯全面展开。但是,新自由主义改革并没有为俄罗斯人带去自由和幸福,相反生产力遭到严重破坏,物价飞涨,通货膨胀加剧,人民生活水平大幅下跌,许多家庭难以维持最低生活水平。② 东欧的情况也是如此,新自由主义私有化改革最后带给人民的不是兴奋,而是迷惑、失望与追悔。因而,在苏联与东欧地区,反对新自由主义私有化改革的群众性罢工、示威游行和抗议性集会一点也不比其他地方少,只不过是媒体报道较少,抗议活动难以进入世人眼中而已。2001年 10 月底,达沃斯经济论坛在莫斯科举行,讨论改善未来俄罗斯投资环境,其间,有两万名反新自由主义全球化的俄罗斯人进行抗议。2006 年 7 月,八国首脑峰会在圣彼得堡举行,数百名群众冲向圣彼得堡街头进行抗议,大喊"打倒八大国""反对警察国家"等口号。在本次峰会期间,由于俄罗斯政府针对反新自由主义活动采取了限制加疏导的策略,因而,没有出现以往八国峰会时常见的大规模场面,也没有引起媒体的特别关注。2008 年国际金融危机爆发后,俄罗斯与东欧国家的经济也深受其害,失业率上升。在这种情况下,群众

---

① "休克疗法"由美国经济学家杰弗里·萨克斯(Jeffrey Sachs)开创。本指医学上的一种治疗方法,后被引入经济学中,表示在宏观经济稳定,经济自由化和私有化条件下实行的激进而迅速的经济转型措施。

② 参见许维新:《激进的改革方式给俄罗斯带来的后果:再评"休克疗法"》,《世界经济》1993 年第 6 期。

对新自由主义的不满尤为强烈,近几年俄罗斯反对新自由主义的抗议活动也较之前明显增多。

(四) 非洲:在斗争中吹响复兴的号角

从历史上看,非洲发展史也是西方国家在非洲大肆推行殖民主义的历史,是非洲殖民化的历史。20世纪70年代,新自由主义全球化在非洲的推行使其成为一个动荡不已,苦难无边,最贫困且彻底丧失国际问题发言权的大洲。知名经济学家约瑟夫·斯蒂格利茨认为,"国际货币基金组织和世界银行等组织在非洲国家推行的私有化、资本市场自由化、价格市场化和自由贸易"四部曲"改革不仅没有推动经济增长,反而使非洲国家坠入"地狱般的困境"①。"世界银行和国际货币基金组织二十年的结构调整改革,破坏了非洲的发展,使得非洲的经济、社会陷入一片混乱之中。"20世纪80年代,非洲人民开始质疑揭露新自由主义全球化。1986年非统组织峰会上,布基纳法索前总统桑卡拉(Sankara)指出:"在帝国主义的控制和统摄下,外债成为殖民主义者精心设计的重新占领非洲的工具。"②1998年,肯尼亚提出要反思国际货币基金组织和世界银行输入的经济结构改革,即非洲人民"命运掌握在万里之遥的几个人手中"的问题。1999年西雅图事件之后,非洲一些国家的政党明确提出反对华盛顿共识,反对私有化、自由贸易和自由市场。2000年8月,南非爆发了400万人参与的以反对新自由主义私有化为明确目标的大罢工。在非洲反新自由主义全球化的斗争中,真正吹响非洲复兴号角的是2001年1月南非总统姆贝基在达沃斯论坛上公布的《非洲千年复兴计划》(*Millennium Partnership for the African Recovery Program*)。该计划呼吁非洲国家承担起推动非洲复兴的历史使命,积极参与振兴非洲,是非洲力图主宰自己命运的一个宣言,表明

---

① 张文海:《斯蒂格利茨批评新自由主义的结构调整》,《国外理论动态》2001年第12期。
② Asad Ismi, *Impoverishing a Continent:the World Bank and the IMF in Africa*,2004,Halifax Initiative Coalition Report,www.halifaxinitiative.org/updir/ImpoverishingAContinent.pdf.

非洲已经觉醒,正力图追赶世界潮流。同年 7 月,八国集团首脑会议在意大利热那亚举行,非洲人也在马里西比村(CIBI)一圈茅草屋里召开"反 G8 峰会",与西方八国峰会形成对垒之势,被称为非洲人"摆下的擂台"。5 天会期多为露天举行,与会者多是非官方人士,他们讨论了非洲的命运和出路,并对西方的帝国主义政策进行抗议,表达了非洲绝大多数人的诉求和呼声。因而,被称为"穷国论坛"或者"穷国峰会"①。同年 9 月在南非德班爆发了 1 万多人参与的游行示威,抗议联合国的世界反种族歧视会议没有将赔偿问题和犹太复国主义纳入议程;2002 年 8 月在约翰内斯堡多人走上街头示威游行,抗议联合国的可持续发展世界峰会接受了新自由主义的环境和社会战略;2003—2004年,南部非洲各国还爆发了数万人抗议伊拉克战争的游行示威。2005 年 3 月3 日,世界贸易组织小型部长会议在肯尼亚召开,有 2000 名反新自由主义全球化的示威者在此举行游行,要求取消贸易壁垒,维护农民的经济利益。近200 名示威者被警方逮捕。

另外,需要特别指出的是,非洲人民在反对新自由主义全球化的斗争中,不仅有自己的论坛,而且还努力争取国际话语权,积极参与甚至主办世界社会论坛。2006 年 1 月 19 日至 23 日,在马里首都巴马科举行了第六届世界社会论坛,这是世界社会论坛首次把会场设在非洲。论坛召开期间,来自世界各地的 2 万多名反全球化人士出席了会议。与会者号召通过一体化实现发展,反对资本主义统治,并就武装冲突、安全与和平、经济自由化的后果、发展中国家农民日益贫困化、第三世界国家债务、发展中国家科技落后以及企业私有化等当今世界、特别是非洲所面临的重大问题进行了深入讨论。2007 年 1 月 20日至 25 日,第七届世界社会论坛在肯尼亚首都内罗毕举行,论坛的主题是"人民的斗争,人民的选择"。这次论坛充分加强了非洲与世界的联系和团结,增强了非洲人建设充满尊严、正义的"另一种世界"的信心。2011 年 2 月

---

① 陶短房:《穷国论坛马里开幕 小排场大嗓门要援助》,2007 年 6 月 15 日,见 http://www.chinadaily.com.cn/hqzx/2007-06/15/content_895392.htm。

6日，第11届世界社会论坛在塞内加尔的达喀尔(Dakar)揭幕，这次论坛聚焦北非要求民主的抗议浪潮，并批判可怕的社会现状，再次见证了非洲人民在反对新自由主义全球化以及促进人类文明发展方面作出的贡献。

第三章　世界社会论坛：缘起与发展

作为大型左翼思想交流的会议场所,2001 年世界社会论坛的召开是全球新左翼运动中的新社会政治现象。它标志着全球新左翼运动进入一个新发展阶段,是全球新左翼力量兴起的一个重要预示。作为世界经济论坛的一种回应与对垒,世界社会论坛的召开既是对西方大国主导的新自由主义全球化的对抗,是"对世界贸易组织、国际货币基金组织和世界银行等统治世界经济秩序的传统机构的反抗"①,也是反对新自由主义全球化运动的必然结果与集合过程。当然,首届世界社会论坛选择在巴西阿雷格雷港召开,又与巴西国内政治因素紧密相关。论坛自 2001 年建立以来,作为全球左翼社会运动的行进过程,已经历了近二十年的曲折发展。那么,推动世界社会论坛行进的因素究竟是什么? 回答这一问题,必须首先充分认知世界社会论坛的缘起与产生,理解世界社会论坛的发展历程及特点。

第一节　世界社会论坛的缘起

自 20 世纪 80 年代中期开始,新自由主义大行天下,历史的车轮似乎是沿

---

① 王双:《世界社会论坛:时代背景、发展进程与局限》,《当代世界社会主义问题》2015 年第 1 期。

着一条由新自由主义主导的发展道路向前推进,不可阻挡。这是一条最终走向公司主导和消除社会平等、正义和政治自由的道路。在这种情况下,很难想象作为一个完全不同发展方向的政治机构——世界社会论坛会出现。然而,在抵制新自由主义全球化的跨国社会运动推动下,作为一种全球性力量与反对新自由主义全球化运动的"公共舞台和基础结构"①,世界社会论坛的出现不仅为此前被新自由主义全球化排除在外的声音提供了共同发言的空间与平台,而且更是对新自由主义倡导者撒切尔夫人所言的"没有替代"声明的挑战,论坛明确提出"另一个世界是可能的"。

对于世界社会论坛的产生,学者们的观点并不相同。荷兰学者彼得·沃特曼(Peter Waterman)认为,"在联合国一系列会议外围召开的非政府组织论坛、墨西哥'萨帕塔运动'所产生的国际影响力、围绕推动资本主义全球化的几个国际峰会展开的反新自由主义抗议活动、巴西持续的抗议活动所带来的社会动员、以及这个国家新老左派政治运动、劳工运动、城市和农村运动所形成的多元化模式等因素共同促进了世界社会论坛的产生"②。美国学者杰克·史密斯(Jackie Smith)等人认为由四个相互关联的因素促进了世界社会论坛的出现,它们是:反对国际机构的第三世界抗议;挑战去政治化的跨国网络和全球动员;不满联合国体制的市民社会以及跨国女权主义运动的兴起。③英国学者奎思皮·卡鲁索(Giuseppe Caruso)认为,"世界社会论坛是在反全球化运动中成长起来的,由巴西积极分子塑造,其最近的根源在于自1960年代以来反帝国主义、反殖民主义、和平与支持民主的运动,以及1990年代联合国

---

①　Dieter Rucht, "Social Forum as Public Stage and infrastructure of global Justice movements", In *Handbook on World Social Forum Activism*, ed, Jackie Smith, Scott Byrd, Ellen Reese, and Elizabeth Smythe, Boulder·London: Paradigm Publishers, 2011, pp.11-28.

②　Peter Waterman, "The Call of Social Movement", Antipode, Sep, 2002, Vol.34, No.4.转引自王双:《世界社会论坛:时代背景、发展进程与局限》,《当代世界社会主义问题》2015年第1期。

③　参见 Jackie Smith, Scott Byrd, Ellen Reese, and Elizabeth Smythe, *Handbook on World Social Forum Activism*, Boulder·London: Paradigm Publishers, 2011, p.15。

会议以外的非政府组织论坛"①。由此看出,世界社会论坛的起源是跨国性和结构广泛的②,其产生具有复杂的背景,是多种因素相互作用、发挥合力的结果,其中既有国际因素,也有国家因素,同时还有参与者的个人因素,世界社会论坛的出现与欧美一些政治活动家或运动领袖的积极推动密切相关。

一、 世界社会论坛产生的国际因素

从国际层面看,世界社会论坛的产生既与新自由主义全球化及其所带来的全球负面影响相关,同时也是追求社会正义、和平、人权、劳工权利和生态保护等政治运动已臻高潮的体现。因此,新自由主义全球化及对其负面效果的全球抗议是世界社会论坛产生的重要国际背景,而跨国网络与全球动员,以及非政府组织对联合国体制的不满则是推动"另一种世界是可能的"这一替代想法的重要因素,从而也为世界社会论坛的产生积蓄了力量。

首先,全球南方国家对新自由主义全球化及其负面效果进行的抗议,为世界社会论坛的产生提供了"沃土"与"温床"。

正如前文所言,西方大国所推行的新自由主义,不仅改变了全球经济规则,而且也改变了全球政治参与规则,在这种情况下,受新自由主义危害最深的就是全球南方国家,其所遭受的新自由主义危害不仅表现在经济方面,而且渗透在政治、社会等各个方面。在新自由主义的裹挟下,全球南方国家在国际经济格局中越来越边缘化,贫困现象越来越严重。在新自由主义全球化的推进中,由于发达国家居于优势地位与主导地位,他们掌控着全球经济活动的运行规则,决定着经济发展的方向与走势,这更鲜明地体现在对国际贸易规则的

---

① Giuseppe Caruso, "Open Cosmopolitanism and the World Social Forum: Global Resistance, Emancipation, and the Activists' Vision of a Better World", *Globalizations*, 2017 Vol. 14, No. 4, pp.504-518.

② 参见 Isabelle Biagiotti, "The World Social Forums. A paradoxical Application of Participatory Doctrine", *International Social Science Journal*, 2004, Vol.56, pp.529-540。

操控上。虽然西方发达国家一直鼓吹贸易自由化,但是却在国际贸易活动中推行双重标准,一方面要求他国尤其是全球南方国家打开大门,开放市场;另一方面又在国际贸易领域设置各种壁垒,对进口本国的他国产品提出严格的技术或环保标准,还设置并抬高各种关税,筑起严密的市场准入堡垒。这种国际贸易自由化的双重标准使处于边缘地位的全球南方国家付出了沉重代价,经济发展严重受阻。

新自由主义全球化使全球南方国家在重要国际机构中的发言权越来越弱,话语权更少。众所周知,世界银行、国际货币基金组织、世界贸易组织等全球性国际机构是新自由主义政策的主要推手与重要旗手,但这些机构的民主性却饱受质疑。一方面,这些全球性国际机构的成立以及机构领导的产生均不是在民主程序的基础上产生的;另一方面,西方发达国家在这些全球机构中拥有主导权,甚至是绝对的控制权。因而,其作用的发挥受少数发达国家影响乃至决定,在全球性问题的管理与解决方面带有浓厚的西方大国色彩,全然不顾发展中国家人民的利益与要求。正因为如此,许多全球南方国家将这些机构看作是造成他们经济困难的罪魁祸首。在20世纪七八十年代,新自由主义政策不断向全球南方国家渗透,为了支付大规模工业发展项目以及20世纪70年代连续石油危机期间不断上涨的燃料成本,这些国家开始向世界银行和国际货币基金组织借款。到20世纪90年代,随着贷款期限的来临,这些国家无法在继续发展国民经济和满足公民需要的同时去偿还债务,由此陷入了发展危机。但由发达国家主导的世界银行和国际货币基金组织却开始对其提供的贷款附加严格的条件,从而迫使第三世界国家削减政府支出和提高利率以获得国际融资。这种完全不顾第三世界国家与人民利益的做法,势必会造成全球南方国家的不满,导致所谓的"国际货币基金组织骚乱",即公民抗议全球金融机构的政策以及本国政府的行动。这些骚乱不仅表明了全球南方国家对新自由主义全球化政策及其后果的不满,也表明了全球南方国家的人民已经意识到他们的政府在国际机构中影响力与话语权的不足。新自由主义的实践效果表明,其在全球的疯狂推行并没有为世界带来长久持续的经济繁荣,或引向一个更平等的世界。"特别是进入 21 世纪后,新自由主义主导的经济全球化乱象丛生,一些西方国家也深受其害。"①从而,超越新自由主义,寻找新自由主义的替代方案就成为世界社会论坛所秉持的基本立场。

其次,跨国网络与跨国社会运动动员为世界社会论坛的产生提供了"强心剂"与"催产术"。

美国学者赛拉蒙发现"我们正处在一个全球的'团体革命'(associational revolution)中……这些团体的兴盛可能长久地改变国家与公民之间的关系,其产生的影响也将超出它们提供的物质性服务本身的范围。几乎所有美国重要的社会运动,如民权运动、环境保护运动、消费者运动、妇女或保守派等,都扎根于非牟利的领域中。这一现象的增长确实引人注目,因为与此同时发生的像选举、政党、工会这些更加传统的政治参与形式正逐渐衰落"。之所以能如此,"最基本的力量是决心自己动手来解决问题,自己组织起来改善境况或争取基本权益的普通民众"。② 也正因为如此,西方发达国家是新自由主义全球化的中心与动力源,自然也顺理成章地成为反对与抗议新自由主义全球化的中心与动力源。虽然与全球南方国家对新自由主义全球化的抗议诉求不同,但在反对新自由主义全球化这一宏大政治框架下,来自西方发达国家的具有"良知的"公民,不仅深深关注本国政府实施的新自由主义政策如何影响本国底层民众的生活,也对本国政府推行的新自由主义政策如何影响世界其他地方的人民越来越感兴趣,对全球南方国家人民的遭遇抱有一种"同情"态度,愤而走上街头抗议游行。在西方国家,政府对抗议活动的干预与镇压政策则进一步刺激、鼓舞了北方活动分子与第三世界社会运动领导人之间开展跨国团结运动的激情。在这种情况下,全球南方国家的公民与最富裕西方国家的公民开始围绕一系列全球问题而组织起来。在不同国家之间,环保人士和工

---

① 李文:《新自由主义把经济全球化引向歧途》,《光明日报》2018 年 10 月 22 日。
② [美]赛拉蒙:《第三域的兴起》,于海译,《社会》1998 年第 2 期。

会会员相互联合在一起,强烈抗议如《北美自由贸易协议》《多边投资协定》等各种国际自由贸易协定。与此同时,工人阶级及其盟友还多次组织了反对跨国公司的跨国抗议活动。另外,20 世纪 90 年代,联合国举办的关于妇女权利、环境保护与和平的会议也为世界各地的公民活动家提供了见面交流工作经验、分析他们所面临的全球和地方问题提供了绝佳机会。信息技术与通信技术的迅速发展更为跨国合作提供了难以想象的便利,促使跨国合作更加便捷容易、长久与可持续。在这一过程中,全球的运动活动家涵育了世界社会论坛产生所需要的跨国身份和更广泛的世界文化。

在全球跨国运动动员中,值得一提的是墨西哥萨帕塔运动与西雅图之战,这两大事件打破了新自由主义全球化进程的连续性,不仅反映了对新自由主义全球化的抵制,而且也是全球政治格局中世界社会论坛这一新政治形式产生的催化剂。1994 年墨西哥萨帕塔运动是最早抵制新自由主义全球化的运动之一,该运动不仅激励了世界各地的活动人士积极抵制新自由主义全球化,而且开创了一个与新自由主义全球化完全不同的"新激进"时代。在此次运动中,有两点尤其值得关注:一是运动发言人马科斯的激励言语。在运动中,马科斯提出创建各种形式的社会和经济组织,尊重地方自治和参与经济决策,鼓励为创建"一个有许多空间的世界"(one world with room for many worlds)而斗争。这一思想引起了世界各地反新自由主义全球化活动者的注意,激发了他们开始关注于寻找新自由主义全球化的替代方案。二是互联网的广泛应用。在运动中,活动者战略性地利用互联网呼吁世界其他地方的人加入到他们的活动中,为一个新世界而斗争。在他们的呼吁下,世界各地的许多活动者前往墨西哥恰巴斯参加关于如何应对经济全球化的国家会议,更多的组织者在他们当地社区支持萨帕塔运动的目标,反对新自由主义和促进人类发展。受此鼓舞,"人民全球行动"这一跨国网络开始出现,从而为世界社会论坛的出现提供了重要参与方式的启示与预演,当然,也提供了可资利用的基础设施。

1999 年西雅图之战是世纪之交一次反对新自由主义全球化运动的真正国际运动。此运动背后的组织特点就是缺乏非正式的领导,被称为运动亲和团体的基层活动群体,不仅没有固定的组织成员,也没有比较明确的正式纲领和组织纲领来约束群体内的活动,而是根据共同的身份与价值观联合在一起,形成反对世界贸易组织的共同阵线。在运动动员过程中,参与者相互学习,不仅了解了其他群体斗争的情况,而且还培养了在地方、国家乃至国际层面组织抗议活动的技能。另外,抗议运动的有限效果使运动活动家意识到"仅仅依靠全球抗议运动谴责他们所反对的东西是不够的,还必须阐明他们与之奋斗的明确愿景"①。对此,帮助组织了第一届世界社会论坛的 ATTAC② 的克里斯托弗·阿奎特恩(Christophe Aquiton)曾发出这样的感叹:"西雅图的失败在于未能拿出一个共同的议程,一个世界性的全球联盟来与全球化作战。"③因此,运动活动者必须超越已出现的示威和群众抗议,转向提供方案和主动权,以便建立为了"另一个世界"的联盟。在这种情况下,以召开国际论坛方式来声讨全球化后果,探寻全球化的替代方案就成为抗议运动中一些有识之士的首选方式。按照政策分析家索罗·安布罗斯(Soren Ambrose)的说法:"如果西雅图事件是抵抗运动的初次聚会,那么阿雷格里港就是认真思考另一个选择之存在性的初次聚会。"④因此,可以这样做结论,西雅图之战是世界社会论坛出现的最直接驱动力。

---

① Jackie Smith etal, *Global Democracy and the World Social Forums*(International Studies Intensives), Boulder · London:Paradigm Publishers,2014.p.11.

② ATTAC 是 Association for the Taxation of Financial Transactions and Aid to Citizens 的简称,意为"征收金融交易税以援助公民协会",由法国知识分子成立于 1998 年 6 月。目前已在包括 24 个欧洲国家在内的 40 多个国家拥有分支机构,全世界拥有大约有 65000 名缴费会员。详情参见刘颖:《政治机会视角下的反全球化组织——以法德 ATTAC 为例》,《世界经济与政治论坛》2010 年第 3 期。

③ Peter N.Funke,"The World Social Forum:Social Forums as Resistance Relays",*New Political Science*,2008,Vol.30,No.4,pp.449−474.

④ Peter N.Funke,"The World Social Forum:Social Forums as Resistance Relays",*New Political Science*,2008,Vol.30,No.4,pp.449−474.

最后,快速成长的国际非政府组织对联合国一系列会议的强烈不满是世界社会论坛出现的一个重要国际契机。

国际非政府组织(International Non-Governmental Organizations,简称INGO)是非政府组织(Non-Governmental Organizations,简称NGO)的子集。就像非政治组织一样,对国家非政府组织概念的界定也主要依据联合国的两个规定性说明,这两个文件一个是联合国经社理事会(ECOSOC)1950年的第288(X)号决议,另一个是经社理事会1968年第1296(XLIV)号决议,综合这两个决议来看,国际非政府组织被界定为"不是依据政府间协议建立的国际组织","具有代表性并具有被承认的国家地位"。国际非政府组织最早起源于西方发达国家,最活跃的国际非政府组织大都集中在欧洲和北美。早期的国际非政府组织发展速度并不快,数量也不多。至1874年,国际非政府组织大约有32个,1909年有176个,1914年有466个,1934年有759个,1944年有1083个,当然这些组织并非都存活下来。[1] 第二次世界大战后,特别是1990年以来,随着国际交往的兴盛、通信和交通革命以及全球化导致的大量跨国问题的增多,国际非政府组织飞速增长,"1990—1998年的9年中,国际组织以平均每年净增2500个的速度扩张。至2002年底,各种国际组织多达55282个,其中约87.2%是国际非政府组织。"[2]非政府组织的这种发展趋势被一些学者描述为"全球结社革命",认为它对于20世纪的意义不亚于上个世纪民族国家的兴起。[3]

随着非政府组织数目的增多,越来越多的非政府组织获得了与联合国进

---

① 参见 Charles Chatfield, "Intergovernmental and Nongovernmental Associations to 1945", in TransnationalSocial Movements and Global Politics: Solidarity *Beyond the State*, eds, Jackie Smith, Charles Chatfield, and Ron Pagnucco, New York: Syracuse University Press, 1997, pp.20—21。

② 刘贞晔:《国际政治领域中的非政府组织:一种互动关系的分析》,天津人民出版社2005年版,第75页。

③ [美]戴维·布朗等:《全球化、非政府组织与多部门关系》,见[美]约瑟夫·S.奈等主编:《全球化世界的治理》,王勇等译,世界知识出版社2003年版,第277页。

行磋商的资格。1948 年,仅有 41 个国际非政府组织被授予与联合国经济社会理事会磋商的资格,1968 年增长为 377 个,到 2002 年这一数字已激增到 2500 个。① 与此相应,非政府组织对联合国以及各种国际会议也产生了重要影响。1992 年,在有 1500 个非政府组织的 19400 名代表参加的里约热内卢联合国环发大会期间,正是在环境非政府组织举办的非政府组织论坛的压力下,联合国环境与发展会议在制定控制温室气体排放条约时采纳了国际环保组织的建议。1997 年 12 月,在加拿大达成《禁止使用、储存和销售地雷公约》的过程中,非政府组织也起了关键作用。因此,国际非政府组织在与联合国的互动磋商中扮演的角色越来越重要,在国际事务中发挥的影响力也越来越不容小觑。对此,联合国秘书长安南曾在 1999 年 12 月在蒙特利尔召开的世界市民社会大会上指出:"联合国深刻地认识到,如果全球议程想要得到很好地解决,与市民社会的合作并不是一种选择,而是必需。"②

不过,在 20 世纪 90 年代,伴随着国际非政府组织参与活动的增多,其对联合国召开的会议,特别是对 1992 年在巴西召开的联合国环境与发展会议、1995 年在北京召开的联合国第四次妇女会议,以及 1995 年在哥本哈根召开的关于社会发展的世界峰会所产生的平庸甚至挫折结果越来越不满。参加联合国会议的一些国际非政府组织对各国政府在会议上作出的承诺以及会后落实极其不满和失望,某些非政府组织甚至认为他们在联合国的大部分努力都是徒劳的,毫无意义。他们认为,在联合国召开的一系列会议中,真正的障碍不是多边协议的缺失,而是受大国支配的联合国体系结构以及主要国家对解决资源和权力这一核心冲突问题的拒绝。另外,1994 年世界贸易组织成立之后,许多环境与人权协议逐渐被世界贸易组织所取代。由于世界贸易组织将国际贸易法优先于其他国际协定,从而使联合国会议所达成的协定在新的全球贸易秩序中变得无关紧要,可有可无。在这种情况下,非政府组织以及一些

---

① 参见代兵:《冷战后国际非政府组织的发展状况》,《国际资料信息》2007 年第 7 期。
② 胡学雷:《全球市民社会与国家:一种功能分析》,《欧洲》2002 年第 1 期。

社会团体对联合国会议的不满与日俱增,他们迫切希望能有"另一个联合国"出现,在那里他们不仅可以自由表达诉求,提出建议,更重要的是他们所有的努力都是被尊重的,有价值的。因而,作为"另一个联合国"而出现的世界社会论坛,也是非政府组织对联合国会议及其运行机制不满情绪不断累积的结果。

二、 世界社会论坛产生的国家因素

从国家层面上看,第一届世界社会论坛之所以选择在巴西召开,与世纪之交巴西国内的政治机会结构紧密相关。具体而言,20 世纪末巴西的政治体制以及国家与现代社会之间的互动关系均为第一届世界社会论坛在巴西召开提供了政治温床。

首先,巴西权力集中与分散相结合的独特政治体制为世界社会论坛的召开提供了政治空间。

巴西是总统制国家。总统是国家政治体制的核心,既是国家元首,也是政府首脑,这种双重身份使其拥有广泛的立法权和行政权。根据巴西宪法,在立法权方面,总统不仅拥有颁布具有立法性质法令的权力,还拥有阻止立法的权力,即否决权和部分否决权。在行政权方面,总统不仅拥有决定和实施公共政策的权力,而且拥有决定预算与任命官吏的最终权力。因而,这种权力过分集中的政治体制,使总统对巴西的政治、经济以及社会生活均产生重要影响。从表面上看,巴西这种权力集中的总统制并不利于基层社会运动的开展,但是,总统制并不是巴西政治体制的全部。在巴西政治体制中,分散化的政党制度与联邦制以及其与总统制的相互关系,恰恰为基层社会运动的开展创造了相对自由的政治空间。

就巴西政党制度而言,分散化是其重要特征。具体来说,巴西政党制度的分散性特征主要表现为两方面:一方面政党的大量存在。巴西是多党制国家,全国大约有 30 多个政党存在,其中近 20 个政党在众议院拥有席位,其余 10

多个政党在参议院拥有席位。在政党选举过程中,巴西实行比例代表制并允许小党组成联盟参与选举,很显然,这种选举制度对小党尤其有利,即便获得极低的票数,也有机会进入议会,参与国家管理。另一方面各政党的离心倾向增强。在巴西众多政党中,除巴西劳工党之外,多数政党成员成分复杂,不仅对党的忠诚度不高,而且组织意识淡薄,纪律非常松散。因此,政党内部经常出现不同集团和派别以及党员不受党纪约束、脱离政党的个人任性行为,从而使政党不断处在分裂与合并状态之中,极不稳定。① 为了寻求对自身有利的立法法案通过,党内议员的立场会随议题的变化而变化,因而,在议会中每项议案或决定的通过都需要极强的言语技巧、较高的沟通艺术与超强的耐心。为了克服这种困境,即便拥有广泛立法权与行政权的总统也不得不依赖政党联盟来保证议会的支持。

就国家体制而言,巴西是拉美地区最具有典型特征的联邦制国家。在国内,相对于联邦政府而言,地方当局的领导人,无论是各州州长还是各市市长都掌握较多资源并拥有较大的自主权,而巴西政党制度的分散性特点又进一步强化了巴西联邦制的特点。在这种情况下,政党或政客的行为并不是根据全国的形势做出,相反却是立足于本市或本地区的利益和要求,因而,各政党议员对本市或本地区的忠诚度要远远大于对政党的忠诚度,他们热衷于与本市或本地区有关的法案通过,热衷于本地区事务的解决,积极追求本地区利益的实现,对党的事务与领导意图并不感兴趣,这无疑加剧了政党与政党制度的分化与离心趋势,从而对总统的活动也起了一定制约作用。

因此,在巴西,"总统不仅需要多党联盟,而且还必须考虑地区的利益和要求,考虑各地区各州的政治平衡"②。这种权力高度集中与权力的相对分散形成了一个相对自由的夹心层政治空间,从而为世界社会论坛在巴西的召开提供了良好的政治氛围。

---

① 参见聂智琪:《宪制选择与巴西民主的巩固》,《开放时代》2013 年第 5 期。
② 张凡:《巴西政治体制的特点与改革进程》,《拉丁美洲研究》2001 年第 4 期。

其次,巴西国家与现代社会的关系尤其是巴西阿雷格里港的参与式预算,为首届世界社会论坛的召开奠定了基础。

早在20世纪50年代末60年代初,巴西处于激烈社会变迁之时,处在底层的民众就开始以工会、基层社会和乡村劳动者协会的形式组织起来,发起了鼓舞人心的全国性的教育和意识觉醒运动。这一运动具有广泛性与多样性,是包含工会运动、无地者运动和大众教育运动在内的大众运动。20世纪70年代巴西处于军人独裁时期,民众强烈呼吁民主,新政治角色逐渐在公共舞台上崛起,在巴西城市边缘开始出现许多草根组织。到70年代末,很多大众运动不仅获得了工会成员的支持,还得到基督徒的支持,开始以一种大众与中产阶级联盟的组织形式出现。其中,尤以邻里运动最为突出。参与邻里运动的主要是那些不均等的、较贫困的地区居民,他们最基本的诉求是加强乡村基础设施和服务投资,以及增强邻里创议的自主性。为此,他们联合在一起组成市级协会,采取设置障碍等行动反对政府对其利益的漠视,并在运动中把物质需求与公民权利联结起来,提出预算民主化的要求。[1] 20世纪80年代末,巴西最大的左翼政党劳工党上台以后,这种参与式预算被当作一种战略走进政治生活,要求民主化和彻底改变公共预算分配优先权以有助于社会的边缘群体,让普通居民直接对城市财政预算进行管理和决策。

阿雷格里港是巴西南里奥格兰德州的首府,也是参与式预算的发源地。20世纪80年代末,阿雷格里港两极分化特别严重,约有50%的人居住在贫民区。不仅如此,支配阿雷格里港市政府财政收入的是一个典型的充斥着腐败、裙带关系及技术官僚的混合政体,政府作出的投资决策很少考虑大多数人的真正需求。此外,尽管该城市拥有庞大的社会债务,但却几乎没有什么资金能解决城市居民的实际问题。因此,从某种程度上而言,阿雷格里港是巴西两极

---

① 参见[奥地利]安德鲁斯·挪维、伯哈德·伦波特:《巴西的参与式预算——社会创新和国家与公民社会之间的辩证关系》,见何增科、包雅均主编:《公民社会与治理》,社会科学文献出版社2011年版,第66页。

分化、社会问题突出的缩影。加之,社会运动在阿雷格里港尤为兴盛,他们提出预算民主化的要求。① 在这种情况下,阿雷格里港实行了一种"参与式预算",把公民每4年一次投票选举总统,延伸为直接、自愿、普遍参与讨论本地的公共政策和公共预算的民主过程。显然,这种以直接民主与间接民主相结合,既兼顾部分地区的特殊需求,又能反映城市总体需求;既注重不同人群的机会公平,又能保证在分配资金上兼顾大体公平的"参与式预算"是一种重要的社会创新,它不仅可以有效解冻国家与社会之间的专制关系,还可以规制并塑造二者关系朝着良性轨道上发展。在现代政治体制中,这无疑是一个难得的创造。

巴西"参与式预算"的逐步推广与实施很快就显示出积极的物质效应与精神效应。一方面,参与式预算满足了人们的基本需要,城市面貌和民众的生活质量持续得到改善。教育、公共交通方面均有显著提高与改善。"1989—2003年间,用在解决住房上的政府公共开支增长了4倍多,由政府经营的学校也增长了4倍多,学校招收学生人数翻一番,培养质量也明显提高。"②在资源分配方面,之前被排斥于公共生活之外的社会团体,特别是那些穷人和妇女,已经开始从参与式预算中获得收益,被剥夺社会团体的参与率也在增高。另一方面,参与式预算有助于培养人们团结、自尊与公民权利意识。"在参与式预算中,公民直接参与公共预算的决策和控制,……不管一个人的政党、组织或宗教背景为何,每一个公民都拥有参与的权利。任何人不得在直接民主的过程中享有特权,也没有人能被授权成为参与式预算的代表或议员。"③这种普遍参与的原则使人们在参与预算过程中不仅容易构建出一种真正参与制定计划的形式,而且可以促使大家紧密结合在一起,有利于形成团结合作的精神。更重要的是参与式预算能使公民意识到他们自己拥有追求自由的能力,

---

① 参见伯恩哈德·勒波特、安德烈亚斯·诺维、若阿基姆·贝克尔:《阿雷格里港参与模式的变化》,项龙译,《国际社会科学杂志》2009年第4期。
② 许峰:《巴西阿雷格里参与式预算的民主意蕴》,《当代世界》2010年第9期。
③ 许峰编:《巴西阿雷格里市参与式预算的基本原则》,《国外理论动态》2006年第6期。

意识到可以按照自己的生活方式培育出对社会的批评意识,从而使人们拥有一种强烈的公民权利感:自觉追求教育、保健、更好的生活质量等权利。在这种情况下,团结合作的精神与强烈的公民权利感结合在一起,从而使那些处于被边缘化和受压迫的社会阶层的人们催生出一种强烈的自尊与自我意识,这种意识融入工会与社会运动组织中,使国家与现代社会的关系发生了改变。

正因为此,巴西阿雷格里港的"参与式预算"在国际社会非常出名,"代表了最激进的参与经验""还被其他国际组织称为地方管理重要的最佳实践范例。欧盟承认它是一个新模式",并把阿雷格里港作为欧盟—拉丁美洲合作项目"城市金融与参与性预算"的主办城市。[①] 联合国也评价其为"保证管理透明度的最富有创新性的措施之一"[②]。因此,巴西的"参与式预算"使它成为反对新自由主义全球化运动的一个灯塔,这也是世界社会论坛选择巴西阿雷格里港作为主办场所的主要原因之一。

最后,世界社会论坛的出现与巴西劳工党的鼎力推动关系密切。

在世界社会论坛的出现与发展过程中,巴西劳工党的作用功不可没。可以说,世界社会论坛的创立、完善及其在国际范围影响力的扩大,都离不开巴西劳工党的引领作用。巴西劳工党"是在反对军政府独裁统治、要求政治民主、反对新自由主义政策、反对国际垄断资本对本国经济的渗透、维护劳动者权益和维护民族经济利益的斗争中发展壮大起来的政党"[③]。1979 年 12 月 1 日,以卢拉为首的一批工会领导人在圣保罗市圣贝尔纳多宣布建立劳工党。1981 年 9 月,劳工党在巴西利亚召开第一次全国代表大会,讨论并正式通过了党的宣言纲领和章程,正式选举卢拉为党主席。劳工党称自己是真正的左翼政党,是个民主政党,纲领目标是在巴西建立"一个没有剥削者也没有被剥

---

① 参见伯恩哈德·勒波特、安德烈亚斯·诺维、若阿基姆·贝克尔:《阿雷格里港参与模式的变化》,项龙译,《国际社会科学杂志》2009 年第 4 期。

② 杨雪冬:《在狂欢中抗议——感受 2003 年世界社会论坛》,《国外理论动态》2003 年第 4 期。

③ 徐世澄:《巴西劳工党政府应对社会矛盾的主要做法》,《拉丁美洲研究》2005 年第 6 期。

削者的社会",长远目标是实现社会主义;通过选举取得政权;改变现存的财富分配模式,实现社会公正与公平;进行深刻的土地改革,实现耕者有其田;反对帝国主义强权政治,声援各国人民争取民族独立和民族解放的斗争。劳工党同情和声援古巴革命,主张发展同各国中左翼政党的关系。[①]

巴西劳工党的批判性与开放性对世界社会论坛产生了重要影响。一方面,作为拉美左派政党,巴西劳工党具有强烈的批判精神,对现状很少进行刻意维护。因而,面对新自由主义全球化的迅速发展以及对巴西国家带来的消极影响,巴西劳工党从广大劳工和民众的切身利益出发,积极反对新自由主义,倡导民主化运动。很显然,这种左派立场为在其领导下成立的世界社会论坛的批判理念打下了深深的烙印。另一方面,巴西劳工党还立足于全球形势的变化追求变革,在 20 世纪末世界政治经济形势发生巨大变化之际,巴西劳工党为了适应形势变化,在政治运作与组织方式上均进行了不断的变革与调整,并使之逐渐成为"开放型"政党,如在政党组织领域,允许劳工党内部存在包括从中间派到激进派在内的多种派别,这种开放的党派结构特点显然对世界社会论坛所具有"开放空间"特征产生了重要影响。2001 年,在劳工党的支持和倡议下,第一届世界社会论坛在巴西举行。此后,世界社会论坛多次在巴西召开,均与巴西劳工党的影响与积极推动密切相连。正是基于此,世界社会论坛出现与发展深深地烙刻着巴西劳工党的政党活动理念,这对世界社会论坛具有主导性的影响作用,并使之不断发展,逐渐成为世界左翼力量谋求公正和民主的重要阵地。

三、 世界社会论坛产生的个人因素

世界社会论坛的出现自然也离不开国际社会中左翼政治精英的积极活动,如巴西民众运动领导人弗朗西斯科·惠特克(Francisco Whitaker)和欧戴德·格拉究(Oded Grajew)以及法国 ATTAC 组织主席贝纳德·卡森(Bernard

---

① 参见康学同:《当代拉美政党简史》,当代世界出版社 2011 年版,第 104 页。

Cassen)等坚定的社会活动家,"他们多次见面磋商,最后提议联合组织一个由世界各国的社会组织参加的世界性会议,把民众的抗议运动与知识理性的分析结合起来"①。之所以有此提议,是因为一些社会运动活动家和组织者认为:在1999年西雅图发生反对世界贸易组织的抗议后,他们想要超越已出现的示威和群众抗议,而转向提供方案和主动权,以便为了建立"另一个世界"的联盟。甚至一些活动者认为:"西雅图的失败在于未能拿出一个共同的议程,一个世界性的全球联盟来与全球化作战。"②他们认为全球正义运动要具有政治意义,应该在揭露与批判当前全球化体制的基础上提出一种全新的替代方案。澳大利亚学者罗兰·布雷克尔就指出:"全球抗议运动在争取公平的斗争中,对既定准则和程序提出质疑,对民主政治作出了不可或缺的贡献。全球抗议运动的政治意义,恰恰在于其冲破中央管制力量或体制框架的控制,为社会变革开辟了可能性,而这种变化在既定的法律和政治制度中是不存在的。"③

正因为此,弗朗西斯科·惠特克、欧戴德·格拉究、贝纳德·卡森三人在一些有识之士提议的基础上,经过多次见面讨论,逐渐形成了关于论坛的三个核心思想:第一,论坛的名字应当是"世界社会论坛",以示社会关怀。该名字从其对手世界经济论坛的名字中改变了一个关键字,既突出二者关注重点的不同,也突出了其与世界经济论坛的对比和替代关系。第二,它应与世界经济论坛同期举行,以突出与其对立面并吸引媒体关注。第三,论坛应在全球南方国家举行,尤其是在社会组织较为强大的地方,以引起共鸣。由于达沃斯寒冷的气候以及瑞士当局严密的治安防范措施,一些人认为,在达沃斯举行反全球化国际聚会比较困难,必须考虑在别的地点举行,后来具体定在巴西的阿雷格里港,不仅因为这里是巴西劳工党的重要基地,还因为该市政府采取了民主化

---

① 刘金源:《运动中的运动——发展中的世界社会论坛》,《国外理论动态》2006年第6期。
② [美]彼特·芬克:《世界社会论坛:反全球化运动的"电阻继电器"》,见复旦大学国外马克思主义与国外思潮研究创新基地等:《国外马克思主义研究报告2009》,人民出版社2009年版,第267页。
③ Roland Bleiker,"Activism after Seattle:Dilemmas of the Anti-globalisation Movement",Pacifica Review,October 2002,Vol.14,No.3,p.207.

的"替代资本主义方案"的预算政策。① 很显然,这三点核心思想重点强调了世界社会论坛是与世界经济论坛相对立的。具体来说,世界社会论坛反对由自由市场控制的全球化以及"新自由主义的过分做法导致的灾难、不平等和不公正现象",代表全球化过程中弱势群体的利益,而世界经济论坛代表的是跨国公司和大财团的利益。因而,在此过程中,世界社会论坛与世界经济论坛针锋相对:两个论坛一个关注贫困和实现社会公平,主张建立一个与新自由主义不同的"新世界",一个关心世界经济的发展,推动经济全球化;一个极其开放,热热闹闹,一个戒备森严,循规蹈矩;一个代表99%的大众,一个代表1%的精英;一个用来关注该年度贫民的疾苦,被称为百姓论坛,另一个用来测试该年度全球政界商界和意见领袖的脉搏,被称为精英论坛。在未来发展的一定时期,"两个论坛传达的仍将是对立的声音:一个是反全球化、反战、反新自由主义的声音,一个是资本主义全球化和新自由主义的声音"②。在此思想的指导之下,世界社会论坛的框架也逐渐显现出来。对于论坛的最初计划,首届世界社会论坛的创办者惠特克认为是"安排另一种类型的全球规模的会议——世界社会论坛——关注社会所关心的问题,为了给这个新时代的开始一个象征性的标志,这次会议将于世界掌权者的达沃斯会议在同一天举行"③。后来经过巴西现代社会组织的联合体和巴西劳工党的建议,决定在2001年迈出全新一步,在巴西阿雷格里港创立首届世界社会论坛,从而"确保反对人类屈服于资本利益的斗争进入了一个新的阶段"④。因此,世界社会论坛是社会活动家

---

① 参见徐世澄:《拉美左翼和社会主义理论思潮研究》,中国社会科学出版社2017年版,第127页。

② 诸梅容:《另一个更美好的世界是可能的——第五届世界社会论坛在巴西阿雷格里港举行》,见王贻志、莫建备主编:《国外社会科学前沿2005年》第9辑,上海社会科学院出版社2006年版,第384页。

③ 〔美〕彼特·芬克:《世界社会论坛:反全球化运动的"电阻继电器"》,见复旦大学国外马克思主义与国外思潮研究创新基地等:《国外马克思主义研究报告2009》,人民出版社2009年版,第267页。

④ 〔美〕彼特·芬克:《世界社会论坛:反全球化运动的"电阻继电器"》,见复旦大学国外马克思主义与国外思潮研究创新基地等:《国外马克思主义研究报告2009》,人民出版社2009年版,第268页。

与有识之士等运动精英在对抗议示威活动进行严肃而理性的反思之后所作出的一种选择,就此而言,如果没有上述运动精英的积极推动,世界社会论坛也是不可能出现的。

第二节　创新中行进:世界社会论坛的发展

自 2001 年首届世界社会论坛创办以来至今,世界社会论坛已经走过了近二十个春秋。论坛起步于拉美地区,后移居到亚洲,辗转到非洲,再到北美洲。参加者几乎囊括了来自世界所有国家的人物,其中既有曾经担任总统、总理或其他要职的政治家、学者、教授、科学家、新闻记者及诺贝尔奖获得者,也有左翼团体领导人和普通工人、农民、知识分子。参加人数从数万到数十万不等(见表 3.1)。作为反对经济全球化,反对新自由主义过分做法导致的灾难、不平等和不公正现象的世界性反全球化运动的重要力量,世界社会论坛的成功召开以及迅速发展,标志着世界社会主义运动进入了一个新发展阶段。伴随着国际形势的发展变化,世界社会论坛在其发展过程中,也不断进行变革、创新。纵观世界社会论坛的发展,虽然其批判新自由主义全球化的立场始终没变,始终是一个开放的以人民及草根组织为主导的论坛,论坛的宗旨始终是"反对新自由主义,反对当今由资本所控制的主流世界及各种形式的扩张主义,以便建立起有利于人类的世界社会"①。但是在其行进的过程中,不仅每届论坛召开的具体议题会依据世界形势的变化进行调整、更新,而且也不断变化召开的地点。因此,根据世界社会论坛召开地点变化所显示出的倾向性,可以将其发展过程分为带有地区性、全球性、真正彰显"全球性"三个重要的发展阶段。

---

① 李丹:《反全球化运动研究:从构建和谐世界的视角分析》,九州出版社 2007 年版,第157 页。

表 3.1　世界社会论坛年度现场出席情况概览

阶段	届　次	时　间	地　点	主　题	与会人（万）	工作坊数量	参与国家数量
地区性	第一届	2001 年 1 月 24 日至 30 日	巴西阿雷格里港	世界不是一件商品	2	436	117
	第二届	2002 年 1 月 31 日至 2 月 5 日	巴西阿雷格里港	建立一个更加团结的世界	5.13（其中 1.5 为正式代表）		130
	第三届	2003 年 1 月 23 日至 28 日	巴西阿雷格里港	另一个世界是可能的	10	1472	156
	第四届	2004 年 1 月 16 日至 21 日	印度孟买		8	1200	130
	第五届	2005 年 1 月 26 日至 31 日	巴西阿雷格里港		15.5		135
	第六届	2006 年 1 月 19 日至 23 日	马里巴马科		2	600	
		2006 年 1 月 24 日日至 29 日	委内瑞拉首都加拉加斯		8	2000	
		2006 年 3 月 24 日至 29 日	巴基斯坦城市卡拉奇		3.5		59
	第七届	2007 年 1 月 20 日至 25 日	肯尼亚首都内罗毕	人民的斗争，人民的选择	6.6		110
	第八届	2008 年 1 月 26 日前后几天	分散在世界各地				
走向全球性	第九届	2009 年 1 月 27 日至 2 月 1 日	巴西北部城市贝伦	建设一个别样世界	10	2400	142
	第十届	2010 年 1 月 25 日至 29 日	包括巴西阿雷格里港在内的世界各地			915	40
	第十一届	2011 年 2 月 6 日至 11 日	塞内加尔首都达喀尔	体制和文明的危机	7.5		132
	第十二届	2012 年 1 月 24 日至 29 日	巴西阿雷格里港、卡诺阿斯、圣莱奥波尔多和新汉堡	资本主义危机、社会主义和环保正义			
	第十三届	2013 年 3 月 26 日至 31 日	突尼斯	尊严	3		
	第十四届	2015 年 3 月 24 日至 28 日	突尼斯	尊严与权利			

续表

阶段	届　次	时　间	地　点	主　题	与会人（万）	工作坊数量	参与国家数量
真全正球彰色显彩	第十五届	2016 年 8 月 9 日至 14 日	加拿大蒙特利尔		0.5		140
	第十六届	2018 年 3 月 13 日至 17 日	巴西萨尔瓦多德巴伊亚	抵抗是创造,抵抗是变革			

注:此表由笔者根据所掌握资料汇总编制。

一、 带有地区性色彩的世界社会论坛: 2001—2003 年

2001 年首届世界社会论坛在巴西阿雷格里港召开。其实,在 2000 年 6 月,世界各地非政府组织在日内瓦会议上就作出了召开世界社会论坛会议的决定,他们首先把世界社会论坛定位为与在瑞士达沃斯举行的每年一度的世界经济论坛相对立的会议。此后连续两年,举办地点均没有改变。可以说,前三届世界社会论坛基本局限于拉美地区,是具有典型拉美风格的地区性论坛。尽管全球色彩有所欠缺,但这三届世界社会论坛的成功召开却为世界社会论坛的行进奠定了基础,积累了经验,树立了标杆,为之后论坛的持续发展作出了重要贡献。

第一届世界社会论坛:2001 年 1 月 24 日到 30 日,第一届世界社会论坛在巴西阿雷格里港举行,论坛由巴西劳工党组织。来自 117 个国家的各种民间社会组织的 4000 名代表和 16000 名注册参加者以及数量不清的未经预约而来的参与者出席会议。[1] 其中包括来自非政府组织和社会运动团体的数千名代表,以及来自多个国家的 436 名议员。全球正义运动[2]的几乎所有主题都

---

① See José Corrêa Leite, *The World Social Forum: Strategies of Resistance*, Chicago Illinois: Haymarket Books, 2005, p.82.

② 全球正义运动是 21 世纪在欧美社会广泛开展的一种运动形式,以反对不公正、不公平的世界为主要目的。关于此运动的详细情况,参见刘颖:《新世纪以来西方新社会运动研究》,人民出版社 2018 年版,第 106—241 页。

"以这样或那样的方式被代表或表达,预示着一个后来被观察家称为阿雷格里港的'社会之春'的进程的开启"①。本次会议的主题是"世界不是一件商品",中心目的是"为反新自由主义联盟建立奠定基础"。论坛围绕"财富的生产和社会再生产""财富的分配和可持续性发展""民间社会和公共领域"以及"新的社会中的政治权力和伦理道德"等四个主题举行了 16 次会议、420 场研究和专题讨论会,②对"新自由主义"提出批评。显然,这是一场左派思想与理念得以充分彰显的聚会,"革命""新社会"等字眼在报告中频频出现,会议宣传品的主色调是红色,会场内外,马克思、切·格瓦拉等画像映入人们的眼帘。③ 出席世界社会论坛的巴西代表坎迪多说,世界社会论坛反对的只是由自由市场控制的全球化。会议反对的是"新自由主义的过分做法导致的灾难、不平等和不公正现象"。会议决定,今后世界社会论坛将每年举行一次,会议召开日期同世界经济论坛同步,目的是在大型跨国公司的代表和政府官员讨论和确定政策"以维护他们的利益和扩大他们的利润"的同时发出不同的声音,呼吁建立一个团结互助和公正的社会。④ 在首届世界社会论坛开幕式结束后,与会代表们举行了反新自由主义全球化的大游行。该届论坛取得的主要成就是决定成立论坛的国际理事会,商讨并制定了《世界社会论坛宪章》。

　　第二届世界社会论坛:2002 年 1 月 31 日至 2 月 5 日,第二届世界社会论坛举行,这是在"9·11"恐怖袭击事件发生后美国等西方国家加大对反全球化抗议活动监管力度的情况下召开的一次论坛。论坛的主题是"建立一个更加团结的世界"。对此,美国学者米歇尔·哈特把它设想为"1955 年在印度尼

---

　　① José Seoane and Taddei Emilio, "From Seattle to Porto Alegre: The Anti-neoliberal Globalization Movement", *Current Sociology*, 2002, Vol.50, No.1, pp.99-122.

　　② 参见周小庄:《"另一种世界是可能的"》,《读书》2004 年第 6 期。

　　③ 参见王鸿刚等:《全球化时代》,长春出版社 2003 年版,第 177 页。

　　④ 参见白风森:《世界社会论坛面面观》,见江时学主编:《拉丁美洲和加勒比海发展报告No.3(2002—2003)——拉美经济改革》,社会科学文献出版社 2003 年版,第 97 页。

西亚召开的历史性的万隆会议的继续"①。在中心口号"另一个世界是可能的"号召下，来自世界130个国家的5000个组织的5.13万人（其中1.5万人为正式代表）②集聚在阿雷格里港，"来自不同地区、反对资本全球化的人群形成了一个海洋，论坛的庞大和迷失在人海中的感觉振奋了参加论坛的每一个人"③。因而，这次论坛给人印象最深的就是它的庞杂、混乱与分散。与会代表围绕经济全球化进程存在的问题，如环境、劳工待遇、妇女地位等展开讨论和各种演讲，不少参会的非政府组织还就减债、国际货币基金组织和世界银行的改革提出建议。与会代表反对建立北美自由贸易区，认为那是一个带有殖民化色彩的方案。代表们还提出，"作为补偿性措施，西方债权银行应取消发展中国家的债务并改革国际货币基金组织和世界银行等机构。与会代表还就冷战后的两极世界、解决贫困与边缘化问题、国际贸易问题、经济恐怖主义等问题达成了共识"④。正出席世界经济论坛的联合国秘书长安南也于会议期间致信本届世界社会论坛，呼吁与会代表要与各国政府和企业进行合作，共同改变世界，而不是采取同政府对立的立场。他承诺，呼吁在纽约出席世界经济论坛会议的代表倾听世界社会论坛代表以及他本人的呼声，与发展中国家一起同贫困进行斗争。会议期间，与会代表还同在纽约出席世界经济论坛的代表举行了电话会议，就经济全球化问题进行了交流，但双方没有达成一致意见。⑤本届论坛正式将"另一个世界是可能的"确立为论坛的长

---

① 《今天的万隆会议——哈特评世界社会论坛》，黄晓武译，《国外理论动态》2002年第9期。

② 参见 Helmut Anheier, Marlies Glasius and Mary Kaldor, *Global Civil Society 2002*, New York: Oxford University Press, 2002, p.7。

③ 《今天的万隆会议——哈特评世界社会论坛》，黄晓武译，《国外理论动态》2002年第9期。

④ 《世界知识年鉴》编辑部：《世界知识年鉴 2003/2004》，世界知识出版社 2003年版，第1230页。

⑤ 参见邵祥能、左理：《商品经济新论——社会化、全球化大生产商品经济》，中国财政经济出版社 2010年版，第332页。

期主旨。在这次论坛即将结束时,论坛组委会宣布,另一个世界的实现需要全球、地方共同努力,仅靠全球性的论坛大会是不够的,决定将从 2002 年 11 月起,推动举办一系列地区性社会论坛,并就一些具有地区特点的问题深入讨论,交换意见。这一决定对世界社会论坛走出拉美以及之后召开的一系列地区性分论坛做了很好铺垫,有助于世界社会论坛国际影响力的彰显。

第三届世界社会论坛:2003 年 1 月 23—28 日,第三届世界社会论坛举行,有 156 个国家的 5717 个组织的 10 多万人出席,在 5 天的论坛会议中,参与者组织了 1472 场形式不一的圆桌会议、演讲、研究会、讨论会等。① 这也是世界社会论坛第三次与在达沃斯举行的世界经济论坛同期召开,来自全世界 51 个国家和地区约 5000 名记者对会议进行了报道。此次会议以争取和平、反对战争为中心议题。美国著名语言学家乔姆斯基在大会发言中指出,美国威胁世界和平,正在疯狂地推动伊拉克战争,目的就是要控制世界上重要的中东石油。此外,与会者还就"民主的可持续发展;原则、价值、人权、多样性和平等;媒体、文化和反霸权;政治力量、现代社会和民主;民主的世界秩序、反对军事主义和推进和平"②等 5 个方面的问题进行了深入讨论。具体来看,本届论坛的主要内容涉及 4 个方面:第一,批评美国单边主义做法以及新自由主义的经济思想。反对全球化,要和平,不要战争,自始至终是贯穿本届论坛各项活动的主题。与会代表普遍认为目前的新自由主义全球化不仅影响到发展中国家的经济发展,还加剧世界的不平等与两极分化,也将世界上最迫切需要解决的问题挤到了次要位置上。同时,呼吁联合国安理会 15 个成员国议员向各自政府施加压力,迫使它们反对战争,并在安理会行使否决

---

① 参见徐步华:《反全球化的世界社会论坛析论(2001—2006)》,上海师范大学 2007 年硕士学位论文,第 21 页。

② 杨雪冬:《在狂欢中抗议——感受 2003 年世界社会论坛》,《国外理论动态》2003 年第 4 期。

权。第二,反对建立美洲自由贸易区。一些社会运动组织主张就建立美洲自由贸易区进行公民投票。第三,要求改革国际组织,呼吁建立公正合理的国际政治经济新秩序,推进公平的世界贸易。第四,关注国际上普遍存在的社会问题,在教育、人权和控制艾滋病等问题上进行国际合作,致力于解决贫困、战争和环境恶化等世界范围的社会问题。[①] 本次论坛还决定下届世界社会论坛将不再与世界经济论坛同期举行。本届论坛对世界社会论坛的发展具有重要意义,是其赋予自身独立价值的开始。正是在这届论坛会议上,与会代表们剥离了世界社会论坛作为世界经济论坛附属品的属性,从此开始,世界社会论坛不再是任何其他机构的对立物或者"影子",具有了独立的自身价值。

纵观前三届世界社会论坛,不难发现其呈现出以下特点:第一,论坛的规模不断扩大。第一届世界社会论坛有 2 万多人参加,主要来自拉丁美洲、法国和意大利。第二届参加者的人数增长到 5 万多,第三届进一步扩大到 10 万人。第二,论坛的多样性与日俱增。第一届社会论坛的参与者来自 120 多个国家,到第三次世界社会论坛时,参与者已达 156 个国家,涉及近 5700 多个民间组织和社会团体,包括工会、农民协会、妇女团体、社区共同体、部落和原住民、学生和学术界、环境保护组织、人权组织、反战运动、宗教团体、消费者协会、公平贸易协会以及少数族群,此外也有一些政党活动人士参与其中。第三,论坛的议题以及关注焦点不断深入和具体。第一届世界社会论坛着重分析世界形势、抗议达沃斯的新自由主义;而第二届、第三届则着重于讨论提出改变目前局面、建设"另一种世界"的方案和实施策略。对此,克劳埃·凯拉海尔与杰伊·森两位学者总结道:第一届与第二届论坛强调了反对新自由主义全球化,并且展望了一个更好的世界的可能性替代方式,在 2003 年,这个政治进程达到一个新阶段,"从反思发展到有条理地具体提出一个世界层面的

---

① 　参见《世界知识年鉴》编辑部:《世界知识年鉴 2003/2004》,世界知识出版社 2003 年版,第 1230 页。

政治和经济体系的替代方案"①。因此,随着论坛参加人数的增多以及议题的深入,世界社会论坛的影响力与话语权也在不断扩大和提升。

二、 走向全球性的世界社会论坛: 2004—2015 年

2004 年,第四次世界社会论坛在孟买召开,这是论坛走出拉美地区的一个尝试,是世界社会论坛行进过程中具有里程碑意义的事件。它标志着世界社会论坛的"地区性"色彩开始逐渐淡化,论坛的"全球性"倾向逐渐明朗。2006 年论坛开始创新形式,采取设亚非拉三个分会场的形式进行,2007 年进一步尝试把会场完全设在非洲,使论坛的全球性色彩更加增强。受 2008 年金融危机的影响,自 2009 年开始,世界社会论坛对国际金融危机及其危害的关注度明显增强,对新自由资本主义的批判也更加具体与深化。在此过程中,作为左翼力量尤其是新左翼运动的代表,世界社会论坛的发展演进不仅有效彰显了全球左翼力量的崛起,更表现出论坛与时俱进的时代性与创新性。为了更好地认知世界社会论坛全球性色彩的演进过程,下文以 2008 年国际金融危机的爆发为界,对危机前后的世界社会论坛进行梳理与分析。

(一) 2008 年金融危机前的世界社会论坛

第四届世界社会论坛:2004 年 1 月 16 日至 21 日,第四届世界社会论坛移师印度孟买,这是世界社会论坛首次在亚洲举行,也是首次未与达沃斯世界经济论坛同期召开。之所以选择在孟买举办世界社会论坛,主要原因有以下三个方面:一是因为孟买是受新自由主义影响最典型、最具有代表性的印度城市,具体鲜活地象征着资本主义的矛盾。一方面,孟买作为拥有 1500 多万人口的超大规模城市,是一个重要的金融、商业和技术中心,也是印度电影业蓬

---

① 克劳埃·凯拉海尔、杰伊·森:《开放空间的探索:世界社会论坛与政治文化》,李存山译,《国际社会科学杂志》2005 年第 4 期。

勃发展的地方——宝莱坞,每年为全世界越来越多的观众生产 200 多部电影;另一方面,孟买也是一个财富分配极端不均足可轻易冲击西方人眼球的城市,一半以上的人口居住在贫民窟(大约 200 万人流落街头),同时,73%的家庭,通常是大家庭,住在一居室的廉价公寓。城市的基础设施亟待改进,环境污染非常严重。二是因为孟买是一个非常多元化的大都市。孟买是印度国内移民优先选择的地点,某种程度上而言,在南亚次大陆操不同语言、信仰不同宗教的人都可以在这里找到自己的存在空间。三是因为孟买是印度民间社会活动最活跃的城市。在孟买不仅有轰轰烈烈的工会运动、妇女运动、反抗种姓制度的运动,而且各种非主流的艺术、表演和电影也很活跃。因此,孟买为代表社会各个层面和各种政治观点的团体和组织一起工作提供了一个很好的机会。① 对此,葡萄牙学者鲍温图拉·德·苏撒·桑托斯直言,"选择孟买作为2004 年世界社会论坛召开的地点再明智不过了"②。当然,这次论坛在孟买召开,也是论坛组织者努力的结果,其实现了论坛组织者扩大地理范围——将世界社会论坛从南美洲扩展到亚洲的初衷。

　　这次论坛约有世界 130 多个国家和地区,2660 多个非政府组织的近 8 万名代表出席,估计有 13 万至 15 万人参加了论坛的 1200 项活动。他们来自各个社会阶层,从工会活动分子到无地农民,从环保主义者到左翼政党的代表,从女性组织到达利特(Dalit)组织,从性别工作者到变性运动者,从和平主义者到反对派别暴力的人,在坚持不懈地反对以难以计数的形式——男权、种族、民族、经济及环境——出现的剥削而走到了一起,共同为"另一个世界是可能的"而呐喊。反对战争,特别是反对美国占领伊拉克,以及反对新自由主义全球化带来的不公正和不平等是本次论坛活动关注的焦点。这届论坛表现出鲜明的印度和亚洲特色。一方面,在论坛的主要既定主题中,不仅"地方主

---

① 参见周小庄:《"另一种世界是可能的"》,《读书》2004 年第 6 期。
② Boaventura De Sousa Santos, *The Rise of the Global Left: The World Social Forum and Beyond*, London · New York: Zed Books, 2006, p.75.

义"(宗教宗派主义和原教旨主义)及"种姓制度和种族主义"与印度的各种斗争明显吻合,而且像帝国主义的全球化、父权制、军国主义与和平、种姓等级制和宗教原教旨主义等这些更具普遍性的主题,也经常通过地方性的经历和运动来讨论,这说明论坛批判反思的能力也在加强。另一方面,在印度最受歧视的阶层,也是印度种姓制度中的最底层——达利特人,在印度过去被称为"不可接触的贱民",从印度各地汇集孟买抗议他们受到的不公正待遇,因此,这次论坛也被戏称为"边缘人的论坛"。更重要的是,这次论坛扩大了地域影响。据印度的主要组织者介绍,2002年,在印度听说过世界社会论坛的人不到200名,而到2004年,仅在印度就有上百个组织10多万名民众加入了该论坛,这些人来自社会各阶层,其中包括30000多名达利特人、部落民族和各地的妇女。① 毋庸讳言,这也注定了本届论坛的最重要成果具有鲜明的地方意义,为印度的进步和左翼力量提供了一个重要的对话平台和讨论空间,从而"促使分裂的印度左翼走向某种程度的真正的团结和讨论"②。

第五届世界社会论坛:2005年1月26日—31日,第五届世界社会论坛在巴西阿雷格里港举行。本届论坛被称为"历史上最大规模的国际会议",也是迄今为止规模最大的一届世界社会论坛,共有来自135个国家和地区的15.5万各界人士与会。参与人数最多的国家是巴西、阿根廷、美国、乌拉圭和法国。论坛组委会还邀请了一些精英人士,如世界银行和国际货币基金组织的负责人以及一些国家的元首和国际知名人士与会,其中包括:南美洲的两位国家元首——巴西总统卢拉和委内瑞拉总统查韦斯,1998年诺贝尔文学奖得主、葡萄牙作家若泽·萨马拉戈等。本届论坛在"另一个世界是可能的"主题下,改变了以往历届论坛过于分散的状况,把讨论议题集中为11项:1.自治思想、知

---

① 参见[美]伊曼纽尔·沃勒斯坦:《新一轮反体系运动的代表:世界社会论坛》,陈靖译,《国外理论动态》2004年第8期。

② [美]大卫·怀特豪斯:《世界左翼齐聚孟买》,朱艳辉译,《国外理论动态》2004年第6期。

识和技术的重新分配与社会化;2. 维护多样性、多元性和独特性;3. 艺术和创造:构建和打造人民的反抗文化;4. 通信:反击权威常规、权利与替代选择;5. 保障并捍卫地球和人类的共同财产——作为替代商品化和跨国控制的一个选择;6. 社会斗争和民主的替代选择——反抗新自由主义的支配;7. 和平、去军事化和反战、自由贸易与债务的斗争;8. 建设国际民主秩序和人民交融;9. 人民的主权经济——反抗新自由主义的资本主义;10. 为建设一个公正与平等世界的人权和尊严;11. 伦理、宇宙观与精神——新世界的抗争与挑战。① 围绕这些议题,与会者就全球化、一体化进程中出现的弱势群体、被边缘化的人群和国家、环境污染、贫穷饥饿、维护和平、消除贫困、普及教育等问题进行了广泛讨论,并提出了 350 多项建议。值得一提的是,在本届论坛结束前,包括伊曼纽尔·沃勒斯坦(Immanuel Wallerstein)、世界替代方案论坛(Forum Mondialdes Alternatives)主席萨米尔·阿明(Samir Amin)、贝纳德·卡森、沃尔登·贝洛(Walden Bello)在内的 19 位知名人士共同起草了包含 12 点"给另一个不同世界的建设带来理性与方向的建议"要求的《阿雷格里港宣言》。

　　第六届世界社会论坛:本届论坛改变以往做法,采取全新的多中心模式,不设单一中心会场,而是设立三个中心会场。这三个中心会场分别设在亚非拉的卡拉奇、加拉加斯以及巴马科。每个中心会场具有明显的地方性政治特点,各主办国围绕本地区所关注的主要问题设置论坛议题。参加三个分论坛的代表在遵守世界社会论坛原则宪章的前提下,秉承批判新自由主义与全球化进程,反对殖民主义、霸权主义、资本主义的论坛精神,分别聚焦并结合各自地区的独特问题,阐述他们对"另一个世界"的理解和计划。因此,本届世界社会论坛在扩大论坛影响、推进论坛国际化进程和动员更多人参与等方面发挥着重要作用。

---

　　① 参见诸梅容:《另一个更美好的世界是可能的——第五届世界社会论坛在巴西阿雷格里港举行》,见王贻志、莫建备主编:《国外社会科学前沿 2005》第 9 辑,上海社会科学院出版社 2006 年版,第 385 页。

巴马科分会论坛:2006年1月19日至23日,第六届"多中心世界社会论坛"非洲分会在马里首都巴马科举行。之所以选择马里,主要原因是马里的社会政治经济现状是非洲的一个缩影,极具代表性。短短数日内,马里的行动者在巴马科的大学、议会大厦、博物馆和会议中心共组织了600多场各类活动,来自世界各地的2万多名反全球化人士出席了首次在非洲大陆举行的大型非政府组织的会议。非洲问题成为大会的中心议题,代表们就战争、和平和安全问题,自由主义全球化问题,农民问题,妇女斗争问题,文化传媒问题,生态环境问题,国际秩序问题,国际贸易、债务社会经济政策问题,社会运动、社会组织以及人权和政治权利问题等进行了深入讨论。在本届世界社会论坛召开前夕,2006年1月18日至19日,还召开了由80多名反全球化知识分子与政治激进主义者共同参与的巴马科预备会议。会议发表了《巴马科倡议》,该倡议"以推动产生一种全新的、民众性的、历史性的主体,确定未来发展的替代性目标,创立一个平等的社会,消灭由阶级、性别、种族及种姓造成的种种剥削,探求一条通往全新的南北关系为宗旨,确立了通往'另一个世界'的8条原则"①,系统地阐述了对未来"另一个世界"的构想,在寻求资本主义替代方案的具体化方面又向前迈了一大步。据此而言,《巴马科倡议》无疑是本届社会论坛最大的成果。另外,在万隆会议50周年之际发表《巴马科倡议》也具有重要的象征意义。《巴马科倡议》的一个主要目标是"促进工人、帝国主义国家的进步人士和受压迫国家人民运动之间的团结"②。它的发表,不仅再一次向世界表达了南方人民对资本主义全球扩张的不满与愤怒,并呼吁重建南方阵营以制止帝国主义和美国军事霸权,而且在某种程度上也是"向代表绝大多数人包括全球工人阶级的一切斗争组织、向被新自由主义的资

---

① 晋营:《另一个世界就是社会主义——第6届世界社会论坛在巴马科、加拉加斯和卡拉奇举行》,见王贻志、莫建备主编:《国外社会科学前沿2006》第10辑,上海人民出版社2007年版,第217页。
② 费明燕:《2006年世界社会论坛之巴马科分会与〈巴马科倡议〉》,《国外理论动态》2006年第6期。

本主义制度排斥在外的人们以及所有支持这些原则的人们与政治力量发出邀请——为替代不平等的、破坏性的现存制度的新集体意识的实现而共同奋斗"①!因此,移师非洲是世界社会论坛建立一种真正跨国运动的极其重要的步骤,并且在使"另一个世界成为可能"的过程中起着重要的象征效应和实际作用。②

加拉加斯分会论坛:巴马科世界社会论坛分会结束后,世界社会论坛移师拉美,拉美世界社会论坛分会于2006年1月24日至29日在委内瑞拉首都加拉加斯举行,这就是第六届世界社会论坛的加拉加斯分会,同时也是第二届美洲社会论坛。代表全球2500多个非政府组织的8万多人参加了2000多场小型会议、小组讨论会以及大会等,人数最多的代表团来自世界社会论坛的发祥地巴西,其次是本次论坛的东道主委内瑞拉,哥伦比亚紧随其后。为社会运动和现代社会提供一个空间,探讨对抗新自由主义和新帝国主义(军国主义)的策略是本次论坛的主要目标。在这一目标指引下,与会者深入探讨权力、政治与社会解放斗争、帝国主义的战略与人民的反抗、资源与生存权,如何替代掠夺性的文明模式、社会运动的同一性、多样性及世界观、就业、剥削与再生产问题、信息、文化与教育问题。论坛绝大多数言论都比较激进,与谈论战争和全球化相比,议题越来越倾向反帝国主义与反资本主义。作为这种转向的体现,一方面表现在机场欢迎与会代表的志愿者所高举的标语上:"另一个世界更美好,如果实行社会主义""另一个世界是必需的,有你的参与它才成为可能"等;另一方面表现在加拉加斯论坛"带有玻利瓦尔革命经验和查韦斯政府参与的特点③。正因为如此,巴西总统卢拉把第六届世界社会论坛称为"意识

---

① 费明燕:《2006年世界社会论坛之巴马科分会与〈巴马科倡议〉》,《国外理论动态》2006年第6期。

② 参见达米安·格伦费尔:《"另一个世界是可能的"》,《社会科学报》2004年5月13日。

③ 晋营:《另一个世界就是社会主义——第6届世界社会论坛在巴马科、加拉加斯和卡拉奇举行》,见王贻志、莫建备主编:《国外社会科学前沿2006》第10辑,上海人民出版社2007年版,第212页。

形态的节日"①。

卡拉奇分会论坛:2006 年 3 月 24 日至 29 日,第六届世界社会论坛的亚洲分会在巴基斯坦城市卡拉奇召开,这也是世界社会论坛自 2005 年在印度召开以来第二次在亚洲举行。选择在巴基斯坦的卡拉奇举行亚洲论坛有重要原因。在巴基斯坦,处于贫困线以下的人约有 700 万,他们得不到饮用水、住房、医疗和教育等基本社会必需品。② 因此,选择在巴基斯坦的卡拉奇召开论坛会议有助于当地政府和民众重视公民的基本权利问题。本次论坛约有 59 个国家的 35000 名代表参加,包括各个社会阶层,从工会领袖到报界精英,从和平运动活动家到女权主义者。参加者身份与立场的不同决定了本届世界社会论坛所讨论的问题范围非常广泛。③ 论坛召开过程中,与会代表讨论了如下问题:帝国主义、军事化、武装冲突与和平运动;自然资源化、私有化和跨界纷争;贸易发展与全球化;社会正义、人权与治理;政府与宗教、多元文化与原教旨主义;民族、民族性及其文化认同;发展战略、贫困、失业和移民;人民运动与战略;妇女、父权社会与社会变迁;环境、生态和生存。与其他两场分会相比,卡拉奇世界社会论坛更显得名副其实,"它表达了激进主义的民主社会要求,为巴基斯坦左翼成长为推进激进变革的重要力量提供了一个重大机会"④。不仅如此,该论坛将国内大多数运动群体与组织集中在一个平台上、一个空间里,无所顾忌地自由表达,畅所欲言,就此而言,"卡拉奇世界社会论坛在军事

---

① 张卫中:《为了建设和谐的世界——第六届世界社会论坛侧记》,《人民日报》2006 年 2 月 1 日第 3 版。

② 参见李鹏涛、孙晓翔:《2006 年世界社会论坛之卡拉奇分会述评》,《国外理论动态》2006 年第 6 期。

③ 参见晋营:《另一个世界就是社会主义——第 6 届世界社会论坛在巴马科、加拉加斯和卡拉奇举行》,见王贻志、莫建备主编:《国外社会科学前沿 2006》第 10 辑,上海人民出版社 2007 年版,第 213 页。

④ 晋营:《另一个世界就是社会主义——第 6 届世界社会论坛在巴马科、加拉加斯和卡拉奇举行》,见王贻志、莫建备主编:《国外社会科学前沿 2006》第 10 辑,上海人民出版社 2007 年版,第 215 页。

政权压力与原教旨主义压力(一种保守潮流)之间开启了一个长期民主的空间"①。正如著名社会活动家左芬·易卜拉欣(Zofeen Ebrahim)所言,卡拉奇会议"对于以后而言,留下了一个持久的尝试,巴基斯坦的现代社会已联合起来,迈出了融入世界社会运动的第一步"②。总之,卡拉奇论坛对于推动南亚现代社会参与反全球化运动有着积极作用。

第七届世界社会论坛:2007 年 1 月 20 日至 25 日,第七届世界社会论坛在肯尼亚首都内罗毕召开,这是世界社会论坛首次把会场完全设在非洲国家。本届论坛以"人民的斗争,人民的选择"为主题,来自 110 个国家 1400 多个组织的 66000 多人在内罗毕的莫伊国际体育场各个分会场集中就艾滋病、妇女儿童权益、种族歧视、自由贸易、减债、消除贫困、公共物品私有化、就业、环境保护等各种问题进行了近 3000 场讨论,深刻揭露了在广大发展中国家尤其是非洲国家"新自由主义的过分做法所导致的灾难、不平等和不公正现象",并就"反对发达资本主义国家主导下不公正的全球化体系达成共识"③。与之前几届世界社会论坛相比,本届论坛在召开的过程中,出现了一个明显变化:论坛转守为攻。从 2001 年首届论坛开始,针对新自由主义全球化在世界范围的影响以及美国的军事侵略活动,世界社会论坛行动策略的重点是防卫,鲜有进攻性。"数量猛增的各届与会者痛斥了华盛顿共识的弊端、世界贸易组织(WTO)使新自由主义合法化的行为、国际货币基金组织(IMF)向边缘地区施加全面私有化和为资本自由流动开放边界的压力以及美国在伊拉克和其他地方的侵略姿态。"但是随着世界形势的变化,"美国似乎不再那么不可一世,世

---

①　晋营:《另一个世界就是社会主义——第 6 届世界社会论坛在巴马科、加拉加斯和卡拉奇举行》,见王贻志、莫建备主编:《国外社会科学前沿 2006》第 10 辑,上海人民出版社 2007 年版,第 215 页。

②　Zofeen T Ebrahim, *WSF Karachi Ends: The First Step Has Been Made*, http://www.ipsterraviva.net/tv/karachi/viewstory.asp? idnews = 609,转引自李鹏涛、孙晓翔:《2006 年世界社会论坛之卡拉奇分会述评》,《国外理论动态》2006 年第 6 期。

③　陆夏:《第七届世界社会论坛综述》,《马克思主义研究》2007 年第 5 期。

贸组织似乎陷入僵局并基本上不起作用,国际货币基金组织也几乎被遗忘了。"2007 年世界社会论坛的"防守性语言大为减少了",并开始有了具体的行动,正在逐步建立"组织网络"。在本届论坛过程中,"首次组成了一个劳工斗争网络",还出现了知识分子网络、反战网络,而且农村/农民运动的网络也得到加强,一些活跃的网络也开始在争取水权、反对艾滋病毒感染/艾滋病、争取人权具体问题上进行斗争。① 不仅如此,本届论坛还发表了一系列宣言,如对反对资本主义运动进行整体阐述的《内罗毕宣言》等,所有这些都表明本届社会论坛的斗争姿态由防守转向了进攻。因此,2007 年世界社会论坛不仅充分加强了非洲和世界的联系与团结,而且增强了人们建设充满尊严、正义的"另一个世界"的信心,"它带给人们更多的是建设全新的世界秩序的美好期望"②,代表了一种真正的替代可能性。对世界反对新自由主义全球化运动而言,这是一届具有不同寻常意义的论坛。

第八届世界社会论坛举行的时间在 2008 年 1 月 26 日前后几天,但并未在同一个地方举行,也未设分中心会场,而是分散在世界各地进行,全球大约有上千个地方团体参与。因此,本届世界社会论坛也被称为"全球呼吁行动"(Global Call for Action)。1 月 27 日,参加墨西哥 2008 世界社会论坛的 600 多个社会组织拒绝北美自由贸易条约生效,要求重新进行谈判。生态主义团体要求做到改变消费体制,认为环境的危机是一种工业文明的危机。③

综合上述五次世界社会论坛的召开,不难发现其发展呈现出以下特征:第一,世界社会论坛全球性色彩在增强。就召开的地点而言,从 2004 年移师孟买开始,世界社会论坛就迈出了走向全球的步伐,2006 年多中心世界社会论坛的召开是其走向世界的关键一步,2007 年世界社会论坛完全设在非洲,世

---

① 参见[美]伊曼纽尔·沃勒斯坦:《世界社会论坛:转守为攻》,路爱国译,《国外理论论坛》2007 年第 9 期。

② 陆夏:《第七届世界社会论坛综述》,《马克思主义研究》2007 年第 5 期。

③ 参见管彦忠:《墨西哥 2008 世界社会论坛拒绝北美自由贸易条约生效》,2008 年 1 月 27 日,见 http://world.people.com.cn/GB/1029/42358/6827348.html。

界社会论坛全球化的步履持续推进,全球化色彩得到强力张显。第二,世界社会论坛召开形式不断创新。从一开始仅在一个国家一个城市举行,到 2006 年在多个国家多个城市举行,再到 2008 年在世界各地分散举行,短短四年时间里,世界社会论坛就实现了"中心—多中心—无中心"形式的跨越式变化。第三,论坛议题的全球性与地方性相互交织的程度增强。虽然新自由主义全球化带来的全球不公与全球灾难仍是世界社会论坛始终关注并讨论的主要议题,但是伴随着 2004 年孟买世界社会论坛的召开,一些地方性或地区性的议题在世界社会论坛中的分量开始上升,如该届论坛对印度种姓制度中最底层达利特人的关注;2006 年多中心论坛中分别对亚洲问题、委内瑞拉问题以及非洲问题的关注;2007 年内罗毕世界社会论坛探讨非洲所面临的巨大挑战。所有这些均证明了世界社会论坛对地区性问题的关注,也说明了世界社会论坛的全球性色彩在不断增强。

(二) 2008 年金融危机后的世界社会论坛

第九届世界社会论坛:2009 年 1 月 27 日至 2 月 1 日,第九届世界社会论坛在巴西北部城市贝伦举行,这是一次在全球金融危机背景下召开的论坛。本届论坛吸引了来自世界 142 个国家和地区的 10 多万名社会团体与会。与会代表举行了大约 2400 场包括研讨会、艺术展览和运动会在内的各种活动,展开对新自由主义的攻势,探讨世界发展的新模式,并围绕国际金融秩序、国际环境保护、批判新自由主义全球化等议题提出"建设一个别样世界"的建议。在国际金融秩序方面,代表们呼吁建立一个能够监管金融市场趋势的国际机制,取代以美元为主导货币的国际金融体系。在环境保护方面,代表们呼吁各国政府重视环境保护事业,对世界范围的环保工作提供资金支持。在对新自由主义全球化进行批判上,号召组成一个反对新自由主义的意识形态、政治和经济的攻势。许多代表都认为 2008 年国际金融危机的爆发是一次机会,有助于人们审视全球化的弊端,寻找其他途径建设一个更加团结、更加民主和更加公平的世界。①

第十届世界社会论坛:2010 年 1 月 25 日至 29 日,第十届世界社会论坛再次在论坛的发源地巴西阿雷格里港举行,在为期 5 天的会议期间,来自世界近 40 个国家的社会运动组织、左翼政党和工会运动的代表,共举办了 915 场各种形式的报告会、研讨会以及文艺表演②,就当前全球社会和经济发展的许多问题——全球气候变化问题、拉丁美洲和加勒比海地区的外国军事基地问题、教育、就业和公共卫生等问题进行了广泛而热烈的讨论。与会代表认为,解决这些世界问题需要有广泛的民众参与,社会运动组织应与各国左翼政党加强联系,并采取统一的国际行动。在这次论坛活动中,在阿雷格里港还召开了以"十年之后:建设一个别样世界的挑战和建议"为主题的国际研讨会,对世界社会论坛成立 10 年来所做工作、发挥的作用、积累的经验教训进行梳理回顾,并对论坛未来的发展进行展望。此外,全世界还有 35 个分会场分散举行活动,以纪念世界社会论坛成立十周年。

第十一届世界社会论坛:2011 年 2 月 6 日至 11 日,第十一届世界社会论坛在塞内加尔首都达喀尔举行,这是在埃及社会运动如火如荼之际召开的一次论坛,本届论坛的口号是"体制和文明的危机"。来自全世界 132 个国家的,其中包括政治家、金融家、工会及社会组织积极分子在内的 7.5 万名代表参加会议。本次世界社会论坛讨论了全球金融危机后果、现代社会和社会领域的现状以及阿富汗问题。玻利维亚总统莫拉莱斯出席了本次论坛并发表演说。

第十二届世界社会论坛:2012 年 1 月 24 日至 29 日,第十二届世界社会论坛又回到了巴西,在阿雷格里港、卡诺阿斯、圣莱奥波尔多和新汉堡 4 座城市

---

① 参见《世界社会论坛呼吁"建设一个别样世界"》,2009 年 2 月 2 日,见 http://news.xin-huanet.com/world/2009-02/02/content_10750442.htm。

② 吴志华:《关注气候变化 声援海地人民——第十届世界社会论坛在巴西闭幕》,《人民日报》2010 年 1 月 31 日。

同时举行,主题是"资本主义危机、社会主义和环保正义"。来自拉美各国和世界各地的一些运动和群体组织,如工会组织、农民组织、印第安人组织、妇女运动、大学生运动、"愤怒者"运动等社会运动组织的4万多名代表与会,并在论坛期间举办了上千场集会和论坛活动,其中参加人数超过800的活动就有670场。论坛不但汇集了工人、农民、土著居民、妇女、学生以及具有团结与合作精神的自主经济体的经验,还汇集了关于普及教育、就业、抵制房地产贸易和建设公共住房的倡议。①

第十三届世界社会论坛:2013年3月26日至31日,第十三届世界社会论坛在非洲突尼斯首都突尼斯市举行,主题是"尊严",这是世界社会论坛自启动以来首次在阿拉伯世界召开。本届论坛的口号为三个D,分别为"Dkemo-craticing"(民主化)、"Decolonising"(非殖化)、"Decommodifying"(非商品化)。② 在"阿拉伯之春"和欧债危机的背景下,约3万人和4500个组织参会,他们围绕"革命进程、反抗、起义、内战和抗议"展开讨论。

第十四届世界社会论坛:2015年3月24日至28日,第十四届世界社会论坛再次在突尼斯市举行,其主题是"尊严与权利"。

从以上六届世界社会论坛的召开可以看出,2008年国际金融危机后世界社会论坛突出表现出以下特征:一是更加注重对资本主义体制危机的剖析,努力探索一种新的世界发展模式。2008年国际金融危机的爆发不仅给世界经济发展带来深远影响,而且暴露出资本主义体制的内在危机。因此,对资本主义体制危机的分析与揭露成为后危机时代世界社会论坛的重要议题,并认为危机为探索另一个世界发展新模式提供了良机,有助于人们更深刻地认识新自由主义全球化存在的弊端,团结起来追寻一个更加民主、公平的新世界。二

---

① 参见谭扬芳:《重塑世界:建立可持续发展新模式——第12届世界社会论坛在巴西与"达沃斯论坛"唱对台戏》,见上海社会科学院中国马克思主义研究所等编:《世界社会主义研究年鉴》(2011—2012),上海人民出版社2013年版,第131页。
② 参见《第13届世界社会论坛在突尼斯召开》,见王世伟、荣跃明主编:《国外社会科学前沿2013》第17辑,上海人民出版社2014年版,第684页。

是全球环境议题更加凸显。伴随着全球气候变化及其带给世界人们的破坏性影响,世界社会论坛对全球气候环境的关注逐渐增强,与会者呼吁各国政府重视环境保护事业,加强环境管理与治理,并认为"另一个世界"应该是一个绿色的、可持续的、别样的世界。三是地区性议题再次勃兴,尤其是与非洲、拉美相关的议题备受关注。这六次世界社会论坛的举办地,三次在巴西,三次在非洲,所讨论的主题除了新自由主义全球化与资本主义体制危机外,论坛举办地的政治、经济、生活等问题自然也是与会者关注的焦点,尤其是所在地基层民众的抗议诉求成为论坛与会者讨论的热点,从而进一步表明世界社会论坛的基层性与草根性,是名副其实的"百姓论坛"。

三、 真正彰显全球色彩的世界社会论坛: 2016 年至今

第十五届世界社会论坛:2016 年 8 月 9 日至 14 日,第十五届世界社会论坛在加拿大蒙特利尔举行,来自 140 个国家 5000 名代表出席了论坛。伊曼纽尔·沃勒斯坦认为"这是世界社会论坛第一次在全球北方举行,决定在加拿大举行是有意要展示世界社会论坛的全球性"。① 论坛的主题是"另一个世界是必需的,一起成为可能!"在此主题下,与会者围绕打击逃税、气候变化谈判、难民问题、反对种族主义、父权制和原教旨主义等议题进行了广泛的讨论。包括加拿大活动家娜奥米·柯莱恩(Naomi Klein),玻利维亚副总统阿尔瓦罗·马塞洛·加西亚·利内拉(Alvaro Garcia Linera)和法国哲学家埃德加·莫兰(Edgar Morin)在内的 80 多名大学教授、左派政客、工会和反全球化人士发表了讲话。这届论坛是世界社会论坛自 2001 年成立以来,第一次主动向发达国家进军,并在西方七国集团范围内的国家成功举办,从而突破了之前世界社会论坛只在发展中国家和地区举办的空间局限。在包容和开放、透明、横向、自我管理和独立五大核心价值观的指导下,论坛组织者和参与者按照一定

---

① Immanuel Wallerstein: "World Social Forum Still Matters", *Commentary* 2016, *No.* 436, November 1, http://iwallerstein.com/the-world-social-forum-still-matters/.

的原则,对新自由主义全球化带来的世界弊病,尤其是南北差距进行批判。他们认为,新自由主义理论主导下的资本全球化进程,无论是给富裕国家的人们,还是对生活在贫穷国家的人们,都带来了不平等和环境恶化等问题。正如本届世界社会论坛的发言人拉斐尔·卡内(Raphael Canet)在新闻发布会上所言:"我们必须克服南北差别……社会不平等没有边界。"世界社会论坛的创始人惠特克也认为"在第三世界面临的问题,我们工业化国家也同样面临,例如,气候变化"。为此,"本届论坛呼吁为解决全球化问题必须加强全球性合作,有效应对新自由主义主导的全球化,为人类发展寻找更美好的道路"。①

第十六届世界社会论坛:2018年3月13日至17日,第十六届世界社会论坛在巴西萨尔瓦多德巴伊亚举行,论坛的口号是"抵抗是创造,抵抗是变革"。这次论坛是在世界各地出现众多挫折,缺少权利、民主保障和自由的情况下召开的。与会者优先组织抵抗、民主、经济的替代方案,主张环境和气候正义,反对种族主义,女权主义和性别问题,努力保持水和土地作为公共领域、迁移以及城市发展和生活,号召要从团结、民主、尊重多样性的角度去考虑共同的解决办法,以面对各种形式的暴力、社会和区域不平等的根源。

在世界社会论坛的演进过程中,2016年不仅是一个关键的转折点,也是体现巨大创新的一年。世界社会论坛选择在加拿大召开,这不仅仅是地点的变化,更是论坛理念的一个创新与转变。论坛的组织者已经认识到,面对新自由主义全球化及其带来的全球性问题,单靠发展中国家单打独斗、单枪匹马地去对抗是行不通的,需要与发达国家加强对话与团结。只有全球进行有效合作,才能找到通往"另一个可能世界"切实可行的道路与方案,否则只是纸上谈兵。因此,加拿大世界社会论坛的召开是一个重要转折点,它是世界社会论坛全球性的真正彰显。由此开始,所谓"世界社会论坛"才真正具有了实际的价值与意义,才是真正意义上包括发达国家在内的"世界"社会论坛。

---

① 刘颖:《替代新自由主义的实践与探索——2016年世界社会论坛在加拿大蒙特利尔举行》,《中国社会科学报》2017年2月23日。

第四章　世界社会论坛：理念与主张

理念指导行动。世界社会论坛自 2001 年首次召开以来至今,之所以能够持续召开并在国际社会产生影响,关键在于贯穿于其发展进程中的论坛理念。有学者也认为,"尽管它自称是世界'社会'论坛,但论坛首先是一个政治理念,它的创建者和现在的领导者也都为它的行为明确阐述了其政治学的词汇、语法和文化"①。加之,由于世界社会论坛的规模和内在多样性,由此,"它不仅要挑战占统治地位的政治理论和各种传统的社会科学学科,还要挑战科学知识作为社会和政治理性的唯一制造者的地位"②。总体而论,世界社会论坛在近二十年的发展进程中,秉持批判的乌托邦、新"南方"认识论、反叛的世界主义等理念,"不仅提出了分析的和理论的问题,还提出了认识论的问题,……试图在一个缺乏乌托邦的世界实现乌托邦"③。在世界社会论坛的发展进程中,论坛理念渗透在论坛的政治主张中,体现在论坛的行动上,论坛的政治主张反映论坛理念与论坛宗旨。为了更深刻地认知、理解世界社

---

① ［法］克劳埃·凯拉海尔、［印］杰伊·森:《开放空间的探索:世界社会论坛与政治文化》,李存山译,《国际社会科学杂志》2005 年第 4 期。

② ［葡萄牙］鲍温图拉·德·苏撒·桑托斯:《全球左翼之崛起》,彭学农等译,上海人民出版社 2013 年版,第 9 页。

③ ［葡萄牙］鲍温图拉·德·苏撒·桑托斯:《全球左翼之崛起》,彭学农等译,上海人民出版社 2013 年版,前言第 9 页。

会论坛的行动,本章将对世界社会论坛的主要理念以及政治主张进行系统地分析。

第一节 世界社会论坛的主要理念

"理念"一词最早源于希腊文 eidos,其含义为"形式""外观""通型"等。苏格拉底之后逐渐有了"观念""宗旨""本性"等含义。"理念"被引用到英语"idea"中之后,又被赋予了"信仰""理想""认识""观点"等含义。"理念"或"观念"有广义狭义之分:广义的"理念"与意识、精神同义;狭义的"理念"与思想同义。① 尽管如此,理念与观念、信念仍有区别。首先,理念不同于观念。观念是人对外部世界反映的形式和结果,而理念却具有理论性与行动性;观念会随着外部世界的变化而变化,具有变动性与不稳定性,而理念却是对事物总的认识,是一切事物中固有的、巩固的、不变的东西。因此,理念是"大"的观念,更具有理论性。其次,理念不同于概念。概念是逻辑思维的基本形式,是"精"的观念,是杂多观念的统一,具有抽象性与概括性。因此,理念比概念要宽泛,更具有行动性。最后,理念与信念也不能等同。信念是"高"的理念,是杂多理念的统一,是值得信奉、崇奉和信仰的大理念。② 理念不仅规制影响人的行动,而且还指导人的行动。总之,理念与观念、概念、信念是既有区别又有紧密联系的一组概念,准确把握这一概念,有助于研究工作的深入开展。图4.1 相对简洁直观地展示了四者之间的关系。

事实上,任何组织的理念从来都不是虚幻的、可有可无的,它鲜明地体现在其刊发的各种文本文件、谈话以及具体行动中。世界社会论坛自然也不例

---

① 参见郭大方、李明辉:《中国共产党六十年执政理念的探索与实践》,国防工业出版社2010 年版,第 2 页。

② 参见苏恩泽:《思想的力量:关于思想素质的思考》,军事科学出版社 2009 年版,第134 页。

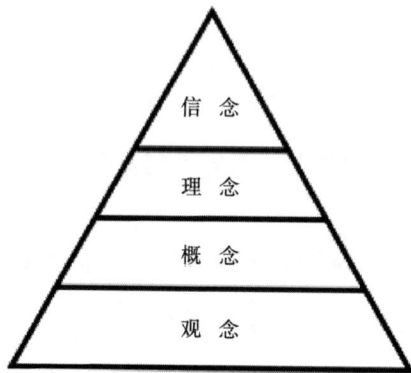

图 4.1　理念"四比较"塔形图

外。大体而言,世界社会论坛的理念更多地展示在与其相关的众多文本中,最著名的莫过于《世界社会论坛原则宪章》①,该原则宪章被广泛认为是集中体现了世界社会论坛及与其进程相关的许多团体和网络的价值观,并成为组织各层面社会论坛的指南。此外,各团体还发表了若干宣言和呼吁。2004 年孟买世界社会论坛召开期间印度组织委员会的宣言、2003 年在阿雷格里港发表的国际理事会备忘录,以及一些较小的、以知识分子为主的团体的声明,如《阿雷格里港宣言》(2005 年 1 月)和《巴马科倡议》(2006 年)。尽管这些文件和呼吁在其主张、框架和措辞上各不相同,但它们都或多或少地反映了全球正义运动与世界社会论坛多样性的原则精神。通过梳理世界社会论坛的文本、言论以及行动可以看出,作为基层民众反对新自由主义全球化并努力促进另一种全球愿景实现的政治集会,世界社会论坛在行进过程中始终贯穿着诸多理念。如批判的乌托邦、新"南方"认识论、反叛的世界主义等,正是在这些

---

①　《世界社会论坛原则宪章》是世界社会论坛的纲领性文件,2001 年 4 月由世界社会论坛组织委员会于巴西圣保罗通过和采纳,该《宪章》修改于 2001 年 6 月 10 日,并由世界社会论坛国际理事会通过。此修正版即为最权威版本。本研究所引《世界社会论坛原则宪章》即指 6 月份的修正版本。另外,《世界社会论坛原则宪章》修正版会在附录中全文呈现,因此,在文中的使用不再具体标注出处。

理念的影响与引导下，世界社会论坛为从世界各地而来聚集在一起的活动者，以及致力于人的尊严和正义价值的人分享观点、分析问题、了解全球力量如何塑造当地条件、设想替代方案提供了"开放空间"。在这个开放的空间里，人们可以自由地探讨全球结构调整在地方和国家层面的负面影响，同时扩大跨国对话和社会运动网络以解决共同的问题。因此，世界社会论坛的理念不仅"意味着一种新方法——有助于不同的解放社团开展协同、合作和融合，更是一种把不同的政治和社会团体聚集在一起的新尝试，它代表着某种希望"①。

一、 批判的乌托邦

（一） 乌托邦的内涵与时代性

乌托邦（Utopia）原意是"没有的地方"或者"好地方"。"乌托邦"的思想最初源于古希腊哲学家柏拉图的著作《理想国》，在该著作中，柏拉图描述了未来理想的城邦生活。第一次使用"乌托邦"这一概念的是英国空想社会主义者托马斯·莫尔。1516 年，托马斯·莫尔出版了名著《乌托邦》（全名为《关于最完全的国家制度和乌托邦新岛的既有益又有趣的金书》），在这本书中，描述了一个他确切命名为"乌托邦"的神奇岛屿上的美好理想生活。之后"乌托邦"一词一般用来描写任何想象的、理想的社会，有时它也被用来描写社会试图将某些理论变成现实的尝试，或某些美好却无法实现的建议、愿望等。"乌托邦"代表一种探索，"探索人类可能性的新模式和意愿的新形式，通过运用想象一种根本上更好的、值得去奋斗的且人类完全有权去做的事物，来挑战目前存在的任何事物的表面的必然性"②。因此，乌托邦总在召唤、鼓舞

---

① Peter N.Funke,"The World Social Forum:Social Forums as Resistance Relays",*New Political Science*,2008,Vol.30,No.4,pp.449–474.

② Boaventura De Sousa Santos, *Toward a New Common Sense:Law,Science and Politics in the Paradigmatic Transition*,New York:Routledge,1995,p.479.

人们追求更美好的未来,"没有乌托邦的人总是沉沦于现在之中;没有乌托邦的文化总是被束缚于现在之中,并且会迅速地倒退到过去之中,因为现在只有处于过去和未来的张力之中才会充满活力"①。

一般而言,追求"至善"的生活是人们对未来社会共同的期求。但是,在不同的历史时代、不同的国家与地域,往往有着不同的社会现实,体现出不同的社会矛盾与社会问题,基于具体的社会现实问题人们往往就会产生对理想社会不同的乌托邦愿景,它表达了一个既定时代和既定社会的发展趋势和潜力,并且构成了一种期盼意识,这种意识通过放大现实中正在出现的征兆来表达自己。可以毫不夸张地说,"对更美好的生活和社会的想象和渴望在人类历史上无时不在,随着时间和空间的更换而不断地变更着形式和内容"②。就此而言,乌托邦具有鲜明的时代性。对此,恩斯特·布洛赫(Ernst Bloch)说过,"乌托邦都有自己的时间表"③。

在全球化经济一体化时代,存在两种形式的全球化:"自上而下的全球化"与"自下而上的全球化"。两种形式的全球化对应着不同的全球化现实,前者接受新自由主义驱使来促成全球经济一体化,而后者却是要反抗有利于权力精英的跨国金融霸权体制。因而,在这两种全球化模式下,人们对现实有不同的体验与感受,接受或倡导新自由主义全球化的人们认为现存状态无可替代,没有其他选择。而对新自由主义全球化进行抵抗的人们认为存在替代方案,另一个世界是可能的。由此,两种不同形式的全球化对未来社会的发展产生了截然对立的理念:保守的乌托邦与批判的乌托邦。

---

① [德]保罗·蒂里希:《政治期望》,徐钧尧译,四川人民出版社 1989 年版,第 215—216 页。

② [葡萄牙]鲍温图拉·德·苏撒·桑托斯:《全球左翼之崛起》,彭学农等译,上海人民出版社 2013 年版,第 10 页。

③ Ernst Bloch, *The Principle of Hope*, Cambridge, MA: MIT Press, 1995, p.479.

(二) TINA:保守的乌托邦

TINA,是"别无选择"(There Is No Alternative)的缩写,表示我们已经处于一个史上最美好的世界。这种颂歌式的说法来自于 20 世纪 80 年代英国首相玛格丽特·撒切尔和美国总统罗纳德·里根。作为新自由主义模式的积极倡导者,他们把资本主义制度重新塑造成一个近乎宗教的信仰,认为资本主义的存在就像空气一样理所当然,能够替代资本主义的制度并不存在。因此,他们在全球通过世界贸易组织、国际货币基金组织、世界银行、跨国公司等国际机构自上而下地积极推广新自由主义模式,并为此作出了许多许诺。这种认为现存状况是美好的,并从根本上拒绝对现存状况的替代与改变的理念被称为保守的乌托邦。正如桑托斯所言,"保守乌托邦把自身与现实状况等同起来,并在现状的激进化或完全实现中展示自己的乌托邦一面"[1]。支撑保守乌托邦的政治逻辑是独一无二的效率标准,同时这个效率标准也是最高的道德标准,也就是说,只有高效率才是有价值的。由于新自由主义强调市场或市场准则是其独一无二的效率标准,因而,新自由主义以及受新自由主义主导的自上而下的全球化就是一种保守的乌托邦,它扎根于两个鲜明预设之中:幻想极端高效的权力和知识对现存社会状况的完全控制;根本否定现状的可替代性。

作为保守的乌托邦,"新自由主义乌托邦的特点就在于其承诺,即它自身的完全实现或完全应用抵消了所有的乌托邦"[2]。具体表现在以下方面:第一,倡导新自由主义模式,采取自上而下的方式促推全球的企业、政府和精英们行动,并许诺这一全球化将带来繁荣、民主与和平。但事实却是,新自由主

---

[1]　Boaventura De Sousa Santos, *The Rise of the Global Left : The World Social Forum and Beyond*, London · New York : Zed Books,2006,p.11.

[2]　[葡萄牙]鲍温图拉·德·苏撒·桑托斯:《全球左翼之崛起》,彭学农等译,上海人民出版社 2013 年版,第 11 页。

义却把全球化带进一个衰退、压制和穷兵黩武的更具有破坏性的新阶段。换言之,新自由主义全球化并没有创造出一个经济繁荣、政治民主、国际和平的新世界,反而使人类"从一个民主付之阙如和以剥削为法则的时代进入了一个窃夺和劫掠的时代"①。第二,自上而下的新自由主义全球化是在政治精英努力下创造并通过世界贸易组织、国际货币基金组织以及世界银行等国际机构践行新全球规则,还承诺新规则将推动全球共同利益的实现。但事实却是,在全球新规则的制定中,以美国为首的西方大国居于支配地位,并拥有主导权,因而这些规则通常是整合了美国政府和以美国为基地的企业的特殊利益。正如《纽约时报》援引的一位德国官员指出的那样,华盛顿确定了要把国家利益当作制定国际规则、规范国际行为和建立国际机构的基本出发点,"如今华盛顿似乎想通过更为狭义的途径来追逐自身的国家利益,为所欲为并迫使他国适应"②。很显然,这种带有强烈西方大国色彩的全球规则,并不是真正促进全球社会和经济的公平公正以实现全球共同利益的规则,相反,其实施推行的结果只能是全球强者与弱者、富人与穷人之间更严重的两极分化与对立。第三,自上而下的新自由主义全球化鼓吹自由贸易和经济合作将带来和平与稳定,新自由主义模式能为世界带来民主和人权。但恰恰相反,伴随着该模式的推行,全球并没有迎来和平与稳定,反倒是战争与恐怖活动的频发和升级。所谓的全球民主化依然只是西方某些政客口中的"说辞",从来没有真正来临过,相反,包括种族歧视、窃听和军事审判在内的全球性压制却与日俱增。

总之,自上而下的新自由主义全球化虽然作出了诸多承诺,但是其保守乌托邦的"地平线"使其无法为人们提供安全、福利和一个可靠而长久的美好未来。当这种自上而下的全球化越来越难以自圆其说、越来越与世界的发展和

---

① 杰里米·布莱彻:《今日全球化》,见[美]斯坦利·阿罗诺维茨等:《控诉帝国:21世纪世界秩序中的全球化及其抵抗》,肖维青等译,广西师范大学出版社2004年版,第281页。

② Steven Erlanger, "Bush's Move on ABM Pact Gives Pause to Europeans", *New York Times*, December 13, 2001, p.A18.

现状相背离时,其保守乌托邦的理念也就变得更具有破坏性,在这种情况下,对保守乌托邦进行批判的另一种乌托邦理念就适时应势地产生了,其重要标志就是世界社会论坛所秉持的理念的出现。

(三) AWP:批判的乌托邦

AWP,是"另一个世界是可能的"(Another World is Possible)的缩写,也是世界社会论坛的标志性的口号。面对新自由主义全球化及其所带来的一系列负面效果,世界社会论坛在对新自由主义全球化负面恶果进行批判与揭露的基础上,认为存在着对新自由主义全球化的可替代性,只要人民团结在一起,进行斗争,另一个自由和民主的世界是完全可能的。正如世界社会论坛原则宪章第4条所宣称的:"世界社会论坛提出的替代方案反对由大型跨国公司以及服从于这些公司利益的政府机构和国际机构所主导的、国家政府参与合谋的全球化进程。这些方案旨在确保团结统一和全球化成为世界历史的新阶段。"很显然,世界社会论坛的召开标志着一种批判的乌托邦再次出现,与19世纪末和20世纪初出现的批判的乌托邦一样,这种乌托邦激进地批判现实状况,渴望一个更好的社会。

尽管如此,世界社会论坛所体现的批判乌托邦理念与此前存在的批判乌托邦又有所不同,主要表现在两方面:一方面,世界社会论坛的乌托邦的最鲜明特点在于它断言反霸权的全球化的可能性。换言之,世界社会论坛的乌托邦更多地通过否定(界定什么是它批判的对象)而不是肯定(界定它所渴望的)来论证自身。另一方面,世界社会论坛的乌托邦"是一种道德设计,它赋予道德言辞以特权"①。在世界社会论坛原则宪章第4条中,它把替代全球化的方案描述为"将尊重广泛的人权,尊重所有国家的不分男女的所有的公民的人权,并尊重环境",同时"依赖于维护社会正义、平等和人民主权的民主的

---

① [葡萄牙]鲍温图拉·德·苏撒·桑托斯:《全球左翼之崛起》,彭学农等译,上海人民出版社2013年版,第11—12页。

国际体系和国际机构"来实现。这些道德言辞目的在于超越运动和组织之间意识形态和政治的分裂,在反霸权的全球化的可能性上达成一致意见。因此,世界社会论坛批判的乌托邦是一种新型的批判乌托邦。

作为 21 世纪的一种新政治现象,主导世界社会论坛的新型的批判乌托邦理念具有以下特征:

第一,世界社会论坛所体现的批判的乌托邦理念具有开放性。作为新世纪第一个批判性乌托邦,其开放性主要体现在两个方面:一方面,世界社会论坛试图摆脱西方现代性的批判的乌托邦的发展路线,坚持对现实进行激进的批判,寻求可以替代的选择方案。对资本主义进行批判,并支持可替代性是19 世纪末 20 世纪初批判乌托邦的主要基调,但在 20 世纪 80 年代以后,随着新自由主义模式在社会各个领域的渗透与全球的扩张,批判乌托邦逐渐改变了基调,借口乌托邦的实践已经开始拒绝可替代性,由此逐渐转化为保守的乌托邦。世界社会论坛在保守乌托邦理念占主导地位的时代出现,其体现的批判乌托邦理念不仅在一定程度上颠覆了保守乌托邦对未来的认识,更重要的是它试图摆脱现存乌托邦理念对其实践活动的束缚。另一方面,世界社会论坛所体现的批判的乌托邦理念并不强调在实现乌托邦方案上的唯一性,认为新自由主义全球化的可替代性方案可以是形式的可替代性,也可以是内容的可替代性。正因为此,在论坛原则宪章第 9 条中明确提出:"世界社会论坛将永远向多元主义开放,向决定参与论坛的组织和运动的各种行动和各种连接方式开放,向各种不同性别、种族、文化、年龄和身体条件的人开放,只要他们遵守本原则宪章。任何党派代表和军事组织不得参与论坛。可以邀请愿意接受本宪章约束的政府领导人和立法机构成员以个人身份参与论坛。"虽然世界社会论坛在"另一个世界是可能的"口号的号召下召开,但是另一个世界不是一个单一世界,而是由几个可能的世界构成的乌托邦的理想与渴望,并不是没有任何别的选择的唯一世界。

第二,世界社会论坛所体现的批判的乌托邦理念具有民主性。反对新自由主义全球化的世界社会论坛不是政治精英的论坛,而是平民的论坛,是为基层民众提供提出诉求、发泄不满、探寻另一个世界方案的平台。在批判的乌托邦理念指导下,论坛在具体的行动实践进程中表现出两个特色:"更多地根植于对现实的拒绝而不是对未来的界定";"更多地聚焦于运动中的交流过程而不是对运动的政治内涵的评估"。① 批判的乌托邦理念不仅有助于把对新自由主义全球化现实不满的各种力量快速凝聚起来,实现联合力量的最大化,而且还有助于论坛参与者开展充分的磋商交流,建立起一种非常浓厚的直接参与氛围。

第三,世界社会论坛所体现的批判乌托邦理念包含丰富的具体内容。与新自由主义体现的保守的乌托邦相比,批判的乌托邦理念不是通过抽象的理论和规则来体现,而是包含丰富的具体内容,涉及政治、经济、社会、文化、生态等各个领域,与人们的衣食住行密切相关,并致力于在人类内部与地球之间建立一个具有丰富多样联系的全球社会。

二、 新"南方"认识论

"认识论"一词来源于希腊文"知识"和"学说"的结合,即关于知识的学说,是关于人类认识的内涵、本质、过程、方法、规律的方法论学说。在社会实践过程中,认识论指导人们开展思维认识活动,将认识转化为思想理论,进而再转化为方针政策,推动社会发展。因此,认识承接实践,启迪思想,是连接实践与思想的桥梁。能动的认识是打开真理大门的钥匙,只有那些建立在实践基础上的、科学的、先进的认识和认识论才能对实践活动起到引领与指导作用。同样,在世界社会论坛发展过程中,作为一种新的社会政治实践活动,其在各方面的创新表现自然也离不开认识论的引导作用。不过,与20世纪后半期推动新自由主义全球化的认识论显著不同,处于新世纪的世界社会论坛传

---

① [葡萄牙]鲍温图拉·德·苏撒·桑托斯:《全球左翼之崛起》,彭学农等译,上海人民出版社2013年版,第12页。

播了一种多样化的知识,代表了一种新的认识论或一整套新的认识论的产生。面对以西方为中心的新自由主义单一性与"别无选择"的霸权认识论及其实践危害,世界社会论坛在发展认识论上彰显并实践着一种多样性、可替代的观点:没有全球的认知正义,就没有全球的社会正义。与新自由主义主导的"北方"相对应,这是一种以"南方"为中心的全新认识论。这里所指称的"南方"并不仅仅是指一个地理概念,而是"对全球范围内遭受资本主义和殖民主义压迫之人、之地、之识的隐喻"①,是一种异于新自由主义的新的发展认识论。

(一) 多样性 VS 单一性

20 世纪 80 年代末,以欧美西方大国为核心的垄断资本通过操纵国际组织达成了华盛顿共识,主张推行新自由主义的政治与经济范式。为实现此目的,他们不仅炮制了一整套"美妙动听"的经济理论体系,还努力为新自由主义经济制造各种依据,把"新自由主义"描绘成单一的"全球化潮流"。因此,就本质上而言,新自由主义全球化是唯一的、霸权性的,完全服从、服务于西方统治与霸权的需要,是西方国家谋求世界霸权的工具与体现。从这个意义上看,新自由主义认识论是一种以"西方"为中心的、单一霸权认识论。这种霸权论既建立在经济霸权、政治霸权的基础上,也建立在同样具有霸权性、以西方基础的现代科学知识体系之上。

新自由主义全球化是由技术—科学性的知识主导的全球化。新自由主义全球化把新自由主义经济学作为一种社会技术与权力技术,它广泛渗透于各门学科,取得了意识形态霸权地位,从而在构建全球化时代的社会组织和政治组织中发挥着巨大作用。作为一种社会技术,新自由主义经济学"强调市场理性具有类似机器的决定性性质,能为一个特定的目的收集和处理社会资源。……是一种生产特殊社会秩序和社会关系的技术系统"。作为一种权力

---

① 高明:《全球左翼的认识论突围与重构》,《中国图书评论》2015 年第 7 期。

技术,新自由主义经济学的论述"为形成、维持和推行社会资源的不平等分配和获取提供了能赋予其合法性的论述和话语资源"。① 在新自由主义霸权认识论理念下,至少有 5 种逻辑或者模式塑造并固化现实世界的单一模式,分别是知识和知识的严格性彰显出理性的单一文化、线性时间的单一文化、社会分类的逻辑、统治性的规模逻辑、生产率的逻辑。② 在这种模式下,现代科学和高等文化转变成真理和美学性质上的唯一标准,同时也是知识生产或艺术创作的唯一标准,只要是不符合这一标准的就会被宣布为非存在和不可能。另外,在这种模式下,在世界体系中处于核心国家地位的西方国家因其知识、制度和社会交往具有统治性,与此相应,在世界体系中处于边缘国家地位的发展中国家走在时间后面,因而是落后的。如此,显而易见,"西方"被塑造成高级的、真理的、唯一的、不可替代的,而发展中国家的"南方"则成为低等的、无知的、不可靠的、地方性的。

　　与此针锋相对,世界社会论坛倡导一种多样化的认知理念,"旨在鼓励形成替代'新自由主义'取向、单一思维、一花独放,以及形形色色的原教旨主义的方案和策略。如果新自由主义和原教旨主义的'霸权思维'对一些人来说是整合工具,为社会中某些部门和重要群体提供发财致富的新手段,那么其进程也势必产生紧张的排斥,把许多政治和社会主体边缘化"③。2002 年世界社会论坛上,一位代表拉美土著民族发声的厄瓜多尔 CONAI 代表提出"承认存在多重世界,承认在社会、文化和经济等各层面都应当受尊重的独特文化"的要求。弗雷·贝托(Frei Betto)和迈克尔·洛伊(Michael Löwy)在 2003 年世界社会论坛的一次演讲中力图"重申文化多样性的深刻意义以及各人群、

　　① 参见[美]克里斯托弗·芬利森、托马斯·A.李森等:《新自由主义经济学的意识形态霸权》,胡占利译,《国外理论动态》2006 年第 10 期。

　　② 参见[葡萄牙]鲍温图拉·德·苏撒·桑托斯:《全球左翼之崛起》,彭学农等译,上海人民出版社 2013 年版,第 17—19 页。

　　③ 克劳埃·凯拉海尔、杰伊·森:《开放空间的探索:世界社会论坛与政治文化》,李存山译,《国际社会科学杂志》2005 年第 4 期。

各文化乃至每个人对文化多样性所作的独特的、无可替代的贡献"。印第安人甚至还把"推崇性、文化和宗教的多样性"作为孟买世界社会论坛的核心议题。"这样,多样性就被提升为这场运动最基本的价值之一,要运用多样性来抗击新自由主义以及基于认同的社群主义(identity-based communitarianism)"。①

也正是基于此,世界社会论坛强调多样性是优点,并非是缺点。巴西秘书处的一位代表在 2003 年世界社会论坛最后一次新闻发布会上直言:"我们在和霸权思维(独一性思维)作斗争,所以决不会再造就一种霸权思维。阿雷格里港就是一个'思想工厂',它在制造差异和不同,虽然有时候这样做很困难。"由此,多样性不再是一场运动初始阶段的暂时现象,而成为世界社会论坛的固有特征。因此,世界社会论坛的秘书处并不支持全然一致,"它负责协调世界社会论坛,它的职能就是对多样性给予肯定"②。

(二) 可替代 VS 别无选择

新自由主义全球化鼓吹"别无选择",意即世界的发展乃至前途只有"新自由主义",此外别无他选,不可替代。这是一个在西方新自由主义世界广泛存在的结论,或者说信仰。而世界社会论坛则截然不同,它直言"另一个世界是可能的",新自由主义是可以替代的。这种认识论在世界社会论坛原则宪章中有鲜明体现,世界社会论坛在其原则宪章第 1 条中被规定为"反对新自由主义,反对资本对世界的主宰,反对任何形式的帝国主义"人士的一个"开放性的集会场所",确认"另一个世界"的可行性被原则宪章第 2 条明确为"寻求和构建替代方案的一个永恒的进程,这个进程不能再归结为构成论坛的受

---

① 杰弗里·普莱耶:《理想的合流模式——社会论坛》,张大川译,《国际社会科学杂志》2005 年第 4 期。

② 杰弗里·普莱耶:《理想的合流模式——社会论坛》,张大川译,《国际社会科学杂志》2005 年第 4 期。

限制的事件"。实际上,当举办世界社会论坛的想法第一次被提出之时,作为创办人之一的卡森就建议把地点设在巴西的阿雷格里港。之所以如此,就是由于其参与预算政策被视为民主管理资源的榜样,已成为替代资本主义方案的象征。"如果说社会论坛被赋予对抗达沃斯的象征性权力,那么,其地点选择就必须在南方,尤其在社会组织较为强大的地方,以便引起共鸣。"①换句话说,正是这种特定政策的胜利,"一个左派政党通过政府的民主改革过程(包括加强公共领域)实现的特定政策的胜利,在一开始吸引了社会论坛的运动精神"②。2002 年第二届世界社会论坛举办时,正式确定论坛主旨为"另一个世界是可能的",这标志着论坛在积极探寻当前新自由主义全球化的具体替代方案。这一主旨的确定是对西方政治家提出的"除了新自由主义全球化之外,没有其他替代方案"的有力回应。一位激进主义者指出:"另一个世界不仅是可能的,而且她已经启程了。在一个安静的日子里,我甚至能听到她呼吸的声音。"③2003 年第三届世界社会论坛,则力图将具体替代方案明朗化,并对论坛本身存在的问题进行深刻反省。④ 此后的《阿雷格里港宣言》和《巴马科倡议》都在寻求新自由主义全球化之替代方案方面作出了贡献并进行了有益的探索。

　　世界社会论坛的精髓在于"另一个世界是可能的",人们以"另一个世界"为方向,以争取平等、尊严为理想,以包容、理解和尊重多样性为普遍价值,试图在全球层面和地域各层面上找到解决现存世界问题的可能办法。从更深的层次上来说,世界社会论坛对"另一个世界"的构想、对一种新型政治文化的

---

① 刘金源、李义中、黄光耀:《全球化进程中的反全球化运动》,重庆出版社 2006 年版,第132 页。

② [巴西]埃米尔·萨德尔:《左派的新变化》,黄晓武译,《国外理论动态》2003 年第 4 期。

③ Terry Gibbs, "Another World is Coming", NACLA Report on the Americas, Vol.36, No.5, March/April, 2003.

④ Jai Sen, "Challenging Empires: Reading the World Social Forum", In *World Social Forum: Challenging Empires*, eds, Jai Sen, Anita Anand, Arturo Escobar and Peter Waterman, New Delhi, 2004, p.xxii.

追求,对促进全球化良性发展和一个公正与民主的世界的建立起到积极推动的作用。在思想层面上,它也反映了人们认识到新自由主义全球化在本质上是代议制民主的危机。什么导致了这一危机? 一个基本原因是权利和决策的方式已经离市民越来越远:从地方到省,由省到国家,再由国家到国际机构,都缺乏透明度或责任感,而解决方案就是要阐释一种替代性的、参与式的民主。① 这样,那些反对新自由主义全球化的人们借以了解自己和表达其关切的意识形态的和政治的视角发生了显著改变。民族解放运动、官僚主义的共产主义和社会民主改革主义同时发生的危机产生了一种新型的国际化理论。②

桑切斯认为,这种可替代的观点植根于三种基本理念:第一,以西方为基础的全球资本主义的扩张之所以可能和正当,是因为现代科学被假定为全能的和唯一有效的理性和知识形式。在此基础上,数量巨大且多样的非西方的、非科学的知识被摧毁、压抑或边缘化,与此相随,那些据此生活和实践的民众也遭此厄运。如果不在竞争的知识之间建立一个更加平衡的联系(既不是相对主义的也不是帝国主义的),所有旨在推进社会正义的政策都会以加大社会不公正而告终。第二,科学的客观性并不必然意味着中立性,科学和技术可以被用来为新自由主义的全球化服务,也可以被用来为反霸权的全球化服务。第三,无论科学被利用的程度如何,反霸权的实践主要是实用的,且常常是默认的非科学知识的实践,反过来,这种知识必须打造出可信性而使实践变为可靠。他还指出,在人类之间以及人与自然之间的所有交往实践涉及不仅一种知识形式与无知形式是知识生态学的假设起点,在此起点下,知识生态学不仅允许克服科学知识的单一文化,也允许非科学知识是科学知识的替代物的理

---

① See Naomi Klein,"Reclaiming the Commons",In *A Movement of Movements*,ed,Tom Mertes,London &New York:Verso,2004,p.225.

② See José Corrêa Leite,*The World Social Forum*:*Strategies of Resistance*,Chicago Illinois:Haymarket Books,2005,p.49.

念。不仅如此，知识生态学还试图在科学知识和其他种类的知识之间建立一种"机会的平等"的联系，从而使这些知识能够参与到更广泛的认识论争论中，尽可能地为"建设另一个可能的世界"作出贡献，这个世界是一个更民主和公正的社会，也是一个与自然更平衡的社会。①

不难发现，在新自由主义科技与知识仍占统治地位的前提下，这种新的"南方"认识论面临着不少难题，因为，"科学知识，不管被认为是如何普遍的，几乎整个都是在发达的全球北方（Global North）生产出来的；同时，不管被认为是如何中立，还是提升了这些国家的利益，这些科学知识构成了新自由主义全球化的生产力之一。科学加倍地服务于霸权性的全球化，不管是通过推动或合法化霸权性全球化的方式，还是通过诋毁、取缔、贬低反霸权全球化的方式"。"同样的科学知识是否有能力来推动反霸权的斗争。固然，许多反霸权的实践求助于霸权性的科学和技术知识，没有这些知识很多实践甚至是不可想象的。……问题是，在什么程度上这样的知识是有用和有效的，哪些其他的知识在科学知识的效用性和确实性限度之外是有效的和可用的。"更为关键的是，"霸权预设了对反霸权的全球化的实践和行动的可持续的监管和镇压，对反霸权的全球化与对装备反霸权的全球化的实践和行动的知识上的诋毁、取缔与贬低的做法相伴而行。面对竞争性的知识，霸权性的科学知识要么把它们转化成原始材料（如在对待本土的或农民的关于生物多样性的知识的案例上所为），要么从真理和效率的霸权标准出发，以其错误和无效来拒绝它们。"②这种认识论上的难题也注定世界社会论坛的发展与行进不会是一帆风顺的。

尽管如此，这种新"南方"认识论的出现并在国际社会产生一定影响仍具

---

① 参见［葡萄牙］鲍温图拉·德·苏撒·桑托斯：《全球左翼之崛起》，彭学农等译，上海人民出版社 2013 年版，第 15—16、21—22 页。

② ［葡萄牙］鲍温图拉·德·苏撒·桑托斯：《全球左翼之崛起》，彭学农等译，上海人民出版社 2013 年版，第 15 页。

有不容忽视的意义与价值。相对于以西方为中心的新自由主义霸权认识论以及传统的左翼认识论而言,这种认识论是全新的,符合时代发展要求的。大致而言,其价值与意义主要体现在两个方面:其一,这种新"南方"认识论挑战了以西方为中心的新自由主义霸权认识论,尤其是直接挑战了霸权性的真理和效率概念,认为他们"太过严格,以致不能抓住世界上社会经验的丰富性和多样性,特别是这些概念歧视抵抗的实践和反霸权的替代性的生产"①。不仅如此,新"南方"认识论还显示霸权的真理和效率概念通过取消或贬低那些不能用这些标准来测量的所有其他的实践、行动和知识,不仅会使世界变得越来越小,还会造成各种社会经验的浪费。其二,这一认识论的出现并不带来经典马克思主义的回归。世界社会论坛并不强调优先的工人阶级,甚至拒绝"论坛"本身成为历史主体。论坛内部出现的分歧与冲突绝不是传统意义上的敌我斗争,而是不同理论之间的相互沟通与学习,并在此基础上建构一个多元知识共存而非一元论的普遍主义。因此,相对于传统左翼的认识论而言,这种以南方为中心的认识论是具有全球性的,是新左翼认识论的一种表现。

三、 反叛开放的世界主义

(一) 世界主义的基本内涵

世界主义发端于西方文明,是一个与民族主义和国家主义相对的概念。世界主义肇始于古希腊时期,其英文"cosmopolitan"一词来源于古希腊文"kosmopolitês",意为"世界公民",中文也常常译为"世界大同主义"。从其词根 cosmos 来看,既有"宇宙、世界"的意思,同时也包含"秩序"的含义,是一个与民族主义或国家主义相对的概念。20 世纪以来,伴随着两次世界大战的爆发以及战后全球化进程的加速发展,面临的许多共同社会问题促使人们重新

---

① 〔葡萄牙〕鲍温图拉·德·苏撒·桑托斯:《全球左翼之崛起》,彭学农等译,上海人民出版社 2013 年版,第 16 页。

思考自身与他者之间的关系,共同体意识也逐渐增强。在这种情况,世界主义作为一种世界观、一种价值诉求,同时也是一种对理想社会的渴求再次受到关注。

　　世界主义是一个内涵丰富、向度多维、内容广泛的复杂概念,不同的学者从不同的领域与视角对世界主义的界定迥然不同。在学术界,学者们对美国耶鲁大学全球正义研究中心主任托马斯·博格(Thomas Pogge)教授对世界主义的界定认同度最高,他将世界主义的内涵概括为三点:一是权利和价值关怀的终极单元为个体,而不是家庭、部落、种族的、文化的或宗教性的共同体、民族或国家;二是普遍性,作为终极关怀单位的所有人之间存在普遍性的平等;三是个体权利的普世性,即"个人权利无差别地得到公平对待"。① 由此不难看出,世界主义的核心要义是强调以个体作为终极关怀的主体、强调平等的价值及普世性的权利标准。在此基础上,世界主义还关注世界秩序的实践与建构,并提出了关于世界秩序的理想诉求与表达,诸如"追求一种理想的公平和正义的社会秩序与世界秩序、并为此设计各种理想的政治和社会共同体,乃至超国家共同体"②等等,所有这些都表明世界主义包含一种新的理念与价值。总之,世界主义不仅强调个人的权利、身份、价值追求和道德地位的优先性,把"个人和个人组成的人类"看作是其"道德关怀的终极单元"与"最根本的价值目标",而且体现出对理想世界秩序的关怀,"具有总体性、宏观性特征"。世界主义不仅是一种伦理观、道德观,还是一种世界观,"体现和表达了一种政治哲学、伦理学说和方法论","在规范、引领人类社会生活方面始终发挥不可或缺的作用"。③

---

① See Thomas Pogge,"Cosmopolitanism and Sovereignty",*Ethics*,1992,Vol.103,No.1,pp.48-49.

② 刘贞晔:《世界主义思想的基本内涵及其当代价值》,《国际政治研究》2018年第6期。

③ 蔡拓:《世界主义的理路与谱系》,《南开学报》2017年第6期。

需要指出的是,世界主义思想虽然来源于西方文明,但是在全球化时代,伴随着全球性问题的不断凸显以及新自由主义全球化负面影响的加深,世界主义的一些理念与价值在非西方国家与地区也具有了丰富内涵。对此,德国社会学家乌尔里希·贝克高呼"一种新的世界主义的现实主义正在诞生"!他还开诚布公地指出,他所谓的"'世界主义'不是指那种将意识形态矛头对准跨国精英和组织的神圣权利的理想化的精英概念",而"是更多地承认价值的、活生生的多样性,在这种多样性中贯穿着世界主义共识意义上的各种社会状况和历史联系,而这种共识会被大多数人所理解,并使之进行似乎不可阻挡的发展"。① 很显然,这种"世界主义共识"是指新的世界主义在对理想社会秩序、未来理想社会模式及超国家共同体设想等方面与传统世界主义具有重要的共同价值内涵,这已经为大多数人所理解并接受。

尽管如此,西方社会与非西方社会在思想话语与思想主张方面仍存在很大差别。尤其是在 20 世纪七八十年代以来,在新自由主义占主导地位的全球化时代,"政治和文化上的新自由主义霸权导致一种世界观念的出现:世界要么已经建构好,不允许任何标新立异的更改;要么就是碎片化的,无论我们做什么都无法化解可能发生的风险"。② 很显然,这种世界观念以及所体现出来的世界主义政治倾向得到倡导新自由主义政策的西方国家的认可与支持,然而,抵抗新自由主义的非西方国家的世界观念却与此完全相反,他们认为存在替代新自由主义的方案,另一个世界是可能的。因而,相对前者而言,后者的世界主义理念体现出反叛性,是一种反叛的世界主义。作为对抗新自由主义全球化的世界社会论坛来说,其实践活动也体现出反叛的世界主义理念。

---

① [德]乌尔里希·贝克:《全球化时代的权力与反权力》,蒋仁祥等译,广西师范大学出版社 2004 年版,前言第 2 页。

② [葡萄牙]鲍温图拉·德·苏撒·桑托斯:《全球左翼之崛起》,彭学农等译,上海人民出版社 2013 年版,第 6 页。

(二) 反叛开放的世界主义理念

作为一种替代新自由主义全球化的政治实践,世界社会论坛并非仅限于前文所阐述的年度世界社会论坛的召开,而是包括一系列论坛的集合。各种类型的论坛,如世界的、主题的、地区的、次地区的、国家的、城市的、地方的论坛,只要是遵循世界社会论坛的原则宪章,并按照世界社会论坛的原则宪章开展活动,均可以纳入世界社会论坛的进程之中。因而,在这种情况下,世界社会论坛就从一个事件或一组事件,逐渐转变为一个在集体行动的表达、反思和联合计划基础上不断推进的过程,这些集体行动由集聚在世界社会论坛中的不同组织和运动来执行。这些组织和运动不但具有鲜明的反对新自由主义全球化的政治倾向,而且也是世界社会论坛不可分割的组成部分。由此,世界社会论坛也就成为反对新自由主义霸权全球化的重要组成部分,从而体现出反叛的世界主义理念与政治倾向。在论坛发展的过程中,世界社会论坛反叛的世界主义理念与政治倾向不仅表现在其对抗新自由主义全球化的过程中,也表现在论坛内部传统左翼政治力量与新左翼力量的对抗与冲突之中。

具体来说,论坛反叛开放的世界主义理念与政治倾向主要表现在以下方面:

第一,在更广阔的空间和宽泛的领域开展反对新自由主义全球化、争取全球社会公正的斗争。

伴随着全球化进程的进一步发展,新自由主义对全球的影响并不是仅仅局限于经济领域,而是渗透到社会各个领域。因此,由新自由主义所带来的剥削、权力压迫与不平等并不是仅仅在劳动生产领域中出现,在社会其他领域也存在剥削与不平等,甚至不同领域内的剥削与权力压迫会相互缠绕,相互支持。在这种情况下,单纯地去反对某种形式的权力压迫与不平等,并不能真正获得应有的权利与正义。当然,不同的国家、不同的地区有不同的社会经济条件,经济剥削与其他形式的权力压迫联结的程度也不尽相同,因而,"另一个世界是可能的"主张的任何优先权必须依赖于既定时刻的每个国家的具体的社会和政治条件,"既不能抽象地归结于某种形式的权力,也不能被归结于抵抗某种权力形式的实践"①。开展反对新自由主义全球化的斗争必须在更宽泛的领域进行,这样才能实现全球社会的公正。

第二,在平等原则和差异认同原则同等重要的基础上开展反霸权的全球化斗争。

所有人都是平等的,应该得到平等地对待,这不仅是世界主义的核心要义,同时也是世界社会论坛内部不同类型的运动和组织一贯强调与坚持的内容。在新自由主义主导全球化进程的时代,世界主义视角关注的是如何才能为迎接全球化时代的挑战,自下而上、自内而外地长期开放民主国家的基础设施;怎样对待边缘人、外国人和被排斥的人。后者则涉及"如何把对文化不同的他人的尊重与每一个个人的生活乐趣结合在一起"②,即如何对待平等与差异的问题。

追求平等,实现平等是自人类社会产生以来人们的共同诉求与奋斗目标。然而,不平等却是现实社会中的常态。在全球资本主义时代,不平等存在于社会各个领域,表现形式各种各样,既有政治经济的不平等,也有文化的不平等;既有种族性别的不平等,也有社会交往领域的不平等;不平等既存在于国内层面,也表现在国际层面。因而,争取平等斗争的手段和目的也就具有多样性,从而使争取平等的世界经验也具有多样性。但是,追求平等又是与对差异的认同紧密相连。每当差异的存在削弱我们权利实现的时候,我们都有权要求平等,但每当追求平等的过程或结果使我们丧失个性的时候,我们又都有权保

---

① [葡萄牙]鲍温图拉·德·苏撒·桑托斯:《全球左翼之崛起》,彭学农等译,上海人民出版社2013年版,第39页。

② [德]乌尔里希·贝克:《全球化时代的权力与反权力》,蒋仁祥等译,广西师范大学出版社2004年版,前言第2页。

留差异。"在全球资本主义的背景之下,对差异的真正的认同不能脱离社会再分配。反之亦然,只要不把在差异中要求平等的斗争包括进去,争取平等的斗争就总会坠入歧视性的陷阱。"①在反霸权的全球化斗争实践中,世界社会论坛并不把抽象的优先权赋予任何一个方面,而是在批判的世界主义理念的引导下,把平等原则和差异的认同原则放在同等的地位,在既定的具体斗争中,根据具体的政治条件决定究竟应该倾向于哪一个方面,给予哪个原则以优先权。

第三,以新的战略选择和斗争目标开展反霸权的全球化斗争。

在全球资本主义时代,权力无处不在,渗透在社会各个领域。那么,究竟选择何种战略去反抗权力,争取社会解放呢? 在社会解放没有一个普遍的历史主体存在的情况下,很难得出明确回答。一般而言,在争取社会解放的过程中,大致有革命和改良两种战略。传统的工人运动采取暴力革命的战略来争取社会解放,而拥护新自由主义的政治精英多采取改良的战略。然而,世界社会论坛的解放斗争,既不赞成改良战略,也不赞成革命战略,相反却认为必须赋予反抗和非一致性以特权来破坏旧的战略选择,从而表现出其批判的世界主义理念与政治倾向。

在斗争目标上,世界社会论坛从批判的世界主义理念出发,以推动新国际主义为目标。新国际主义是与主导 20 世纪反资本主义政治的旧国际主义相对而言的。旧国际主义是一种"老左派"的国际主义观,它"强调社会和政治上的同质性是团结和统一的条件,相似的生活轨迹和文化是发展牢固和持久关系的条件"②。"社区本地"居民和他们的"权威"领导人及其"基层"代表受困于(以某种复杂的方式结合)帝国资本主义和地方统治阶级的压迫性国家代表的斗争。这里相似的主体是来自下层的抵抗和来自上层的压迫。在具体

---

① ［葡萄牙］鲍温图拉·德·苏撒·桑托斯:《全球左翼之崛起》,彭学农等译,上海人民出版社 2013 年版,第 39 页。

② ［葡萄牙］鲍温图拉·德·苏撒·桑托斯:《全球左翼之崛起》,彭学农等译,上海人民出版社 2013 年版,第 40 页。

的政治实践中，旧国际主义坚持认为工人或工人和农民是优先的社会参与者，工会和工人阶级政党以及工人国际联盟是优先的组织模式，采取国际决议中认可的战略，根据流行于反资本主义中北方的政治原则在北方发起斗争，并规划出未来共产主义的蓝图。与之相反，"世界社会论坛不赞成任何超出与新自由主义做斗争的常规倾向之外的具体的战略目标，也不赞成除了武装斗争的拒绝之外的任何开展常规斗争的具体机制"①。世界社会论坛视野中的国际主义颂扬社会的、文化的和政治的多样性，在遵守论坛原则宪章的前提下，把许多具有反霸权性质的不同类型的运动和组织汇集在一起，形成一个"开放空间"，允许存在文化和政治的差异，不同文化和政治的组织和运动能够自由地相互影响，从而在不同的反霸权集团与组织之间发展强大的联盟或网络。对此，有学者认为，"开放空间是世界社会论坛开放世界主义形成的政治环境和组织表征。世界社会论坛独特的世界主义视野，既是对新自由主义的世界主义的抵抗，也是一种个人和集体解放的方法论"②。很显然，世界社会论坛这种不同于传统"左派"的政治实践革新，代表了一种新的国际主义精神，这既是论坛充满活力的源泉所在，同时也彰显了论坛自身批判的世界主义理念与政治倾向。

第四，世界社会论坛的进程也是一个探求民主化的过程，只有争取彻底民主化的斗争，另一个更公平、更少歧视的世界才是可能的。

自2001年以来，世界社会论坛一直作为"另一个世界运动"的年度盛会而存在。在近二十年的发展历程中，"另类世界运动的交汇点主要存在于两个层面：第一，对现状的谴责，第二对民主的诉求"③。前者主要立足于现实，

① ［葡萄牙］鲍温图拉·德·苏撒·桑托斯：《全球左翼之崛起》，彭学农等译，上海人民出版社2013年版，第41页。

② Giuseppe Caruso, "Open Cosmopolitanism and the World Social Forum: Global Resistance, Emancipation, and the Activists' Vision of a Better World", *Globalizations*, 2017, Vol. 14, No. 4, pp.504-518.

③ ［比利时］弗朗赛思·迈斯特劳姆：《世界社会论坛：民主的另类选择》，见刘健芝、萨米尔·阿明、弗朗·索瓦·浩达主编：《抵抗的全球化》（下），人民文学出版社2009年版，第894—913页。

对新自由主义全球化进行谴责。后者主要是展望未来,既是对遵守现有规则的诉求,同时也是直接通向人们所渴望的未来的变革道路。在对现状进行谴责方面,历届世界社会论坛在召开的过程中,都一致谴责新自由主义,把其视为地球以及居住在其上的人们的所有不幸的罪魁祸首。当展望未来时,论坛参与者主张民主、参与以及政策决定要由公民来控制,对于人民管理其自身生活的能力充满了信心。但事实是,民主是多样化的,并非只存在一种民主形式,现实生活中存在代议民主、直接民主、参与民主、协商民主、跨文化民主以及共识民主等多种民主形式,世界社会论坛主张民主,但并不是去评判或接受某种民主形式,而是让参与者对各种民主形式进行讨论,并努力在这些民主形式的讨论过程中,促使包含着深化和彻底化的民主内容变为可能。因此,世界社会论坛反霸权的全球化斗争也是争取彻底民主的斗争,而争取民主多样性的斗争是争取彻底民主斗争的前提。

对于不同形式的民主,可以依据共享权威的强度加以排列,越多的权力被共享,民主就越具有参与性。根据这一标准,可以把民主区分为低强度民主与高强度民主两种形式。自由主义的代议民主属于低强度民主,原因有三个方面:第一,代议民主没有把权力关系变成共享的权威,而是通过对一个公共空间的限制性定义,把许多权力关系完整无缺地保留了下来。第二,从形式上看,代议民主体现了平等,但实际上,代议民主并没有真正贯彻平等的理念,因而代议民主不能保证平等实现的条件。① 第三,代议民主往往从占统治地位的阶级差异出发制定标准,并不能真正体现、维护与实现人民的利益。在资本主义民主游戏规则下,代议民主常常屈服于政治差异的庸俗化和领导权的个人化、通过商业资助完成选举进程的私人化、政治媒体化、腐败以及弃权主义的增长等多方面的挑战,导致出现民主赤字与民主危机。在新自由主义全球化过程中,处于中心地位的西方发达国家借助国际多边机构向处于边缘或外

---

① See Boaventura De Sousa Santos, *The Rise of the Global Left : The World Social Forum and Beyond*, London · New York : Zed Books, 2006, pp.40-41.

围的国家强加低强度民主,从而使这些国家的社会问题更加突出,社会不平等的程度进一步加深。国际经济组织的抗议者宣扬全球化正在摧毁民主,示威抗议者把西雅图联盟抗议成功的一半归功于这样一种观念,即"全球经济中存在的民主赤字既非必然,也不可接受"①。因而,在低强度民主的语境中,最重要的任务是如何将民主民主化。对此,杰克·史密斯(Jackie Smith)认为:"在一个公民参与机会很少的全球体系中,世界社会论坛是全球民主的实验室。"②

所谓高强度民主,是指建立在民众积极参与的基础上把权力关系变成权力共享的一种民主形式。伴随着新自由主义全球化向外围国家强加低强度或极端低强度民主的持续推进,民众对新自由主义全球化的抵抗也逐渐成为国际社会中一道吸引世人眼球的政治风景,在世界上的许多地方,普通阶级和被压迫的、边缘化的、脆弱的社会团体努力通过参与民主这种高强度民主形式去抵抗社会不平等、殖民主义、性别歧视、种族主义和环境破坏。不可否认,这种民众广泛参与的高强度民主形式在反抗新自由主义全球化过程中具有很大潜力,但是,这种高强度民主也表现出两个明显的局限性:一是地域色彩比较浓厚;二是在对抗国家和全球水平上施加的政治、经济和文化权力的反民主本性方面无能为力。正因为此,世界社会论坛在其发展进程中"必须为促进和加强那些已经出现的高强度民主的反霸权形式而设计"③,必须通过促进高强度民主在地方以及在国家和全球层面的连接来实现。

具体来说,加强高强度民主要体现在以下三个层面:第一,在地方层面,参与民主必须通过与代议民主的互补来深化自己。当然,这种互补必然是紧张

---

① [美]约瑟夫·S.奈:《全球化的民主赤字——如何使国际机构更负责任》,见张新生、宿景祥:《全球化:时代的标识》,时事出版社 2003 年版,第 167—173 页。

② Jackie Smith etal,*Global Democracy and the World Social Forums*(International Studies Intensives),Boulder·London:Paradigm Publishers,2014,p.xiii.

③ Boaventura De Sousa Santos,*The Rise of the Global Left:The World Social Forum and Beyond*,London·New York:Zed Books,2006,p.41.

的与批判的，并非一朝一夕就能实现，而是一个漫长进程。第二，在国家层面，必须深化代议民主和参与民主形式之间的连接。为实现此目的，国家需要通过民主改革，以及通过创造非国家的公共领域实现公共控制等措施来实现两种民主形式的深化。第三，在全球层面上，对阻挡全球乃至国家民主负有责任的机构，诸如世界银行与国际货币基金组织等国际机构，要么被废止，要么从根本上被改造，从而创造出一个新的民主机构——民众的联合国。当然，地方、国家与全球三个层面的民主是紧密联系的，没有国家水平的参与民主，地方的参与民主是不能维持下去的，而没有全球水平的参与民主，地方与国家的民主都不能真正长久地存在。世界社会论坛在反霸权的全球化斗争中，努力促使地方、国家与全球三个层面的联系，为来自不同层面的组织和运动搭建自由沟通与交流的平台，既是反叛开放的世界主义理念与政治倾向在具体政治实践中的体现，同时也是加强高强度民主、促进民主彻底化的一种探索。

当然，"没有全球认知的正义就没有全球社会的正义"①。世界社会论坛民主化的政治实践活动，还需要知识的民主化，没有知识生态学这种认识论存在，就不可能有社会实践的民主化。反对新自由主义全球化的斗争丰富多样，世界社会论坛只有在正确理念引导下，才能规避发展道路上的各种问题和挫折，才能使"另一种世界是可能的"有可能变成现实，也才能最终把资本主义引向终结。

第二节　世界社会论坛的政治主张

自世界社会论坛产生以来，其活动的最终目标是实现另一个可能的世界，因而，无论是贯穿于论坛行进中的各种理念，还是历届论坛所表现的具体政治主张，均是为了实现"另一个世界是可能的"这一论坛目标。当然，论坛的具

---

① Boaventura De Sousa Santos, *The Rise of the Global Left: The World Social Forum and Beyond*, London · New York: Zed Books, 2006, p.44.

体政治主张又与每届论坛的活动议题密切相关,世界社会论坛的议题十分广泛,论坛成立之初,是反对新自由主义经济全球化,反对新自由主义的过分做法导致的灾难、不平等和不公正现象。随着规模的扩大,世界社会论坛逐渐转向关注推动全球的社会发展,探讨的问题也越来越广泛,包括维护和平、反对霸权主义、消除贫困、普及教育、保护弱势阶层权益、第三世界国家债务、发展中国家科技落后,以及企业私有化等当今世界面临的一系列问题,涵盖了政治、经济、社会、文化、生态等多个方面,从而也就决定了其政治主张的多元化与多样性。综合历届世界社会论坛的政治实践活动,其主要的政治主张体现了世界社会论坛行进的具体逻辑思路:批判与反思、变革与推进、保护与促进、替代与重塑。具体表现为四个方面:批判与反思新自由主义全球化;变革国际机构,推进全球民主;保护环境,促进世界可持续发展;主张另一个世界是可能的。

一、 批判与反思新自由主义全球化

世界社会论坛原则宪章明确规定参与论坛的组织和运动"都反对新自由主义,反对资本对世界的主宰,反对任何形式的帝国主义",因此,对新自由主义全球化进行批判与反思贯穿于世界社会论坛的整个发展过程,也是历届论坛不变的活动主题。当然,在对新自由主义全球化进行反思与批判的过程中,论坛参与者会根据国际形势与论坛所在地的社会政治现实情况,批判与反思的具体内容与侧重点又有所不同,其中既有对新自由主义全球化对全球带来负面影响的批判,也有针对新自由主义全球化在国家与地区层面产生影响的揭露。正如世界社会论坛原则宪章中所体现的那样,世界社会论坛的单一立场就是"反对由大型跨国公司以及服从于这些公司利益的政府机构和国际机构所主导的、国家政府参与合谋的全球化进程",也即反对新自由主义的全球化,其中也蕴含着反对暴力政治。对此,克劳埃·凯拉海尔等学者认为,"在世界社会论坛于2001年1月形成以后,特别是在下一年的世界发展环境中,这一立场也包括反对战争和武力,在印度召开的世界社会论坛会议中,它的词汇明显地扩大到反对种姓等级、共产主义和父权制"①。因此,在世界社会论坛发展中,批判与反思新自由主义全球化这一政治主张体现在诸多方面,具体有以下几点内容:

(一) 反对新自由主义全球化,批判资本主义制度

反对"新自由主义的过分做法导致的灾难、不平等和不公正现象"是世界社会论坛成立之初的主要目的,随着国际形势的发展变化,尤其是在 2008 年国际金融危机爆发后,世界社会论坛对新自由主义全球化的批判与反思就与对国际金融危机的分析与解读紧密联系在一起,把对资本主义制度的批判与对资本主义制度的反思结合在一起。

自从第一届世界社会论坛确定为反对新自由主义联盟建立基础开始,世界社会论坛就正式揭开了反对新自由主义全球化,批判资本主义制度的历史进程。在 2002 年第二届世界社会论坛上,与会代表针对阿根廷危机对新自由主义进行批判,认为全球资本的力量、国际货币基金组织的政策和其他超国家机构对阿根廷主权的侵犯是造成阿根廷经济崩溃的根本原因,痛陈新自由主义政策给拉美地区带来的贫富悬殊、劳动者大量失业等社会问题。参加本届世界社会论坛的阿根廷诺贝尔和平奖获得者阿多尔弗·埃斯基维尔愤怒地指出:"阿根廷就是受害者。国际债务本身就是恐怖主义,应当受到海牙国际法庭的审判。"②同时也强烈反对美洲自由贸易区,认为建立美洲自由贸易区,"就好像把狮子和绵羊放在一个圈里一样。巴西和拉美各国与美国将在完全不平等的条件下进行贸易。美洲自由贸易区的建立意味着巴西等国的一些企

---

① 克劳埃·凯拉海尔、杰伊·森:《开放空间的探索:世界社会论坛与政治义化》,李存山译,《国际社会科学杂志》2005 年第 4 期。

② 郭元增:《穷人的联合国——参加第二次世界社会论坛见闻》,《当代世界》2002 年第 4 期。

业将倒闭。一切将根据美国而不是根据拉美的利益发展"①。再如,在 2006 年多中心世界社会论坛巴马科分会中,与会代表认为在非洲地区产生的所有问题,如平均收入水平下降、整个大陆贫困加剧、生存环境持续恶化等都是新自由主义全球化的恶果。他们对帝国主义国家的"新自由主义"政策提出尖锐的批判,尤其是对帝国主义利用重组债务的杠杆作用,通过国际货币基金组织等国际金融机构在各债务国推行新自由主义政策的做法强烈不满,尖锐地指出帝国主义国家推行的新自由主义政策在具体实施过程中具有两面性:一方面要求非洲各国开放本地市场,取消当地生产者的贸易壁垒,加快推行私有化,消减卫生、教育、食品补贴等方面的政府支出;另一方面,推销新自由主义政策的欧美等资本主义国家却对本国的农业、纺织业等行业采取保护主义政策。如此一来,使非洲各国经济仍旧是向跨国公司提供廉价原材料和廉价劳动力、向帝国主义国家贡献利息的源泉。②

2008 年国际金融危机爆发后,世界社会论坛对资本主义制度危机的关注很快就与对资本主义制度的反思结合在一起。在国际金融危机爆发的背景下召开的 2009 年世界社会论坛,就把重建国际金融体系以及分析国际金融危机对拉美地区的影响作为主要议题。在 2012 年世界社会论坛年会上,与会者对国际金融危机发生的深层次原因进行了广泛研讨,基本同意国际金融危机已在一些国家演化成一场综合性的社会与政治危机,各种危机——环境危机、粮食危机、经济和金融危机以及政治危机等相互关联,错综复杂地交织在一起,甚至世界"充满了各种各样的断裂",全球经济脆弱,经济复苏曲折而艰难。之所以造成如此严重的后果,根本原因仍在于资本主义制度,在这一制度下,"各种资源都是有限的,而金融行业没有底线,也没有控制,造成了市场的贪

---

① 郭元增:《世人关注的世界社会论坛》,《拉丁美洲研究》2002 年第 2 期。

② 参见晋营:《另一个世界就是社会主义——第 6 届世界社会论坛在巴马科、加拉加斯和卡拉奇举行》,见王贻志、莫建备主编:《国外社会科学前沿 2006》第 10 辑,上海人民出版社 2007 年版,第 210 页。

婪无度"①。鉴于此,与会者对资本主义制度进行了深刻反思,认为"现代资本主义制度出现了'两个不再':一是西方的两大教条'自由市场'与'民主政治'已风光不再,二是西方模式的神话以及西方发达国家的制度优越性与心理优越感也已风光不再"②。2018 年参与世界社会论坛的全球化批评者认为,"全球化模式仍把经济利益置于一切——高于社会和环境标准,高于少数群体和弱者的利益,而非全球资源的公平分配"③。

尽管如此,在世界社会论坛进程中,对世界资本主义制度是应该改革还是废除仍存在很大争论。"改革者认为公司资本主义的消极影响可以通过民主化全球政治和经济机构以及实施特定的政治与经济改革得到改善。相反,激进派认为当前的全球趋势,包括不断增加的贫穷和不平等,不断增加的不稳定以及恶化的环境是全球资本主义制度本身的结构影响,因而全球资本主义应该废除。"④

(二) 反对美国的帝国主义外交政策与战争政策

在世界社会论坛进程中,参与者反对新自由主义全球化也与反对美国的帝国主义外交政策和战争政策紧密结合在一起。与会者普遍认为,美国在世界上到处伸手,到处树敌,是世界上最大的不安定因素。因此,"对美国军国主义的反对是论坛不变的话题"⑤,几乎每届世界社会论坛都会出现反对美国

① 谭扬芳:《重塑世界:建立可持续发展新模式——第 12 届世界社会论坛在巴西与"达沃斯论坛"唱对台戏》,见上海社会科学院中国马克思主义研究所等编:《世界社会主义研究年鉴》(2011—2012),上海人民出版社 2013 年版,第 133 页。

② 马志刚:《世界社会论坛提出建立新的发展模式》,《经济日报》2012 年 2 月 10 日。

③ World Social Forum 2018, "Between Standstill and Renewal", https://www.fes.de/en/iez/global-policy-and-development/articles-in-global-policy-and-development/world-social-forum-2018-between-standstill-and-renewal/.2018-03-14.

④ Jackie Smith etal,*Global Democracy and the World Social Forums*(International Studies Intensives),Boulder・London:Paradigm Publishers,2014,p.95.

⑤ [美]大卫・怀特豪斯:《世界左翼齐聚孟买》,朱艳辉译,《国外理论动态》2004 年第 6 期。

侵略政策、战争政策的议题,对美国政府及其盟友的战争罪行进行揭露。2002年世界社会论坛坚决反对美国的战争政策,同时也反对在世界各地出现的日益严重的恐怖主义。2003年巴西世界社会论坛对全球反战动员日的呼吁,得到来自100多个国家近1000个城市的大约3000万人的答复。在2004年世界社会论坛中,负责调查美国领导人及其伙伴战争罪行的世界伊拉克问题法庭第一次开庭,除此之外,参与者还开展了对"北约"的抗议、对外国基地的复兴运动以及支持巴基斯坦事业等一系列活动。之后,反对美国帝国主义政策与战争政策的活动分子继续在世界社会论坛和区域社会论坛中集会与计划行动。在2010年世界社会论坛中,与会者对拉丁美洲和加勒比海地区的外国军事基地问题尤为关注,并在这次论坛中推出了一个以"拉丁美洲和加勒比,一个和平的地区"为题的宣传活动,反对在拉丁美洲和加勒比海地区存在的以美国在哥伦比亚建立的基地为代表的外国军事基地。在2012年世界社会论坛中,与会者控诉美国对古巴的罪恶封锁,强烈谴责美国和北大西洋公约组织对利比亚和阿富汗的军事占领,并声援被美国非法关押的5名古巴人,号召世界上为不同的事业进行斗争的社会团体团结起来反对美国的战争政策。总之,在世界社会论坛召开过程中,参与者组织了许多反战活动,挑战了美国的全球军事霸权,并努力寻求建设一个更加和平、公正和多极化的世界。

(三) 反对各种不平等的性别种族等级制度

在资本主义制度下,经济剥削往往与其他形式的剥削紧密相连。同样,在新自由主义全球化过程中,新自由主义政策推广带来的贫富分化、经济不平等往往与性别不平等、种族阶级的不平等交织在一起。也就是说,新自由主义全球化不仅使亚非拉地区经济受创,还强化了当地的性别和等级制度,加剧了妇女的贫穷和对妇女的暴力,纵容了种族主义。因此,世界社会论坛在反对新自由主义经济全球化的过程中,特别关注性别不平等问题、种族问题以及本地人的权利问题。它所倡导的替代性的全球化方案是一种"尊重广泛的人权,尊重所有国家的不分男女的所有公民的人权"的方案。

在性别不平等问题上,2001 年第一届世界社会论坛通过的《阿雷格里港宣言》明确指出:"全球化强化了一种性别歧视和重男轻女制度。它增加了贫穷的女性化,并加剧了对妇女一切形式的暴力行为。男女平等是我们斗争的核心。没有这一点,就不可能有另一个世界"①。当然,在论坛组织的最初几年中,虽然"女人无所不在",但在论坛活动中,存在严重的性别不平等问题,妇女在一些重要的论坛活动中并不是主导者,因而论坛活动中也不存在与性别平等有关的主题。直到 2007 年,在肯尼亚内罗毕举行的世界社会论坛中,组织者更多地认识到性别和父权制的重要性,将性别问题纳入论坛的九大主题。在具体的活动中,世界社会论坛一直在赞助关于妇女和性别问题的较少的和更大规模的活动,并努力在活动中增加妇女的参与。正因为此,许多参与论坛的女权主义者认为,世界社会论坛是妇女团体积极参与并在全球和地方建立盟友的重要场所,它为女权主义者进行横向交流政治信息、斗争战略和加强网络联系提供了开放空间。

新自由主义全球化的扩张对土著文化和生活方式也产生了很大影响与破坏。长期以来,土著人民就为"应对与帝国主义和资本主义发展有关的文化暴力、结构暴力和直接暴力"②开展动员斗争,并在地方层面取得了一些重大成就。但是,随着新自由主义全球化的进一步推进,许多全球性问题如人权、环境破坏等都与资本主义剥削联系在一起,跨国社会运动也在兴起,土著人民

---

① Lyndi Hewitt and Marina Karides, "More than a shadow of a difference? Feminist Participation in the world social forum", In *Handbook on World Social Forum Activism*, ed, Jackie Smith, Scott Byrd, Ellen Reese, and Elizabeth Smythe, Boulder · London: Paradigm Publishers, 2011, pp.85-104.

② Marc Becker and Ashley N.Koda, "Indigenous Peoples and Social Forums", In *Handbook on World Social Forum Activism*, ed.Jackie Smith, Scott Byrd, Ellen Reese and Elizabeth Smythe, Boulder · London: Paradigm Publishers, 2011, pp.106-124.

越来越觉得不得不"跨越国界",与其他社会运动建立跨国联系,以增加地方团体实现政治利益的机会。在这种情况下,土著人民对新自由主义经济改革和美国军国主义的反对逐渐成为世界社会论坛关注的核心问题。毋庸讳言,在 2001 年和 2002 年的世界社会论坛中,土著人的权利问题并没有引起重视。到 2003 年,土著人民以及民间社会的许多其他成员认识到社会论坛进程的重要性及其为他们斗争提供的机会,因而,在论坛上集中讨论了采掘业对土著人民的影响。2004 年孟买世界社会论坛的绝大多数代表都是来自印度的当地活动分子,很大一部分是当地的"土著人民",其中就包括 30000 达利特人和阿迪瓦西人(部落人民)。2005 年阿雷格里港世界社会论坛还举行"土著艺术和知识论坛",论坛参与者中的危地马拉知名人士里戈贝尔塔·门楚(Rigoberta Menchu),同时也是印第安人权益的代言人、1992 年诺贝尔和平奖得主。她直言:"印第安人的合法权利不容讨论。如果没有公正就不会有和平,没有平等也就没有公平,没有民主就没有平等,不尊重多样性也就没有民主。"①2009 年世界社会论坛重返巴西,在位于亚马孙河口的贝伦市召开,土著和环境问题是贝伦论坛关注重点问题。在这次论坛中,土著人就文明危机、环境崩溃、后发展战略以及如何建设更美好的生活等问题进行了广泛的对话与交流。总之,世界社会论坛为土著活动分子聚集在一起,围绕共同关切的问题进行讨论以及制定战略,提供了一个便捷的场所和开放的政治空间。

二、 改革国际多边机构,推进全球民主深化

世界社会论坛宪章第 4 条明确指出:"世界社会论坛提出的替代方案反对由大型跨国公司以及服从于这些公司利益的政府机构和国际机构所主导的、国家政府参与合谋的全球化进程。这些方案旨在确保团结统一和全球化

---

① 郭元增:《穷人的联合国——参加第二次世界社会论坛见闻》,《当代世界》2002 年第4 期。

成为世界历史的新阶段。……这一全球化将依赖于维护社会正义、平等和人民主权的民主的国际体系和国际机构。"因此,变革国际多边机构,将民主原则引入国际多边机构的决策机制,为发展中国家争取更多的发言权是世界社会论坛活动的主题之一。在 2005 年第五届世界社会论坛上,19 位知名的参与运动的知识分子和活动家聚在一起起草了《阿雷格里港宣言》,其中明确指出,"通过强制实行《世界人权宣言》意义上的经济的、社会的和文化的人权,改革和民主化国际组织"。

世界社会论坛的参与者之所以要求变革国际多边机构,主要有两个原因:一是国际多边机构如世界银行、国际货币基金组织、世界贸易组织正在推进自由市场规则,包括私有化、财政紧缩、降低利率、出口导向生产、减少贸易壁垒、削减基本补贴以及与华盛顿共识或新自由主义相关的其他政策和措施。它们实质上是新自由主义政策的制定者、推行者与实施者,代表的是全球北方发达国家和政治精英的利益。二是这些国际多边机构在运转过程中存在严重的"民主赤字"的问题,合法性不足,责任性不强。总而言之,论坛参与者认为国际多边机构是导致一系列全球化负面影响出现的罪魁祸首,必须进行民主化改革。改革后的世界银行、国际货币基金组织和世界贸易组织,不仅能为全球经济治理提供另一种体制安排,同时还将对地方政府和社区的选民更加负责。当然,也有一些论坛参与者非常激进,认为全球政治和经济机构是资本主义的关键部分,因而应该随着资本主义制度一起被废除。对此,美国加州大学河滨分校对 2005 年和 2007 年世界社会论坛参与者进行了调查,发现"有近81%的受访者愿意废除这些机构,25%的受访者想要根除国际货币组织,56%的受访者希望用更民主的替代方案来取代国际货币基金组织"[①]。需要指出的是,在国际货币基金组织的改革问题上,来自南方的参与者与来自北方的参与者看法有很大差别,表 4.1 显示了在国际货币基金组织看法上的南

---

① Jackie Smith etal, *Global Democracy and the World Social Forums* (International Studies Intensives), Boulder・London:Paradigm Publishers, 2014, p.98.

北差异。

表 4.1　世界社会论坛参与者对国际货币基金组织看法的南北差异（有效百分比）

对国际货币基金组织的看法	2005 年世界社会论坛		2007 年世界社会论坛	
	北	南	北	南
改革/协议	13.3	14.7	35.8	70.8
代替	73.0	27.3	32.1	10.8
废弃	13.7	58.0	32.7	13.9
什么也不做	n/a	n/a	00.0	04.4

资料来源：加州大学河滨分校调查，参见 Jackie Smith etal，*Global Democracy and the World Social Forums*（International Studies Intensives），Boulder・London：Paradigm Publishers，2014，p.134。

从表 4.1 中可以看出，在 2005 年阿雷格里港论坛中，更多的来自南方的受访者而不是北方的受访者认为国际货币基金组织应该被废弃而不是被取代。在来自半外围国家或中等收入南方国家的受访者中也是如此。相比之下，在 2007 年内罗毕论坛中，大多数南方受访者赞成国际货币基金组织进行改革和谈判，而大多数北方人则赞成取消或取代国际货币基金组织。与阿雷格里港南部与会者和北方与会者出席这两次论坛的回答相比，内罗毕社会论坛反映了南部与会者的政治倾向更为温和。显然，国际货币基金组织提供的国际财政援助有利于国家发展的观点在内罗毕与会者中很受欢迎，因为他们生活在非常贫穷的国家（主要是肯尼亚），财政援助对肯尼亚国家经济的发展，甚至是对于他们个人的生活来说都会产生重要的影响，极为重要。然而，在联合国改革上，绝大多数受访者赞成改革联合国，而不是废除和替代联合国，这可能也说明了联合国和国际货币基金组织相比有更加民主的性质，某种程度上，更契合受访者对相关机构的定性与认知。这种情况最明显的体现就是在 2009 年世界社会论坛召开期间，与会代表强烈呼吁立即改革联合国，建立一个取代以美元为主导货币的国际金融体系。

三、 保护环境，促进世界绿色发展

全球环境主义是全球左翼政治中一个特别重要的主题①。作为全球左翼运动中的一个典型代表,世界社会论坛对新自由主义全球化带来的环境问题尤为关注。在 2001 年通过的世界社会论坛原则宪章第 1 条中,就明确提出要"致力于在人类内部和人类与地球之间建立一个具有丰富多样联系的全球社会",第 4 条也指出世界社会论坛推动的全球化是"尊重环境"的全球化。阿雷格里港宣言给出了另一个世界是可能的十二条建议,其中第 9 条内容是:"采取紧急的措施阻止环境的破坏,消除由温室效应、交通的快速发展以及过度消耗不可再生能源造成的严重的气候变迁的危险。现有的协议和条约应该得到执行,即使不够恰当。另一种发展模式必须建立于生活的能源节约方式和对自然矿产资源的民主控制的基础上。"所有这些均表明在世界社会论坛进程中,环境问题必然会是世界社会论坛持续关注的主要议题之一,它所倡导的另一个世界是可能的,是建立环境正义与环境合作基础上的另一个新世界。为此,世界社会论坛在环境保护这一议题上,不仅呼吁不同环境主义运动之间的合作,也提出了不同的环境议题诉求。

在世界各地的环境运动中,一个群体所采取的环境主义的形式"大多与它所拥有的资源和它所面临的环境风险联系在一起,且往往是沿着阶级的路线下降"②。正因为此,环境主义在世界呈现出不同的面孔。一般而言,在全球北部以白人和中产阶级为主体的"主流的"环境运动,保护的重点是生物圈

① Matheu Kaneshiro,Kirk S.Lawrence,and Christopher Chase-Dunng lobal,"Environmentalists and Their Movements at the World Social Forums",In *Handbook on World Social Forum Activism*,ed,Jackie Smith,Scott Byrd,Ellen Reese,and Elizabeth Smythe,Boulder · London:Paradigm Publishers,2011,p.186.

② Matheu Kaneshiro,Kirk S.Lawrence,and Christopher Chase-Dunng lobal,"Environmentalists and Their Movements at the World Social Forums",In *Handbook on World Social Forum Activism*,ed,Jackie Smith,Scott Byrd,Ellen Reese,and Elizabeth Smythe,Boulder · London:Paradigm Publishers,2011,p.187.

及其居民,如保护荒野和濒危物种;而以全球南方或在世界各地的底层群体包括少数民族、青年、妇女和穷人等为参与主体的全球环境正义运动,保护的重点是环境权利和环境使用的成本和收益的分配问题,例如环境种族主义(将环境不成比例地倾倒给处境不利的人)和环境引用水权利。[1] 与"主流的"环境主义运动不同,环境正义运动倾向于"将多个社会问题迁移到一起,尤其是将人权问题与环境问题联系起来。它要求公平对待环境风险和回报,承认参与者的多样性及其特殊关切,并要求决策组织的示范参与多样性"[2]。正因为此,不同形式的环境运动之间存在很大的差异、分歧与争论。在当今世界政治经济中,全球舞台成为一个极其重要的战场,成为许多影响遥远地方决策的中心,这就要求各种行为者必须走向跨国化或国际化。然而,许多环境组织尤其是环境正义运动的组织和资源较少的组织,由于缺乏资源,在没有得到帮助的情况下无法超越眼前的关切,仍然保持对地方和国家环境议题进行关注的倾向,既使拥有跨界行动资源和渠道的环境团体也面临着一个两难境地。

在这种情况下,每年召开的世界社会论坛就成为许多资源匮乏的环境组织走向全球的桥梁。作为民间社会对世界经济论坛的一个回应,"世界社会论坛为许多致力于创造另一个世界的具有全球意识的活动者提供了一个重要空间"[3]。"该论坛具有灵活的性质,作为行为者分享经验和相互交流场所"[4],有助于将各种争议环境的人群聚集在同一个屋檐下,有可能成为运动的一个部分。论坛向一个不稳定的全球民间社会的几乎任何部门都敞开大门,这些民间社会愿意与他人商议,允许活动人士交流信息,并建立联系,以培

① Dorceta E. Taylor, "American Environmentalism: The Role of Race, Class and Gender in Shaping Activism 1820-1995", In *Environmental Sociology: From Analysis to* Action, ed, King and D. McCarthy, New York: Rowman & Littlefield, 2005, pp.87-106.

② David Schlosberg, "Reconceiving Environmental Justice: Global Movements and Political Theories", *Environmental Politics*, 2004, vol.13, No.3, pp.517-540.

③ Ruth Reitan, *Global Activism*, London: Routledge, 2007.

④ Chico Whitaker, "The World Social Forum: Towards a New Politics?", *Presentation at World Social Forum Panel*, Porto Alegre, Brazil, 2005.

养一种"我们"的感觉。① 不仅如此,为了使不同环境主义者聚集在一起,在世界社会论坛举行的讲习班上,往往采取抽象的和灵活的标题进行呼吁,从而将不同环境团体联系起来。在 2005 年巴西世界社会论坛中,一个小组被命名为"自然待售"(nature for sale)。这个小组的方案文本描述道:"世界上最贫穷的人,特别是妇女和儿童,迫切需要安全的饮水和卫生服务……如果以利润为导向的跨国水公司迁入,穷人可能无法获得这些基本服务。"②可以看出,这一小组的讲习班通过对人民在新自由主义和强占下共同屈从的灵活描述,再现了环境主义的各种诉求,包括贫困与妇女权利问题。参加这一活动的小组成员同样代表着来自世界各地的广泛的环境保护主义者,也包括许多环境团体,如关注水权、生态可持续性和生物多样性等环境问题的巴拉圭伞状组织、地球之友国际以及世界热带雨林运动等环境组织。不仅如此,世界社会论坛还致力于加强不同环境运动之间的联系。在 2005 年世界社会论坛期间召开的题为"气候公正:将人权、环境正义、劳工权利和气候变化联系起来"的小组讨论会,以及在 2006 年多中心世界社会论坛期间,加拉加斯分论坛的一个主要轴心是"资本主义和对生命的威胁",包括全球变暖、土著土地、性权利和生殖权利等问题。这些小组所开展的活动为此前没有任何联系的运动团体创造了沟通渠道,提供了沟通平台,在这种情况下,劳工运动者、土著权利运动者、女权主义者和环境主义者开始以小组活动作为中介桥梁进行沟通、交流与合作。正因为此,各种形式的环境主义者(从保护主义到水权)、各种规模的行动(从地方到全球)和来自世界各地(北方和南方)的环境主义者聚集在一起,相互讨论与交流。一些环境主义者通过参与论坛学习,扩大了他们与环境议题有

① See Matheu Kaneshiro,Kirk S.Lawrence,and Christopher Chase-Dunng lobal, "Environmentalists and Their Movements at the World Social Forums",In *Handbook on World Social Forum Activism*, Jackie Smith,Scott Byrd,Ellen Reese,and Elizabeth Smythe,Boulder·London:Paradigm Publishers, 2011,pp.186-205.

② World Social Forum,*Building Resistance*,*Mobilizing people*:*Program of Event and Activities*, 2005,p.5.Retrieved October 21,2007,http://www.foei.org/en/wsf/wsf_program.pdf/view.

关的运动框架,而另一些环境主义者则通过参与论坛与其他环境主义者建立了联系,有些甚至还结成联盟。这些环境主义者不但关注人与自然的关系,而且还关注一般人类与他们对环境的权利之间的关系。总之,在反对新自由资本主义、寻求改变新自由主义经济学霸权体系这一共同的纽带和政治框架下,世界社会论坛努力使环境活动者将环境问题与反对新自由主义、反对资本主义结合在一起,从而促进跨运动和跨国联盟的形成。

不仅如此,在世界社会论坛召开期间,参与论坛的各种类型的环境主义者还走上街头,通过抗议示威表达各种环境诉求。在 2002 年世界社会论坛期间,环境主义者针对气候问题和转基因食品问题进行抗议。在气候问题方面,强烈抗议美国布什政府在减轻二氧化碳污染问题上的蛮横态度,要求国际社会切切实实地落实《京都议定书》;在转基因食品方面,反对在没有充分安全保障的条件下向人们销售转基因食品。其中,巴西环保团体要求巴西效仿欧洲,拒绝引进转基因大豆和玉米。在 2009 年世界社会论坛召开过程中,具有环境主义倾向的代表们倡议设立国际环境税,对世界范围内的环保工作提供资金支持。在 2010 年世界社会论坛期间,与会者承诺在 2010 年举办一系列活动,推动预定同年 11 月在墨西哥召开的联合国气候变化大会最终达成一项"保护地球"的协议。而且批评发达国家每年在军费和战争上的开支远远多于用于解决全球气候变暖和消除贫困上的开支,并强调人权只有在尊重"地球母亲"、制止资本主义摧毁性生产方式的基础上才能实现。①

尤为值得一提的是,2013 年和 2015 年在突尼斯举行的世界社会论坛首次主办了名为"气候空间"的主题活动。2013 年突尼斯世界社会论坛在突尼斯埃尔马纳尔大学校园举行,这也是第一个主办气候空间主题活动的世界社会论坛。"气候空间"是校园内由网络或团体组织集体活动而形成的一个主题空间。2015 年突尼斯世界社会论坛"气候空间"活动在校园内不同地点进

---

① 参见《世界社会论坛关注气候变化等国际问题》,2010 年 1 月 30 日,见 http://news.sohu.com/20100130/n269931101.shtml。

行,其中一些在"地球附近",另一些在"经济和替代方案广场""社会正义广场"或"平等和尊严的邻里"的主题活动中。突尼斯世界社会论坛气候空间"努力提出一套可以分析的、替代的办法和倡议,以帮助广泛解决气候变化问题",并将环境和社会活动家聚集在一起,其中包括"工会、农民、妇女、土著、移民、信仰社区、愤怒者、占领运动、其他气候和环境活动家"。因而,"气候空间"的目标是分析应对气候变化斗争中出现的问题、如何继续在地方问题上开展工作以及如何阐明目前缺乏的全球愿景或战略。2013 年世界社会论坛"气候空间"涉及围绕气候变化的实质性问题,包括减少毁林和森林退化所致排放量、粮食主权和错误解决办法,并阐述了一项超越动员的行动计划,对全球资本主义政治经济的暴力、不平等和排斥现象提出了质疑和参与。世界社会论坛试图通过"气候空间"这一主题活动,向人们表明世界社会论坛在全球气候治理中拥有重要的发言权。巴勃罗·索隆在"气候空间"活动中表示:"气候正义斗争不会在'气候公约'中得到解决,而是在街头和基层得到解决。气候变化问题不应在'气候公约'上讨论,气候问题必须在社会论坛上讨论,在工人的空间里,在农民的空间里,这就是我们向世界传达的信息。气候不是谈判者的财产。气候是财产——这是必需品,是人民的生活。"①

四、 另一个世界是可能的

"另一个世界是可能的"既是一种口号,也是人们对未来的期望,在不同的时期、不同地区会延伸到各个领域会有不同的侧重,但是主题始终明确而集中。"它不是借助官方权力、金钱推动和军刀威逼,而是喊出了人民的愿望,在很短的时间里,就被世界人民接受,成为反对新自由主义全球化的游行队伍和各种会议的共同口号,成为一面召唤人民觉醒和走向斗争的旗帜。"②正是

---

① Karen Buckley, "Space, Social Relations, and Contestation: Transformative Peacebuilding and World Social Forum Climate Spaces", *Antipode*, 2017, Vol.00, No.0, pp.1-19.

② 卫建林:《全球化与第三世界》(第 3 卷),清华大学出版社 2009 年版,第 1278—1279 页。

在这一中心口号的激励、鼓舞与号召下,世界社会论坛自 2001 年召开以来,基本上都在每年的春天如期举行,几乎没有中断过。与新自由主义主导的霸权全球化不同,世界社会论坛提出的另一个替代的全球化是团结统一的全球化,这一全球化尊重广泛的人权,尊重所有国家的不分男女的全体公民的人权,并尊重环境。即另一个世界应该是更加民主、更加公平、更加环保的美好世界。

尽管如此,在世界社会论坛发展过程中,参与的不同运动和组织却在"另一个可能的世界"的政治定义上存在分歧。一些人认为,尽管"社会主义"的概念存在多样性和歧异,但仍是表达另一个世界恰当的名词。但对绝大数组织而言,"社会主义"的内涵是一个关于未来社会的封闭模型的概念,因此必须拒绝,他们更倾向于使用"社会解放"这一名词。相比于"社会主义",他们认为"社会解放"不仅淡化了政治色彩且具有开放性,体现出如下特点:一是"社会解放"表达了对未来社会的渴望,在这个社会里,共享权力取代了不同的权力关系;二是"社会解放"更关注社会变革的过程而不是最后的阶段。在世界社会论坛的政治实践中,来自许多全球南方的运动也认为"不需要为斗争的目标贴上一般的标签,而应该根据具体的政治实践,谋求不一样的生活方式"①。2012 年巴西总统罗塞夫提出了代替新自由主义全球化的一种新的发展模式,这一新的发展模式将包括"保护、生产和保存"以及"在经济、社会和环境方面的持续发展",这种"持续发展意味着深化社会参与、巩固民主、主权与竞争参与体制"②。很显然,这一新发展模式不仅能够协调增长和创造就业、消除贫困和减少不平等,而且有助于扩大社会参与、增强对环境资源的持续利用和保护等。

作为一种全球性创举,世界社会论坛在其进程中,始终秉持论坛的各种理

---

① 〔葡萄牙〕鲍温图拉·德·苏撒·桑托斯:《全球左翼之崛起》,彭学农等译,上海人民出版社 2013 年版,第 122 页。

② 徐世澄:《巴西总统罗塞夫在 2012 年世界社会论坛号召建立一个新的发展模式》,2012年 2 月 3 日,见 http://blog.china.com.cn/xushicheng/art/8002351.html。

念。但是,在面对国际环境与论坛召开所在地社会政治环境的变化时,论坛会根据政治机会结构的变化在具体观点与主张上做出相应变化。因而,在世界社会论坛的行进过程中,历届论坛的具体主张是不同的。先是,不变的是论坛的理念,变化的是每届论坛的具体政治主张。就此而言,论坛的主要理念与论坛的具体政治主张或政治观点是紧密相连的,论坛的理念蕴含在论坛的政治主张中,论坛的政治主张体现着论坛理念。如果说论坛的理念是推进论坛不断前进的内在的、深层内隐的支撑力量,那么论坛的政治主张则是吸引民众参与、壮大影响、推动论坛向前发展的外在力量。

第五章　世界社会论坛：机制与功能

作为全球新左翼运动的重要代表,世界社会论坛的出现是 21 世纪的一种新政治现象,是"西方现代性解放传统的最优秀表达,同时也是再现西方现代性矛盾、等级和排斥的场所"①。而世人对这一新政治现象的认识与理解往往与下列问题密切相关:谁参与世界社会论坛? 如何组织世界社会论坛? 是在全球行动还是地方行动? 世界社会论坛的开展要达到何种目标? 论坛具有什么特征? 世界社会论坛的连续召开有何意义? 等等。解决这些问题必须深入分析世界社会论坛的内部运作机制,探究世界社会论坛在个人、国家乃至全球层面发挥的作用。

第一节　世界社会论坛的运作机制

作为一种新政治现象与政治进程,推动并维系世界社会论坛不断发展的动力既有外部动因,也有内在的运作机制。外部动因是辅助,内在运作机制是关键,两者相辅相成、相互支持、有效协作,是推动世界社会论坛发展前进的动力源泉。如果说前文所论及的新自由主义全球化的弊端以及传统工人运动的

---

① Janet Conway, *Edges of Global Justice*, New York: Routledge, 2012, pp.1-2.

衰落是世界社会论坛作为全球左翼力量崛起的外在动因,并发挥辅助作用的话,那么论坛内部的运作机制就是推动世界社会论坛不断前进的关键,其中涉及论坛参与者、活动方式、论坛组织结构等方面的内容。

一、 世界社会论坛的参与者

在世界社会论坛发展以及在其原则宪章的制定过程中,争论最激烈的就是谁应该参与世界社会论坛? 世界社会论坛完全是一个市民社会吗? 政党或政府应该参与吗? 如果政党、政府参与了世界社会论坛,那么世界社会论坛与政党、政府之间究竟应该是什么样的关系呢? 从原则上讲,世界社会论坛旨在让反对新自由主义全球化的所有个人和团体参与进来,只有右翼极端主义和用暴力侵害人民作为政治策略的左翼激进组织才被排除在外。此外,世界社会论坛的原则宪章也排除政党和民选政府官员以官方身份参与其中。不言而喻,论坛的开放性与参与者的多元性、广泛性也是世界社会论坛充满活力的最重要原因。对此,本部分拟从地理分布的不均衡性、参与者的人口统计学特征、参与者的政治活跃程度/与社会政治斗争关系的复杂性等多个角度对世界社会论坛的参与者进行剖析,以探寻该论坛的运行机制。

(一) 参与者不均衡的地理分布

根据沃勒斯坦的世界体系论,在当今世界体系中,西方发达国家处于中心地带,广大发展中国家处于边缘与半边缘地带,容易受中心地带国家的剥削和统治。与代表西方发达国家利益的世界经济论坛相对应,世界社会论坛代表的是全球南方发展中国家的利益。因而,自2001年首届世界社会论坛召开以来,该论坛全球层面的会议基本上都在全球南方国家举行,如巴西、印度、马里、委内瑞拉、巴基斯坦、肯尼亚、塞内加尔和突尼斯等。尽管如此,参与者在地域分布上还是呈现出明显的不均衡性。表5.1与表5.2是关于2005年与2007年世界社会论坛参与者的相关数据,这些数据表明参与者在不同地区与不同国家的数量分布是明显不同的。

表 5.1　按世界体系区分的 2005 年和 2007 年世界社会论坛
（WSF）的参与情况（有效百分比）

世界体系地区	2005 年 WSF	2007 年 WSF
中心地区	9.1	17.1
半边缘地区	87.2	12.0
边缘地区	3.6	70.9

资料来源：加州大学河滨分校 WSF 与会者调查。见 Jackie Smith etal, *Global Democracy and the World Social Forums*（International Studies Intensives）, Boulder · London：Paradigm Publishers, 2014, p. 56。

表 5.2　2005 年和 2007 年世界社会论坛（WSF）参与者来源地区
（有效百分比）

事件	居　住　区　地						
	南美	欧洲	美国与加拿大	亚洲	非洲	中美洲与加勒比海	太平洋
2005 年 WSF	88.1	4.4	2.5	2.5	1.7	0.7	0.2
2007 年 WSF	1.9	17.6	6.4	4.0	69	0.6	0.4

资料来源：加州大学河滨分校 WSF 与会者调查。见 Jackie Smith etal, *Global Democracy and the World Social Forums*（International Studies Intensives）, Boulder · London：Paradigm Publishers, 2014, p. 55。

在表 5.1 中，按照沃勒斯坦的世界体系中心—边缘说，处于中心地位的国家是在世界体系中最富有的国家，包括美国、欧洲大部分地区和日本；半边缘的国家代表在世界体系中的中等收入国家，如墨西哥、新西兰以及包括巴西在内的一些拉美国家；边缘国家很大部分包括亚洲最贫穷的国家，阿富汗以及经济发展低水平的拉美国家。从此表中可以看出，在 2005 年和 2007 年世界社会论坛的参与者中，来自世界体系中心地区的参与者比例明显低于处于边缘或半边缘地区的参与者比例。其中，2005 年的世界社会论坛，来自中心地区的参与者仅占 9.1%，但来自半边缘地区的参与者所占比例却高达 87.2%；在

2007 年的世界社会论坛中,来自中心地区的参与者比例有所上升,占 17.1%,但也远远低于来自边缘地区 70.9% 的比例,这些数据的鲜明对比不仅显示出在世界社会论坛参与者中,来自中心地区国家的代表性明显不足,而且也充分证实了世界社会论坛是"穷人的论坛"。

另外,在上述两个表中还须特别注意两个数据:一是在 2005 年世界社会论坛中,来自边缘地区的代表性也明显不足,参与者的比例仅占 3.6%,这是因为在 2005 年世界社会论坛参与者中,来自亚洲和非洲的代表性明显不足所致,其中来自亚洲的参与者仅占 2.5%,来自非洲的参与者仅占 1.7%(见表5.2)。二是在 2007 年世界社会论坛中,来自中心地区国家的代表人数稍微有所上升,从 2005 年的 9.1% 上升到了 17.1%,其中主要原因是 2007 年世界社会论坛的召开地点选在了非洲的肯尼亚,特殊的举办地点有助于从外围吸收更多的参与者与会。

造成世界社会论坛参与者地域分布不均衡的主要原因有两个:一是"距离的暴政"(tyranny of distance)。所谓"距离的暴政",指的是由于参与者远离论坛举办地而产生的代表性不足问题。换言之,世界社会论坛参与者较多地来自东道主国家或与东道主国家相邻的一些国家,而远离东道主的其他国家参与者人数相对来说比较少,也就是说,距离主办地的远近深深地影响着参与者的热情。当世界社会论坛在巴西阿雷格里港举办时,"参与者多是巴西人,其他拉丁美洲国家——主要是邻国阿根廷和乌拉圭——的许多人也参加了会议。其次是欧洲人,再次是北美人和亚洲人,非洲人和阿拉伯人相对较少。2004 年当世界社会论坛在印度孟买举行时,大约 90% 的参与者来自印度"①。从表5.2 所显示的数据也可以看出,在 2005 年世界社会论坛在巴西召开时,参与者中大约 80% 来自巴西,在 2007 年肯尼亚世界社会论坛参与者中,有 48% 来

① Dieter Rucht, " Social Forum as Public Stage and Infrastructure of Global Justice Movements", In *Handbook on World Social Forum Activism*, ed, Jackie Smith, Scott Byrd, Ellen Reese, and Elizabeth Smythe, Boulder · London: Paradigm Publishers, 2011, pp.11-28.

自肯尼亚。二是"资源赤字"。所谓"资源赤字",指的是一些参与者因为财政资源或社会资源有限,而无法参与远距离的论坛会议,从而造成的代表性不足的问题。一般来说,一些距离会场较远的国家的活动者,如果自己拥有一定的资金,或在外部得到一些大型的、关系良好的组织或团体的支持,在这种情况下,距离会场较远的国家的代表人数也会增多,反之则会出现代表性不足的现象。

因此,世界社会论坛选择在哪里召开非常重要,会议地点直接决定了究竟哪些人能够参加论坛。世界社会论坛的组织者也都普遍认识到这一问题。为了使更多遭受新自由主义全球化危害的人都能够参与到论坛中,更好地体现出论坛包容性的特点,组织者努力促使论坛转移到全世界各个不同的地点。因此,2004 年世界社会论坛移师孟买,2006 年世界社会论坛在亚非拉三地举行分论坛等均可以看作是组织者对于解决此问题的努力与尝试。不仅如此,世界社会论坛的分论坛也特别重视论坛的包容性问题。在欧洲召开的欧洲社会论坛,就非常突出地显示出对这种包容性的关注。欧洲社会论坛是一个主要关注东欧市民社会的有限参与的论坛,论坛召开是为了克服东欧与西欧之间的障碍,建设另一个欧洲。因此,其筹备会议从一开始就成立了一个名为"扩大网络"的工作组。2003 年考虑到东欧国家代表在论坛中的代表不足、存在数量有限,为此设立了一个"团结基金",主要用于资助那些有经济困难的东欧人,以确保他们有足够的财力参与论坛活动。正因为此,2006 年雅典欧洲社会论坛成功地吸引了来自东欧国家和土耳其的更多与会者参加。①

（二）参与者的人口统计学特征

论坛参与者的人口统计学特征主要是指参与者在年龄、性别、职业、受教育程度等方面表现出的特征。对世界社会论坛参与者人口统计学特征进行分析,有助于理解"世界社会论坛究竟是代表谁的利益"。

---

① Jackie Smith etal,*Global Democracy and the World Social Forums*(International Studies Intensives),Boulder・London:Paradigm Publishers,2014,p.57.

首先,就性别而言,不论是在参与者人数中还是在代表的人数中,妇女所占比例都比较可观。"就总体出席情况而言,世界社会论坛是个相当性别化的一体化空间,在各种会议上,男子的优势很小"。① 在 2003 年世界社会论坛中,在参加者人数中,"女性占 51%;在代表人数中,女性占 50.4%,其中巴西代表中女性数量占了 52.7%,非巴西代表的女性数量占 45.7%"②。在 2005 年世界社会论坛中,出席人员中的女性所占比例与男性大抵相当(女性占 49%,男性占 50.6%),但是,在非巴西和非拉美与会者中,男女比例却出现了不平衡,其中女性占 46.4%,男性占 58.6%。从年龄阶段上来看,女性更趋于年轻:在 14 到 24 岁年龄段中,女性占了 55.4%。③ 女性之所以在世界社会论坛参与者中占有很高的比例,主要是因为在新自由主义模式主导的资本主义体系中,无论是在生产领域还是在生活领域,女性都是受资本主义剥削最重、压迫最深、伤害最大的一个群体。

尽管如此,女性在世界社会论坛中所占比例高并不代表女性在论坛活动中处于主导地位,或获得与男性参与者同等的地位。在世界社会论坛举办的一些重大活动中,男性担任领导者、发言人的比例却很高。这种性别不平等的最突出表现是 2005 年通过的《阿雷格里港宣言》,参与撰写该宣言的 19 位人士中,仅有 1 位女性。不过,随着时间的推移,女权主义者已经把世界社会论坛作为她们加强联系,增强组织能力,加强跨国女权主义网络的一个自由的政治空间。伴随着女权主义斗争,妇女在世界社会论坛中的知名度与话语权逐渐得到提升。在 2013 年突尼斯世界社会论坛的开幕式中,全体小组的成员中均有妇女代表参与,这无疑是妇女在世界社会论坛中的地位和知名度得以提

① Jackie Smith etal, *Global Democracy and the World Social Forums*(International Studies Intensives), Boulder · London: Paradigm Publishers, 2014, p.57.

② Boaventura De Sousa Santos, *The Rise of the Global Left: The World Social Forum and Beyond*, London · New York: Zed Books, 2006, p.89.

③ See Boaventura De Sousa Santos, *The Rise of the Global Left: The World Social Forum and Beyond*, London · New York: Zed Books, 2006, pp.94-95.

高的一个最好证明。

就年龄结构而言,青年人占参与者的多数,是世界社会论坛的主体。"在2003年世界社会论坛中,14岁到24岁年龄段的人占出席人数的37.7%;25岁至34岁的占25%;35岁至44岁的占19.9%;45岁至54岁的占12.6%,55岁以上的占4.9%。"①到2005年世界社会论坛,"年龄在14岁到24岁这一阶段的比例提高了42.2%"②。这些数据充分说明世界社会论坛是"年轻人的论坛"。但年轻人的多数并没在世界社会论坛组织的活动中明显表现出来,也鲜见他们展示出重要影响力。正是基于此,许多年轻人认为他们在论坛中被边缘化了。

就受教育程度而言,论坛参与者大多数文化程度都比较高。在2003年世界社会论坛参与者中,73.4%的人有学士学位,9.7%的人有硕士或博士学位,只有25.7%的人处于文盲和12年中小学学历之间。③ 在2005年世界社会论坛中,77.7%的人有学士学位,只有22.3%的人是文盲至中小学教育程度。通过对2003年与2005年世界社会论坛参与者受教育程度的数据对比,不难发现,世界社会论坛参与者的受教育程度在逐渐上升,以致有人认为"世界社会论坛是反霸权全球化中的精英的自我表现方式"④。

从就业结构上来看,论坛的参与者大多数来自于第三产业或服务行业。在2003年世界社会论坛中,62.3%的参与者和81.2%的代表是有工作的。其中43.2%的参与者为私人机构或非政府组织工作,36%的人是公职人员,4.3%的人从事制造业,3.3%从事农业,12.9%从事商业。⑤ 在2005年世界社

---

① See Boaventura De Sousa Santos, *The Rise of the Global Left: The World Social Forum and Beyond*, London · New York: Zed Books, 2006, p.89.

② See Boaventura De Sousa Santos, *The Rise of the Global Left: The World Social Forum and Beyond*, London · New York: Zed Books, 2006, p.95.

③ See Boaventura De Sousa Santos, *The Rise of the Global Left: The World Social Forum and Beyond*, London · New York: Zed Books, 2006, p.90.

④ See Boaventura De Sousa Santos, *The Rise of the Global Left: The World Social Forum and Beyond*, London · New York: Zed Books, 2006, p.95.

⑤ See Boaventura De Sousa Santos, *The Rise of the Global Left: The World Social Forum and Beyond*, London · New York: Zed Books, 2006, p.89.

会论坛参与者的职业中,公务员和非政府组织/现代社会/政治党派工会的雇员比例最高。① 美国加州大学河滨分校对 2005 年和 2007 年世界社会论坛参与者的调查进一步证明了论坛参与者在就业结构上的倾向性。在 2005 年世界社会论坛中,近 70% 的阿雷格里港受访者要么是学生,要么受雇于中产阶级职业(如专业人员、技术人员或艺术家),约 15% 是教授或教师。不到 10% 的受访者可以被视为工人阶级或农民的一部分。只有 6.7% 的人受雇于半专业化的非专业服务岗位;1.1% 受雇于农业,1.4% 受雇于熟练的蓝领工作。无答复者受访者被确定为工厂工人。只有 3.1% 的受访者声称自己失业或退休,考虑到南美洲的高失业率,这一比例之低令人惊讶。因此,2005 年世界社会论坛的大多数参与者似乎是知识分子和专业人员。在 2007 年内罗毕世界社会论坛的调查中,通过收集到受访论坛参与者就业状况的数据发现,受访者中 17% 是学生,31% 是全职雇员,21% 是自营职业者,近 15% 是兼职或临时工,12% 是失业者,5% 是退休人员,不到 5% 的人依赖他人收入来源。这些数据表明,在世界社会论坛中,失业者的代表性明显不足。② 另外,蒙特利尔魁北克大学采用四种语言对 2005 年参加世界社会论坛会议的 1000 名参与者进行广泛调查的结果证实,绝大多数受访者都与学术机构有联系,或拥有一所学院或学士的学位。在受访者中,26.6% 是学生,6.5% 是教师,大学教授和大学研究人员的比例为 5.2%,私营或公共部门的雇员占受访者的 9.5%,私营部门或公共部门的管理人员占 4.7%,独立的专业人士 8.6%。仅有 1% 的参与者是体力或工厂工人。③ 很显然,这项研究也显示了在世界社会论坛中,来自第一产业的体力劳动者以及失业者的代表性明显不足。

---

① See Boaventura De Sousa Santos, *The Rise of the Global Left:The World Social Forum and Beyond*, London · New York:Zed Books,2006,p.95.

② See Jackie Smith etal, *Global Democracy and the World Social Forums* (International Studies Intensives),Boulder · London:Paradigm Publishers,2014,p.58-59.

③ See Jackie Smith etal, *Global Democracy and the World Social Forums* (International Studies Intensives),Boulder · London:Paradigm Publishers,2014,p.60.

就宗教信仰而言,世界社会论坛的许多参与者,尤其是来自全球南方的参与者绝大多数是宗教人士。加州大学河滨分校对 2003 年世界社会论坛参与者的调查表明,62%的受访者声称是宗教人士,在 2007 年内罗毕世界社会论坛中超过 90%的调查者是来自全球南方的宗教人士(他们中多数是非洲人)。70%的南方总参与者在某种程度上是宗教人士。① 这些数据表明,在世界社会论坛反击新自由主义全球化的过程中,宗教发挥了一定作用。

虽然依据世界社会论坛原则宪章第 9 条中对世界社会论坛"形成了多元性、多样化、非教派、非政府和非党派的环境"的描述看,世界社会论坛应该是世俗的,宗教不是世界社会论坛的重要组成部分。但实际上,在论坛活动中,宗教特别是基督教在世界社会论坛中有重要表现。宗教之所以在世界社会论坛中表现突出,原因有三点:一是世界社会论坛的成立与宗教相关。自 2001 年世界社会论坛在巴西成立起,宗教就以某种方式在世界社会论坛中发挥作用。巴西之所以被选为首届世界社会论坛的召开地点,在一定程度上可以归功于解放神学的贡献,其思想与世界社会论坛中所倡导的有关个人、组织和社会运动的思想基本吻合。二是参与者大多有宗教背景与宗教动机,世界社会论坛的创始人之一朗西斯科·惠特克就深受宗教尤其是解放神学思想的影响。三是参与世界社会论坛的宗教组织不断增多。在世界社会论坛活动中,无土地农村工人是重要的组织者之一,其开展的活动就"很大程度上归功于活跃的天主教牧师在 1960 年和 1970 年对解放神学的传播"②。因此,自世界社会论坛成立以来,宗教组织就积极开展了融入各种反对新自由主义全球化和生态危机的运动,并采用自下而上和更自我的方式组织了 2005 年及其后的世界社会论坛。特别是 2007 年内罗毕世界社会论坛上,来自欧洲和非洲的宗教组织更是率先行动,积极组织了大量关于债务、全球贫穷、环境、艾滋病、人

---

① See Jackie Smith etal,*Global Democracy and the World Social Forums* (International Studies Intensives),Boulder·London:Paradigm Publishers,2014,p.67.

② Ruth Reitan,*Global Activism*,London:Routledge,2007,p.153.

权等方面的讲习班。① 所有这些都从侧面说明了宗教信仰人士在世界社会论坛中比例增多的重要原因。

总之，从论坛参与者的人口统计学特征来看，尽管论坛的参与者非常多样化，但是年轻人、受过正规教育且文化程度较高的人以及来自第三产业的人往往是论坛参与者中的主要成员。很显然，世界社会论坛参与者特征的表现与新左翼运动的主体特征有很大的相似性，这也是世界社会论坛被认为是新左翼运动的原因之一。

（三）参与者的政治活跃程度/与社会政治斗争关系的复杂性

就论坛参与者的活跃程度/与社会政治斗争的关系而言，主要指论坛参与者与社会运动、组织和政党的关联性。一般来说，论坛参与者的政治活跃性都比较强，大多数参与者会从事除传统手段，如投票和支持政党和候选人之外的政治活动。对此，加州大学河滨分校对 2005 年和 2007 年世界社会论坛参与者的组织关联与运动关联进行了调查（见表 5.3 与表 5.4），结果显示大多数论坛参与者，无论其来自何处，都在政治上比较活跃。

表 5.3　世界社会论坛（WSF）参与者的组织关联性（有效百分比）

| | WSF 组织 | | | | | | |
	非政府组织	工会	政党	社会运动组织	政府代理人	宗教群体	没有隶属关系
2005 年 WSF	41.3	21.8	20.6	36.3	3.2	n/a	19.6
2007 年 WSF	56.2	11.6	6.8	17.4	1.9	10.7	14.9

资料来源：加州大学河滨分校调查。见 Jackie Smith etal, *Global Democracy and the World Social Forums*（International Studies Intensives），Boulder·London：Paradigm Publishers，2014，p.69。

从组织关联性来看，正如表 5.3 所示，世界社会论坛的绝大多数参与者都

---

① Jackie Smith etal, *Global Democracy and the World Social Forums*（International Studies Intensives），Boulder·London：Paradigm Publishers，2014，p.68.

与某种类型的政治或宗教组织有关联。在两次论坛会议上,只有不到20%的受访者声称没有这样的从属关系,比例最大的是与非政府组织有关,2005年阿雷格里港是41.3%,2007年内罗毕论坛是56.2%。在阿雷格里港的受访者中有36.3%属于社会运动组织,但有17.4%的2007年内罗毕世界社会论坛受访者隶属于社会运动组织。大约22%阿雷格里港受访者与工会有关联,几乎是内罗毕受访者的两倍。近21%的阿雷格里港的受访者声称加入了政党,但在内罗毕社会论坛中,只有不到7%的受访者加入了政党。最后两项调查反映了左派政党和工会在巴西比在肯尼亚影响力更大。在这两次论坛会议上,只有3%左右的受访者声称与政府机构有关联。2005年世界社会论坛中,约有10%的人声称与其他类型的团体有关联。在2007年内罗毕世界社会论坛上,超过十分之一的受访者加入了一个宗教组织。在2005年世界社会论坛会议中,鉴于劳动党积极分子参与了论坛的情况,大量参与者隶属于政党并不奇怪。93%的调查者声称遵循世界社会论坛原则宪章,即在参加世界社会论坛时不代表政党或政府机构。然而,2005年,13%的答复者声称他们将向一个政党报告他们在世界社会论坛中的经历,宪章肯定不会阻止这样做。这些结果表明,尽管参加2005年会议的大多数论坛参与者并不声称与政党有关联,但很大一部分人积极参与了政党和更广泛的传统政治,他们也认为自己参加了与世界社会论坛有关的团体活动。然而,巴西社会经济分析研究所发现,在2005年世界社会论坛参与者的调查中,50.6%的受访者表示不信任政党。特别是2008年金融危机以来,对代议制机构和政党的批评更加明显,世界许多地方的抗议活动尤其是巴西的抗议运动就表明了这一点。

就参与者与运动的关联性而言,多数参与者都有参与社会运动的丰富经验或历史。加州大学河滨分校对2005年和2007年世界社会论坛参与者的调查显示,他们无论来自何国何地在政治上都十分活跃。尽管各届论坛会议之间存在差异,但这一主要特点却没有改变。在阿雷格里港的样本中,大约83%的受访者表示在过去一年中参与抗议至少一次;在内罗毕样本中,大约

66%的受访者表示已经在过去一年中参与至少一次抗议活动。另一方面,两个样本中大约24%的受访者声称在过去时间中已经参与抗议5次或更多。①表5.4粗略地展现了论坛参与者与一些社会运动的关联。从表中可以看出,在2005年和2007年两次论坛会议参与受访者中,与他们关联最常见的社会运动大多涉及到环境正义、人权、替代媒体文化与和平等议题。几乎超过四分之一的受访者声称他们积极参与全球公正和妇女运动。鉴于非洲受艾滋病病毒危机的严重影响,2007年内罗毕世界社会论坛参与者更多地参与到健康运动以及防治艾滋病病毒运动。除此之外,论坛受访者还较多参与了其他类型的社会运动,包括儿童权利运动、替代教育、学生权利、精神信仰和团结经济运动等。

表5.4　世界社会论坛(WSF)参与者运动的关联性(有效百分比)

类　目	2005年WSF	2007年WSF	类　目	2005年WSF	2007年WSF
替代媒体/文化	24.7	13.1	居住权	n/a	9.6
无政府主义者	3.6	1.4	人权	26.1	30.2
反公司	5.3	5.1	土著人	7.4	6.3
反全球化	9.3	13.0	无业工人/福利	n/a	9.7
反种族		15.8	劳工	9.1	12.8
替代全球化/全球公正	10.4	21.8	移民	n/a	8.9
自治	n/a	7.1	国家主权/国家解放	6.4	6.9
共产主义	5.2	6.4	知识产权	n/a	6.1
发展救济/经济发展	n/a	15.1	和平/反战	14.0	18.3
环境	27.1	22.8	农民/农场主无土地者/土地改革	n/a	9.6
公正贸易	9.0	14.3	宗教	n/a	13.8
食品安全	6.8	10.8	社会主义者	15.9	12.9

---

①　See Jackie Smith etal, *Global Democracy and the World Social Forums* (International Studies Intensives) , Boulder · London:Paradigm Publishers,2014,p.57.

续表

类　目	2005 年 WSF	2007 年 WSF	类　目	2005 年 WSF	2007 年 WSF
LGBTQ	5.9	4.2	女权主义	10.3	15.8
健康/艾滋病	9.5	25.5	其他	15.3	3.6

资料来源:加州大学河滨分校调查。见 Jackie Smith etal, *Global Democracy and the World Social Forums*
（International Studies Intensives），Boulder·London:Paradigm Publishers,2014,p.72。

　　另外,需要提及的是,家庭作为最基本的社会单元与群体形式,它是否参与运动组织或一些社会运动对参与者的行为也会产生重要影响。如果一个家庭成员在社会政治领域是活跃的,而其他人变得活跃的可能性也会显著增加。据调查,"在世界社会论坛参与者中,约有 72.5% 的活跃分子是来自活跃的家庭,而来自不活跃的家庭的只有 47.1%"①。可见,家庭的影响是多么重要。

（四）论坛参与者中的政党/政府

　　世界社会论坛是民间社会的一种表现,在其原则宪章开篇中写道:"世界社会论坛是一个开放性的集会场所,供现代社会的组织和运动深入地反思问题、民主地讨论各种思潮、认真地提出倡议、自由地交流经验、在有影响的行动之间构建联系。这些组织和运动都反对新自由主义,反对资本对世界的主宰,反对任何形式的帝国主义,致力于在人类内部和人类与地球之间建立一个具有丰富多样联系的全球社会。"在第 9 条也明确指出:"任何党派代表和军事组织不得参与论坛。"因此,从形式上看,按照世界社会论坛的原则宪章,政党/政府的代表被正式排除在世界社会论坛之外。但是,运动与政党/政府是相互影响的,二者关系非常密切,论坛的举办依赖政党/政府的推动,而政党/政府的施政效果也左右甚至决定着论坛的走向。在世界社会论坛召开过程中,仍有政党/政府密集活动的身影。

---

　　① Boaventura De Sousa Santos, *The Rise of the Global Left:The World Social Forum and Beyond*,
London·New York:Zed Books,2006,p.96.

对于社会运动与政党之间的关系，许多活动者一直在思考。全球民主化网络研究所的托马斯·保内亚汗（Thomas Ponniah）认为，社会运动与政党不同。在伊拉克战争问题上，社会运动能够在2003年2月动员人民举行历史上最大规模的全球反战示威游行。然而，社会运动却无法像政党/政府那样行动——将军队撤出伊拉克。但反战社会运动却对政府撤兵有相当大的影响，因此，保内亚汗呼吁"应该在社会运动和政府之间建立新关系"[①]。其他活动人士也主张在社会运动和政党/政府之间建立更密切的关系。克里斯·内纳姆（Chris Nineham）和亚历克斯·卡利尼克斯（Alex Callinicos）认为，"禁止政党是错误的，因为政治组织和社会运动密不可分，它们阐明了不同的战略和愿景，这些战略和愿景在社会论坛上进行的辩论是对政党的合法贡献"[②]。世界社会论坛的发起人贝纳德·卡森也尖锐地指出，"如果民选代表和社会运动有着抵制新自由主义的全球目标，我们就不能再奢侈地保留他们之间的墙，在适当尊重有关各方自主权的情况下，这种广泛合作应成为论坛的中心目标"[③]。作为实用主义者和改革者，卡森是那些坚持认为政党和政府是挑战甚至推倒新自由主义全球化工具的重要力量之一。正因为此，政党、政府在世界社会论坛以及地方和区域论坛中发挥着十分重要和明显的作用。

事实上，从第一届世界社会论坛开始，政党、政府与论坛三者之间就有了密切的联系。阿雷格里港之所以成为第一届世界社会论坛的东道主，除了得到巴西劳工党的政治支持外，还因为阿雷格里港所在的市和州政府都愿意提供物质和人力资源支持。在以后的各届世界社会论坛中，除2004年孟买世界社会论坛和2007年内罗毕世界社会论坛外，几乎所有主要社会论坛都得到了

①　Marc Becker, "World Social Forum", *Peace and Change*, 2007, Vol.32, No.2, pp.203-220.

②　Chris Nineham and Alex Callinicos, "Critical Reflections on the Fifth World Social Forum", *Woods Hole*, 2005. MA：Znet. www.zmag.org/content/print_article.cfm? itemID=7197&sectionID=1.

③　Bernard Cassen, "The World Social Forum：Where Do We Stand and Where Are We Going?", In *Global Civil Society*, ed, Marlies Glasius, Mary Kaldor, and Helmut Anheier, London：Sage Publications, 2006, pp.79-83.

与左派政党有密切联系的政府的支持。因此,论坛内各国政府和政党力量的存在和支持是显而易见的。事实上,随着世界社会论坛的发展,其依赖传统国家机构的必要性日益明显。巴西总统卢拉与委内瑞拉总统查韦斯在 2003 年与 2005 年世界社会论坛的参与情况,可以充分说明政党、政府和世界社会论坛之间的关系。

在 2003 年世界社会论坛举办过程中,最大的事件与亮点是巴西总统卢拉的短暂亮相。因为根据世界社会论坛原则宪章的规定,世界社会论坛是市民社会的集会,代表政党的政治家被明确排除在论坛之外。鉴于卢拉不仅是巴西新当选的受欢迎的左派总统,同时也是世界社会论坛的早期策划者,其在论坛活动边缘的户外圆形剧场的讲座使论坛参与者备受鼓舞,大约有 10 万人为其鼓掌加油。在某种程度上,卢拉似乎代表了拉美左派的最大希望和愿望。与此相反,委内瑞拉总统查韦斯在这次论坛上所受的待遇却完全不同,作为 2003 年世界社会论坛中一个不太受欢迎的到访者,他不得不在远离主要活动点的一个小礼堂与支持者见面。然而,在 2005 年世界社会论坛上,当两位总统同时出现时,情况却出现了大逆转。在发起消除贫困的全球行动呼吁会议召开的第二天,卢拉在一个挤满 15000 人的竞技场活动中出现,希望借此获得民间社会的支持,但是由于民间社会已经对他日益凸显的新自由主义色彩的政策持怀疑态度,以至于这次卢拉的出现最后演变成了一场由身穿"百分之百卢拉"T 恤的支持者们与一个反对激进左派的对决。但是,查韦斯在全球行动呼吁会议第二天直到最后一天,都用自己的演讲使竞技场爆满。这种场景的惊人转换主要有两方面的原因:一方面,查韦斯在承认世界社会论坛根源于民间社会时说,"我不是以总统的身份出现在这里的,我是胡戈,总统职位只是我指派的一份糟糕的工作,我真的是一个农民,一个士兵,一个致力于为一个更美好的世界而奋斗的人"①。另一方面,查韦斯还发表了强烈、典型的反

① Jackie Smith etal,*Global Democracy and the World Social Forums*(International Studies Intensives),Boulder・London:Paradigm Publishers,2014,p.81.

帝国主义言论,他将自己戏称为"南方阻止布什学说的破坏者"①,谴责新自由主义和帝国主义剥夺穷人的资源以造福富人。不仅如此,查韦斯有意识地将他的会见、政治立场和委内瑞拉局势与他2003年访问的情况进行了对比,并明确指出:"世界社会论坛是世界上最重要的政治实践。委内瑞拉人民是来学习其他实验的,世界社会论坛为辩论提供了一个坚实的平台,将引导委内瑞拉的发展进程。"②与两年前的会面相比,这一次的活动对查韦斯以及委内瑞拉来说,明显更为重要。两次世界社会论坛,两位总统前后相左的不同态度引起的境遇的不同充分说明了政府与论坛的密切关系。

(五) 论坛参与者的政治倾向性/意识形态特征

参与世界社会论坛的行为者是多样化的,每个行为者都有自己独特的意识形态愿景和政治目标。一般而言,论坛参与者所属政治部门或政治领域不同,其表现出的政治倾向/意识形态也迥然不同。

杰弗里·朱丽丝(Jeffrey Juris)把论坛参与者分为四个政治部门:机构运动、传统左派、网络运动和自治运动。前两个涉及更多的传统政治的工具理性,后两个涉及主观和经验政治。③ 首先,在正式的机构如政党、工会以及大的政府组织中进行活动的行为者被称为机构行为者,这些机构行为者包括民选领导人、政党和工会成员。在世界社会论坛中多是老年参与者,虽然他们的种族背景因国家而异,但在政治倾向上属于改良主义,他们倾向推进具体政治与经济改革,在论坛召开期间,通过参加游行示威与参与选举政治的方式来表达自己的诉求。其次,隶属于传统左翼这一政治部门的参与者体现出激进左

---

① Marc Becker, "Hugo Chavez Returns to the World Social Forum", www. yachana. org/reports/wsf5/chavez.html, accessed December 7, 2006.

② See Jackie Smith etal, *Global Democracy and the World Social Forums* (International Studies Intensives), Boulder·London:Paradigm Publishers, 2014, p.82.

③ See Jeffrey Juris, *Networking Futures:The Movements against Corporate Globalization*, Durham NC:Duke University Press, 2008.

派的各种倾向,其中包括传统的马克思主义者和托洛茨基主义者,具有反资本主义的政治倾向,倾向于采取以国家为中心的革命战略,并通过控制国家来废除资本主义。再次,基于网络的运动,涉及与分散的、以行动为导向的网络有关的基层积极分子。如美国的直接行动网络、英国的道路回收运动、意大利不服从运动以及巴塞罗那的全球抵抗运动、全球范围内的人民全球行动,等等。来自这些运动的参与者受水平网络逻辑的影响,强调直接民主、自治和分散结构内地方斗争之间的全球协调。就意识形态而言,网络行为者有一个激进的反资本主义观点。但与传统左翼不同的是,他们致力于分散、参与性的组织形式,其活动不是采取以国家为中心的战略,而是通过网络创造民主自我组织的空间。最后,自治运动主要强调地方斗争,包括激进的擅自占地者(占领废弃物和建立自我管理的社会中心的激进活动分子)和某些土著和穷人的运动,如巴西无地工人、印度卡纳塔克邦工人、墨西哥南部的萨帕塔运动。隶属于自治运动的参与者往往是坚定的反资本主义者,在论坛期间不仅采取直接对抗的姿态,而且还提出以自我管理和直接民主决策为基础的替代方法。

因此,从论坛参与者隶属的政治部门可以看出,参与者均表现出反资本主义的政治倾向,但是存在改良主义与激进主义之别。

二、 世界社会论坛的活动方式

世界社会论坛的活动方式主要指论坛采取什么形式召开以及参与者在论坛中采取什么方式表达自己的诉求。前者涉及到世界社会论坛的宏观战略安排——论坛召开的形式,后者涉及到论坛微观战术活动——具体的活动方式。但从根本上而言,世界社会论坛的活动方式是参与者的活动方式。在世界社会论坛召开过程中,参与者虽然是多元化的,但在论坛活动中仍存在等级差别,处于不同等级的参与者活动方式自然有别。对此,赫伯·德·博纳菲尼(Hebe De Bonafini)认为参与者之间存在等级,是不平等的。她将参与者划分为三个等级:组织者、官方参与者以及一般成员。据她所言:"世界社会论坛分为三个不同的等级。首先是一小部分负责人,他们管理、控制着局面……其次是在委员会讨论会中的知识分子、哲学家与思想家,最后是一般民众。"①很显然,组织者或负责人决定世界社会论坛采取何种形式以及在何地召开,而知识分子、思想专家、一般民众是活跃在各届论坛具体活动中的重要参与者。

(一) 世界社会论坛的举办方式

从世界社会论坛整个发展过程看,组织者决定世界社会论坛的召开形式主要有三种:单一中心会场形式、多中心会场形式以及分散举办三种形式。

1.单一中心会场形式

所谓单一中心会场形式,指世界社会论坛的召开主要集中在一个中心城市进行。回顾世界社会论坛近 20 年的发展历程,不难发现,选择一个城市作为论坛的召开地点是论坛的主要活动形式。如巴西的阿雷格里港与贝伦、印度的孟买、肯尼亚的内罗毕、塞内加尔的达喀尔、非洲的突尼斯、加拿大的蒙特利尔等城市都曾作为世界社会论坛的举办地。一般而言,选择在哪个城市举行世界社会论坛是论坛组织者对国际环境、国家与地区因素等方面进行综合考量的结果。前三届论坛之所以在巴西的阿雷格里港举行,除了新自由主义全球化对拉美地区产生重要影响外,迪特·卢茨(Dieter Rucht)认为主要原因还有如下这几个:它位于世界南部;它是由一些巴西非政府组织推动的;自 20 世纪 80 年代后期以来,它一直是创新的"参与性预算"进程的家园,地方决策更加民主;阿雷格里港市和里奥格兰德州都有临时政府,为论坛活动提供了财政和基础设施支持。② 2013 世界社会论坛之所以选在突尼斯召开,也是论坛参与者对中东北非政治局势与突尼斯的现状进行综合考虑而做出的明智选

① Hebe De Bonafini, "Reinventing Left Politics:Toward a Socialist Politics for the Second Globalization", Transnational Alternativas,2002,www.tni.org./tat/,accessed 19 March 2003.

② See Dieter Rucht, "Social Forum as Public Stage and Infrastructure of Global Justice Movements", In *Handbook on World Social Forum Activism*,ed,Jackie Smith,Scott Byrd,Ellen Reese,and Elizabeth Smythe,Boulder·London:Paradigm Publishers,2011,pp.11-28:14.

择。当然,可以看出,选择单一地点举行世界社会论坛这种活动方式,不是把每届论坛的召开都固定在一个地方,历久不变。相反却是论坛组织者在根据国际政治形势变化以及对论坛自身进行反思的基础上不断更新调整,在世界范围内选择举办地点。就地域而言,论坛地点的选择范围涵盖了从拉美到亚洲,再到非洲等中心城市;就所在城市所属国家性质而言,从巴西到印度,从突尼斯到加拿大,国家的性质与发展程度也迥然不同。所有这些均体现出世界社会论坛在行进过程中的开放性与包容性。

2. 多中心会场形式

所谓多中心会场形式,指单届世界社会论坛不是在一个中心城市召开,而是在多个城市、多个地点举行。在世界社会论坛的发展进程中,采取多中心举办这种形式最突出的例子是 2006 年世界社会论坛的召开。这一年,世界社会论坛不再设立中心会场,而是分为三个分论坛会场、在不同的地方举行。三个论坛分会场分别设在委内瑞拉的加拉加斯、马里首都巴马科及巴基斯坦的卡拉奇。与单一中心会场形式相比,这种多中心会场形式更能体现出世界社会论坛的"全球性"或"世界性"。一般来说,这种"全球性"或"世界性"更多地突出表现在参与人员与论坛议题的地域广泛性两个方面。就议题的地域广泛性而言,在 2006 年多中心会场中,各分论坛所涉及的论坛主题虽然仍具有地域性的色彩,但是不再仅仅局限于一个地域问题,而是涵盖了亚非拉地区一些比较突出的社会政治问题。就参与人员的地域广泛性而言,多中心会场的形式在一定程度上规避了由于"距离的暴政"所导致的某些身份的参与者参与性不足的现象,可以使关注世界社会论坛或有意愿参与世界社会论坛的人士,尤其是那些财力基础相当薄弱的人士,有选择性地参与到距离相对比较近的论坛会场,利于提高论坛的参与性。另一种类型的多中心会场形式是会场都集中在一个国家内,所涉地域相对小一些。2012 年 1 月的第十二届世界社会论坛就在巴西的四个城市同时举行,这显然也是一种类型的多中心会场形式。

3.分散举办的形式

分散举办是世界社会论坛相对灵活的举办方式,但在行进过程中践行次数又比较有限的一种形式。一般来看,所谓的分散举办就呈现出两种模式,一种是指论坛的召开不设中心会场,也没有分会场,而是采取一种相对分散与松散的形式进行。在论坛召开期间,各地区、各阶层人可以根据本地区所存在的社会政治问题自发地举行。在世界社会论坛发展进程中,论坛采取这种分散举办的形式仅有一次。2008年的世界社会论坛并未集中在一个或多个中心举行,而是采取了分散举办的形式,由全球上千个地方团体在世界各地举行。在此过程中,组织者不再进行论坛组织活动,而是由世界各地的人民在往年论坛召开的大致日期,根据现实的政治环境自发地举行示威游行,并以此昭示论坛的行进。当然,这种分散举办的形式,虽然没有具体的论坛活动,但并不表明世界社会论坛陷入了沉寂,相反却是世界社会论坛在其曲折发展过程中的一个暂时休整。论坛的组织者可以借助这一时机对世界社会论坛进程进行回顾、反思与总结,从而更好地推动世界社会论坛向前发展。

另一种分散举办是有一个相对集中的举办地,在此举办地开展活动的同时,在世界各地也同时举行相关活动的一种论坛举办形式。2010年"第十届世界社会论坛就采取了分散举办的方式,除阿雷格里港的主会场外,论坛还在巴西南方几个城市同时举办研讨会和文艺活动。随后,将在巴西北部城市萨尔瓦多、非洲国家贝宁以及西班牙的马德里和巴塞罗那举办活动。在阿雷格里港的研讨会和文化艺术活动也是分布在几个卫星城进行,预计有2万人参加"①。基本上,这种举行形式多是迎合论坛发展的需要,第十届世界社会论坛之所以在巴西阿雷格里港开幕,同时在世界各地分散举办,更多地是迎合世界社会论坛十周年纪念的需要,显然是一种宣传策略和传播手段。

---

① 吴志华:《世界社会论坛反思10年得与失——巴西总统卢拉强调,经济和社会和谐发展才是可行模式》,《人民日报》2010年1月28日。

（二）论坛参与者的活动方式

一般而言,世界社会论坛通常以大规模、丰富多彩和充满活力的抗议游行开始,并以结束集会或另一种游行结束。论坛召开期间,既有正式的会议、研讨班与讨论会,也有非正式的集会与小型会议。除此之外,街头表演也是历届世界社会论坛比较吸引人的地方。可以说,丰富多彩、生动活泼的论坛活动方式满足了多种身份论坛参与者的活动需求。一般而言,一些参与论坛的知名学者、专家、政治家多选择正式的论坛活动形式,通过正式的研讨、专题论坛等这种活动方式,运用学术语言或专门的知识术语批评新自由主义全球化,表达对现实世界各种问题的认识与见解,并对另一个世界进行构想或提出建议方案。与之相反,那些来自底层或边缘的社会民众多选择在大街上用"脚"来表达自己的意愿,通过街头游行或街头表演,借助各种游行口号、激情的艺术表演,或发泄自己对现实状况的不满与愤懑,或抒发自己关于人类需要一个什么样的地球的真情实感。鉴于世界社会论坛的活动方式多种多样,丰富多彩,不可能也没有必要一一述尽,下文仅对在世界社会论坛运作过程中的大型会议(Conferences)、专门小组讨论(Panels)、工作坊(Workshop)/自我管理活动(Self-managed Activities)以及圆桌会议四种主要活动方式进行简单阐述。

1. 大型会议

大型会议是世界社会论坛召开期间举办的包括多个主题、多场演讲的一种活动方式,其目的是为投身到公民事件、活动和斗争中的人士提供与广大公众一起分享观点和分析的平台。在大型会议中,一些在论坛活动中比较知名的人士既对新自由主义全球化的弊端进行批判,同时也对建设"另一个世界"的需要、可能性和紧迫性进行阐述,从而有助于加强一种面向建设"另一个世界"的广泛的公众舆论运动。在某种程度上而言,大型会议发挥效应的基础是大会发言者的高档次社会地位或其在论坛活动中的突出地位。当然,大型会议这一活动方式在论坛召开过程中也表现出一些不尽如人意的地方:一是会议体现出性别不平等的特征。尽管世界社会论坛国际秘书处追求性别平衡,然而,在论坛的重大活动中,男女比例很难达到平衡,尤其是在大型会议发言中,女性的比例总是低于男性。在第三届世界社会论坛的大型会议中,36人发言者中仅有 10 名是女性。二是地域代表的不平衡性也相当明显。半数的会议发言者来自北方者居多,而南方的发言者相对比较少,他们往往是来自受新自由主义全球化影响最深的大陆或国家。三是大型会议的个别式和独白式特征也非常明显。在整个会议中,针对一些问题发言者往往是表达出自己的观点与见解,并没有针对所述问题形成共识或发表具有权威性与影响力的会议总结。正因为此,弗吉尼亚·瓦尔加斯(Virginia Vargas)对 2003 年世界社会论坛大型会议进行了这样的描述:"无论重要程度如何,没有为发言者提供思想和观念交流的机会。相比真正的集体对话,更多的是自我争辩。"①

2.专门小组会议

在世界社会论坛召开过程中,专门小组会议既是各种网络、运动和联盟阐述和辩护自己提议的地方,也是与大型会议同样具有轰动效应的一种活动方式。但与大型会议中的高档次发言者不同,专门小组会议中参与者范围比较宽泛,其中一些运动的活动家在小组会议中有优先发言权,其轰动效应建立在辩论质量、阐明各方面的差异以及提出集体行动措施的基础上。一般而言,各届世界社会论坛都有相应的需要讨论的论坛主题,每一主题下均有专门小组围绕议题主题设置一些讨论议题。在 2003 年世界社会论坛中,参与者就围绕民主的可持续发展;原则和价值、人权、多样性和平等;媒体、文化以及对商业化和同质化的替代;政治力量和民主;民主的世界秩序、反对军事化和争取和平的斗争五个论坛主题设立了 31 个专门小组会议,把分主题提出的建议细化或强化。当然,随着世界形势的发展与变化,世界社会论坛的论坛主题也在不断变化与增多。2005 年世界社会论坛设立了 11 个主题,每个主题领域都被

---

① ［葡萄牙］鲍温图拉·德·苏撒·桑托斯:《全球左翼之崛起》,彭学农等译,上海人民出版社 2013 年版,第 68 页。

进一步划分为次领域,为了给辩论提供中心议题,确定了三条横向轴线:社会解放和斗争的政治层面,反对父权制资本主义的斗争;反对种族主义的斗争。无独有偶,2013 年世界社会论坛专门小组会议也是围绕 11 个主题而开展的。表 5.5 清晰地再现了两届论坛中讨论的 11 个主题。

表 5.5　2005 年与 2013 年世界社会论坛主题比较

2005 年世界社会论坛	2013 年世界社会论坛
确保和维护地球和人类的普遍利益——对商品化与跨国控制的替代	彻底深化南方和北方的革命进程和非殖民化进程
艺术与创造	建立一个没有霸权和帝国主义统治的世界
编织和建立民众的反抗文化	建设新的普遍主义
交流:反霸权实践、权利与替代方案	建立在尊严、多样性、正义、人人平等原则和价值观基础上的人类社会
维护多样性、多元性和同一性	人人享有行动和定居自由
人权与公正和平等的世界的尊严	建设民主一体化进程
为了一个新世界的抵抗与挑战	认知正义
和平、废除军备和反战的斗争、自由贸易和债务	建立一个没有战争作为经济、政治和文化统治工具的和平世界
社会斗争和民主的替代方案	不加歧视地维护民主权利
自主的思想、知识和技术的再占用与社会化	建立合作基础上的资本主义和新自由主义的替代品
建立国际民主秩序和推进民众融合的运动	论坛的未来

注:本表由笔者根据所搜集资料综合整理编制。

　　当然,世界社会论坛并不期望每个小组都能呈现讨论的全部情况,而是希望每个小组能展现出其观点和范式的多样性,讨论过的各种问题、建议和战略的多样性,以及其中的共识、分歧和新出现的主题,并在聚焦共识与分歧的基础上,指出研究新出现的主题和问题可能导致的前景。大致来看,与大型会议相比,专门小组会议这种活动方式呈现出以下特点:一是各地区专门小组会议成员参与的不平衡特征依然表现非常明显,北方国家在专门小组会议成员中所占比例明显偏高。二是专门小组会议成员性别比例基本平衡。三是专门小组会议重共识,轻分歧。由于专门小组会议的参与者层次参差不齐,不能向大型会议的参与者那样直抒胸臆,大胆畅言,因而在专门小组会议中讨论的大多还是已经达成共识或重复性的问题。

3. 工作坊

工作坊是由参与到世界社会论坛中的网络、运动和组织所提议并鼓励论坛自我管理的一种活动方式。这种活动方式在世界社会论坛召开过程中,主要用来促进各相似主题活动之间的融合以避免产生碎片化。从 2003 年世界社会论坛决定鼓励自我管理的活动开始,工作坊就成为世界社会论坛的一种重要的活动方式。坎迪多·格日博兹基(Cândido Grzybowski)认为"工作坊就被认为是世界社会论坛的工厂,论坛中的小组、联盟、网络、运动和组织通过工作坊促进会议召开、经验交流、网络建设以及策略计划与界定,对论坛当下以及未来的活动进行引导。"①一般来说,那些从来不在大型会议或专门小组会议进行讨论的主题往往会出现在工作坊的讨论中。因而,从工作坊的活动内容上来看,其活动显示了世界社会论坛内部丰富多彩的兴趣和斗争,也证明了世界社会论坛底层的创造性。不过,工作坊这一活动方式却鲜明透露出世界社会论坛高层与底层在关注点与兴趣点方面存在巨大差距,运动中的"名人大牌"(big names)与运动中的"平民"(people)互动明显不足。对此,桑托斯直言不讳地批评道:"现代社会普遍的顽固的等级关系已经不知不觉地渗透进了论坛"②。此外,由于受时空限制,许多参与者不可能在工作坊、大型会议与专门小组会议同时出现,在名人活动"轰动效应"以及理性选择作用下,参与者更乐于参加大型会议与专门工作小组的活动,这就隐含着工作坊

---

① Boaventura De Sousa Santos, *The Rise of the Global Left: The World Social Forum and Beyond*, London · New York: Zed Books, 2006, p.65.

② [葡萄牙]鲍温图拉·德·苏撒·桑托斯:《全球左翼之崛起》,彭学农等译,上海人民出版社 2013 年版,第 74 页。

和大型会议、专门小组会议之间的竞争是非常不公平的。另外,虽然工作坊主要是用来促进各相似主题活动之间的融合以避免产生碎片化,但是由于其一切安排均是以完全的自由度来进行的,这反而又大大增加了活动的碎片化和原子化。

4. 对话与辩论性的圆桌会议

对话与辩论性的圆桌会议是论坛代表们的观点和建议与政党、政府、联合国系统下的组织、议会成员代表的官员进行交锋的论坛活动方式。该活动方式具有很强的务实性目标,即应对政治人物和政治党派的压力以及政府和多边组织参与的压力。在世界社会论坛召开过程中,一般每个"圆桌"处理一个"热点"问题,论坛代表与官员代表通过对话和辩论来表明对全世界现代社会的建议与战略。同样,圆桌会议这一活动方式虽然表现出论坛的开放性与包容性特点,但是,与前三种活动方式一样,这一活动方式仍然在一定程度上存在性别比例不平衡与区域不平衡的重要难题。

三、 世界社会论坛的组织要素

世界社会论坛是一个动员民间社会许多不同行为者的场所。因而,与正式的组织相比,论坛并非仅由组织者组织,其结构包括不完整或无组织的许多活动。桑托斯认为:世界社会论坛不是按照现代政治组织的任何模式构建的,无论它们是民主集中制、代议制民主还是参与性民主。[①] 尽管如此,世界社会论坛是有组织结构的,其组织结构虽不能决定论坛的活动,但却有利于论坛活动的开展。那么,在世界社会论坛发展过程中,论坛究竟以何种组织形式进行活动? 作为跨国组织者如何在网络的环境下实现民主辩论? 换言之,世界社会论坛的组织者如何在组织结构中概念化民主? 为更好地回答这些问题,必

---

① Boaventura de Sousa Santos, "The World Social Forum:Towards a Counter-Hegemonic Globalisation(Part I)".In *World Social Forum:Challenging Empires*,ed,Jai Sen, Anita Anand, Arturo Escobar,and Peter Waterman.Montréal:Black Rose Book,2009,pp.235-245:235.

须深入分析世界社会论坛的组织要素,其中包括世界社会论坛的组织设置、组织原则、组织形式等相关内容。

(一) 组织机构:国际理事会和国际秘书处

1.国际理事会

国际理事会(International Council)是世界社会论坛中的一个重要组织机构,在界定政策导向和世界社会论坛的战略方向方面发挥着主导作用。正如一些学者所言:"国际理事会对世界社会论坛的发展轨迹有相当大的影响,因为它决定下一次论坛将在哪里举行。"①最初,国际理事会是作为一个没有权力的引导机构而建立的,其最初目的是一个智囊团,而不是一个组织机构。但随着时间的推移,论坛对国际理事会的目的和期望也发生了变化,尤其是随着参加世界社会论坛的人越来越多,以及对巴西组织者的批评越来越多,理事会作为一个组织机构受到重视,由此也获得了更多的决策权力。目前,国际理事会已经成为世界社会论坛进程中的决定性机构,具有核心地位。理事会每年召开两至三次会议,在互联网上进行密集的交流,确定世界社会论坛会议的地点和基本形式,以及涉及组织、资金和方案等相关的政策。

最初成立国际理事会的建议可以追溯到首届世界社会论坛召开之前。2000年6月,在日内瓦正在举行一场与联合国哥本哈根加5会议平行的大会,一个代表各种组织的代表团把召开世界社会论坛,同时建立一个支持论坛的国际理事会作为建议向运动介绍出来,此建议被接受。因此,在第一次世界社会论坛期间,组织者就决定建立一个结构松散的国际理事会,由应邀参加第一届论坛会议及所有随后经选举认可的集团和组织组成。首届世界社会论坛结束后,2001年6月,在圣保罗举行了第一次国际理事会会议。理事会会议结束后,发布了关于世界社会论坛国际理事会的第一份文件,该文件宣称:

① Micha Fiedlschuster, *Globalization*, *EU Democracy Assistance and the World Social Forum*: *Concepts and Practices of Democracy*, Basingstoke: Palgrave Macmillan, 2018, p.201.

国际理事会的创立也体现了作为一个永久的、长期进程的世界社会论坛的概念，涉及这个进程是为了建立一项国际运动，以汇集替代新自由主义思想的支持新社会秩序的思考，这项运动将促进具有多样性和差异性建设之间的联络。因此，国际理事会将作为一个永久性的机构建立起来，以保持2002年之后的世界社会论坛的连续性，从而巩固把世界社会论坛推向世界层次的进程。①

从2001年的51名成员开始，国际理事会发展至今，已经拥有175个成员组织，活跃组织的数目差别很大，而且要少得多。平均而言，大约有50个组织参加了国际理事会会议。此外，观察员可参加会议并发言，但无表决权。有了额外的观察员，国际理事会会议可以有100多人参加。根据现有的数据，在国际理事会历史上只有两次会议超过50%的成员出席了会议。他们的平均参与率为36%，34个组织参加了超过2/3的国际理事会会议，59个组织参加了50%以上的国际理事会会议(见表5.6)②，这些成员主要来自拉丁美洲和欧洲。因此，国际理事会从一开始就存在各种问题，除了地理上的不平衡外，在性别、种族、年龄以及主题领域各方面均存在不平衡性。以2005年国际理事会介入的主题领域为例，其中"经济正义(发展、债务、贸易、社会—经济平等)是活动的主导领域，占30.1%。之后是劳动和工会主义，占11%，人权占8.8%，女权主义和妇女议题占7.4%，民主化(参与性的、草根民主)占7.4%"③。

---

① 参见[葡萄牙]鲍温图拉·德·苏撒·桑托斯:《全球左翼之崛起》，彭学农等译，上海人民出版社2013年版，第50—52页。
② 这些计算是根据多年来国际理事会成员总数的变化进行的(从不足100名成员增加到175名成员)。这些数字是各组织对国际理事会工作的承诺的指标，只有在有限的程度上才能表示国际理事会组成的连续性。然而，许多活跃的成员从一开始就成为国际理事会的一个重要部分。
③ [葡萄牙]鲍温图拉·德·苏撒·桑托斯:《全球左翼之崛起》，彭学农等译，上海人民出版社2013年版，第116页。

表5.6　定期参与会议的国际理事会成员的地区分布

居住地	核心参与者(参与人数>66%)	定期参与者(>50%参与)
(西)欧	12	17
拉美和加勒比地区	10	15
不提供地域联系	5	10
北美洲(墨西哥除外)	3	3
非洲	2	4
亚洲与中东	2	3
总计	34	52

资料来源:Micha Fiedlschuster, *Globalization*, *EU Democracy Assistance and the World Social Forum*: *Concepts and Practices of Democracy*, Basingstoke:Palgrave Macmillan,2018,p.207。

为解决论坛组织上存在的问题,早在2003年世界社会论坛举行期间,国际理事会会议就作出了两项重要决定以图扭转局面:一是重建理事会,使它更具有可操作性。换言之,必须通过批准一套内部的条例以及通过设立委员会来负责具体任务。二是采取措施增加国际理事会的代表性,赋予理事会在计划和组织世界社会论坛方面更多的责任。也就是说要建立组织准入的标准,进而吸引世界社会论坛中代表较少的组织和运动参与到国际理事会中来。这两个决定均明确了国际理事会必须引入正式规则来解决其组织建设中存在的问题。其实在理事会成立初期,组织者就设想了正式规则以强化理事会的代表性与责任性。"其成员计划制定内部规则,并设立理事会,以使理事会的工作更容易承担责任"。[1] 然而,2003年在迈阿密举行的世界社会论坛国际理事会会议上,尽管理事会并未就内部规则达成一致,但仍决定设立六个委员会来解决组织问题。这六个委员会分别是战略委员会、内容委员会、方法论委员会、扩展委员会、交流委员会和基金委员会。每个委员会有不同的职责和功能(见表5.7)。国际理事会成员选择到他们喜欢的委员会去工作,每个委员会

---

① Boaventura de Sousa Santos, *The Rise of the Global Left*: *The World Social Forum and Beyond*. London/New York:Zed Books,2006,pp.100-101.

都有一个国际理事会成员扮演"协作者"的角色,每个委员会都期望成为永久的办公机构,并为国际理事会会议提交报告。

表 5.7　国际理事会的成员及其作用

名　称	功　能
战略委员会	分析国际政治形势并制定长期战略
内容委员会	收集分析以往论坛的记录并提出未来世界社会论坛的讨论主题
方法委员会	制定主办论坛的指导原则以及思考解决因论坛结构引起的问题
扩展委员会	准备接纳新成员,并为扩大世界社会论坛的地域和主题范围提出建议
交流委员会	改进世界社会论坛的内部与外部交流
基金委员会	协助论坛基金会争取基金并制定预算准则

尽管这些委员会功能的发挥并不能从根本上解决国际理事会存在的组织问题,尤其是不平衡性问题,国际理事会也因此常被指责缺乏透明度和责任性问题。但在世界社会论坛中,国际理事会的作用仍非常重要,不可替代。它被认为是世界社会论坛中最具代表性的机构,同时又是世界社会论坛内部民主的推动者。此外,国际理事会还被认为在强化世界社会论坛的广泛性观念方面起着决定性作用,它要把论坛变成一个永久的进程,促进论坛许多创新的可持续性,从而使世界社会论坛变成"在一个集体学习和成长方面逐步增加的进程"①。另外,国际理事会还赋予世界社会论坛动力和能量,使其能够不断砥砺前行。在反对新自由主义全球化抗议中,一些活动人士就认为"世界社会论坛是一种便利组织全球化抗议活动的工具,而国际理事会则是世界社会论坛的发电机"②。

2. 国家组织委员会/国际秘书处

为了推动首届世界社会论坛的召开,以贝纳德·卡森为代表的组织者决

---

①　[葡萄牙]鲍温图拉·德·苏撒·桑托斯:《全球左翼之崛起》,彭学农等译,上海人民出版社 2013 年版,第 54—55 页。

②　Micha Fiedlschuster, *Globalization*, *EU Democracy Assistance and the World Social Forum*: *Concepts and Practices of Democracy*, Basingstoke: Palgrave Macmillan, 2018, p.211.

定成立巴西组织委员会(Brazilian Organizing Committee),自 2001 年起开始具体组织世界社会论坛,在论坛发展过程中更多地充当组织者和推动者以配合国际理事会。该组织的成员包括巴西非政府组织协会(Brazilian Association of Non-government Organization)、援助市民金融交易税协会(Association for the Taxation of Financial Transactions for the Aid of Citizens)、巴西正义与和平委员会(Brazilian Justice and Peace Commission)、巴西公民权利倡导者协会(Brazilian Association of Entrepreneurs for Citizens)、中央工会联合会(Central Trade Union Federation)、巴西社会和经济研究院(Brazilian Institute for Social and Economic Studies)、全球正义中心(Centre for Global Justice)、无土地运动(Landless Movement)。2002 年,为了回应巴西在世界社会论坛组织和设计中影响过大的批评,国家组织委员会(National Organizing Committee)替代巴西组织委员会充当了论坛组织者与推动者角色。2001—2003 年间,由于世界社会论坛均在巴西阿雷格里港举行,因此,国家组织委员会只有来自巴西的成员。2004 年,世界社会论坛移师孟买,社会政治背景的不同成了论坛必须强化组织的主要因素,论坛设立了印度总委员会、印度工作委员会、印度组织委员会以及地方组织委员会四个委员会。其中,印度组织委员会是 2004 年世界社会论坛的执行机构,最终负责组织本次活动,组织委员会由 45 名成员组成,分为8 个工作组。由于此次世界社会论坛的组织委员会除了巴西成员外,还有印度这一大国,因此,国家组织委员会改名为国际秘书处(International Secretariat)。从此,在世界社会论坛发展过程中,组织委员会/国际秘书处一直承担着某些种类的代表职能,尽管其与国际理事会的关系并不很和谐,但作为世界社会论坛的组织机构,国际秘书处与国际理事会仍然努力协作,成功组织了各届世界社会论坛。

(二) 组织原则:网络逻辑与开放空间并行

近二十年来,世界社会论坛在发展过程中,无论其参与人员如何多元化,活动方式如何多样化,论坛始终坚持并贯彻其一贯的组织原则:网络逻辑与开放空间。

1. 网络逻辑

自从 2001 年在阿雷格里港召开第一届会议以来,世界社会论坛已经反映出在当今社会运动尤其是全球正义运动中盛行的网络逻辑。"虽然许多人看到了新近的群众抗议活动如果没有因特网就是不可能的,但是被忽略的问题是,适用于这些运动的通信技术是如何以自己的形象来塑造运动的。因为有了因特网,运动的动员不用多少官僚制和等级制就可以展开;强加的共识和编造的宣言正在退入幕后,取而代之的是一种经常的、松散结构的、有时是强制性的信息交流的文化。"①受新信息技术的推动以及早期萨帕塔斯塔运动和反自由贸易运动的激励,全球正义运动通过分散的网络形式迅速扩散而产生。法国著名的公共知识分子、昔日切·格瓦拉玻利维亚游击队中唯一的欧洲战士雷吉斯·德布雷称:"因特网为国际斗争插上了电子翅膀。"②随着反新自由主义全球化运动的实践发展,网络逻辑逐渐被运动者内化为一种组织原则。作为全球正义运动的一个重要组成部分,世界社会论坛在其组织活动中更突出地表现出"网络逻辑"的组织原则。

网络逻辑是与政党和工会以命令为导向的逻辑相对应的一种组织原则,它主要包括以下四个方面的内容:(1)在不同自主要素之间建立水平的联系和关系。(2)信息的自由公开流通。(3)通过分散协调和共识决策进行协作。(4)自我指导网络。③ 因此,遵循网络逻辑的组织原则,世界社会论坛可以使不同的个人、团体和运动围绕反对新自由主义这一共同的标识而联系在一起,

---

① 克劳埃·凯拉海尔、杰伊·森:《开放空间的探索:世界社会论坛与政治文化》,李存山译,《国际社会科学杂志》2005 年第 4 期。

② 戴锦华、刘健芝主编:《蒙面骑士:墨西哥副司令马科斯文集》,上海人民出版社 2006 年版,第 24 页。

③ 参见 Jackie Smith etal,*Global Democracy and the World Social Forums*(International Studies Intensives),Boulder·London:Paradigm Publishers,2014,p.29。

在保持他们自主权的同时，创造一个包容性的空间；可以通过在灵活的结构内阐明不同运动的诉求，促进各运动之间最大限度进行协调和沟通，从而推进论坛的水平提升与地域扩张。更重要的是，网络逻辑可以支持论坛参与者之间的各种愿景和愿望，从而有效地进行协作。在论坛的具体实践活动中，网络逻辑的原则体现非常充分。加州大学河滨分校的研究发现，作为参加 2005 年阿雷格里港世界社会论坛的理由的"网络"，在非本地受访者（60%）中比巴西受访者（26%）更为常见。在欧洲社会论坛中，80% 的组织认为与其他国家和跨国组织的合作，并加强网络联系是他们团体存在的主要理由，许多群体也强调与从事不同问题但具有相同价值观的团体进行合作的重要性，甚至一些团体称自己就是网络组织。

当然，网络逻辑是世界社会论坛的重要组织原则，但并不是主导性组织原则，在实际活动中，网络逻辑总是与其他逻辑存在竞争。在世界社会论坛发展过程中，围绕意识形态（反对新自由主义全球化与反资本主义）、优先事项、战略（与当局的关键合作与激进自治）、策略（暴力与非暴力）以及组织形式（正式与非正式）和决策风格（共识与投票）等争论的持久存在，在一定程度上也影响了网络逻辑的运作及作用发挥。

2. 开放空间

在世界社会论坛的组织设计中，网络逻辑的组织思想通过"开放空间"这一概念表现出来的。世界社会论坛的主要组织原则是"开放空间"，在世界社会论坛的原则宪章中，诸多条款都体现了开放空间概念的核心要义。原则宪章第 1 条规定，"世界社会论坛是一个开放性的集会场所，供现代社会的组织和运动深入地反思问题、民主地讨论各种思潮、认真地提出倡议、自由地交流经验、在有影响的行动之间构建联系。这些组织和运动都反对新自由主义，反对资本对世界的主宰，反对任何形式的帝国主义，致力于在人类内部和人类与地球之间建立一个具有丰富多样联系的全球社会。"第 6 条规定："世界社会论坛的会议不代表作为一个机构的世界社会论坛来商讨问题。……它不构成会议的参与者争夺权力的一个场所,也不准备构成参与论坛的组织和运动相互联系和发动行动的唯一选择。"宪章第 8 条规定:"世界社会论坛形成了多元性、多样化、非教派、非政府和非党派的环境,这种环境以分散的方式将参与从地方到国际各层次的具体行动来建设另一个世界的组织和运动连接起来。"①所有这些条款均反映了在世界社会论坛抵制新自由主义全球化过程中,采用的行动方案是建立一个"开放空间"。

世界社会论坛"开放空间"这一概念的首要支持者是弗朗西斯科·惠特克,也是世界社会论坛成立以来的主要推动者之一。在世界社会论坛的实践活动中,惠特克对开放空间做出了如下界定:"没有领导者的空间,它仅仅是一个空间,从根本上而言是水平的空间,就像没有主人的场所。世界社会论坛是为所有聚集在论坛的人的共同目标而创造的空间,他们在没有领导人或权力金字塔的情况下,作为水平的公共空间而发挥作用。作为思想的孵化器,世界社会论坛旨在在这个空间中发起挑战新自由主义全球化的运动。"②不难看出,惠特克认为世界社会论坛是一个开放空间,其中心思想是世界社会论坛不是战略的行为者,而是为不同的群体、组织以及具有相同思想的网络能够聚集在一起,提供一个基础结构或一个空间。因而,论坛有助于行为者跨越不同而聚集在一起,同时论坛也有助于促进信息的公开与自由流动。希瑟·高特尼(Heather Gautney)也认为,开放空间是"组织者表示他们的意图是创造一个非强制性、非等级性的空间,使运动和团体可以在不服从政党路线或确定领导的情况下社会化,并重新建立一个独立的公共领域"③。

在"开放空间"这一原则的指导下,世界社会论坛在具体实践活动中为众

---

① WSF, Charter of Principles, http://www.forumsocialmundial.org.br/main.php? id_menu = 4&cd_language = 2.

② Peter.Waterman, "What's Left Internationally? Institute of Social Studies", The Hague, Working Series 362, 2002.http://groups/yahoo.com/groups/GoSoDia4.

③ Heather Gautney, *Protest and Organization in the Alternative Globalization Era*: *NGOs*, *Social Movements*, *and Political Parties*, New York: Palgrave Macmillan, 2010, p.51.

多参与者提供的开放空间并不是单一性质的开放空间,而是一个具有多元性质的开放空间。

首先,"开放空间"的组织原则使世界社会论坛成为一个提供协商或话语的公共空间。针对资本主义社会里人们生活世界被系统世界殖民化的现象,社会论坛通过创造一个空间,为被占主导地位的经济和政治秩序压制的声音提供一个自由发声的平台,从而恢复生活世界具有某些能够抵抗政治经济制度及其工具理性殖民化的特征。对此,世界社会论坛原则宪章中明确表明,论坛不是权力的空间或权力的焦点。相反,"作为一个讨论的场所,世界社会论坛推动一场思想的运动来促进一系列的反思,并对这些反思的结果进行公开的交流。这些反思的对象包括:资本统治的机制和手段、抵抗和克服这一统治的手段和行动,解决排斥和社会不平等问题的替代性措施"①。因此,通过"开放空间"这一组织原则,世界社会论坛在一定程度上解决了关于新自由主义全球化使全球南北分化加剧以及社会鸿沟不断加深的政治交流问题。也正因为此,作为一个协商性的公共空间,世界社会论坛对许多参与者都有强烈的吸引力。正如乔菲伊·普利耶(Geoffrey Pleyers)所指出的那样,"世界社会论坛是一个允许讨论和辩论的公共论坛,它加强了成员提出观点和接受论点的能力"②。

其次,"开放空间"的组织原则使世界社会论坛成为论争的公共空间。后马克思主义者尚塔尔·墨菲(Chantal Mouffe)认为,"权力关系是所有社会关系的组成部分,必然影响协商的性质"③。世界社会论坛也是如此。虽然世界社会论坛的组织者弗朗西斯科·惠特克声称论坛只是一个空间,一个没有金字塔政治权力的空间。然而,事实上世界社会论坛确实有权力金字塔的存在,正如阿波

---

① ［葡萄牙］鲍温图拉·德·苏撒·桑托斯:《全球左翼之崛起》,彭学农等译,上海人民出版社 2013 年版,第 202 页。

② Geoffrey Pleyers,"The Social Forums as an Ideal Model of Convergence", *International Journal of the Social Sciences*,2004,Vol.182,pp.507-519:510.

③ Chantal Mouffe,"Deliberative Democracy or Agonistic Pluralism?", *Social Research*,1999,Vol.66,p.753.

利·彼库里(April Biccum)所言,"如果认为开放空间是没有斗争的空间,那就没有政治和权力了"①。很显然,世界社会论坛虽然把开放空间作为组织原则,但论坛中仍存在许多围绕着整个论坛组织和国际理事会作用的斗争。许多基层活动家批评国际理事会以及地方和区域组织委员会是一个封闭的代表和权力空间,原因在于参与论坛机构活动的仅限于某些拥有可以获得信息和足够的资源去旅行的著名国际组织或网络。因而,在权力关系的影响下,世界社会论坛坚持的开放空间原则,使论坛成为了一个具有争论与斗争性质的开放空间。

另外,需要提及的是,虽然开放空间是世界社会论坛的组织原则,但论坛并不对所有人开放。事实上,开放空间也是一个被界定的排除空间。因为根据原则宪章,论坛只对那些坚持反对新自由主义经济政策和军国主义原则的人开放,而支持暴力的人往往被排除在世界社会论坛之外。

(三) 组织形式:垂直化与水平化相结合

自2001年首届世界社会论坛召开至今,其组织形式并不是固定不变的。相反,世界社会论坛在发展过程中,其总在根据形势的发展变化和基层活动人士的批评与建议,不断地进行反思与学习,灵活地采取适当组织形式以吸引更多个体与组织参与到论坛活动中来。当然,世界社会论坛组织形式的变化也与世界社会论坛的组织结构密切相关。世界社会论坛并非是正式组织,但却具有组织要素。2011年世界社会论坛在其实践活动中明确指出:"世界社会论坛不是一个组织。世界社会论坛是一个空间,是那些坚持其原则的人的平台。"②对此,桑托斯对世界社会论坛的组织形式做出如下描述:世界社会论坛并不是一个学术会议,尽管许多学者的贡献都集中于此;世界社会论坛不是一个党派或国

---

① April Biccum,"The World Social Forum:Exploiting the Ambivalence of 'Open' Spaces", E-phemera,2005,Vol.5,No.2,pp.116-133:127.

② WSF 2011, " Guiding Principles for Organizing WSF Events ", http://openfsm. net/projects/ic-methodology/metcom-principiosguias-versao2011-en/#_Toc304497698.

际政党,尽管世界各地的许多政党的武装分子和活跃分子参与其中;世界社会论坛不是一个非政府组织或非政府组织联合会,尽管它的观念和组织很大程度上都来源于它们;世界社会论坛不是一场社会运动,尽管它常常将自己定位为"运动中的运动"。虽然"世界社会论坛本身是社会变革的推动者,但它拒绝历史主体的概念,并且在推动社会变革过程中没有优先考虑任何特定的社会行为者"①。正因为此,世界社会论坛既不能像正式组织那样采取垂直化的组织形式,也不能像非正式组织或社会运动那样采取水平化的形式,而是采取垂直化与水平化相结合的组织形式。

迈克尔·奥斯特韦尔(Michal Osterweil)认为,"'水平化'和'垂直化'是活动人士广泛用来区分两种不同政治文化与组织文化的术语。"②"垂直化"这种组织风格经常与工会、政党和大型非政府组织联系在一起,信奉马克思主义的阶级斗争和革命概念,偏爱等级制度,注重结果,因而往往会损害民主进程的质量。"水平化"的组织风格常常与反威权主义者和无政府主义者的活动相联系,他们重视参与的原则,强调个人和群体的自主性,网络结构的必要性以及"开放空间"的价值,倾向于一种单一的、尤其是网络化的组织战略,这种战略使参与者在活动中拥有最大的自主权。

在世界社会论坛成立初期,尤其是在阿雷格里港召开的前三届论坛中,组织者均采用了一种自上而下的垂直化方式来组织大型活动,为参与者提供了一个高度可靠的空间。2001 年第一次世界社会论坛就包括 16 次由组织委员会挑选的高知名度小组成员召开的会议和 420 个自组织的讲习班。③ 然而,

①　Boaventura de Sousa Santos, "The World Social Forum: Towards a Counter-Hegemonic Globalisation(Part I)", In *World Social Forum: Challenging Empires*, ed, Jai Sen, Anita Anand, Arturo Escobar, and Peter Waterman. Montréal: Black Rose Book, 2009, pp.235-236.

②　Michal Osterweil, "A Cultural-Political Approach to Reinventing the Political", *International Social Science Journal*56, 2004, No.182, pp.495-506.

③　See Heather Gautney, *Protest and Organization in the Alternative Globalization Era: NGOs, Social Movements, and Political Parties*, New York: Palgrave Macmillan, 2010, p.48.

这种垂直化的组织方式很快受到基层活动人士的批评,认为世界社会论坛存在诸多问题:决策方面缺乏透明度、层级化的组织、对活动中有名望之人实行特殊待遇以及精英联盟取代基层组织成为论坛活动中更巩固的组成部分。正因为此,多数与会者声称世界社会论坛将是一个"不民主的空间",一些团体甚至决定不参加世界社会论坛的官方会场。

然而,对世界社会论坛垂直化组织方式进行批评的活动人士或团体并没有因此而完全不参加世界社会论坛,相反,他们在世界社会论坛附近形成了"自治空间"①。"自治空间"最初源于 2002 年世界社会论坛召开期间的 Intergalactika 不服从实验室(Intergalactika Laboratory of Disobedience)的抗议活动,该实验室是世界社会论坛青年营中进行水平化交流的基层空间。在本届论坛召开的第一天,该实验室中具有直接行动倾向的活动者、激进主义者与无政府主义者与巴西激进的桑巴乐队一起游行,向举行正式论坛的巴西主教大学进发。到达后,这群人爬上了二楼,占据了贵宾室,向空中泼水,并高喊:"我们是 VIP"。尽管世界社会论坛的组织者对此非常愤怒,但还是在抗议活动的压力下取消了贵宾室。Intergalactika 不服从实验室的行为为随后召开的欧洲社会论坛和世界社会论坛中的自治空间提供了模式。② 受此启发,2002 年的佛罗伦萨欧洲社会论坛、2004 年的伦敦欧洲社会论坛、2004 年的孟买世界社会论坛与 2013 年的突尼斯世界社会论坛均出现了"自治空间"这种模式。这些自治空间主要由反威权和无政府主义团体和土著人组成,被称为世界社会论坛进程中的坚持水化者。在论坛活动中,他们采取"一只脚在里面,一只脚在外面"的模式对世界社会论坛的垂直化组织实践提出挑战,但并未脱离世界社会论坛,而是与论坛保持一定的联系。他们在不同程度上参与了论坛的

① Michal Osterweil,"De-Centering the Forum:Is Another Critique of the Forum Possible?",In *World Social Forum:Challenging Empires*,ed,Jai Sen,Anita Anand,Arturo Escobar,and Peter Waterman,Montréal:Black Rose Book,2009,pp.183-190.

② See Jackie Smith etal,*Global Democracy and the World Social Forums*(International Studies Intensives),Boulder・London:Paradigm Publisher,2014,p.47.

筹备活动,甚至有时还会介入关于论坛的未来发展轨迹的讨论。很显然,在世界社会论坛活动中,"自治空间"出现是世界社会论坛组织方式的一个重要变化,它有利于自组织活动的开展,因此被坚持水平化的活动人士戏称为"一步一步地走出论坛"①的组织模式。

不仅如此,"自治空间"还培养了世界社会论坛的模式,使其不仅是一个包罗万象的开放空间,而是作为一个多样性的网络空间而存在。因而,"自治空间"不仅是世界社会论坛的一种组织形式,它还改变了传统世界社会论坛的组织方式。2005年阿雷格里港世界社会论坛,从论坛举办的中心地点转移到天主教大学的网站,以一个"世界社会领土"的网络形式出现,网站中包括青年营地活动的不同主题领域。因此,青年营地内更基层的水平化的组织方式不再处于论坛的边缘位置,而是成为了论坛的中心。同样,2004年欧洲社会论坛的"自治空间",也因为取消了贵宾与有名望者参加会议的特权,从而减少了坚持垂直化者与坚持水平化者之间的内部斗争,这不仅有助于论坛更加开放,也为更多的水平化组织活动如讲习班和研讨会留下更多空间。

世界社会论坛之所以采取垂直化与水平化相结合的组织形式,与世界社会论坛所表现出的"松散联合(Loose Coupling)"与"局部组织(Partial Organization)"的特征密切相关。

"松散联合"是社会学家卡尔·威克(Karl Weick)在挑战组织社会学普遍认同的"一个组织的要素是紧密的联系在一起的"这一观点时而提出的。与组织要素是紧密联系在一起的这一观点相反,卡尔·威克认为组织中的一些要素"往往经常和松散地联系在一起"②。因此,他提出了"松散联合"的概念,来解释为什么一个组织中的变化和改进既不可能发生,也不会随着时间的

---

① Micha Fiedlschuster, *Globalization*, *EU Democracy Assistance and the World Social Forum*: *Concepts and Practices of Democracy*, Basingstoke: Palgrave Macmillan, 2018, p.172.

② Karl E. Weick, "Educational Organizations as Loosely Coupled Systems", *Administrative Science Quarterly* 21 1976, No.1, pp.1-19:1.

推移而持续下去,以及为什么当事情从来没有以应有的方式发生时,管理者会感到困惑和愤怒。他的主要观点是"联合事件或组织的元素具有反应性,但每个事件也保留了自己的身份和一些与物理或逻辑相分离的证据"①。

在世界社会论坛中,"自治空间"与世界社会论坛之间就是一种松散联合的关系。一方面,"自治空间"既能从世界社会论坛基础结构与意识形态框架中受益,同时也能在世界社会论坛活动事件中保持独立身份;另一方面,世界社会论坛也在一定程度上回应了坚持"自治空间"水平化者的要求。因此,松散联合对世界社会论坛的组织形式有重大影响,一方面,因为松散联合的原因,论坛组织者对论坛发生的事情缺乏严格控制,各部分之间的联系比较薄弱,从而使一些小的激进团体很难融入世界社会论坛的中心,只能在论坛边缘活动。不仅如此,由于这些激进团体拥有独立的身份,因而也拥有严格的边界、规定,容易导致论坛内分裂和异化。另一方面,尽管联系薄弱,但论坛的不同部分仍是相互影响和相互作用的,松散的联系也可以是不同论坛活动者之间进行沟通的桥梁,从网络的角度来看,薄弱的联系被认为是论坛具有"凝聚力"与"吸引力"的一种表现。就此而言,世界社会论坛并非是缺少组织结构,而是缺少严格的组织结构。

"部分组织"一词由社会学家格瑞·阿赫恩(Göran Ahrne)与尼尔斯·布朗松(Nils Brunsson)提出。他们认为组织社会学中的组织概念往往仅限于完整、正式的组织。"部分组织"主要指"那些缺失完整组织的要素(例如,成员规则、决策过程等),或者组织要素在正式组织之外发挥作用的组织"②。据此不难判断,"网络"与"制度"某种程度上恰好体现了"部分组织"的概念内涵。一般来说,"部分组织"存在的原因主要有两点:一是组织者没有机会或没有

---

① Karl E. Weick, "Educational Organizations as Loosely Coupled Systems", *Administrative Science Quarterly* 21 1976, No.1, pp.1-19:1.

② Göran Ahrne and Nils Brunsson, Organization Outside Organizations: The Significance of Partial Organization, *Organization*, 2011, Vol.8, No.1, pp.83-104.

兴趣建立一个完整的组织①;二是组织特征的引入受到了参与者的抵制②。

从严格意义上讲,世界社会论坛不是一个正式组织,而是一个空间。这主要是因为,在世界社会论坛召开期间,体现出了组织、网络与制度三种不同社会秩序的混合形式。其中,"组织是一个确定的秩序,网络是一个通过人际信任关系维持的秩序,而制度是基于被视为理所当然的信念和规范的命令"③。很显然,世界社会论坛中"网络"和"制度"这两个选项的混合使其具有了部分组织的特征。在世界社会论坛的活动过程中,虽然也得到国家组织委员会的努力推动,但是国家组织委员会在筹备过程中往往缺乏足够的资源。它们可能有一个组织过程的蓝图,但是实际操作却是处于相当松散的联合与发展中。由于组织者的组织能力有限或缺乏组织社会论坛的经验,专题讲习班的合并进程仍然不完整。不仅如此,大多数论坛活动都是自组织的,这也超出了组织者的控制范围,没有办法采取强制措施要求其执行世界社会论坛的任何路线政策,只有诉诸世界社会论坛的主题和宪章中规定的原则。更加重要是,在论坛活动中,来自基层的活动者由于具有强烈的非正式精英主义的倾向,在政治实践中往往对正式组织并不信任,他们不认为"正式程序足以完成确保民主决策的任务"④。在这种情况下,尽管精英活动人士在一定程度上主导了世界社会论坛,但是,"支持一种分化的、参与性的反映激进文化的新一代,带来了组织风格的变化,侵蚀了创始领导人的角色"⑤。因而,世界社会论坛"没有成

①　See Göran Ahrne and Nils Brunsson, Organization Outside Organizations: The Significance of Partial Organization, *Organization*, 2011, Vol.8, No.1, pp.83-104:87.

②　See Micha Fiedlschuster, *Globalization*, *EU Democracy Assistance and the World Social Forum*: *Concepts and Practices of Democracy*, Basingstoke: Palgrave Macmillan, 2018, p.177.

③　Christoph Haug, "Organizing Spaces: Meeting Arenas as a Social Movement Infrastructure Between Organization, Network, and Institution", *Organization Studies*, 2013, Vol.34, No.5-6, pp.705-732.

④　Francesca Polletta, *Freedom Is an Endless Meeting: Democracy in American Social Movements*, Chicago: University of Chicago Press, 2002, p.200.

⑤　Geoffrey Pleyers, "A Decade of World Social Forums: Internationalisation Without Institutionalisation?", In *Global Civil Society* 2012: *Ten Years of Critical Reflection*, ed, Mary Kaldor, Henrietta L. Moore, Sabine Selchow, and Tamsin Murray-Leach, Basingstoke: Palgrave Macmillan, 2012, pp.166-181.

为一个依靠强有力的领导者和专业组织者的机构化的组织"①,论坛组织者只有依靠参与者的高度自愿与合作来开展活动。就此而言,不难看出世界社会论坛几乎没有发展正式组织的要素,而"部分组织"的出现在某种程度上也是论坛组织者政治资源稀缺的一个结果。

因此,在世界社会论坛的开展过程中,由于官方论坛与自组织活动的"松散联合"以及论坛呈现出的"部分组织"特性,论坛活动采取了垂直化与水平化相结合的组织形式,这不仅能在一定程度上彰显精英权威人物在论坛中的影响力,也能通过这种混合的组织形式为基层民众提供一个自由交流沟通的平台,从而充分调动参与论坛的积极性与主动性。

第二节　世界社会论坛的主要功能

在当今世界发生急剧变化的时代,世界社会论坛的出现,相对于传统政治实践而言,是一个新的政治创举,是"我们这个时代最重要的政治事态发展之一"②。从推动社会变革的角度来看,世界社会论坛既是社会变化的显示器,也是社会变化的催化剂。作为反对新自由主义全球化运动的重要组成部分以及全球左翼力量的代表,世界社会论坛被看作是此前不存在的一个聚会点,不仅为反对新自由主义的团体、运动和网络提供了一个集合、交流思想与计划行动的"开放空间",而且也是当代跨国行为主义不断发展的重要基础,更是"全球民主的实验室"。美国学者皮特·N.芬克(Peter N.Funke)把世界社会论坛这一"开放空间"所起的作用形象地比喻为"电阻继电器",特别强调论坛为不

---

① Geoffrey Pleyers,"A Decade of World Social Forums:Internationalisation Without Institutionalisation?",In *Global Civil Society* 2012:*Ten Years of Critical Reflection*,ed,Mary Kaldor,Henrietta L. Moore,Sabine Selchow,and Tamsin Murray-Leach,Basingstoke:Palgrave Macmillan.2012.pp.166-181.

② Jackie Smith,Scott Byrd,Ellen Reese,and Elizabeth Smythe,"Introduction:Learning From the World Social Forums",In *Handbook on World Social Forum Activism*,ed,Jackie Smith,Scott Byrd, Ellen Reese,and Elizabeth Smythe,Boulder·London:Paradigm Publishers,2011,pp.1-7.

同的团体和运动提供组织平台、发挥连接网络和团体的功能,并寻求在社会论坛的直接领域之外展开动员。芬克认为,作为"电阻继电器"发挥作用的论坛具有四个维度:作为组织平台的社会论坛;连接、充电和扩散作用的社会论坛;在网络之外展开网络动员以及作为社会变化之实践与远景的社会论坛。① 据此不难看出,世界社会论坛在具体实践活动中发挥了组织平台功能、连接与扩散功能、反思与批判功能、预示性功能以及转化与变革功能。

一、 组织平台功能

在世界社会论坛召开期间,世界社会论坛是与会团体、运动与网络的直接组织平台,它能使区域的、国家的或者地方的社会论坛走在一起。2001 年 2 月 1 日,第一届世界社会论坛一结束,沃勒斯坦就兴致勃勃地说,"阿雷格里港是未来吗? 不错,他们已经开始发动世界、组建联盟"②。这种组织平台功能在世界社会论坛的理论与实践层面均有体现。

就理论层面而言,世界社会论坛的组织平台功能散见于其原则宪章的一些规则条款中。如原则宪章第 1 条对世界社会论坛做出了这样的界定:"世界社会论坛是一个开放性的集会场所,供现代社会的组织和运动深入地反思问题、民主地讨论各种思潮、认真地提出倡议、自由地交流经验、在有影响的行动之间构建联系。"第 5 条中世界社会论坛"不准备成为代表世界现代社会的一个机构"以及第 6 条世界社会论坛"不构成会议的参与者争夺权力的一个场所"。所有这些都表明了世界社会论坛是把不同运动和参与者组织起来的一个平台。这一平台为参与论坛的组织和运动提供了一个开放的政治空间,参与者可以在这一空间内自由地讨论、反思与学习,从而激励参与其中的组织

---

① See Peter N.Funke, "The World Social Forum:Social Forums as Resistance Relays", *New Political Science*, 2008, Vol.30, No.4, pp.449–474.

② [美]伊曼纽尔·沃勒斯坦:《转型中的世界体系:沃勒斯坦评论集》,路爱国译,社会科学文献出版社 2006 年,第 169 页。

和运动,把它们的行为从地方层面提升到国家层面,进而再寻求积极地参与到全球公民权问题这样的国际层面。

就实践层面而言,世界社会论坛的组织平台功能主要体现对全球范围内社会论坛的组织影响力上。2001 年首届世界社会论坛召开后,全球范围内的社会论坛如区域性论坛、国家层面的论坛以及一些主题论坛一般都依赖世界社会论坛原则宪章进行活动,并以此在更广泛的论坛进程中形成自我认同。换言之,世界社会论坛宪章的规则条文已经成为各级别、各主题社会论坛开展活动的行动指南。例如,柏林社会论坛在借鉴阿雷格里港世界社会论坛原则宪章的基础上,结合柏林当地以及德国的实际情况,形成了"建立一个网络""彼此联系""相互学习""切实实现团结"和"反对右翼的全球化批判:为了社会的平等和安全,所有人平等地享有多元化和团结的权利"五项方针①。从世界社会论坛的原则宪章所囊括的内容来看,柏林社会论坛这五项方针的形成在某种程度上就是世界社会论坛原则宪章的一种灵活表达。

除此之外,世界社会论坛也是一个"社会运动的集会"。通过这个集会,可以建立和加强多层次的国家网络,以组织开展反对新自由主义的斗争。更重要的是,"运动的集会"也为所有参与论坛活动的社会运动组织展示它们的斗争、选择和文化提供了一个平台,在这里,它们可以相互交流开展运动的战略、战术以及具体的做法,相互学习,以更好地开展本地化的斗争。美国学者杰克·史密斯(Jackie Smith)等人就认为:"世界社会论坛进程为世界提供了一种充满希望的新政治形式,以满足全球经济中对正义、和平与平等日益增长和日益加强的要求。"②因此,世界社会论坛对激发公众参与,形成一种新的政治参与模式贡献很大。

---

① See Peter N.Funke,"The World Social Forum:Social Forums as Resistance Relays",*New Political Science*,2008,Vol.30,No.4,pp.449-474.

② Jackie Smith,Scott Byrd,Ellen Reese,and Elizabeth Smythe,*Handbook on World Social Forum Activism*,Boulder·London:Paradigm Publishers,2011,p.x.

二、 连接与扩散功能

在世界社会论坛原则宪章中,诸如"构建联系""相互联系""连接""交流""集会""聚集"这样的词汇频繁出现。从这些频繁出现的词汇中可以看出,把彼此并不了解的团体和运动集合起来,生成连接,推进网络成长和在直接的社会论坛空间之外展开动员,是作为论坛存在的最真实理由,同时也是世界社会论坛连接与扩散功能发挥的体现。对此,迪特·卢茨认为,作为一个大型聚会,世界社会论坛基本上有两种功能:第一,它有助于加强各运动内部和整个运动之间的联系,唤起希望,激励许多与会者,将大量问题和团体联系起来,并使世界社会论坛成为全球民间社会的一个聚会场所。第二,它有助于形成一个更稳定的基础结构,并作为在不同的层次上不同类型的运动进行交流信息,沟通和组织的一个节点。在全球层面,国际理事会发挥这一作用,在欧洲层面,欧洲筹备会议帮助加强和执行关于如何围绕世界社会论坛原则进行组织的重要经验教训。这些机构以及更专门的组织和网络,可以帮助促使世界社会论坛进程制度化,并有助于逐步提高跨国组织方面的知识和技能。①

当然,世界社会论坛之所以具有连接与扩散功能也是与原则宪章中规定社会论坛无决定权这一特征密切相关。在世界社会论坛宪章的第6条原则中写道:"世界社会论坛的会议不代表作为一个机构的世界社会论坛来商讨问题。因此,没有人会获得任何形式的论坛的授权来表达据称代表所有论坛参与者意见的观点。论坛的参与者不得被要求作为一个团队来作出决策",第7条原则中也写道:"世界社会论坛运用自己掌握的手段保证这些决议被广泛交流,对它们不进行指导,不分等级,不审查或限制,仅仅把它们看成作出这些决定的组织或组织的团体的一些思考而已。"这些关于世界社会论坛无决定

---

① See Dieter Rucht,"Social Forum as Public Stage and Infrastructure of Global Justice Movements",In *Handbook on World Social Forum Activism*,ed,Jackie Smith,Scott Byrd,Ellen Reese,and Elizabeth Smythe,Boulder·London:Paradigm Publishers,2011,pp.11-28.

权特征的描述,是保证论坛具有开放性,并鼓励坦诚交流争辩的基础。根据这些原则宪章,参与的运动和团体可以在不用担心他们自主权的前提下聚在一起,"可以不用在达成一致的压力下展开彼此的探讨,但是却可以提炼出共性所在,并且以一种诚实的方式去做"①。

在世界社会论坛实践活动进程中,其连接与扩散的功能主要体现在两方面:一是促进先前已经存在但彼此缺乏了解的社会组织和运动之间的连接与交流,通过特别的社会论坛,连接和深化网络、运动和团体的动力;二是在全球层面通过不断增长的社会论坛数量来扩展社会论坛的理念和动力。很显然,第一个方面是世界社会论坛的连接功能,而第二个方面侧重于世界社会论坛的扩散功能。

就连接功能而论,世界社会论坛超越了传统限制,为不同的个人、团体和运动创建了一种新的连接机制。一般而言,不同的个人、团体和运动往往会因兴趣或组织路线的相同而走到一起,所谓"志同道合"就是这个道理。尽管如此,世界社会论坛却突破超越个人兴趣等传统界限的束缚,创造出一种使人们能真正地走到一起的具有创新性的连接方式——论坛连接或问题连接。从原则上讲,只要是遵循反对新自由资本主义这一大的政治框架以及坚持非暴力原则,异质性很强的个人、团体和运动就可以参与论坛,相互聚集在一起,就共同吸引人们注意力的问题进行自由、平等的交流,这些问题往往与任何一个运动或组织的迫切需要并没有必然或欣然接受的联系。通过这种连接方式,那些在反对新自由主义全球化中可能永远无法认识的人,可能永远无法实现联合的运动聚在了一起,创造了此前以其他方式都无法得到的"人际网"与"运动网"。通过这些"人际网"与"运动网",抗议者不仅了解到新自由主义全球化在其他地方带来的危害以及当地人民的斗争状况,开阔了反对资本主义全球化的视野,同时,也使他们意识到,反对新自由主义全球化的斗争是一个长

---

① Peter N.Funke,"The World Social Forum:Social Forums as Resistance Relays", *New Political Science*,2008,Vol.30,No.4,pp.449-474.

期而全面的斗争历程,在此过程中,他们并不是"独行侠",世界各地都存在不满与抗议,只要团结在一起,另一个世界就是可能的。因此,世界社会论坛的连接功能对增强论坛参与者对抗新自由主义全球化的信心有重要的促进作用。正因为此,杰克·史密斯(Jackie Smith)等人认为,"世界社会论坛帮助活动人士将他们的特殊关切与反对全球化资本主义的更广泛斗争联系起来。反对来,这又有助于它们吸引国际盟友,并动员更广泛的联盟来推进其目标的实现","世界社会论坛为那些苦苦挣扎的人建立了团结,在维护他们极端和丰富的多样性的同时赋予他们政治权力。"①

　　就扩散功能而言,世界社会论坛的扩散是多方面的,既指世界社会论坛的主体论坛从拉丁美洲迁移到亚洲、再到非洲这样一个全球化的发展历程,同时也指一些自主的社会论坛在遵循世界社会论坛宪章基础上,从欧洲大陆到区域与国家各层面的再现过程。所有这些均被看作是世界社会论坛架构及其普遍化进程的组成部分。如果说世界社会论坛的主办地从阿雷格里港到孟买再到非洲的突尼斯,甚至到北美的加拿大这种地域的扩散是为了让更贫困的人真正参加到论坛中,使世界社会论坛真正具有"全球性"或"世界性"的话,那么自主性社会论坛在区域与地方的扩散则是促进了论坛理念的全球化。当然,社会论坛在全球层面的扩散可以采取直接的渠道,也可以采取间接的渠道。直接的渠道是指通过社交网络,信息的发送者与接收者之间进行的交流沟通,从而实现资源与思想的转移。间接的渠道是接收者与发送者之间通过共建共享身份等方式来实现。在世界社会论坛进程中,最直接的传达者就是世界社会论坛的组织机构——国际理事会,它可以帮助克服世界社会论坛进程中的一些结构性障碍,鼓励或促进区域社会论坛、地方社会论坛或一些主题性社会论坛的召开。其他直接扩散的渠道包括参加世界社会论坛的活动主体在返回家园后向其他团体和网络进行报告,受其启发或刺激,其他团体

---

①　Jackie Smith, Scott Byrd, Ellen Reese, and Elizabeth Smythe, *Handbook on World Social Forum Activism*, Boulder · London: Paradigm Publishers, 2011, p.6; p.xiii.

与网络也试图创造一个当地社会论坛这样的过程或事件。鉴于世界社会论坛的参与者都是来自不同的国家与区域(见表5.8—5.9、图5.1),可以说,每届世界社会论坛的参与者都是论坛理念的直接扩散者,论坛结束后,这些来自不同国家与地区的参与者就会向本地传播有关世界社会论坛信息,从而使世界社会论坛的理念在全球各个层面扩散开来。从表中可以看出,世界社会论坛进程的全球变化,就参与者地理来源上讲,尽管参与者来源的国家众多,但仍呈现出前文论及的地理不平衡现象。其中,欧洲大陆特别是法国与意大利、南美洲特别是巴西一直是世界社会论坛的温床,是世界社会论坛参与者最主要的来源国。非洲和北美洲紧随其后,亚洲和大洋洲举办的社会论坛最少。

表5.8 2005年世界社会论坛的区域地理来源

区域	国家来源(人)	比例(%)
巴西	73,856	80.0
世界其他地区	18,425	20.0
拉丁美洲(不包括巴西)	8,083	8.8
欧洲	4,154	4.5
美国/加拿大	2,376	2.6
亚洲	2,266	2.5
非洲	1,474	1.6
大洋洲	72	0.1
总参加人数	92,281	100.0

资料来源:IBASE(2006)—World Social Forum:An X-Ray of Participation in the Polycentric Forum 2006. Data is based on 59.5 percent of those registered for the WSF.

表5.9 2006年多中心世界社会论坛按国籍分列的参与状况

国　家	比例(%)	国　家	比例(%)
委内瑞拉	65.0	马里	72.3
哥伦比亚	10.8	几内亚	3.7

续表

国　家	比例(%)	国　家	比例(%)
巴西	5.5	塞内加尔	2.0
阿根廷	4.1	尼日利亚	1.7
智利	2.1	布基纳法索	1.6
墨西哥	0.3	法国	3.3
法国	0.7	南非	1.0
德国	0.3	德国	0.1
美国	2.2	美国	0.2
加拿大	0.5	加拿大	0.9
其他国家	13.9	其他国家	13.6

资料来源：IBASE(2006)—World Social Forum：An X-Ray of Participation in the Polycentric Forum 2006,
Caracas and Bamako chapters(www.ibase.br)。

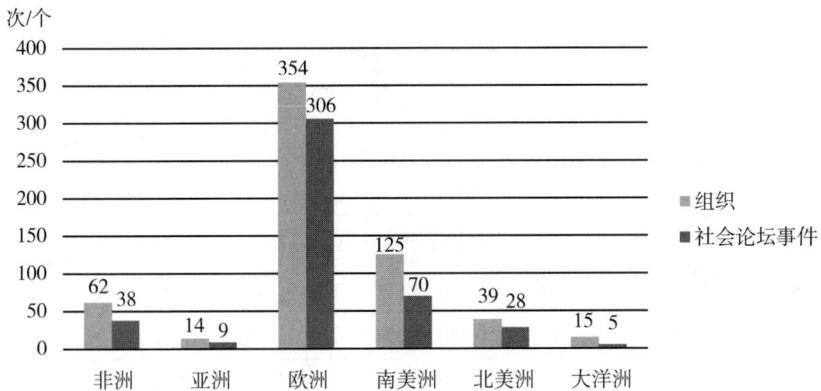

图 5.1　各区域社会论坛事件与组织数目

资料来源：Jacike Smith,Scott Byrd,Ellen Reese,and Elizabeth Smythe,*Handbook on World Social Forum Activism*,Boulder・London：Paradigm Publishers,2012,p.33。

　　有时,地方或国家的团体或网络在世界社会论坛召开间隔之间举行了类似论坛的活动,以抗议新自由主义,但在世界社会论坛之后,它们又转变为地方社会论坛,这就属于世界社会论坛理念的间接扩散。当然,社会论坛活动在全球层次的扩散除了受扩散渠道的影响外,是否能成功地嵌入一些区域或地方,实现世界社会论坛本地化与社会论坛理念的地方化,还取决于有利的政治环境与行为者。因此,在各种因素都具备的情况下,抑或是在"肥沃的土地"①上,区域与地方层面的社会论坛才会激增。表 5.10 与表 5.11 分别展示了区域、国家与地方不同层面的社会论坛状况。

表 5.10　区域社会论坛状况简表

区域论坛	地　点	时　间
欧洲社会论坛	佛罗伦萨	2002 年 11 月
	巴黎	2003 年 11 月
	伦敦	2004 年 10 月
	雅典	2006 年 5 月
	马尔默	2008 年 9 月
	伊斯坦布尔	2010 年 7 月
美洲社会论坛	基多厄瓜多尔	2004 年 7 月
	委内瑞拉加拉加斯	2006 年 1 月
	危地马拉市	2008 年 10 月
	巴拉圭亚松森	2010 年 8 月
地中海社会论坛	巴塞罗那	2005 年 6 月
哥伦比社会论坛	马提尼克岛	2006 年 7 月
亚洲社会论坛	印度海得拉巴	2003 年 1 月
非洲社会论坛	埃塞俄比亚亚德斯亚贝巴	2003 年 1 月
泛亚马孙社会论坛	巴西贝伦	2002 年,2003 年 1 月
	委内瑞拉圭亚那	2004 年 2 月
	亚马孙马慕斯	2005 年 1 月
	玻利维亚可比娅	2011 年 9 月
美索不达米亚社会论坛	土耳其库尔斯坦	2011 年 9 月

资料来源:WWW.forumsocialmundial.org.br/quadrofrc.php? cdforum＝9。

---

① Peter(Jay)Smith and Elizabeth Smythe,"(in)Fertile ground? Social Forum activism in its regional and local dimensions",In *Handbook on World Social Forum Activism*,ed,Jackie Smith,Scott Byrd,Ellen Reese,and Elizabeth Smythe,Boulder·London:Paradigm Publishers,2011,pp.29-49.

表 5.11　美国当地、区域和国家社会论坛

性　质	名　称	时间(年份)
当地论坛	波士顿社会论坛	2004
	芝加哥社会论坛	2005,2006
	休斯顿社会论坛	2006
	洛杉矶社会论坛	2008
	缅因州社会论坛	2006
	纽约社会论坛	2002,2003
	波多黎各社会论坛	2006
	旧金山社会论坛	2002
区域论坛	中西部社会论坛(威斯康星州)	2004,2005,2006
	东南部社会论坛(北卡罗莱纳州)	2006
	边境社会论坛(华雷斯市)	2006
国家论坛	美国社会论坛　亚特兰大	2007
	美国社会论坛　底特律	2010
人民行动大会	肯塔基州社会论坛	2009
	休斯顿德州人民运动大会	2010
	底特律人民运动大会	2010,2011
	西北人民运动大会	2010

资料来源:www.peoplesmovementassembly.org.

从表5.10与表5.11中可以看出,各种区域或地方性社会论坛基本上都是在2001年世界社会论坛召开后进行组织活动的,是对世界社会论坛方法和精神的诠释与坚持。对此,桑托斯也非常形象地说,"地方社会论坛是地方一级世界社会论坛信息的翻译家"①。但是,论坛在本质上仍有很大的不同。表中

① Boaventura de Sousa Santos,"The World Social Forum and the Global Left,Focus on Trade:Special Issue on the World Social Forum 136",2008,Retrieved January 28. http://www.focusweb.org/focus-on-trade-number-136-january-2008.html? Itemid=1.

许多地方社会论坛多以各自地方的名字来作出决定和进行议题表述,这样一来,地方社会论坛就经常是空间和参与者的混合物。换言之,地方社会论坛的参与者往往是该地区的民众,并且也仅仅是围绕该地区的突出问题进行议题设置,在这种情况下,论坛的开放性就会大打折扣。正因为此,科瑞纳·根舍儿(Corinna Genschal)认为,"由于对决定和行动有不间断的需求,支持"纯粹的"开放空间常常是非常困难的。在一些地方社会论坛上,这会导致或者参与量的实际减少,许多地方社会论坛完全解散,或者被某一特别潮流所主导"①。

尽管如此,在世界社会论坛原则宪章的基础上,社会论坛的全球性扩散已经产生了一个多层次的社会论坛进程,这已经成为一个无法否认的国际事实现象。这一进程显示出空间与实际背景的实践问题。对此,简奈特·康威(Jannet Conway)写道:无论世界性的活动在哪里组织,都会制定出自己特有的、植根于地域的社会运动过程。这导致世界社会论坛大为不同,从而对于深化全球进程的国际化、多元文化和跨文明特征,以及在不同运动之间开展真正的对话交流以跨越差异的可能性是非常重要的。世界社会论坛的每一个版本都是"具有本地嵌入性",但同时也是跨国的。世界范围的过程是由无数的以地方为基础的和无可争议的地方化两部分组成的,但两者都被视为一个整体,又是在其许多构成部分之中,具有一种扩张的全球性。②

三、 批判与反思功能

在世界社会论坛原则宪章及其他文本中,多次出现"反对""反思"的字眼。如原则宪章第 1 条就明确写道:"这些组织和运动都反对新自由主义,反

---

① Peter N.Funke,"The World Social Forum:Social Forums as Resistance Relays",*New Political Science*,2008,Vol.30,No.4,pp.467-468.

② See Janet Conway,"Reading Nairobi:Place,Space,and Difference at the 2007 World Social Forum",*Societies Without Borders*,2008,Vol.3,pp.48-71.

对资本对世界的主宰,反对任何形式的帝国主义",第 4 条原则中指出:"世界社会论坛提出的替代方案反对由大型跨国公司以及服从于这些公司利益的政府机构和国际机构所主导的、国家政府参与合谋的全球化进程。"第 10 条原则中指出:"世界社会论坛反对关于经济、发展和历史的所有的极端主义和简化论的观点,反对国家把暴力用作社会控制的手段。……谴责任何形式的统治和一切人对人的奴役。"如果说上述条款均涉及世界社会论坛的反对内容的话,那么在原则宪章第 11 条中则指出:"作为一个讨论的场所,世界社会论坛推动一场思想的运动来促进一系列的反思并对这些反思的结果进行公开的交流。这些反思的对象包括:资本统治的机制和手段、抵抗和克服这一统治的手段和行动、解决排斥和社会不平等问题的替代性措施。"从世界社会论坛原则宪章中的这些规定不难看出,世界社会论坛具有批判和反思的功能。其中,批判主要是对新自由主义全球化的批判,而反思则主要是对新自由主义资本统治世界的方式、手段以及一些不平等的问题进行反思。如果说批判是世界社会论坛"破"的表现,那么反思则是世界社会论坛"立"的先兆。世界社会论坛的批判与反思功能不仅体现在理论层面,而且体现在世界社会论坛各层面的实践活动过程中。

从理论层面来说,世界社会论坛的主要理念与政治主张决定了其必然发挥批判与反思的功能。正如前文所述,世界社会论坛的主要理念如批判的乌托邦、新"南方"认识论以及反叛开放的世界主义。一方面,论坛理念中都贯穿着对新自由主义资本全球化的不满与谴责。批判的乌托邦理念是建立对保守的新自由主义乌托邦进行批判的基础上的;新"南方"认识论与新自由主义的霸权认识针锋相对;反叛开放的世界主义更是有别于以西方为中心的世界主义观。所有这些均体现出世界社会论坛批判功能的发挥。另一方面,论坛理念并不是单纯地仅对新自由主义全球化进行批判,而是在批判的基础上进行反思,如何才能实现"另一个世界"。因此在乌托邦的设计方面不再模糊,而是包含着丰富的具体内容;在论坛活动中,提倡一种"扎根的世界主义",真正做到全球化与地方化的真正结合。世界社会论坛的政治主张也是如此,在对新自由主义全球化进行批判的基础上,对如何推进全球民主深化,实现一个公平、民主的另一个可能的世界进行思考。

就实践层面而言,世界社会论坛的批判与反思功能体现在每一次论坛活动中。可以毫不夸张地说,所有各届世界社会论坛以及地方社会论坛的主题不仅包含着对新自由主义全球化的批判或对现实社会政治黑暗面的揭露,同时也有对未来世界政治经济秩序的思考,以及对另一个可能的世界提出一些建议和思考。例如,在第一、第二届世界社会论坛中,论坛涉及财富的生产和社会再生产、获得财富的途径和可持续性、现代社会和公共领域以及新社会的政治和伦理等主题,其中既有对新自由主义政治经济的批判,同时也对新社会的政治进行了构想,体现出一种批判与反思相结合的横向性探索过程。

最后,尤其需要指出的是,世界社会论坛批判反思的功能不仅指向新自由主义全球化,而且还指向其自身。十多年来,在某种程度上,世界社会论坛的发展进程也是一个不断批判与反思自身的过程。在每一次论坛结束后,组织者均会对本届论坛召开的情况进行总结,批判性地指出其存在的缺陷,反思论坛需要改进或弥补的地方。从某种意义上说,无论是世界社会论坛召开地点的迁移,还是论坛召开形式的变化,甚至是论坛主题的设置,都是论坛组织者对上届论坛进行批判、反思、慎重考虑的结果。

四、 社会变革与转化功能

世界社会论坛是反对新自由主义全球化的产物,代表了当今反霸权全球化的最连贯的形式,其发展历程也是推进社会变革的实践过程。世界社会论坛提出"另一个世界是可能的",但如何从一个充满不平等、混乱与伪善的现实社会转向另一个更加公平、民主、友爱的世界? 行进中的世界社会论坛把主题设定与具体活动结合起来,在探索促进社会变革方法与道路的同时,也促使全球左翼力量逐渐出现转化。

(一) 社会变革功能

一般而言,推动社会变化的集体行动有三种:一种是革命,指"有大规模人群参与的、高度组织化的、旨在夺取政权并按照某种意识形态对社会进行根本改造的制度外政治行为"。另一种为改革,"改革一般在政府的领导下进行,其制度化和组织化程度亦因此相对较高"。还有一种则是介乎二者之间的社会运动。"社会运动的组织化程度可高可低,所追求的社会变革可大可小,体制化程度也可高可低。"①事实上,宏大的革命与改革中往往同时并存着许多社会运动,多数革命一般也都肇始于社会运动。其实,在同一种类型的社会运动中,除充斥着革命、改良等方式的冲突外,参与运动的行动者更喜欢"点滴抵抗带来的变化",即日常抵抗。而在世界社会论坛中,革命、改良和日常抵抗这三种方式是同时存在,相互影响,或许还与其他新的方式发生互动,这也是世界社会论坛的一个很有价值的创新。

世界社会论坛之所以能发挥社会变革与转化功能,主要有以下几个方面的原因:

第一,世界社会论坛是"化多样为优势的地方"②。在世界社会论坛召开进程中,由于其参与者来自不同的国家,从事不同的职业,并且在年龄、身份、社会地位、政治取向均不相同,因而具有高度的异质性与多样性。一般而言,多样就会产生差异,有差异必然有矛盾。然而,世界社会论坛并没有让多样化成为其前进路上的障碍,相反却形成了一种新的政治文化,这种新文化的特征是参与、横向联系、尊重差异并赋予它价值以及把思考和行动相联系。正因为此,在世界社会论坛内部,每一个人的独特性都会得到尊重,论坛是一个提供

---

① 赵鼎新:《社会与政治运动讲义》,社会科学文献出版社 2006 年版,第 2—3 页。

② Véronique Rioufol, "Approaches to Social Change in Social Forums:Snapshots of Recompositions in Progress", *International Social Science Journal*, 2004, Vol.56, Iss.182, pp.551–563.

包容矛盾的场所。在此,参与者可以公开地表达分歧,不同观点之间进行激烈的交锋,不同思想与见解相互了解、学习与反思,寻找能够变革现实社会,实现另一种世界的可能方案。对此,杰克·史密斯(Jackie Smith)等学者认为,"世界社会论坛通过创造空间来推动社会变革,活动分子可以在这样的空间中发挥他们的"政治想象力"——关于什么样的世界是可取的,同时共同努力制定切实可行的战略,使这种愿景成为可能"①。

第二,世界社会论坛是制造与思考"此时此地"变化的重要场所。反对资本主义制度是世界社会论坛的一个斗争目标,但是与传统左派强调通过革命夺取政权推翻资本主义的社会变革道路完全不同,"世界社会论坛是社会运动、非政府组织以及这些运动和组织的地方性、国家性和全球性的社会斗争的实践和知识之间的跨国交流的整套创新,这些斗争是在阿雷格里港原则宪章的指导下进行的,其矛头指向被称作新自由主义全球化的资本主义当下阶段所导致或促成的排斥和吸引、歧视和平等、普遍主义和派别主义、文化强迫和相对主义等对立形式"②。因而,世界社会论坛并不是单纯地反对资本主义,上述斗争和目标不可能通过夺取国家权力来实现,必须与各种形式的权力作斗争。正如里欧弗尔(Véronique Rioufol)所言:"问题不在于夺取任何权力,不是简单地把自己弄成反对力量就行……我们规模不大,是一个运动的一部分,这个运动的目标不是获取,不是对抗。而是做另一些事情,以另一种方式,来证明另一种世界在实践中行得通,证明这种世界已经在我们的行动中。"③从里欧弗尔对世界社会论坛的认识可以看出,世界社会论坛是针对"此时此地"的问题进行思考、进行实践,体现的是对当前社会现实的变革。

---

① Jackie Smith, Scott Byrd, Ellen Reese, and Elizabeth Smythe, *Handbook on World Social Forum Activism*, Boulder · London: Paradigm Publishers, 2011, p.4.

② Boaventura de Sousa Santos, *The Rise of the Global Left: The World Social Forum and Beyond*, London/New York: Zed Books.2006, pp.6-7.

③ Véronique Rioufol, "Approaches to Social Change in Social Forums: Snapshots of Recompositions in Progress", *International Social Science Journal*, 2004, Vol.56, Iss.182, pp.551-563.

第三,世界社会论坛是推动社会变革进行扩散的实验场所。世界社会论坛设有许多工作坊,这些工作坊为参与者从多视角出发,提出另类的实践和小规模的抵抗,如参与式预算、推行另类教育、争取住房权的斗争、追求生态脚印等提供了空间。参与者在论坛中提出的这些另类实践与设想是能够引发变化创新的财富。不仅如此,这些另类的实践与设想通过主题论坛以及地区组织的小论坛等形式在全球各层面开始扩散,由于各层面、各地区的具体情况不同,另类实践的实验与推广必然会随环境和视角的差异而出现变化。在这种情况下,如果只考虑差异就感觉无所适从,关键是在尊重差异的基础上,把各种设想整合起来并付诸于实践行动中。"差异如此之大,必须根据每一个地区、每一文明想出些新东西,想出永远不可能为任何他人所用的模式。"①当然,重整各种设想,提出一个能够普遍接受的实践模式需要各种视角的阐述和交锋。一方面,"通过阐述,人们力图思考自己的行为,了解自己的思考。"②为此,论坛参与者在辩论中,常常从自己过去的经验或他们组织的实践和观点出发对现实进行阐述,把个人的经验与反对新自由主义全球化运动中的集体成长的东西相结合,正确地理解政治和社会变化,理解运动本身,以便加强其促进社会变革的行动。

第四,世界社会论坛能够把社会变革的"变什么"和"如何变"联合起来。作为一种新的政治实践形式,世界社会论坛不存在什么政治计划。但是,在世界社会论坛曲折发展进程中,在"另一个世界是可能的"号召下,追求变化始终是论坛目标的核心。在论坛活动中,参与者对"变什么"和"如何变"尤其关注。对社会论坛来说,"变什么"的问题是立足于社会现实与政治实践中存在的问题,而这些问题的改变往往涉及到活动目标与价值观的改变。"如何变"

① Véronique Rioufol,"Approaches to Social Change in Social Forums:Snapshots of Recompositions in Progress",*International Social Science Journal*,2004,Vol.56,Iss.182,pp.551-563.

② [法]维罗尼克·里欧弗尔:《社会论坛上的社会变革道路:行进中的变化掠影》,《国际社会科学杂志》2005年第4期。

的问题则是改变现存问题的行动形态与行动方式,如参与式民主的实践、现代社会的积极作用、基于实践的阐述、建立网络等。这些行动方式又包含着反新自由主义全球化运动的价值观,同时也实验和推进着诸如参与式预算、公民参与、根据经济和社会权利的管制等新的政治倡议。因此,不难看出,对世界社会论坛而言,"如何变"的问题不仅是组织问题,也是至关重要的实践问题。在促进社会变化,努力实现另一个世界的实践探索中,世界社会论坛坚持"如何变"内在于"变什么"这一观念,将行动的形态与"以不同方式介入政治"的方法结合起来。因此,论坛参与者认为,要真正实现"另一个可能的世界",必须把所有层面的"如何变"联合起来。他们强调:"当前的变化发生在另一种全球活动家自己身上,发生在整个运动的层面上,也在整个社会的层面上,并且通过这三个层面的相互作用而发生。"①

当然,世界社会论坛的社会变革功能,不仅仅指用来创建新的实践和新的社会意义的宏观层面的社会变革,而且还包括参与者思想的转变、论坛组织形式的发展、参与者态度和身体语言的转变这些微观层面的变化。更重要的是,这些微观变化是宏观变化的前提。同时,世界社会论坛所追求的全球性社会变革是在以改变全球愿景的目标下,实现地方变化的联合。

(二) 转化功能

"世界社会论坛是 20 世纪末左翼时代精神的产物"②,它的出现对全球左翼实践产生了重要影响,促使全球左翼由"极化的多元性"向"去极化的多元性"转变。所谓"极化的多元性"是指在 20 世纪全球左翼根据对待暴力的方式分为革命左翼与改良左翼两种类型,革命左翼认为,只要政治条件阻碍非暴

---

① Véronique Rioufol, "Approaches to Social Change in Social Forums: Snapshots of Recompositions in Progress", *International Social Science Journal*, 2004, Vol.56, Iss.182, pp.551–563.
② [葡萄牙]鲍温图拉·德·苏撒·桑托斯:《全球左翼之崛起》,彭学农等译,上海人民出版社 2013 年版,第 176 页。

力斗争,用暴力斗争反对自由社会是正确的,也是合法的。而改良左翼认为
"根本性暴力是资本主义社会的一个基本矛盾,资本主义不可能在其宣称的
以非暴力的原则和法律为一贯基础的政治活动存活下来"①。革命左翼在全
球南方国家反对殖民主义和帝国主义斗争中占主导地位,而改良左翼主要出
现在欧美西方国家,由于国家的政治环境不同,无论是革命左翼还是改良左翼
在具体实践活动中的表现都是多元的。"去极化的多元性",是指21世纪以
来尤其是伴随着世界社会论坛的召开,全球左翼政治两极化这种根深蒂固的
传统理念开始扭转,革命与改良的界限模糊,出现了去极化的多元性倾向。

　　世界社会论坛通过为不同运动构建联盟和合作的平台,以及在这一构建
过程中,赋予差异以优先性的考虑,把承认差异变成聚合与包容的因素,从而
创造出一种既对差异认知,又对相似性进行弘扬的政治环境。在这种政治环
境中,走向联合与相似的动力和趋向分离与差异的动力同样强烈。由此,世界
社会论坛代表的左翼实践出现了有利于去极化的多元性构建的两个重要的事
实因素:一是左翼实践斗争中"占主导地位的短时期对长时期的优势"②。所
谓短时期,指在一定时间内左翼反对资本主义斗争的短期策略与短期目标。
长时期则指一直以来左翼反对资本主义的斗争策略与最终目标。一般来说,
在左翼实践中,相对于长时期的不确定性与开放性而言,短时期的斗争比较确
定和迫切。世界社会论坛反对资本主义,但并不是笼统地反对资本主义,而是
反对新自由主义的资本主义,因此,短时期占据了主导优势。因而,占优势的
短时期依赖的策略能够促成对具体集体行动以优先性的考虑,并讨论多元性
与多样性问题。在短时期斗争中,每个革命行动都是潜在的改良主义,而任何
改良主义的行动最终可能逃离改良主义者的控制。二是尊重差异,承认左翼

---

　　①　[葡萄牙]鲍温图拉·德·苏撒·桑托斯:《全球左翼之崛起》,彭学农等译,上海人民出
版社2013年版,第4页。
　　②　[葡萄牙]鲍温图拉·德·苏撒·桑托斯:《全球左翼之崛起》,彭学农等译,上海人民出
版社2013年版,第177页。

是多元文化的。世界社会论坛代表着一种新的政治文化,这是一种包容性的、尊重差异的政治文化。惠特克曾在 2004 年世界社会论坛的发言中这样说:"大家必须认识到哪一个组织都有自己的历史和优点,都应该受到尊重"。① 因此,参与世界社会论坛的所有个人、组织和运动都能在论坛中找到属于自己的位置,也都有自由发言的权利。很显然,这种对左翼是多元文化的承认有利于消除左翼的极化或政治化倾向。正是在这两种因素的促进下,世界社会论坛使全球左翼实践由"极化的多元性"向"去极化的多元性"转变。"在'去极化的多元性'主导下的集体行动是一个新的'行动的统一体'概念,在这种程度上,统一性不再是表达一种单一完整的愿望,而变成或多或少的巨大且持久的多种愿望的汇合。"②

在世界社会论坛集体性行动中,去极化的多元性建构路径主要有以下三个方面:

第一,通过加强相互交流与理解实现去极化。这种去极化的方法是世界社会论坛一贯坚持的做法,也是其最突出的贡献。"世界社会论坛是全世界运动与组织的汇集点",在许多情况下,不同运动与组织通过世界社会论坛建立的多样化联系不断扩散,并在全球性多样化的抵抗行动中表现出来。因而,"不可能也不需要转化为一个普遍性的理论,来融贯全球与丰富多彩的会议与倡议"③。在世界社会论坛活动中,能够消解不同运动和组织的对抗与冲突的唯一办法就是加强相互之间的交流与理解。通过频繁的沟通交流,在反对新自由主义全球化、反对资本主义这一宏大的政治框架下,达成问题共识,消除极化对立,实现去极化。

---

① Geoffrey Pleyers,"The Social Forums as an Ideal Model of Convergence",*International Social Science Journal*,2004,Vol.56,Iss.182,pp.507-517.

② [葡萄牙]鲍温图拉·德·苏撒·桑托斯:《全球左翼之崛起》,彭学农等译,上海人民出版社 2013 年版,第 177 页。

③ [葡萄牙]鲍温图拉·德·苏撒·桑托斯:《全球左翼之崛起》,彭学农等译,上海人民出版社 2013 年版,第 179 页。

第二,通过寻找包容性组织形式实现去极化。就组织形式而言,传统左翼可以利用的组织形式往往是全国性的党派和行业的社会运动,这些组织形式最明显的特征是单一性与排他性。在具体的运作过程中,这些组织形式多根据特定目标和环境去设计,根本不去考虑这些目标和环境的是国家的还是地区的,是普遍的还是特殊的。在这种情况下,要创造出新的迫切性与新的行动主义、跨主题的和多重规模的联盟是非常困难的。然而,世界社会论坛所倡导的组织形式并不是这种排他性的、单一的组织形式,而是一种包容性的组织形式。在论坛活动中,世界社会论坛以及由它引发的各种各样的论坛本身倡导内部民主最大化,尊重差异与多样性,并努力把全球反资本主义力量与本地的具体实际相结合。论坛的组织形式根据问题的目标与政治环境的不同而千差万别,从信息与经验的交流到计划、执行全球化集体行动,不同层面组织形式的运作均有所不同。很显然,这种组织形式淡化了集体行动中的政治化或极化的倾向。正如桑托斯所言:"世界社会论坛的主要成就就是把这个问题(组织形式问题)放进了社会力量的议程中,这些社会力量对社会与世界的解放性转型充满兴趣,也对世界社会论坛内部构想的但在之外执行的集体行动的具体化感兴趣。"①

第三,通过聚焦生产性问题实现去极化。所谓生产性问题,主要是指论坛对该问题的讨论对集体行动的概念和展开具有直接意义,并能在对此问题的讨论下产生集体行动的问题。如国家是作为盟友还是作为敌人? 反对新自由主义的斗争是地方的,国家的,还是全球的? 是制度行动、直接行动还是非暴力抵抗? 是争取平等还是争取尊重差异? 等等。这些问题均属于生产性问题,而对于诸如社会主义的问题、改良还是革命以及国家是否是社会斗争的目标等问题就属于非生产性的问题。在世界社会论坛活动中,组织者与参与者并不是去纠缠非生产性的问题,相反却是把关注点放在生产性问题的讨论上。

---

① [葡萄牙]鲍温图拉·德·苏撒·桑托斯:《全球左翼之崛起》,彭学农等译,上海人民出版社 2013 年版,第 180 页。

也正是在对生产性问题的讨论过程中,世界社会论坛生产出左翼思想与行动去极化的多元性。

五、 预示性功能

"另一个世界是可能的"不仅仅是世界社会论坛动员不同群体和组织参与反对新自由主义联盟运动的口号,而且也表明了世界社会论坛的实践活动是一种预示性政治。因而,世界社会论坛具有预示性功能。根据克里斯坦·弗雷舍·佛米娜亚(Cristian Flesher Fominaya)的观点,"预示性政治主要指反映社会运动为实现所追求的社会图景而采取的组织方式、运动策略和实践模式。在社会运动过程中,预示性行为不仅改变社会运动自身的实践,也促使社会转型。换句话而言,如果社会运动意图废除社会中存在的等级制或权威制度,那么它将会努力在运动参与者之间建立非等级与非权威性的关系;如果社会运动意图在未来社会中深化民主与加强政治参与,那么它们将在制定政策决策过程中,努力去推行协商民主和基层参与决策的实践活动"[1]。世界社会论坛进程中,在"另一个世界是可能的"的号召下,其活动方式、运动策略和组织模式均带有预示性。某种程度上,论坛是基于预示性政治开展活动的,也就是说,世界社会论坛渴望以没有等级的完全参与和直接民主的方式从事政治,并以此勾画可选择的"政治蓝图"。

对世界社会论坛来说,预示不仅仅是一种对未来理想社会的勾画与描述,而更多的"是一种政治实践的参与方式——把不同运动的能力整合起来能够一起斗争而不需要一个占统治地位的组织和组织形态"[2]。因此,在世界社会论坛原则宪章中,不仅有对未来理想社会的预示与展望,也有对民主的激进参

---

① Cristian Flesher Fominaya, *Social Movements and Globalization: How Protest, Occupations and Uprising Are Changing the World*, New York: Palgrave Macmillan, 2014, p.10.

② Peter N.Funke, "The World Social Forum: Social Forums as Resistance Relays", *New Political Science*, 2008, Vol.30, No.4, pp.449-474.

与这一新政治实践的渴望。如原则宪章第 1 条中"致力于在人类内部和人类与地球之间建立一个具有丰富多样联系的全球社会",第 4 条中"这一全球化将尊重广泛的人权,尊重所有国家的不分男女的所有的公民的人权,并尊重环境",这些对未来理想社会的勾画都充分表明了世界社会论坛的预示性。不仅如此,原则宪章第 10 条中还对民主的政治实践进行了描述:世界社会论坛"主张尊重人权,支持真正民主的实践,支持参与性民主,维护在大众、种族、性别、民族之间的平等的和团结的和睦关系",更重要的是,宪章还把社会论坛的预示性奉为神圣,在第 14 条中表明社会论坛"正在试验的诱导变迁性的实践引入全球性议程中来",以激励参与其中的组织和运动"团结地建设一个新世界中"。正因为此,安德烈·格鲁巴奇科(Andrej Grubacic)才对世界社会论坛的预示性政治这样描述:"慎重论证你所想要创建之世界的组织模式……努力考虑的不仅理念而且有未来实践本身。"①

当然,世界社会论坛的预示性功能不仅体现在原则宪章中,也体现在具体的论坛活动,尤其是在世界社会论坛国际青年阵营活动中。在第一届世界社会论坛召开期间,为了解决参与者的居住问题,在远离活动中心的大城市公园中,临时搭建帐篷形成了青年阵营。这一阵营有传统的巴西青年组织领导,其中包括左翼政党和正式的学生运动。由于其处于世界社会论坛活动的政治和地理边缘,因而成为一个相对独立的空间。对此,林德·海威特与玛利亚·卡瑞德斯(Lyndi Hewitt & Marina Karides)认为,"世界社会论坛的国际青年营地为人们提供了一个露营、聚集和分享政治讨论和社交活动的空间。组织者希望这些营地能反映出世界社会论坛参与者对未来憧憬社会的那种进步"②。

---

① Andrej Grubacic, "Towards Another Anarchism". In *World Social Forum: Challenging Empires*, eds, Jai Sen, Anita Anand, Arturo Escobar and Peter Waterman, India/South Asia: Viveka Foundation, 2004, p.37.

② Lyndi Hewitt and Marina Karides, "More Than a Shadow of a Difference? Feminist Participation in the World Social Forum", In *Handbook on World Social Forum Activism*, eds, Jackie Smith, Scott Byrd, Ellen Reese, and Elizabeth Smythe, Boulder · London: Paradigm Publishers, 2011, pp.85-104.

在第一次论坛期间,青年阵营活动虽然对世界社会论坛存在的等级制度进行批评,但由于其活动项目比较少,并没有显示出新的横向组织形式的证据。之后随着青年阵营的发展以及同性恋、无家可归者和街头表演者等新政治行为者的加入,尤其是学生的参与使国际青年营向一个城市的概念发展,其组织形式开始呈现出自我管理、直接民主的特征。到 2005 年,青年阵营的活动已经体现出了世界社会论坛激进愿景的预示意义。这是因为在 2005 年阿雷格里港的国际青年营地版本中,作为城市的青年营地概念得到了进一步的发展,其想法是将营地从一个睡眠区转变为产生社会、政治和文化互动的新形式的创新空间。具体而言,国家青年营围绕全球斗争、新的行为主义形式与直接行动、文化和健康、自由知识和交流、人权和性别多样化、反资本主义运动、抵制的文化以及环境文化 7 个主题开展活动。值得注意的是,在活动过程中,2005年国际青年营地是按照直接民主的路线组织的,其激进的网络运动和自主运动强调横向协调和地方自我管理,从而通过具体的行动和话语表达政治愿景。实际上,国际青年营地被看作是产生基于网络的社会与政治实践的实验室。正如他们的组织手册所指出的,国际青年营地是"在旧的政治代表行使中制造短路。这是一个新的政治军事实验,试图使抵抗成为一种创造行为,并促进反权力的开展"[1]。因而,国际青年营地代表了地方自我管理和横向组织的新模式,是另一个可能世界的典范。

当然,世界社会论坛在发挥上述功能的同时,也存在诸多问题,面临着一系列风险与挑战。如何处理论坛进程中出现的问题,应对风险与挑战,将直接关系到世界社会论坛的发展与前景。

---

[1] Jackie Smith etal,*Global Democracy and the World Social Forums*(International Studies Intensives),Boulder・London:Paradigm Publishers,2014,p.108.

第六章　世界社会论坛：价值与问题

作为全球正义运动的集中代表,世界社会论坛的出现及其活动备受民众欢迎,其活动理念、主要政治主张以及相关的组织形式也不断在全球、国家、地区各层面得以成功扩散。但是,世界社会论坛也是反映全球正义运动的"晴雨表",不仅再现了全球各层面反抗新自由主义全球化运动的热情,也凸显出全球正义运动中存在的问题。在世界社会论坛近二十年的曲折发展历程中,几乎在每一届论坛的召开,组织者或参与者都会意识到论坛的运作存在这样或那样的问题。当然,也正是在对存在问题进行不断反思乃至积极弥补的基础上,世界社会论坛才一步步走到了现在,成为全球反对新自由主义斗争中一支不可忽视的左翼力量。因此,正确地认识世界社会论坛的价值影响与存在问题,有助于深化对世界社会论坛的认识,从而对其进行恰当评估。

第一节　世界社会论坛的作用与影响

一般而言,在国际社会中出现的任何政治事件都会在不同层面产生一定的作用与影响,无论作用与影响是局部的还是全球的,是长期的还是短期的,是积极的还是消极的,但是作用与影响是肯定存在的。世界社会论坛作为一个政治事件,一种政治进程,其在国际社会中产生的影响自然也不可低估。据一位观察员说,世界社会论坛"正在为重塑全球政治做出惊人的贡献"①。另一位世界社会论坛的与会者认为,世界社会论坛是"过去几十年,也许是过去一个世纪中最重要的公民政治举措之一"②。虽然这些人的言论可能有些夸大其词,但不得不承认,在某些情况下,世界社会论坛可能要比其竞争对手——精英型的世界经济论坛更能吸引公众的关注。根据其"另一个世界是可能的"口号,世界社会论坛提醒公众,现有的经济、政治和社会秩序并非难以避免、天经地义。这不仅能够动员全世界反对新自由主义的力量联合起来进行斗争,尤其是对那些被压迫、被排斥的群体来说,更是具有鼓舞作用。因而,世界社会论坛的政治作用与影响是巨大的,特别是在拉丁美洲,但也在印度、欧洲、非洲和中东产生了影响。世界社会论坛已经"成为我们这个世界不可忽视的力量,会议发出的声音也成为世界大国和主流社会不可忽视、必须倾听的声音"。③ 当然,作为基层民众表达自由诉求的开放空间,"世界社会论坛的影响不能仅仅以国家政府一级的变化来衡量,而应以地方一级政府,特别是民间社会发生的变化来衡量"④。正因为此,下文主要立足于社会运动的角度,尤其是基于全球左翼运动的视角,从世界社会论坛对全球左翼运动的推动与促进、世界社会论坛对当代社会运动理论与具体实践的影响,尤其是对当今世界社会主义的影响等方面,系统地阐述分析世界社会论坛的作用与影响。

一、 世界社会论坛促进了全球左翼运动的发展与创新

世界社会论坛与全球左翼运动关系密切,在发展过程中,二者基本上呈现

---

① Cândido Grzybowski,"The World Social Forum:Reinventing Global Politics",*Global Governance*,2006,Vol.12,p.12.

② Jai Sen,Anita Anand,Arturo Escobar,and Peter Waterman,*World Social Forum:Challenging Empires*,New Delhi:Viveka Foundation,2004,p.xxi.

③ 徐明棋:《世界社会论坛:反全球化的先锋》,《新民晚报》2007年1月26日。

④ Jackie Smith etal,*Global Democracy and the World Social Forums*(International Studies Intensives),Boulder · London:Paradigm Publishers,2014,p.172.

出相辅相成、相互推动、彼此影响的发展态势。一方面,世界社会论坛的出现
与发展是全球左翼运动发展演变的结果;另一方面,世界社会论坛的行进过程
标志着全球左翼力量的崛起,意味着全球左翼运动进入了一个新阶段。具体
来说,世界社会论坛对全球左翼运动的推动与促进作用主要表现在唤醒全球
左翼,推动全球左翼走出危机,并结合时代因素使全球左翼运动呈现出具有活
力四射的新特征与新态势。

(一) 世界社会论坛推动全球左翼走出危机

世界社会论坛虽然在 2000 年诞生于巴西,但"促使其产生的必要条件的
范围并不是仅仅限于巴西的环境,而是远远超越巴西的环境"①。对此,杰赛
普·卡罗索(Giuseppe Caruso)认为,"世界社会论坛是由根源于 20 世纪 60 年
代全球政治层面抗议帝国主义、殖民主义和新殖民主义、独裁统治和战争乃至
更早的情况所决定"②。因而,从 19 世纪的反资本主义制度的工人运动到 21
世纪以来世界社会论坛的连续召开,左翼力量之间一直存在直接的联系,这种
联系不仅表现在发展谱系上,而且还体现在所创造的空间特征上。世界社会
论坛的出现是"历史上左翼斗争积累的众多知识共同促进的结果,是反殖民
主义斗争、社会主义和共产主义运动、20 世纪 90 年代与联合国会议平行的非
政府组织论坛、以及最近的反全球化运动四股左翼支流融进的结果"③。对
此,海登(T.Hayden)认为"世界社会论坛的遗产在于马克思主义制度化之前

---

① D. Graeber, "The Twilight of Vanguardism", In *World Social Forum: Challenging Empires*, eds,Jai Sen,Anita Anand,Arturo Escobar,and Peter Waterman,New Delhi:Viveka Foundation,2004, pp.330-335.

② Giuseppe Caruso, "Organizing Global Civil Society:The World Social Forum 2004", A thesis submitted to the University of London in partial fulfilment of the requirements for the degree of Ph.D.in Development Studies,April 2007.

③ Glasius, M.and J.Timms, "The role of Social Forums in Global CivilSociety:Radical Beacon or strategic infrastructure?", In *Global Civil Society* 2005-6, eds, Anheier, Kaldor and Glasius, London: Sage,2005.

由卡尔·马克思创立的团结运动之中"①。当新自由主义在全球出现危机时,所有这些运动便聚合在一起,产生了一场伟大的全球运动——全球左翼力量的崛起。

之所以把世界社会论坛的出现看作是全球左翼力量崛起的一个标志,原因在于20世纪的最后30年或者是40年是全球左翼发展处于孤寂的时期,同时也是全球左翼思想和实践均陷于退化危机的时代,而世界社会论坛的出现是全球左翼发展中一个重要的转折点。在20世纪最后三、四十年中,造成全球左翼衰退的原因主要有三点:一是左翼关于未来社会理念的转变,新自由主义所宣传的"别无选择"的保守的乌托邦理念占据了主导地位,使可供选择的愿景(一个更公正和真实的人类未来社会)以及实现这一愿景的可能性变得越来越小,左翼力量逐渐接受了新自由主义的"别无选择"理念,也接受了一个可选择的社会的不可能性。二是与左翼力量社会理念的转变相对应,左翼力量在过去几十年也逐渐放弃了其一直倡导的关于暴力革命的理论与实践,从而使左翼力量在新全球问题出现的情况下显得无能为力。三是全球南方国家兴起的抵抗运动多是"建基于多元世俗文化的、历史的身份和/或者宗教对抗的基础上"②,它们的意识形态与20世纪的左翼没有任何关系,因而,左翼力量并没有正确定位与评估自身与这些全球南方国家抵抗运动的关系。正因为此,当新自由主义霸权理论与实践在全球蔓延与肆虐的时候,作为其对立面的全球左翼明显是处于无助与退缩之中,尽管如此,左翼的时代精神与理念仍然存在,并没有因左翼处于衰退与危机的情况而消失。

然而,新自由主义在全球范围内的强势推行,确立其统治地位的同时,也

---

① T.Hayden, "Post-Marx From Mumbai". Downloaded from http://www.altemet.0rg/st0ry/17675/.

② [葡萄牙]鲍温图拉·德·苏撒·桑托斯:《全球左翼之崛起》,彭学农等译,上海人民出版社2013年版,第5页。

带给第三世界特别是经济文化落后国家许多负面且沉重的影响,特别是造成了环境问题、贫富分化、民主赤字等许多全球性问题。从全球左翼发展进程方面看,新自由主义全球化产生的这些复杂而多维的影响在客观上也推动了全球左翼的发展与演变。

东欧剧变、苏联解体将共产主义从苏联模式中解脱出来,并再次揭开了工人阶级寻求自身解放的序幕。但结构性的政治剧变和经济转型促发了全球范围内资本主义力量的兴起,造成共产主义在全球受挫。20世纪90年代,反资本主义左翼有了某种程度的发展,在多元主义影响下建立起宽泛的政治主体,不过,这种多元模式缺乏统一纲领,组织间的立场各异,难以解决许多政治上的问题。而左翼"改变现状的唯一出路,便是重新建构一种新的社会集团和替代性的政治模式"①。在全球左翼运动中,一些运动和组织追求着一个在社会、政治和文化方面都更公正美好的社会。这个社会能从排外、扩张、歧视、环境破坏的社会形式中解脱出来,这些形式大体上代表了资本主义的主要特征,而新自由主义的全球化进一步强化了这些特征。为了把世界各地抵抗新自由主义全球化运动聚合在一起,形成一股合力,世界社会论坛顺势于2001年在巴西阿雷格里港横空出世。该论坛所推动的全球抗议运动以及所倡导的"另一个世界是可能的"理念,从一开始就把自己作为一种可供选择的反霸权式的全球化呈现出来,标志着全球左翼运动以一种新表现形式出现在国际舞台,预示着过去一直处于沉寂状态的全球左翼走出危机。正因为此,桑德斯认为,"世界社会论坛是20世纪末左翼时代精神的产物,或者说是复数意义上的左翼的时代精神的产物"②。

① 徐觉哉:《放眼全球:世界社会主义研究报告(2011—2017)》,上海社会科学院出版社2018年版,第243页。
② [葡萄牙]鲍温图拉·德·苏撒·桑托斯:《全球左翼之崛起》,彭学农等译,上海人民出版社2013年版,第176页。

（二）世界社会论坛促使全球左翼运动进入一个"去极化多元性"新时代

正如前文所论,世界社会论坛是全球左翼发展到一定程度的产物,是一个极具包容性、开放性的运动和组织,但这并不意味着左翼的新老极端主义融合是可能的。理论上,传统左翼政党以及为它们服务的知识分子固执地对世界社会论坛视而不见,或者贬低其意义;实践上则鲜明地体现在世界社会论坛的绝大多数积极分子对丰富的左翼理论传统的轻视,以及对其重建的极端漠视。"这一相互之间的冷淡遭遇,在实践方面,带来的是在革命自发性与无伤大雅的自责的可能论之间的极端摇摆;在理论方面,带来的是在事后的重建热情和对不包含在这种重建内的理论的傲慢的漠视之间的极端摇摆。"[1]显然,新旧左翼的融合是难以完成的。但是,世界社会论坛的开放性与包容性却能使各种政治倾向的运动和组织,其中包括传统左翼运动与新左翼运动,不必过多地去在意极化的政治倾向,而是在反对新自由资本主义这一宏大的政治框架下聚集在一起,相互理解、相互沟通,各种政治倾向的诉求都能得到相应表达与应有的尊重。正如沃勒斯坦所言:世界社会论坛从一开始就有一个秘密,那就是它寻求广泛地包容全球左派内部的所有倾向,它力求铭记过去两个世纪全球遗留下来的历史性失败。在世界范围内改革世界体系并以相对民主、相对平等的制度取代它的斗争中,它一直是一个正数,而不是一个负数。让我们不要浪费时间互相扔石头。让我们继续彼此交谈,相互学习。[2] 不言而喻,世界社会论坛实践活动中这种去极化的表现,表明全球左翼运动已经摆脱了过去那种不同运动之间极化的对立与对抗,从一个不同运动之间"极化对立"

---

① ［葡萄牙］鲍温图拉·德·苏撒·桑托斯:《全球左翼之崛起》,彭学农等译,上海人民出版社 2013 年版,第 171 页。

② Immanuel Wallerstein,"The World Social Forum Still Matters",*Commentary No.* 436,2016. November 1.http://iwallerstein.com/the-world-social-forum-still-matters/.

的时代进入一个"去极化的多元性"时代。毋庸置疑,在这种"去极化的多元性"时代中,处于开放包容政治环境下的全球左翼运动将焕发出新的生机与活力。

(三)世界社会论坛的出现与发展使新世纪的全球左翼运动呈现出新特征

2001 年第一届世界社会论坛的召开,是全球左翼力量崛起的开始。从2001 年至今,行进中的世界社会论坛已经从一个带有拉美浓厚色彩的地区性论坛,发展成一个充分彰显全球性与世界性色彩的名副其实的"世界"社会论坛,在此过程中,世界社会论坛无论是在内容、形式上的变化还是论坛召开地点的变更,这些探索与创新不仅推动着世界社会论坛在曲折中发展,使论坛至今仍很重要,而且也使全球左翼运动呈现出新的特征。主要表现在以下方面。

1.世界社会论坛彰显了全球左翼运动不断增强的国际影响力

世界社会论坛是全球左翼力量崛起的重要表现,透过其实践活动的种种表现,可以清晰地看出全球左翼运动一改先前在国际舞台上的孤寂状态,影响力不断增强。首先,世界社会论坛以包容开放的姿态,采取聚合的方式,不仅把分散在全球各地的反对新自由主义资本全球化的运动与组织凝聚在一起,而且为不同运动和组织彼此尊重、平等地沟通交流提供了一个开放的公共空间与磋商平台,从而快速壮大了全球左翼的实力。巴西学者埃米尔·萨德尔(Emir Sadir)为此总结道:"世界社会论坛是一个里程碑,它表示以往分散的、防御性的抵抗已经开始进入积聚力量、形成国际政治、社会和文化运动的联合,从而对抗新自由主义的新阶段。"①其次,世界社会论坛的规模不断壮大,表明了全球左翼运动的"数量逻辑"效应在逐渐增强,国际影响越来越突出。

① [巴西]埃米尔·萨德尔:《左派的新变化》,黄晓武译,《国外理论动态》2003 年第 4 期。

全球左翼运动中的世界社会论坛研究

"数量逻辑"是社会运动的一种政治性运动策略,按照多纳特拉·德娜·泡塔等学者的观点,"数量意味着能量,参与者数量越多,所产生的影响也就越大"①。在世界社会论坛发展过程中,参与人员众多,少则数万,多则数十万,如此庞大的参与人群显然是一个组织和运动实力增大的最直接表现。第四届印度孟买世界社会论坛参与人数达 8 万;第五届巴西阿雷格里港现场参与人数甚至高达 15.5 万,创造了世界社会论坛的一个参与人数的最高纪录。不仅如此,论坛把众多全球"南方"国家乃至一些发达国家聚合在一起,参与国的数目之多着实让世人惊叹。第三届世界社会论坛吸收了 156 个国家的参与者,第五届世界社会论坛吸引了 135 个国家的参与者,第九届世界社会论坛有来自 142 个国家的参与者。很显然,作为全球左翼运动代表的世界社会论坛已把世界上大多数国家囊括其中,成为当今世界不容忽视的力量,其发出的声音已经成为世界大国和国际社会必须倾听的声音。不可否认,世界社会论坛在全球层面产生的重要影响也充分彰显了全球左翼运动的国际影响在不断增强。最后,世界社会论坛的议题建构充分契合了全球左翼对一个更公正、更真实的人类未来社会概念的理解,从而对全球左翼运动国际影响力的发挥与彰显产生了重要的推动作用。在世界社会论坛活动中,议题建构是论坛进行跨国动员成功的关键因素,同时也是论坛参与者形成集体身份的重要因素,因为"议题的建构必须适应抗议者意欲动员的不同国家及人们的文化与信仰体系"②,合适的议题建构可以对跨国动员产生一定的推动力。在"另一个世界是可能的"目标号召下,世界社会论坛针对新自由主义全球化给人类带来的一系列灾难性后果与消极影响,提出了许多具有紧迫性、联动性以及全球或地方意义的论坛议题,不仅推动了全球层面的反对资本主义斗争的动员,而且也

---

① Donatella Della Porta and Mario Dian, *Social Movements: An Introduction*, Malden, Mass: Blackwell, 1999, pp.173-181.

② Margaret Keck & Kathry Sikkink, *Activist beyond Borders*, New York: Cornell University Press, 1998, p.227.

促进了国家与地区层面的动员。目前越来越多数不清的地区、国家和地方性社会论坛以及无穷无尽的主题论坛的出现,并在遵循世界社会论坛原则宪章的前提下开始活动,充分显示了世界社会论坛作为一种全球左翼力量的影响力。

2.世界社会论坛表明左翼运动在全球各层面协调性逐渐增强

正如前文所言,世界社会论坛是全球左翼运动发展到一定阶段的产物,但同时,世界社会论坛的出现与发展也进一步增强了全球左翼运动的实践能力,增强了其在全球层面的协调力度。

一方面,20世纪90年代以来反对资本主义的全球左翼运动在斗争过程中的全球联动性促进了世界社会论坛的产生。在20世纪90年代之前,反对资本主义的左翼运动在传统左翼理论的指导下,重视国家层面的斗争,忽视区域的、地方性的斗争,这十分不利于左翼倡导的国际主义目标的实现。伴随着墨西哥萨帕塔起义、1999年西雅图之战的出现,反对新自由资本主义的斗争汇融区域的、国家的、全球斗争目标的可能性明显增强,2001年的世界社会论坛的举办,就是左翼运动进行全球协调的重要体现。

另一方面,世界社会论坛近二十年来的发展也充分说明了全球左翼运动在全球层面的协调性逐渐增强。必须承认,世界社会论坛虽然是一个全球规模的集体行动,但参与其中的运动与组织更多地是只具备区域的或国家的斗争经验,其全球斗争的方式与经验并不充分,尽管他们都认同世界社会论坛是一个扩大自身行动规模的绝佳机会。在世界社会论坛的进行中,区域的、国家的、全球的斗争目标得以进一步协调,但三者之间的融合要想达到一种和谐的状态,需要有一个漫长的过程。因为,在世界社会论坛的进行过程中,对其中的一些运动和组织来说,斗争的全球规模与方式随着反全球化斗争的加强而变得越来越重要;对另一些来说,世界社会论坛只是一个汇集点,虽有重要意义,但绝不改变"真正的斗争"这一基本的原则,那些真正对人民的福利具有重要意义的斗争,依然在地方和国家的层面进行着,也才真正具有价值和意义。因此,"必须采取一切可能的标准来使世界社会论坛如其名称所示的那样全球化;其组织必须由世界社会论坛已在社会中普遍倡导的参与民主的同样理念加以引导;必须创造各种全球自我认知和自我培训的内部'学校',旨在在各种运动和组织间增加交互知识。必须促进能够支持全球的斗争和持久的集体行动的强大的部门性共识"。在行进过程中,论坛的组织者充分意识到上述紧迫性问题对加强运动全球协调的重要性,不断地在活动方式、组织形式等方面进行探索与创新。世界社会论坛创新发展的历程也从一个侧面说明了左翼运动的全球协调性在不断地增强。

3. 世界社会论坛带动全球左翼运动进入新型运动模式

传统的左翼运动坚持用暴力手段推翻资本主义制度,从而建立一种与资本主义制度根本不同的全新的社会制度。某种程度上,世界社会论坛的出现意味着全球左翼运动进入非制度、非暴力的活动状态。换言之,世界社会论坛对资本主义的批判乃至倡导"另一个世界是可能的",其抗争手段基本上是非暴力的。一般意义上看,其反对资本主义的全球化,但基本上或者说根本上其主体并不反对资本主义制度,更不主张暴力反抗。它排除主张把武装斗争当作政治行动的一种形式的运动与组织,显然,暴力的直接行动被从源头上排除了。

非暴力反抗拥有相对长久的历史,印度非暴力不合作计划的领导人甘地、美国的黑人民权运动领袖马丁·路德·金等人都倡导非暴力反抗。世界社会论坛则再次将这一抗争方式带入新的历史时期,不过,其所倡导的"新"非暴力反抗却被自然而然地赋予了新的特点。例如,在世界社会论坛倡导的非暴力行动中,明显更注重媒体的介入、街头表演行为和符号的操作。必须指出,世界社会论坛的这种非制度的、非暴力的反抗行为也面临着挑战,因为世界社会论坛是一个拥有各种独特经验与道路乃至历史的运动与组织的集合,不同的组织与运动倾向于不同的斗争方式,如何在社会论坛内部协调二者的关系对论坛的存在与发展至关重要;同时,"参加世界社会论坛的运动和组织活跃在具有政体和文化差异的国家,这种差异决定性地制约着关于非暴力反抗合法性、机会和功效的争论"①。但行进中的世界社会论坛至少在一定程度上体现着全球左翼一种新的抗争方式的出现。

二、 世界社会论坛对当代新左翼社会运动的影响

正如前文所论,世界社会论坛的缘起受跨国反对新自由资本主义运动的影响。据简单统计,20 世纪末的一系列社会运动,包括全球南方对国际货币基金政策的第一次抵抗、1996 年反对北美自由贸易协定的运动、1998 年反对多边投资协定的运动、1999 年的"西雅图风暴"以及 2000 年欧洲反失业游行等跨国运动均对世界社会论坛出现发挥了助推作用。因而,从历史谱系的角度看,在一定程度上,"世界社会论坛是社会运动组织过程中不可预见的实验"②。论坛的过程是一种新型的社会运动行动,它的出现对当代新左翼社会运动的理论影响与实际影响不容低估。

(一) 世界社会论坛为完善新左翼/新社会运动理论提供了新元素

伴随着社会运动实践的发展,尤其是传统社会运动的式微与新社会运动的蓬勃兴起,社会运动理论家针对运动为什么发生、如何动员等问题已经形成了许多理论阐述模式,如后物质主义理论、资源动员理论、政治过程理论、建构理论等等。虽然这些理论在应用过程中均存在一些缺陷,但综合来看,既有的新左翼/新社会运动理论不仅关注微观的个体,而且注重中观的组织以及宏观的政治环境在运动动员和发展中的作用,因而,其理论的阐释能力仍不可低

---

① [葡萄牙]鲍温图拉·德·苏撒·桑托斯:《全球左翼之崛起》,彭学农等译,上海人民出版社 2013 年版,第 189 页。

② Thomas Ponniah,"The Space as Actor:The Form and Content of the Social Forum Process", In *Handbook on World Social Forum Activism*,eds.Jackie Smith,Scott Byrd,Ellen Reese,and Elizabeth Smythe,Boulder · London:Paradigm Publishers,2011,p.379.

估。世界社会论坛是当代新左翼社会运动实践向前发展的一种新形式,是"运动中的运动",是不同运动类型的集合与联盟。不可否认,既有的新左翼/新社会运动理论对于这种新的集体运动形式仍有相当的阐释力,但与此同时,更应该看到世界社会论坛这种新的运动形式也为进一步完善新左翼/新社会运动理论提供了新的元素。例如,前文所论及的世界社会运动中"松散联合""部分组织"等概念的出现和使用,无疑对重视中观层面运动组织的理论,尤其是资源动员理论提供了进一步发展的活力与因子。此外,伴随着世界社会论坛的发展,如"嵌套的机会结构"(Nested Opportunity Structures)"容忍的身份"(Tolerant Identities)等概念的出现均有助于既存社会运动理论的完善与自新。

"嵌套的机会结构"概念是富兰克林·D.罗曼(Franklin D Rothman)和帕姆拉·奥利沃(Pamela Oliver)在对巴西反霸权运动进行研究中提出的。所谓"嵌套的机会结构"是指"地方政治机会植根于国家政治机会机构,而国家政治机会结构又嵌入国际政治机会机构"①。在世界社会论坛进程中,"另一个世界是可能的"不仅仅是在全球层面发出的反对新自由主义的号召,同时也对地区层面、国家层面的反抗斗争产生了很大的鼓舞作用。更重要的是,随着一年一度论坛会议的召开,世界社会论坛已经从巴西当地的论坛扩散到区域社会论坛与国家社会论坛,甚至是一些主题性社会论坛也如雨后春笋般地涌现出来。虽然不同层面的社会论坛召开的具体背景不同,但其运转机制已经将地方政治、国家政治与全球政治密切地联系在一起,"全球思考、地方行动"。在这种情况下,单纯地从一个国家或地区的政治背景去解释反对新自由主义全球化的斗争明显存在欠缺,而"嵌套的机会结构"概念的出现恰恰补充和完善了业已存在的"政治机会结构"理论阐释模式,为该理论模式注入了新鲜的活力元素,这显然有助于提升理论的阐释力。

---

① Franklin D Rothman and Pamela Oliver, "From Local to Global: The Anti-Dam Movement in Southern Brazil(1979–1992)", *Mobilization*, 1999, Vol.4, No.1, p.43.

"容忍的身份"(Tolerant Identities)这一概念是多纳特拉·德娜·泡塔在对欧洲社会论坛与会者进行考察基础上提出的。她认为在欧洲社会论坛中,参与者之间不是寻求某种身份的认同,相反却形成了一种"容忍的身份",这种身份"具有包容性,并积极强调多样性和相互促进,彼此之间身份认同有限,但却能围绕着共同的运动不断发展起来,并且使彼此能通过寻求对话而不断成长"①。很显然,"容忍的身份"这一概念打破了以往社会运动在身份认同中的"划界战略",更有利于异质性的参与者在一个共同目标下团结在一起。也正是基于多纳特拉·德娜·泡塔的"容忍的身份",托马斯·庞尼亚(Thomas Ponniah)又提出"网络身份"这一概念,即通过与不同行为者和运动之间发生新的接触而不断演变和重塑自己的身份。庞尼亚认为,社会论坛使地方、国家、全球层面的活动相互呼应,"论坛进程作为一个舞台,在此进行了许多跨国和跨部门的交流,不可避免地出现了交错、越界的身份类别"。因而,论坛进程产生了一种新的网络身份,不仅改变了参与者对个人身份的认识,而且也改变了运动的自我感知,产生了对自身的另一种网络理解——"交叉运动"②。很显然,活动者对运动身份以及运动本身的认知改变为社会运动理论尤其是社会建构理论的完善增添了新的内容。

(二) 世界社会论坛对当代新左翼社会运动的形式与内容提出了挑战

论坛的发展对新左翼社会运动的形式与内容提出了挑战,对此,托马斯·

---

① Donatella della Porta,"Multiple Belongings,Tolerant Identities,and the Construction of 'Another Politics':Between the European Social Forum and the Local Social Fora",In *Transnational Protest and Global Activism*,eds,Donatella della Porta,S.Tarrow,Lanham,MD:Rowman & Little field,2005,p.187.

② Thomas Ponniah,"The Space as Actor:The Form and Content of the Social Forum Process",In *Handbook on World Social Forum Activism*,eds,Jackie Smith,Scott Byrd,Ellen Reese,and Elizabeth Smythe,Boulder·London:Paradigm Publishers,2011,p.388.

庞尼亚认为,"社会论坛的进程——在其丰富的、不和谐的和谐中——挑战社会运动形式和内容的标准学术与激进观念"①。

就形式而言,世界社会论坛不仅仅是理性参与者的集体行动或网络,更是当代资本主义背景下一种新的集体行动,它不仅是一个空间,也是一个行为者。对于社会运动,不同学者有不同的认识,如特纳(R.Turner)和基利安(L. Killian)将一个社会运动定义为"在社会或组织中促进或抵制变革的某种连续性的集体"②。而曼纽尔·卡斯特斯(Manuel Castells)则把当代社会运动看作是"以特定身份为导向的网络主体"③。然而,世界社会论坛作为不同社会运动聚集的一个公共场所,不仅仅是各种运动相互作用的容器,其主要特征不是理性行动者或单纯的具有网络倾向。作为一种新的集体行为类型,其目的是促进替代新自由主义工具理性的知识的产生与阐述。因而,世界社会论坛已不再是一般意义上的新左翼社会运动,而是一种产生替代知识的集体行动形式。

就议题内容而言,世界社会论坛追求的不仅仅是"解放政治"与"生活政治",更多的是"发展政治"。在当代社会运动的议题内容认识上,学者的观点并不相同,露丝·雷坦(Ruth Reitan)认为,"当代社会运动的正义诉求主要包括再分配和承认两个方面"④。南希·弗雷泽(Nancy Fraser)认为,"正义的理论必须是三维的,应该将代表的政治层面与分配的经济层面和承认的文化层面结合起来"⑤。全球正义是一个包括再分配和认知在内的三维项目,但也带

---

① Thomas Ponniah,"The Space as Actor:The Form and Content of the Social Forum Process", In *Handbook on World Social Forum Activism*,eds,Jackie Smith,Scott Byrd,Ellen Reese,and Elizabeth Smythe,Boulder · London:Paradigm Publishers,2011,p.379.

② R.Turner and L.Killian,"*Collective Behavior*,Englewood Cliffs",NJ:Prentice Hall,1987,p.4.

③ Manuel Castells,*The Power of Identity*,Malden,MA:Blackwell,2004.

④ Ruth Reitan,*Global Activism*,London:Routledge,2007.

⑤ Thomas Ponniah,"The Space as Actor:The Form and Content of the Social Forum Process", In *Handbook on World Social Forum Activism*,eds,Jackie Smith,Scott Byrd,Ellen Reese,and Elizabeth Smythe,Boulder · London:Paradigm Publishers,2011,p.378.

来了代表权问题。① 因而,按照弗雷泽的观点,追求社会正义的当代全球运动应该包括经济再分配、文化承认以及政治上的代表性三个方面的诉求。如果说,传统社会运动的内容主题追求是以经济再分配为主要目的"解放政治",新社会运动多诉求于以政治与文化方面承认为主要内容的"生活政治",那么,作为汇聚不同运动类型的世界社会论坛,"解放政治"与"生活政治"的诉求自然是必不可少的内容。但除此之外,在新自由主义模式占主导的时代,"发展政治"也是世界社会论坛尤为关注的内容,其"另一个世界是可能的"替代方案也可以用"发展"一词来描述。该词在世界社会论坛活动中,最普遍的含义就是以增加人民政治、经济、文化、生态各方面福祉为目的的社会变革。在论坛开展过程中,每个个体、群体与组织均可以以自己的方式去界定"发展",没有一个群体和组织对"发展"的含义具有垄断地位。因而,世界社会论坛就是一个追求多价值诉求实现的进程,其中包括四种不同类型的社会运动关切:经济再分配、文化承认、生态可再生性和政治代表性。当然,在世界社会论坛中,这几种运动关切并不是孤立的,而是在反对新自由资本主义这一总体框架下,串连成一个对等链,从而将各种利益联系起来。换言之,以经济再分配为议题主要内容的运动也注重其他方面的关切。

(三) 世界社会论坛影响了新左翼运动参与者的认知

世界社会论坛不仅是一个开放的空间,也是一个"教育的空间"②与"思想孵化器"③。换言之,论坛进程不仅有助于新左翼运动参与者全球意识与全

---

① Nancy Fraser,"Reframing Justice in a Globalizing World", *New Left Review*, 2005, Vol.36, pp.69-88.

② Chico Whitaker,"The WSF as Open Space", In *World Social Forum:Challenging Empires*, eds,Jai Sen,Anita Anand,Arturo Escobar,and Peter Waterman, New Delhi:Viveka Foundation, 2004, pp.111-121.

③ Thomas Ponniah, *Interview for the Project Voices from Mumbai*, 2004, http://www.voicesfrom-mumbai.webhop.org.

球价值观的形成,而且也是参与者转变思维方式、产生如何解决世界问题新想法的孵化器。

就参与者全球意识与全球价值观而言,主要指论坛的进程使全球不同层面的参与者能够把地方、国家、全球层面存在的问题与反抗斗争联系在一起,放在反对新自由资本主义这一宏大的政治框架中去思考、去斗争。世界社会论坛"将可能永远不会跨越组织和议题的不同的团体而聚集在一起"①,促进了那些对全球经济和政治结构表示不满,并致力于解决的无数个人和组织的例行接触。这种接触不仅对于活动家协调活动和制定共同的分析政策非常重要,而且对重申"另一个世界是可能的"的共同承诺和愿景也是一种不可缺少的手段。尤其是在日常斗争受到压制的情况下,当孤立的群体缺乏创新和调整战略所需的信息时,论坛的召开促进了地方、国家和跨国层面的活动家的交流与沟通,使他们意识到在反对新自由主义全球化斗争中,他们并不是独行者,在世界其他地方甚至是对他们而言遥不可及的地方的人们有着与他们相似的诉求、相近的反抗斗争境遇,他们本地化的斗争都是全球反抗资本主义斗争进程的重要部分。不仅如此,在论坛召开过程中,参与者通过沟通、交流,也更加清楚地认识到反对新自由主义全球化的斗争,需要不同层面的参与者协调、团结,在扎根本地斗争的同时更要具有全球视野,即全球化思考与本地化行动相结合。很显然,参与者在世界社会论坛中所形成的这种全球意识与全球价值观具有"扎根的世界主义"特性。

就参与者转变思维方式,产生如何改变世界的新想法而言,主要指在世界社会论坛行进过程中,参与者通过跨文化、跨阶级和跨国家的多重互动,学习了如何应对全球挑战的新的思维方式和行动方式。这是因为,在论坛过程中,通过各种形式的会议与讲习班的活动,人们不仅获取了其他地方进行斗争的更多经验,同时也学会了在论坛中更好地利用网络关系来发展本地的政治经

---

① Jackie Smith etal, *Global Democracy and the World Social Forums* (International Studies Intensives) , Boulder・London:Paradigm Publishers, 2014, p.124.

济。实际上,更多的参与者利用论坛这一进程发起一个新的、更有效的对话和集思广益的会议,讨论如何在一个更加公平和平的世界改进民众运动。正如萨米尔·阿明和三大洲研究中心主任弗朗索瓦·豪塔特(Franios Houtart)所认为的那样:"世界社会论坛的最大成就是使世界人民形成了这样的集体觉悟:新自由主义不是永存的,存在着与之抗衡的替代方案和推动其实现的力量。"①例如,面对新自由主义全球化所造成的民主赤字问题,论坛参与者积极探索民主参与的路径,赋予当地经济权力,希望通过不断扩散到地方的做法,使"另一个世界"的理想逐渐成为现实。其中,团结社会经济方法就是论坛过程中参与者应对新自由主义挑战而提出的一种新想法,这种想法改变了资本主义制度下的经济生活只是为了鼓励竞争关系的传统思维,认为通过鼓励支持人们所在生活社区之间的合作网络,社会经济可以得到重组,进而实现经济民主。因此,在论坛集会活动中,参与者讨论了社区支持的农业(Community-Supported Agriculture)、社区货币与易货贸易制度(Community Currencies and Barter Systems)、合作社生产(Cooperative Ownership)、公平贸易方案(Fair Trade Programs)等有关经济合作、经济民主的方式与举措。②

社区支持的农业既是世界社会论坛参与者增强地方权能的一种手段,也是加强农民与社区之间经济合作关系的一种措施。社区支持的农业通过在季节开始时向农民提供资金,帮助分散农业的风险和成本,从而减少或消除对昂贵贷款的需求。作为回报,社区支持的农业组织在当地生长季节每周可以获得一定份额的可预测的收入。这种方法不仅能够使小规模生产者兴旺发达,加强了当地的粮食安全和主权,重新组织了食品经济,缩短了生产者与消费者之间的距离,同时也有助于提高消费者对其食品选择会影响更广泛社区的经济与环境这一现实问题的认识。

---

① 毛禹权:《世界社会论坛的面临的三大挑战》,《国外理论动态》2007 年第 9 期。

② Jackie Smith etal,*Global Democracy and the World Social Forums*(International Studies Intensives),Boulder·London:Paradigm Publishers,2014,pp.125-130.

社区货币与易货贸易制度是为了免受全球经济变化所带来的冲击而采取的一种社区保护措施。这种制度 20 世纪 90 年代末以及 21 世纪初在亚洲和拉美的一些地方社区已经出现,20 世纪 90 年代初纽约伊萨卡的"伊萨卡小时"货币①就是一个典型的例子,它激励了许多其他社区印刷自己的货币,以便更好地控制当地的经济选择。在世界社会论坛举办的讲习班中,人们通过交流,相互学习与共享,从而获取了组织当地货币和以物易物倡议的一些经验。例如,阿根廷的活动人士为应对 2001 年经济崩溃而制定了这类相关项目,并在社会论坛上与国际同行分享了他们的见解和经验。

合作社生产是促进经济生产的合作社所有权模式,也是对新自由主义经济进行替代的一种经济生产和发展模式。世界几乎每个地方都有合作社生产的例子,其中最大规模的例子是阿根廷的合作社生产,工人拥有所有权,集体承担生产所有制的风险,可以对该国经济崩溃后倒闭的企业进行安排。在世界社会论坛活动中对合作社生产这种团结经济方式的介绍,不仅提高了与会者对这种替代经济模式的认识,而且还激励与会者努力去支持和推广这些模式。

公平贸易方案是针对新自由主义经济模式下政府所制定的一些社会方案与投资政策,仅仅考虑生产利润,而没有考虑除经济增长之外的其他社会目标而设计的。在新自由主义经济占主导地位的情况下,如优质的教育和保健、环境可持续性、休闲时间、保护工人、公平获得基本资源,如清洁水,以及支持工人和家庭体面生活的工资等这些社会目标的实现,均没有体现在政府的社会方案与投资政策中。针对这种问题,公平贸易方案对消费者和生产者之间的关系进行了安排,通过公平贸易的方式购买咖啡等休闲商品和其他商品,不仅

---

① 1991 年开始在纽约的伊萨卡发行。一张伊萨卡小时相当于 10 美元,是当地的平均小时工资。当地人可以用其支付租金、购买农场主的物品或家具。及至 1996 年中,该地方货币向 1000 多个成员发行的数量超过 57000 美元,参加的成员用它进行了价值相当于二百万美元的交易。是一个十分成功的替代纸币。

使消费者为增强当地生产者及其社区的经济权能作出了贡献，而且还加强了基层自下而上的替代办法的可能性，从而使全球经济蓬勃发展。世界社会论坛作为一个全球性的公共空间，可以在生产者和消费者之间建立联系，不仅有可能建立新的公平贸易安排或改进现有安排，而且还促进参与者对"另一个世界"将会体现更公平贸易关系的认识。

总之，在世界社会论坛活动中，参与者不仅重新认识了自己在全球反抗新自由资本主义斗争中的地位，而且还创新了思维方式，学会了思考解决现实问题的新方法。在此过程中，"参与者与来自不同地方的活动人士建立联系，分享技能，加强承诺，为自己后院之外的政治转型而努力"[1]。

三、　世界社会论坛对传统世界社会主义运动的影响

世界社会论坛是在东欧剧变、苏联解体、世界社会主义运动处于低谷这一大背景下出现的。从 2001 年发展到现在，世界社会论坛参与者的左翼阵营也不断扩大，已经从一般左翼组织扩大到社会党国际、国际劳工组织等更加广泛的左翼国际组织和团体，因此，被称为"穷人的联合国""21 世纪的第一国际"。不可否认，世界社会论坛由于在参与力量、组织形式以及斗争方式上均与社会主义运动有很大区别，因而，从根本上讲，其并不是社会主义运动。但自世界社会论坛成立以来，论坛的参与者就通过游行示威、专题研讨、街头表演等各种方式揭露资本主义制度下各种形式的剥削与压迫、各种形式的不平等，并控诉资本主义制度对人的尊严和基本权利的践踏，对"另一个可能的世界"的替代方案进行探索，所有这些都充分彰显了世界左翼力量对资本主义的批判以及应有的生机活力。很显然，在社会主义运动经历苏东剧变的挫折而处于低谷的时候，作为世界社会主义运动的一个重要组成部分，以世界社会论坛为代表的全球正义运动的蓬勃发展，无疑为世界社会主义运动的复苏注

---

① Jackie Smith etal，*Global Democracy and the World Social Forums*（International Studies Intensives），Boulder · London：Paradigm Publishers，2014，p.173.

入了新活力。在论坛活动中,无论是对新自由主义全球化的批判及其消极影响的控诉,还是对"另一个世界是可能的"这一替代方案的探讨,都为新时期背景下世界社会主义运动的发展提供了理论和实践上的有益借鉴。

首先,就论坛活动内容而言,世界社会论坛从政治、经济与文化等方面对新自由资本主义进行多维度的批判,既在经济领域反对新自由主义经济模式,倡导对经济实施控制,又在政治领域支持民主,同时还在文化领域倡导文化多样性的深刻意义以及各人群、各文化乃至每个人对文化多样性所做的独特的无可替代的贡献。不仅如此,在论坛活动过程中,还反对霸权主义,反对各种形式的战争,一些著名左翼学者也号召人民通过世界社会论坛这一平台组成"南方人民阵线",反对帝国主义。① 就此而言,世界社会论坛已经成为反对资本主义、反对战争与霸权主义的一支重要力量。也正因为此,美国左翼学者米歇尔·哈特把世界社会论坛看作是万隆会议的继续,并称之为"今天的万隆会议"②,也即为"21世纪的万隆会议"。因而,世界社会论坛的出现及其作为一个政治进程的持续发展,对团结广大发展中国家人民反对霸权主义具有重要作用,在客观上促进了世界左翼力量的联合,从而对世界社会主义运动走出低潮、重新在世界舞台上再现变革世界的力量起了积极的推动作用。

其次,就论坛的奋斗目标而言,世界社会论坛对世界社会主义运动也具有不容忽视的鼓舞作用。一直以来,世界社会论坛的中心口号是"另一个世界是可能的"。在此口号下,寻求新自由主义全球化的替代方案,不仅包含着在全球化背景下社会主义运动的探索,对另一个世界是可能的探索,也包含着对未来社会主义世界的探索。因此,在世界社会论坛召开的过程中,随着对资本主义和帝国主义的批判,"社会主义"一词逐渐成为论坛活动中频繁出现

---

① 参见杨建民:《圣保罗论坛、世界社会论坛与拉美当代世界社会主义》,《党建》2009年第5期。

② 《今天的万隆会议——哈特评世界社会论坛》,黄晓武译,《国外理论动态》2002年第9期。

的字眼,社会主义再次成为世人关注的对象,正如在第五届世界社会论坛的演讲中,查韦斯说:"我越来越坚信,我们需要越来越少的资本主义,越来越多的社会主义。……资本主义需要通过社会主义道路来实现超越。超越资本主义强权的道路在于真正的社会主义、平等和正义。"①一般认为,正是在该次世界社会论坛上,查韦斯首次提出了产生广泛影响的"21世纪社会主义"构想。很显然,这对处于低谷中的世界社会主义运动走出低谷无疑具有很大的鼓舞作用。

第二节　世界社会论坛存在的问题

作为世界左翼运动的一种重要形式,尽管世界社会论坛对全球左翼运动、新左翼运动以及传统世界社会主义运动都产生了重要影响,但其自2001年召开以来就存在诸多问题,对论坛的批评与非议就从未中断过。对此,一些学者认为,"现在世界社会论坛运行模式存在的问题部分源于2001年初创时的发起人。他们——正如活动家屡屡批评的那样——大抵为社会民主精英,试图模仿达沃斯世界经济论坛,在某个象征的地点召开一个自上而下的昂贵会议"②。某种程度上,此论倒也一针见血地指出了论坛问题存在的部分根源。不言自明,如何看待和处理论坛进程中存在的各种问题,对每届论坛的组织者来说都是必须面对的关键难题,因为论坛中存在的问题直接决定着论坛举办的成效,进而影响着论坛行进的方向。不可否认,每届世界社会论坛都面临也会出现许多具体而不同的问题,但综合起来看,结构性问题、内部分歧问题以及商业化倾向问题一直困扰着世界社会论坛的整个发展进程。

---

①　"Venezuela's Chavez Closes World Social Forum with Callto Transcend Capitalism", January 31,2005.http://www.venezuelanalysis.com/news.php? newsno=1486.

②　[南非]帕特里克·邦德:《全球治理的公民社会:面对有分歧的分析、战略和战术》,何增科、包雅钧主编:《公民社会与治理》,社会科学文献出版社2011年版,第445页。

一、 结构性问题

自 2001 年起,伴随着世界社会论坛的成功举办及在国际社会影响力的增强,其已不再只是一年一次的普通事件,而是成为各种反对新自由主义全球化运动的理想的合流模式。在坚持多样性、非审议性以及组织"开放空间"的根本前提下,世界社会论坛鼓励全球各地投身到反对新自由主义全球化的公民和团体共同努力,通过开展具体的实践活动对新自由主义的霸权思维提出挑战。但是,在其实际运作和发展中,却暴露出很多结构性问题。论坛开展过程中的代表与民主性问题、后勤保障与组织问题等都是结构性问题中的典型代表。

(一) 代表性不足/不平衡问题

世界社会论坛的吸引力在于它的开放和充满活力。原则上,世界社会论坛旨在让反对新自由主义全球化的每一个人和团体参与进来,只有右翼极端主义和把暴力作为其政治策略的左翼激进组织被排除在外。在世界社会论坛的发展过程中,论坛的组织者也努力寻求扩大那些受到全球化负面影响最严重的人的参与,并为其服务,努力使论坛成为一个"代表最贫困人的反精英的集会"。然而,截至当下,寻求更具包容性的社会论坛的呼吁收效甚微,在论坛的组织活动中,代表性不足/不平衡问题甚至过度代表性的问题仍然明显存在。

首先,论坛活动中存在着代表性不足/不平衡问题。虽然世界社会论坛以及所有地域或国家论坛都努力吸引更多国家的活动者参与,但受地缘政治以及资本主义等级制度等诸多因素的影响,论坛参与者存在严重的结构性问题。一方面,受地缘政治或"距离的暴政"因素的影响,参与任何层面社会论坛会议的人数最多的往往是来自东道主国家。据统计,在巴西阿雷格里港召开的几届世界社会论坛,除了众多巴西人之外,其他参与者多来自巴西的邻国阿根廷和乌拉圭,其次是欧洲人,再次是北美和亚洲人,非洲人和阿拉伯人相对较少。在 2004 年孟买世界社会论坛召开期间,大约 90% 的参与者都来自印度。2007 年世界社会论坛迁到非洲内罗毕召开,论坛吸引了 57000 人参与,但绝大多数是非洲人。为了解决距离问题带来的代表性不足问题,世界社会论坛尝试了三种解决方法:第一种是专注于本地区问题的解决,将世界社会论坛分化为地区版本,如亚洲社会论坛、欧洲社会论坛、美洲社会论坛等。第二种是多中心举行,如 2006 年多中心世界社会论坛分别在亚非拉三个地区举行,从而使代表性大大增强。第三种是分散举行,即不设中心地点,而是分散在不同区域举行。另一方面,在资本主义体制内运行的世界社会论坛不可避免地被嵌入了资本主义的一些不平等因素,突出表现为参与者性别的不平等。虽然妇女在论坛参与者中所占比例稍高,但是,妇女在担任领导职务以及论坛重要活动的参与上仍存在明显不足。另外,在论坛活动中,也存在南北不平等的问题。由于活动经费和资源上存在的巨大差异,一般而言,来自全球南方的非政府组织与来自全球北方的非政府组织相比,在论坛活动中更缺少主导权。

其次,论坛还存在过度代表性问题,特别是私人活动的过度代表性仍在继续。这主要表现在两个方面:一是受经费资源的限制,来自南方国家的活动家/非政府组织数量明显要少于来自北方国家的活动家/非政府组织的数量。更重要的是,由于在资源方面的优势,北方国家的活动家/非政府组织往往在论坛中居主导地位。正如萨米尔·阿明所言,世界论坛其实正遇到参与者构成上日益上升的不平衡性。论坛在资金及人力上有着很大的成本,这导致吸引的主要是 NGO 成员,即主要是北方国家的 NGO 成员及其在南方的追随者,只有因为他们拥有资金和人力,而处于大规模对抗中心的人们却很少参加。①二是世界社会论坛给运动中的政治明星留存了过于宽泛的活动空间。尽管论坛强调参与者之间是平等的,但在具体的论坛活动中,一些著名人士不管他们

---

① 参见[法]萨米尔·阿明:《世界社会论坛与世界社会运动》,邹之坤译,《国外理论动态》2007 年第 9 期。

是左翼政党领袖还是知名知识分子,往往被置于会议的"中心",以吸引"群众"①。如诺姆·乔姆斯基(Noam Chomsky)、阿伦达蒂·罗伊(Arundhati Roy)、范达纳·希瓦(Vandana Shiva)和瓦尔登·贝洛(Walden Bello)等人在论坛中都相当活跃。在孟买世界社会论坛中,这些人的演讲,吸引了大约10万听众。很显然,这种"明星崇拜"现象凸显了私人活动代表过度的问题,因而,受到那些重视平等和基层结构的参与者的猛烈批评。不仅如此,一些成熟的知名政治家在论坛中的活动与演讲也备受质疑。尽管世界社会论坛的原则宪章排除政党和民选政府官员以官方身份参加的可能性,但却可以邀请接受宪章承诺的政府领导人和立法机构成员以私人身份参加。成熟政治家的参与之所以受到质疑,是因为在这些人看来,成熟的政治家有许多机会与途径传播他们的言论,因此,不应该再在世界社会论坛上得到空间。但在实践中,这一指导方针并没有得到很好的贯彻,组织者允许巴西总统候选人卢拉在2002年世界社会论坛发表演讲以及各国政府部长参加论坛。2005年世界社会论坛活动中,巴西总统卢拉和委内瑞拉总统查韦斯都发表了讲话,在论坛活动中极为活跃。与会者对这种制造"个人崇拜"的论坛活动深感不满,尤其是对查韦斯利用世界社会论坛作为公共舞台宣传其"玻利瓦尔革命"的做法尤为沮丧。

(二) 内部民主问题

世界社会论坛"为形形色色的社会运动交流经验提供了一个平台"②,在论坛活动中,不同的社会运动和组织可以对各种思潮进行民主讨论,提出倡议,自由地交流,平等地建立联系,协调组织有影响的行动。因而,寻求民主、实现民主是世界社会论坛追求的目标,就此而言,世界社会论坛的发展进程实

① Dieter Rucht, "Social Forum as Public Stage and Infrastructure of Global Justice Movements", In *Handbook on World Social Forum Activism*, eds, Jackie Smith, Scott Byrd, Ellen Reese, and Elizabeth Smythe, Boulder·London:Paradigm Publishers, 2011, p.19.

② 刘金源:《运动中的运动——发展中的世界社会论坛》,《国外理论动态》2006年第6期。

质上是一个扩大民主的综合过程。对此,杰克·史密斯认为,"在一个公民参与机会很少的全球体系中,世界社会论坛是全球民主的实验室"①。然而,在论坛组织活动中,却存在与论坛活动追求目标相悖的问题——缺乏民主性与开放性。在这种情况下,民主问题尤其是内部民主问题将直接影响到世界社会论坛争取社会民主斗争的可能性与可靠性。

在世界社会论坛发展过程中,内部民主问题实质上是论坛的组织问题和网络问题。组织问题主要体现为世界社会论坛组织机构之间的民主关系,以及世界社会论坛主要组织机构尤其是国际理事会的责任与透明度问题;网络问题指世界社会论坛中各种各样活动的层次结构以及参与者(尤其是名人活动分子、大型国际非政府组织和基层团体)之间的权力关系平衡问题。

就组织问题而言,世界社会论坛的内部民主问题,首先体现在组织委员会/国际秘书处和国际理事会的关系上。一直以来,在世界社会论坛召开过程中,国际理事会的功能主要体现在筹划论坛,而组织委员会的角色是执行。二者存在的合法性在于它们能相对比较成功地组织了各年度的世界社会论坛。但在论坛召开过程中,很长时期内二者之间并非是一种功能互补关系,相反却更强烈地展示出一种政治角逐的紧张关系。造成二者之间紧张关系的源头主要有两个:一个是国际秘书处发挥代表世界社会论坛这一职能的彰显。根据世界社会论坛的原则宪章,没有人会获得任何形式的论坛授权来表达据称代表所有论坛参与者意见的观点,也就是说没有任何人可以代表世界社会论坛。但是在论坛的活动过程中,国际秘书处却一直行使着这种代表职能,因此招致国际理事会的不满。另一个是尽管世界社会论坛的目标是全球化,但国际秘书处实际上几乎由巴西人独占,这与国际理事会的国际化努力严重相悖。因而,在论坛活动中,国际秘书处与国际理事会之间的紧张气氛就随之出现了,两者相互指责缺乏透明度和问责制。虽然在 2005 年 6 月巴塞罗那国际理事

---

① Jackie Smith etal,*Global Democracy and the World Social Forums*(International Studies Intensives),Boulder·London:Paradigm Publishers,2014,p.xi.

会会议之后,国际秘书处和国际理事会的关系发生了根本性改变,但是,要达到二者之间的和谐相处,相互协力合作、无争议地成功举办世界社会论坛,还需进行不断累积的体制创新和自我民主改革。

其次,内部民主问题也体现在世界社会论坛的重要组织机构——国际理事会的反民主倾向上。在世界社会论坛进程中,国际理事会因为具有决定论坛在何处召开的权力而对世界社会论坛的发展轨迹具有重大影响力。然而,就国际理事会而言,成员们既没有采取真诚、公开和包容的工作方式,也没有商定明确责任和决策程序的领导机构。正因为此,国际理事会因其不透明性和排他性的工作风格而受到批评。一些学者认为,在国际理事会内部,存在一个由大约15—20名国际理事会成员组成的核心圈子,这些核心成员活动受益于国际理事会的不透明性和无结构性,利用非正式协议和支持性协议破坏了国际理事会的官方组织结构,就此而言,在世界社会论坛进程中,"国际理事会是一个没有实践它所宣扬的民主理想的组织"。①

来自论坛内部和外部的批评者对国际理事会的组织结构提出了质疑,要求其在决策过程中扩大参与,体现充分的代表性,并加强问责制与透明度。就世界社会论坛的代表性而言,主要体现为地理区域的代表性、社会运动部门(例如劳动、环境、经济公正)和身份(妇女、青年、土著人)三个方面。就代表的区域组成方面而言,在世界社会论坛发展进程中,存在来自拉丁美洲和欧洲成员参与的过度表达与来自亚非成员参与不足的现象。国际理事会负责世界社会论坛的国际化工作,正在努力寻找来自代表性不足的地区和国家的新成员参与,既希望通过这种方式增加世界社会论坛的国际参与,也希望世界社会论坛的想法能够传播到其他地区。为了扩大代表性,国际理事会设立了团结基金,来帮助资源匮乏、财政困难的组织支付参加国际理事会会议的旅费。但是,这种促进代表多样性的做法并没有发挥作用。除此之外,在国际理事会

---

① Micha Fiedlschuster, *Globalization, EU Democracy Assistance and the World Social Forum: Concepts and Practices of Democracy*, Basingtoke:Palgrave Macmillan,2018,p.201.

内部,如何做到不同的社会运动部门与身份代表在领导层的均衡组合,也是国际理事会扩大代表性的重要表现,当然,国际理事会希望有不同的运动部门和身份代表,也是其希望能够为反抗新自由主义全球化的集体行动建立一个运动联盟。

在问责制与透明度方面,二者往往是相互联系的,一般而言,对行为的解释会增加透明度,而这反过来又使追究责任变得更加容易。加强问责制和透明度有助于提高一个组织的民主素质。通常而言,问责制和透明度的实现取决于组织规则,正式的组织规则会带来更大的透明度和问责制。然而,在国际理事会中,其正式的组织规则却因为国际理事会成员内部核心圈子的非正式性安排而受到破坏。针对这种情况,国际理事会通过两种路径努力深化内部民主:第一种是温和的方式,主要是扩大国际理事会的代表性,转变世界社会论坛的核心,使其从分散的全球活动转变为包括国家、地区的和主题的社会论坛在内,依据计划的时间表在世界各地进行的连续的过程。第二种是更为激进的路径,主要是通过自下而上的建构来提高世界社会论坛的内部民主。尽管如此,世界社会论坛的内部民主问题仍然存在,目前还没有任何一种民主机制能一下子解决内部的民主问题。①

就网络问题而言,主要是指论坛参与的民主质量问题,主要体现在两个方面:一方面,世界社会论坛中各种各样的活动存在层次差别。由地方组织委员会组织的部分与运动和组织所倡议的部分之间不仅存在差别,而且二者关系紧张。不仅如此,在论坛活动中,参与者之间也存在差别,一些参与者是由世界社会论坛邀请并得到资助的,而另一些人只能依靠由运动和组织提供的经费。另一方面,论坛在特邀嘉宾的选择上,无论是在遴选的过程还是具体的邀请人方面,均存在缺乏民主的现象。对此,一些批评人士认为"世界社会论坛事实上是一个新的国际,其中暗藏等级体系,但凡重要的决定都由高层做出","世界社

---

① 参见[葡萄牙]鲍温图拉·德·苏撒·桑托斯:《全球左翼之崛起》,彭学农等译,上海人民出版社2013年版,第139—141页。

会论坛的领导人是在利用自己的权威出卖奋勇战斗的积极分子。"①

二、 内部分歧问题

作为 21 世纪新左翼力量的代表,与 20 世纪西方资本主义现代性的左翼思维和实践相反,"世界社会论坛致力于创造一种风格和一种氛围以包容和尊重分歧"②。因而,任何反对新自由主义和为更加公正的社会而斗争的形式,都可以在世界社会论坛中占有一席之地,都可以在此自由地发表言论。可以说,参加者的多样性是世界社会论坛最大的创新。但是,尊重多样性、尊重差异也导致世界社会论坛内部存在许多分歧与对立。一般而言,世界社会论坛内部的分歧主要体现在两个方面:一是世界社会论坛内部不同运动和组织之间的政治差异;二是论坛内部不同运动和组织对世界社会论坛自身的政治角色和政治性质的不同看法。政治差异主要表现在政治立场、行动形式以及组织策略等方面,而对于世界社会论坛政治角色的不同看法,主要是集中于世界社会论坛是空间还是运动的争论上。

(一) 革命还是改良:政治分歧

在世界社会论坛的发展进程中,虽然论坛的分散性与丰富性可以让参与其中的活动者产生共同的事业感,但是这并不能说明参与者的政治认同完全一致。对此,美国杜克大学教授米歇尔·哈特认为"论坛不应当仅仅揭示和关注那些共同的事业和愿望,也应重视其中包含的差异(物质条件和政治倾向的差异)"③。其中,政治倾向的差异,尤其是革命还是改良的对立始终贯穿

---

① [美]伊曼纽埃尔·沃勒斯坦:《开放空间的困境:世界社会论坛的前途如何?》,《国际社会科学杂志》2005 年第 4 期。

② [葡萄牙]鲍温图拉·德·苏撒·桑托斯:《全球左翼之崛起》,彭学农等译,上海人民出版社 2013 年版,第 118 页。

③ 《今天的万隆会议——哈特评世界社会论坛》,黄晓武译,《国外理论动态》2002 年第 9 期。

整个世界社会论坛发展进程,并决定着论坛斗争模式与组织策略的选择。

1.政治立场与意识形态的分歧

就政治立场而言,在应对当下占主导地位的新自由主义全球化力量时,世界社会论坛内部实际上存在着两种对立的基本立场:一种立场是赞成主权,反对全球化。这种立场"把新自由主义当成分析的基本范畴",把不受限制的全球资本活动看作是政府的敌人,主张以"加强民族国家主权,作为防御性的壁垒,反对外国和全球资本的控制"。另一种立场提倡非主权,追求另一种形式的、民主的全球化。这种立场"更清晰地反对资本本身","反对任何国家的干预,为当前全球化的形式寻求非国家的替代方案"①。在世界社会论坛内部,第一种立场占据了重要的位置,并在全体大会上由官方发言人宣扬;第二种立场在世界社会论坛中处于少数位置,但实际上参加社会论坛的绝大部分人都或多或少地持少数派的观点。

就意识形态而言,虽然在总体政治倾向上是反资本主义、反新自由主义全球化,但是,在"反资本主义"的旗帜下,各种类型的反资本主义意识形态齐聚于此,如极端保守的反资本主义、资产阶级的反资本主义、地方主义者的反资本主义、改良主义者的反资本主义、自治论的反资本主义、社会主义者的反资本主义。② 不同类型的反资本主义意识形态在论坛中的政治主张、斗争策略与方式也迥然不同,这也是世界社会论坛呈现出多样性的一种表现。

2.斗争方式与组织策略的论争

在世界社会论坛发展过程中,虽然不同的群体和组织大多围绕反对新自由主义全球化这一中心议题开展活动,但是在对待新自由主义全球化的态度方面却存在分化,主要体现为两种态度:改革和民主化的态度与打倒和替代的

---

① 《今天的万隆会议——哈特评世界社会论坛》,黄晓武译,《国外理论动态》2002 年第9 期。

② 参见[英]阿列克斯·卡利尼斯科:《反资本主义宣言》,罗汉等译,上海译文出版社 2005年版,第41—58 页。

态度。态度决定行为,因而,不同态度的参与者在政治行动的选择上必然会出现分歧。前者要求与新自由主义全球化进行建设性的对话与商谈,代表着世界社会论坛内部改良派的态度与行为。后者则要求与新自由主义全球化进行对抗,代表着世界社会论坛内部革命派的态度和行为。这种分化实质上是坚持革命与提倡改良之间的分歧与冲突。作为一个政治实体,参与世界社会论坛的不同组织和群体因为具有反对新自由主义全球化的共同理由,不承认其内部存在这种对立,也拒绝参与革命还是改良的争论,更不认为自己处于对立的分歧之中。但事实上,不管承认与否,在论坛活动中,参与者是革命还是改良的政治立场确实直接影响着斗争模式与组织策略的选择。

就斗争模式而言,由于参与者政治立场的不同,在世界社会论坛内部参与者所采取或支持的斗争模式并不是统一的,存在着是采取直接行动还是制度性行动的分歧。直接行动的支持者主张采取直接对抗如抗议和罢工的方式从外部对资本主义系统进行施压,并认为国家的政治法律系统和资本主义制度是无法渗透的,如果冒险进入,只有被彻底打败的命运。与之相反,制度性行动的支持者认为,"资本主义'系统'是一个矛盾的政治社会舞台,这里充满了战斗的可能,而失败并非唯一可能的结果"①。但只要运动和组织者坚持在资本主义制度和法律体系中斗争,并建立与国家机构或国际机构的对话与磋商,这种合法的制度性斗争就会取得成功。很显然,在世界社会论坛内部,关于斗争模式的分歧是与论坛内部存在的革命与改良的分歧密切相关的。一般而言,在论坛活动中,"更强大的运动和组织更频繁地开展制度性斗争,而不够强大的则更经常地进行直接斗争"②。

---

① 〔葡萄牙〕鲍温图拉·德·苏撒·桑托斯:《全球左翼之崛起》,彭学农等译,上海人民出版社 2013 年版,第 127 页。
② 〔葡萄牙〕鲍温图拉·德·苏撒·桑托斯:《全球左翼之崛起》,彭学农等译,上海人民出版社 2013 年版,第 127 页。

就组织策略而言，在世界社会论坛内部，不同运动和组织之间存在垂直主义（垂直派）与水平主义（横向派）之争。与聚集在论坛中的许多运动一样，世界社会论坛的进程也强调激进民主与水平化以增加基层成员参与的机会，而不是在高层作出决定并在下层得到回应的垂直主义。当"世界社会论坛寻求把以前所有的运动如传统的左派运动、新社会运动、人权组织以及其他不易归入这些类别的运动聚合在一起，并且将那些严格按地区、国家和国际风格组织起来的团体也包含起来"①，在为反对新自由主义造成的社会痼疾而斗争这一共同目标下，以包容姿态向对方的优先目标表示尊重时，参加世界社会论坛的运动和组织本身既可以是水平的，也可以是垂直的。那么，在论坛的具体实践活动中，究竟应该采取垂直主义还是水平主义的组织策略？哪种组织策略才能更好地有效动员民众进行斗争？伴随着世界社会论坛活动的推展，垂直主义与水平主义的组织策略之争也更加明显。一般而言，在世界社会论坛内部，具有革命立场和态度的传统左翼运动在组织策略选择上，奉行命令逻辑，多倾向于垂直主义；而论坛中那些来自欧洲、北美和南美洲的激进网络运动或一些主张建立自治空间的运动，在组织策略的选择方面奉行网络逻辑，极力推崇水平主义。因而，论坛内部的组织策略之争实质上是运动命令逻辑与网络逻辑的对立。作为开放空间的世界社会论坛，允许水平主义与垂直主义共存与争论，"世界上各种不同运动不能因为论坛而简单地联系在一起，他们必须通过相互调整而加以改变"②。就此而言，相对于先前的反体系运动而言，这是世界社会论坛最具有解放意义的贡献之一，同时也是世界社会论坛开展争取社会正义斗争最脆弱的地方。

最后，需要指出的是，在世界社会论坛内部，这些与政治倾向相关的分

---

① ［美］伊曼纽尔·沃勒斯坦：《新的反体系运动及其战略》，刘元琪译，《国外理论动态》2003 年第 4 期。

② ［美］伊曼纽尔·沃勒斯坦：《新的反体系运动及其战略》，刘元琪译，《国外理论动态》2003 年第 4 期。

歧与对立,"实际上它们属于过去 200 年来为反对现状,争取一个更好社会
而斗争的社会力量的历史遗产"①。"它们反映了西方与非西方的政治文化
间的元对立(meta-cleavage),在一定程度上,这个元对立也存在于北方和南方
之间"②。

(二) 空间还是运动:角色之争

如何定位世界社会论坛的政治性质这一问题,从 2001 年首届世界社会论
坛召开之时就已经存在,它不仅涉及所有的论坛参与者,而且在世界社会论坛
召开期间以及之后都始终存在。有学者认为,对于世界社会论坛来说,最具争
议性的问题之一是它在多大程度上应该仅仅是一个不同运动聚集的舞台,以
及它本身在多大程度上应该被视为一个运动。③ 其实,在世界社会论坛的主
要组织者中,对于世界社会论坛政治性质与角色的辩论,从一开始就涉及论坛
应该是一个政治行为者还是一个学习空间的问题。④ 在讨论中,这是两个可
以确定的极端立场,居中的还有众多各式各样的中间立场。

两极中的一端认为世界社会论坛是"运动中的运动",认为运动的常规集
会与世界社会论坛是同步进行的。把世界社会论坛看成是"运动中的运动"
的认识蕴含着这样一种思想:"除非世界社会论坛凭借自身的实力成为一个
政治参与者,否则它将很快沦为清谈俱乐部,而它所激发的反抗资本主义的能

---

① [葡萄牙]鲍温图拉·德·苏撒·桑托斯:《全球左翼之崛起》,彭学农等译,上海人民出
版社 2013 年版,第 135 页。

② [葡萄牙]鲍温图拉·德·苏撒·桑托斯:《全球左翼之崛起》,彭学农等译,上海人民出
版社 2013 年版,第 119 页。

③ Teivo Teivainen, "The Political and its Absence in the World Social Forum:Implications for
Democracy in the Forum and in the World", In *Handbook on World Social Forum Activism*, eds, Jackie
Smith, Scott Byrd, Ellen Reese, and Elizabeth Smythe, Boulder · London:Paradigm Publishers, 2011,
pp.50-63.

④ See Thomas Ponniah and William F.Fisher, "The World Social Forum and the Reinvention of
Democracy", In *Another World Is Possible:Popular Alternatives to Globalization at the World Social Fo-
rum*, eds, William F.Fisher and Thomas Ponniah, London:Zed Book, 2003, pp.1-20.

量也将被消耗掉。"①持这种观点的典型代表人物是世界社会论坛国际理事会的代表沃尔登·贝洛(Walden Bello)。在一次关于世界社会论坛政治性质的辩论中,作为聚焦全球南方(Fouces on the Global South)的执行董事沃尔登·贝洛认为,"论坛应该是一个政治行为者,并认为世界社会论坛正处于发展的十字路口"②。他承认社会论坛为寻求另一种全球化作出了很大贡献,同时也批评把世界社会论坛看成是"开放空间"是从原则上拒绝了就任何政治问题采取集体立场,其中也包括在参与世界社会论坛的各运动之间达成一致意见的方法。

　　争论的另一端是把世界社会论坛看作是一个空间,一个没有人会被排斥或感受到排斥的集会场所。"但世界社会论坛不是一个中立的空间,因为它的目标是让尽可能多的反抗新自由主义全球化的人们、组织和运动自由地汇合在一起。这样,他们就能相互聆听、从其他人的经验和斗争中获得感悟、讨论行动规划并与新的网络和组织联结在一起,而不会有领导、命令或程序的干涉"③。对这种认识持坚决支持态度的是弗朗西斯科·惠特克。作为世界社会论坛的创建者之一,同时也是国际秘书处和国际理事会中最有影响的成员,他对论坛是开放空间做出了如下解释:"论坛仅仅是一个没有领导者的空间,从根本上而言是水平的空间。论坛就像一个没有主人的场所。世界社会论坛是为所有聚集在论坛中的人实现共同目标而创造的空间,他们在没有领导人或权力金字塔的情况下,作为水平的公共空间而发挥作用。论坛是思想的孵化器,在这个空间中,发起了挑战新自由主义全球化的运动。"④在将空间和运

　　①　[葡萄牙]鲍温图拉·德·苏撒·桑托斯:《全球左翼之崛起》,彭学农等译,上海人民出版社2013年版,第129页。
　　②　Walden Bello, "World Social Forum at the Crossroads", Retrieved January 28, 2008. http://www.openspaceforum.net/twiki/tiki-read_article.php? articleId=418.
　　③　[葡萄牙]鲍温图拉·德·苏撒·桑托斯:《全球左翼之崛起》,彭学农等译,上海人民出版社2013年版,第130页。
　　④　Chico Whitaker, "The WSF as Open Space", In *World Social Forum: Challenging Empires*, eds, Jai Sen, Anita Anand, Arturo Escobar, and Peter Waterman, New Delhi:Viveka,2004,pp.111-121.

动的组织结构进行对照后,惠特克对那些想要把世界社会论坛转变为一场运动的认识——"运动中的运动"进行了猛烈抨击,"那些想把世界社会论坛变成运动的组织,无论他们是否意识到自己的所作所为,无论他们是运动还是政党,也不管其目标有多重要,在战略上有多紧迫和合理,如果他们成功了,最终会反对我们共同的事业,也会有效地打击自己并殃及池鱼,他们会阻碍、窒息世界社会论坛自身的生命之源,或至少摧毁一个巨大的工具,而这一工具有利于他们在我们所从事的斗争中扩展壮大自身实力"①。

在与贝洛进行辩论的过程中,作为回应,惠特克认为"十字路口不必关闭道路"②。他指出,虽然世界社会论坛的原则宪章阻止国际理事会在论坛上为所有与会者发言,但开放的空间形式使行动有可能、有机会自主地建立制定集体方案的全球联盟。因此,对惠特克来说,世界社会论坛的十字路口实际上是两条可以同时坚持下去的道路,不是作为对手,而是作为共同的灵感源泉。开放空间可继续允许运动在制定新的社会项目时表达自己的意见,而不必代表所有参与者。

在争论的两端之间还存在一个中间立场。持中间立场的参与者认为,要理解世界社会论坛的作用,必须超越死板的运动与空间的二分法,论坛既是一个多元的、开放的空间,而且也是一种运动。汤姆斯·庞尼亚(Thomas Ponniah)就持此种观点,他认为"论坛是一个社会运动过程,既是一个空间,也是一个行为者"。③

最后,需要指出的是,在世界社会论坛活动中,绝大部分运动和非政府组

① [葡萄牙]鲍温图拉·德·苏撒·桑托斯:《全球左翼之崛起》,彭学农等译,上海人民出版社 2013 年版,第 130 页。

② Chico Whitaker, *A New Way of Changing the World*, Nairobi, Kenya:World Council of Churches,2007.

③ Thomas Ponniah, "The Space as Actor:The Form and Content of the Social Forum Process", In *Handbook on World Social Forum Activism*, eds, Jackie Smith, Scott Byrd, Ellen Reese, and Elizabeth Smythe, Boulder·London:Paradigm Publishers, 2011, pp.378-396.

织参加世界社会论坛是为了交流经验,了解相关问题并寻求可能的联合,以图为他们已经投身的斗争增强力量。因而,对世界社会论坛政治角色的定位也是基于此。在这种情况下,不管世界社会论坛的组织者和领导者如何极力推动,都无法消除关于世界社会论坛政治角色与性质的争论,也无法使参与者或组织者在此问题上真正达成共识,产生共鸣,以求得更好地发展。

三、 商业化倾向问题

在"另一个世界是可能的"的目标口号的号召下,世界社会论坛的实践活动突出地表现出预示性政治的特征。预示性政治不仅意味着论坛活动分子寻求去实践他们为未来社会提出的价值观,并努力避免在他们的行动中复制他们在示威中所批评的价值观,而且也包括尝试为活动家提供非商业化空间的各种实践活动。也就是说,具有实施预示性政治性质的世界社会论坛应该在实践活动中对资本主义自由市场逻辑进行批判,对资本主义所有生活领域商业化现象进行揭露,而不应该在实践活动中重复资本主义的原则。然而,在新自由资本主义政治经济体制下运作的世界社会论坛,尽管有实施预示性政治的雄心,却在某种程度上复制和延续了要挑战的社会秩序,在这种情况下,一些新自由主义的实践和信仰不可避免地/或多或少地出现在论坛中,一些"激进分子已经完全融入全球资本主义的延伸关系"①。因而,论坛活动者"在当今世界中建立另一个世界"的努力就面临着一些困难。其中,最突出的表现就是论坛的商业化倾向,这也是世界社会论坛发展进程中一个长期存在的问题。具体而言,世界社会论坛商业化倾向主要表现在以下方面。

第一,在论坛活动中,资源充足的非政府组织始终占主导地位。作为一个开放的空间,世界社会论坛具有很大的包容性,不同的运动和组织在反对新自由主义全球化的议题框架下均可以参与其中。但是,在具体的活动中,来自北

---

① William K.Carroll,"Crisis,Movements,Counter-Hegemony:In Search of the New",*Interface*,2010,Vol.2,No.2,pp.168-198.

方的非政府组织与来自南方的非政府组织、资源充足的非政府组织与资源匮乏的非政府组织在世界社会论坛中的地位与作用是不同的。一般而言,来自北方的、资源充足的非政府组织在世界社会论坛活动中具有竞争优势。对此,杰弗里·普莱耶(Geoffrey Pleyers)认为:"每个论坛讨论小组的数量和前景,与其说取决于所涉问题的相关性,不如说取决于提出这一问题的组织的财政资源。"①尤其是在自组织的大型社会论坛中,资源充足的、组织良好的非政府组织,因为具备一些优越条件,从而在论坛举办期间更为引人注目。他们有宣传活动的广泛手段;他们有能力为活动带来自己的专业口译员;他们有办法获得中心场馆;有能力举办许多讲习班;有办法邀请那些吸引更多观众的名人活动分子;等等,所有这些均提高了他们工作的可见度。另外,资源充足的非政府组织还可以利用资源优势影响其他非政府组织与参与者所提出的建议与想法。在这种情况下,当金钱成为观念霸权成功的仲裁者时,世界社会论坛中的思想交流和战略交流就具有了商业化倾向。

第二,在论坛活动中,基层活动分子的参与存在商业化倾向。一般而言,在世界社会论坛活动中,对那些不能负担得起亲临世界社会论坛的费用或没有受到大型非政府组织邀请的基层活动分子来说,参与的商业化倾向仍然是一个十分突出的问题。正因为此,世界社会论坛常被指控为"只面向中产阶级和专业非政府组织工作人员"②。造成这种情况的原因主要有两点:一是世界社会论坛的市场逻辑把一些基层活动分子的活动排斥在这一开放的空间外。在2007年召开的世界社会论坛过程中,由于"与肯尼亚统治集团相关联

---

① Geoffrey Pleyers, "A Decade of World Social Forums:Internationalisation Without Institutionalisation?", In *Global Civil Society* 2012:*Ten Years of Critical Reflection*, eds, Mary Kaldor, Henrietta L. Moore, Sabine Selchow, and Tamsin Murray-Leach, Basingstoke:Palgrave Macmillan, 2012, p.176.

② Jai Sen, "The Power of Civility", *Development Dialogue*, 2007, Vol.49, pp.51-67; Paul Routledge, Andrew Cumbers, and Corinne, "Nativel Grassrooting Network Imaginaries:Relationality, Power, and Mutual Solidarity in Global Justice Networks", *Environment and Planning A* 39, 2007, Vol.11, pp. 2575-2592.

的巨大商业集团无耻地将之商业化,甚至巴西国有企业巴西石油公司,拉丁美洲自然资源财富的主要剥削者,也忙于把自己鼓吹为论坛的盟友"①,场馆活动受到强烈的商业化和军事化的影响,导致第七届世界社会论坛的政治色彩越来越淡化,在论坛召开过程中,肯尼亚企业就利用该论坛,通过宣传广告、食品供应和其他服务等手段为其商业利益服务。突出的例子就是手机公司Celtel 不仅负责在线注册,而且还为其手机提供促销和展示公司的广告。不仅如此,由于论坛召开过程中肯尼亚警方对这一空间进行严加保护,与会者需要缴纳一定数额的参会费,从而致使贫穷的肯尼亚人无法进入这一空间。二是既使基层活动分子有幸进入世界社会论坛,在论坛活动中所隐藏的市场逻辑也使财力匮乏的基层活动分子的行动并不引人关注。这是因为在论坛活动中,所有为活动者提供永久接触点并展示活动的帐篷和摊位都是有租金的,租金的多少与空间的大小紧密相关。据说,一个 9 平方米的小展台或帐篷需要100 欧元的租金,一个 300 平方米的帐篷要花费 7500 欧元的租金。更重要的是,所有活动者的看台和帐篷的租金都是一样的。在这种情况下,财力资源丰富的组织机构或参与者就可以在论坛活动中买到一个比较显眼、更具代表性的空间。特别引人注目的是 2013 年世界社会论坛召开过程中巴西的巨大帐篷,它是由巴西政府和国有石油公司 Petrobus 进行赞助租赁的。在这个巨大的帐篷中,巴西政府对其国家推行的可持续发展、包容土著人民和其他进步政治的项目进行宣传展示。对此,有学者评价,"论坛中的帐篷似乎是为旅游博览会做准备的,而不是活动人士的集会"②。

第三,世界社会论坛本身的组织过程也体现出商业化倾向。从原则上讲,世界社会论坛的筹备工作是旨在成为东道国广泛的民间社会联盟的集体进程,其他国际客人应尽其所能为这一进程作出贡献。然而,实际情况并不总是

① 邹之坤:《处于十字路口的世界社会论坛》,《国外理论动态》2007 年第 9 期。
② Micha Fiedlschuster, *Globalization, EU Democracy Assistance and the World Social Forum: Concepts and Practices of Democracy*, Basingstoke:Palgrave Macmillan,2018,p.157.

如此,论坛的参与活动却体现出一种消费主义的观念与倾向。就组织者而言,负责大型活动后勤工作的世界社会论坛组织者倾向于以实现目标为导向。为此,他们采用了商业化的组织方法和手段,尽可能地使工作流程顺畅,从而确保在活动期间能够产生高质量的成果。组织者选择在场馆提供无线互联网接入的商业解决方案来提高论坛交流的高效果,尽管有非商业的解决方案可用。尤其是在世界社会论坛召开日期临近时,组织者对组织结构的等级要求也不断提高,更是担心不能满足"国际层面"的要求。因此,在论坛准备过程中,组织者的业务风格和管理态度都体现出一种浓厚的商业化倾向:即把世界社会论坛的参与者看作是消费服务产品的客户。就普通的参与者而言,一些参与者似乎是更期待着一场组织得很好的活动,对论坛活动表现出一种消费主义的态度,抱怨组织者没有为论坛进程作出应有的贡献,没有满足人们对完美组织活动的期望。当然,在论坛活动中,一些积极分子或激进的参与者也意识到资本主义生产和消费实践已经渗透到论坛活动的各个领域,但他们也并不总是去逃避资本主义的统治。因此,对于世界社会论坛而言,作为反对新自由主义资本全球化的力量代表,要在现有的世界发展和实践另一个可能的世界,商业化倾向的存在无疑是一个严重的障碍因素。

当然,在世界社会论坛活动中,组织者也采取各种措施手段来平衡参与组织之间的财务差异,努力规避商业化倾向带来的某些不良影响。综合来看,这种努力主要体现在以下几个方面。

首先,创新论坛进程,变换论坛召开地点。为了扩大受新自由主义全球化伤害最严重的个体或群体参与率,世界社会论坛不断进行创新。2004年移师孟买以及2006年亚非拉多中心世界社会论坛的召开,使那些财力资源匮乏的组织和群体获得了更多的机会参与世界社会论坛活动。继2007年内罗毕世界社会论坛后,组织者提议每隔一年举行一次(尽管实际情况并非如此),从而在一定程度上也减轻了活动分子的负担,并鼓励了更多的地方和国家开展反对新自由主义全球化运动。2011年"阿拉伯之春"后,世界社会论坛通常选择在社会运动活跃或需要支持的国家召开,从而进一步增加了社会运动活动分子的基层参与。

其次,对于商业化性质的论坛资助说"不",补贴全球南方的参与。世界社会论坛的顺利开展需要大量的资金经费作为后盾支持。最初论坛所需的大量资金多是来自地方和地区政府以及基金会和一些公司实体的资助,很显然,这些机构与世界社会论坛追求的价值观是相抵触的,在对论坛活动进行资助时可能会带有一定的附带条件,甚至会在一定程度上牵制论坛活动。正因为此,为了摆脱资助机构的制约作用,世界社会论坛的组委会在组织论坛活动中会带有商业性质的尽量减少接受一些带有商业性质的大型基金资助,尤其是对来自西方发达国家基金会的资助更是持比较谨慎的态度,甚至是拒绝接受。如在2004年印度世界论坛召开期间,为了能够更好地维护印度基层民众的利益,为达利特人提供一个自由发声的空间和平台,印度论坛组委会就拒绝了来自福特基金会、洛克菲勒基金会、印度政府和企业的资助。同时也采取了一些措施来抵消自由市场对论坛活动带来的商业化影响,如组织者为一些负担不起租金的社会运动团体保留了一些大型会议的场所。① 不仅如此,在世界社会论坛发展进程中,组委会还通过对来自全球南方的参与者给予一定补贴,使论坛部分地摆脱了非政府组织展览会的形象。当然随着时间的推移,世界社会论坛的资金来源也更加多样化,来自参与者的资金费用会越来越多,从而也会逐渐减少世界社会论坛对机构捐助者的依赖程度。尽管如此,组织者也意识到,筹办大型论坛活动需要筹集资金资源,世界社会论坛将不可能在没有充足资源的非政府组织、基金会和政府机构贡献的情况下进行。因此,未来的世界社会论坛不太可能完全脱离市场经济的逻辑而被组织起来,论坛的商业化风险仍将继续。

最后,实行有区别的收费结构,鼓励资源不足的组织和个人参与。所谓有区别的收费结构,主要是指资源充足的组织参与论坛活动需要支付更高的费

---

① Micha Fiedlschuster, *Globalization*, *EU Democracy Assistance and the World Social Forum*: *Concepts and Practices of Democracy*, Bastingstoke:Palgrave Macmillan,2018,p.156.

用,而其他资源不充足的参与者尤其是来自全球南方的组织与参与者的费用可以保持在较低水平。在 2015 年世界社会论坛召开期间,就采取了有区别的收费结构,来自北方的一个组织必须支付 200 欧元,才能登记三人和两项活动,南方的一个组织仅需支付 25 欧元,来自阿拉伯区域或非洲的组织费用仅为 50 欧元。另外,有区别的收费结构还体现在论坛活动翻译服务的收费上。在论坛召开过程中,翻译费用虽然不被认为是一项支出,但是需要由所有参与者共同承担。根据有区别的收费结构,不同组织支付的翻译服务费用是不等的。在 2015 年世界社会论坛中,来自"北方"的一个组织必须支付 300 欧元的阿拉伯语和其他三种语言的口译服务,而来自"南方"的一个组织只需为同样的服务支付 200 欧元,但对于一个来自阿拉伯地区或非洲的组织来说,费用是 100 欧元。① 尽管如此,这对那些财力资源不充足的组织来说也是一笔不菲的服务费用支出。但值得高兴的是,目前论坛活动中出现了一些志愿者提供免费翻译的服务,它不仅为资源不充足的组织减少了支出费用,而且也是抵制论坛商业化倾向的一种策略。

总之,上述三个问题自首届世界社会论坛召开以来就一直存在,成为论坛进程中的痼疾,不仅严重制约了论坛作为新自由主义全球化批判力量的发挥,也削弱了论坛变革现实世界的能力。当然,在世界社会论坛的发展进程中,除了这些痼疾之外,世界社会论坛也面临多种挑战,从而使世界社会论坛的发展前景变得更加扑朔迷离、难以捉摸。

---

① See Outcomes of Convergence Assemblies at the WSF 2015. https://fsm2015. org/en/dossier/2015/04/08/outcomes-convergence-assemblies.

第七章　世界社会论坛：挑战与前景

作为新世纪以来世界社会主义运动中的新生力量,世界社会论坛在发展进程中面临着各方面的挑战。各种各样的挑战使世界社会论坛的发展变得难以预判,前景不明。在这种情况下,分析世界社会论坛未来发展所面临的各种挑战,有针对性地判断其发展的可能趋向,有助于加深对世界左翼运动力量及其作用发挥的认识与理解。

第一节　世界社会论坛发展面临的挑战

在历届世界社会论坛举办过程中,均存有各种问题与挑战。世界社会论坛在应对挑战中不断发展,在发展中又面临着更多新的挑战。就目前境况而言,世界社会论坛发展面临的挑战主要体现在两个方面:其一是来自论坛自身的挑战,如前文所论述的世界社会论坛在发展中存在的各种问题,这些问题的解决程度不仅直接影响到世界社会论坛的顺利进程,而且对论坛的未来发展也产生重要影响。其二是来自论坛外部环境的挑战,世界社会论坛是"世界中"的论坛,其产生与发展都与国际环境的变化紧密相关。因而,如何在国际环境发生变化的情况下,确保活动主题紧跟时代步伐就成为论坛发展必须应对的外部挑战,尤其在当今世界处于"百年未有之变局"之际,这种来自外部环境的挑战就显得尤为关键。

一、 来自论坛自身的挑战

经过近二十年的发展,作为反对资本主义全球化的一支关键力量,世界社会论坛在国家层面、区域层面以及国际层面所产生的影响已经为世界各国所认知与理解,论坛在国际社会的地位已经获得认可并得到一定程度的巩固。尽管如此,社会论坛内部仍面临着一些挑战,这些挑战影响甚至左右着论坛的发展与存亡。如何更好地动员各类人员的参与? 论坛运行的物质基础和组织如何保持下去? 如何解决管辖权、时间进程、论坛所需资金以及组织责任等现实的问题? 所有这些问题的存在均对世界社会论坛的未来发展带来了挑战。目前,虽然世界社会论坛仍在前进,但也面临着三项长期挑战:异质性、常规化与仪式固化以及寻求建设性的建议。

(一) 异质性

世界社会论坛是把各种不同运动与组织聚集在一起的一个桥梁和中介。但是不同类型、不同活动主题的社会运动都有更具体的活动目标,虽然它们通过世界社会论坛这一纽带汇聚在一起,但这种联系非常松散,许多运动与运动组织之间仅仅是因为共同的反对目标——新自由主义全球化而象征性地联系在一起,但由于意识形态、战略分歧等因素的影响,相互之间的互动并不和谐。尽管大多数活动家把世界社会论坛看作是反资本主义运动的中心与焦点,但是世界社会论坛并非一个单一的总体运动,论坛被称为"运动中的运动"也充分说明了在世界社会论坛内部,由于问题的多样性以及参与主体在政治意识形态、社会基础和文化背景的异质性,以世界社会论坛为代表的全球正义运动还没有(或者至少还没有)转变成一个连贯的运动。尽管一些组织者,特别是来自各左翼党派的组织者,仍然梦想着创建一个协调一致的全球运动,并希望世界社会论坛成为一个统一的行为者,但这种想法却被大多数人拒绝。在世界社会论坛发展过程中,许多积极分子将多样性和非中心化视为财富,正因为此,世界社会论坛提倡具有基层参与性的横向结构,而不是基于自上而下进行授权的垂直结构。然而,正是这种多样性和横向性,在很大程度上不仅分散了世界社会论坛发起反对新自由主义全球化的能量与精力,而且也削弱了论坛内不同组织和运动在对国家和全球议程与政策施加影响的合作能力。

（二）常规化与仪式固化

一般而言,任何社会运动的发展都有一个发生、高潮与低动员的历程,在此过程中,常常会出现社会运动或其运动组织的制度化表现。与此相似,随着时间的推移,当社会论坛在国际社会中成为几乎每年都会出现的一个重要国际事件时,全球公众无论是对全球层面的世界社会论坛,还是对更本地化的社会论坛,都正在失去新鲜感。在人们心中,几乎每年世界社会论坛的召开,已经成为一个例行公事的仪式化行为。

从某种程度上来说,社会论坛的常规化是一种难得的财富,因为常规化的出现是建立在先前认识的基础上,至少从形式上,它可以避免一次又一次地解决同质性的问题。尽管如此,世界社会论坛的常规化也是论坛未来发展中必须面对的一个挑战,主要有两方面的原因:一方面是论坛的常规化将使论坛活动产生某种惰性,失去进一步创新发展的动力。当然,组织者已意识到论坛常规化对论坛发展带来的影响,并采取一些措施进行规避,如不断变更论坛举办地点,创新举办形式。但是,每届世界社会论坛的共同主题——对新自由资本主义进行批判的口号——"另一个世界是可能的"已经成为一种常规。在近二十年的时间里,新自由主义资本全球化的消极影响并没有随着论坛的年度召开有丝毫改观,"另一个世界是可能的"这一论坛口号在多数情况下也只是作为一个口号而存在,对众多参与者来说,社会现实中实现"另一个可能的世界"仍是遥不可及的美丽愿景。正因为此,随着时间的推移,参与者对世界社会论坛怀有的兴奋与参与激情也在逐渐减少。另一方面,常规化也会逐渐淡化或减弱媒体对世界社会论坛关注的兴趣。"猎奇"是所有媒体共同的特征,可以想象,如果论坛每年的活动内容都极为相似,其新鲜度也必然会减低,在这种情况下,媒体对其关注的兴趣就会逐渐减弱,与世界社会论坛相关的报道与宣传也随之相应减少。

对此,迪特·卢茨认为:"随着时间的推移,世界社会论坛很可能正在成为一项常规活动,其对外部世界的吸引力将逐渐减弱。"①不难想象,长此以往,世界社会论坛在国际社会所产生的效应会慢慢被人们忽略,论坛自然也会逐渐淡出人们的视野。当然,为了增加参与者的关注度,吸引媒体的眼球,论坛组织者也会竭尽所能,不断创新活动方式,甚至把众多高新技术运用到论坛中,这不仅推动论坛成一个沟通讨论的空间,甚至自我塑造成一个"电脑化空间"。当然,在论坛内部,各运动组织为了寻求公众的认可度,提高大众媒体对其关注的兴趣与热情,相互之间也存在资源、战略等方面的竞争。如何在常规化的背景下,使论坛内部不同组织之间的竞争变成推动论坛向前发展的持续动力,对论坛未来发展来说无疑也是一个挑战。

除了常规化之外,论坛的仪式固化也越来越明显。所谓论坛的仪式固化主要指每届论坛的活动形式大致相同,大会演讲、大型会议、工作组讨论、圆桌会议以及街头的游行示威等几乎是各种层面的论坛召开时采用的共同活动方式。长此以往,参与者就会对年复一年单调的程序化、仪式固化感到厌烦,不愿再浪费时间、耗费精力、耗损费用地长途跋涉去参与一项自己已经经历过的事件或过程。因而,如何创新论坛的具体活动方式,改变一直以来的仪式固化是世界社会论坛未来发展中不得不面对的一项长期而急迫的挑战。

① Dieter Rucht, "Social Forum as Public Stage and Infrastructure of Global Justice Movements", In *Handbook on World Social Forum activism*, eds, Jackie Smith, Scott Byrd, Ellen Reese, and Elizabeth Smythe, Boulder · London: Paradigm Publishers, 2011, p.23.

（三）寻求建设性的建议

寻求建设性的发展建议是世界社会论坛面临的另一大挑战。世界社会论坛的口号是"另一个世界是可能的",经过多次活动,论坛不仅已经形成了基于问题的自治活动,而且对他们反对目标的揭露也越来越深刻,越来越贴近问题的本质。在经历了一段相对较少的内部冲突之后,参与者越来越希望世界社会论坛能超越"谈话"走向"行动"。"无论是从论坛内部还是从论坛外部,他们都被要求去澄清'另一个世界'可能是什么样子,以及要实现这一目标需要做些什么"[1]。当然,这种寻求建设性的建议对世界社会论坛的发展来说,涉及如何从集体觉悟转向建立有效的社会转变主体问题。显然这个挑战所关涉的不仅仅是论坛自身,还包括人们自己。在世界社会论坛的发展中,论坛在何种程度上反映了这种集体觉悟? 论坛对觉悟的必要提高以及建设有效的社会转变主体作出何种贡献? 这些都是世界社会论坛在寻求建设性建议时需要认真考量的问题。

二、 来自论坛外部的挑战

作为在国际舞台上活动的一个非国家行为体,世界社会论坛的政治实践活动进程与外部环境尤其是国际环境的变化密切相关。新世纪以来,新自由主义全球化的发展变化、国际格局的变迁以及信息技术的迅猛发展,均在一定程度上对世界社会论坛的发展带来挑战。当然,来自论坛外部的挑战力量,并不一定都是阻碍论坛发展的因素,关键还在于世界社会论坛能否在发展中有效地应对或利用这些因素,在变局中寻找创新发展的机遇,化挑战为动力。

---

[1] Dieter Rucht, "Social Forum as Public Stage and Infrastructure of Global Justice Movements", In *Handbook on World Social Forum Activism*, ed, Jackie Smith, Scott Byrd, Ellen Reese, and Elizabeth Smythe, Boulder · London: Paradigm Publishers, 2011, p.26.

（一）世界社会论坛面临新自由主义全球化发展变化的挑战

知彼知己,方能百战不殆。世界社会论坛的主要斗争目标是新自由主义资本全球化,因而,新自由主义资本全球化的发展变化将对世界社会论坛的进展与斗争产生直接的影响。新世纪以来,以 2008 年国际金融危机的爆发为界,新自由主义资本全球化的发展出现了明显变化。全球金融危机的爆发使新自由主义受到广泛批评与质疑,甚至有学者认为新自由主义就此走向终结,并把此次国际金融危机的爆发看作是"新自由主义"溃败的标志。但事实并非如此,新自由主义作为一种世界体系不仅没有因此终结,而是"进入了一个不惜进一步损害中下阶层利益来维护资本利益的新阶段"①。在此之前,新自由主义资本全球化的主要特征是经济金融全球化,2008 年的金融危机爆发后,当代西方资本主义在原有的经济金融化基础上又呈现出金融政治化、精英分裂化、民主空壳化、军事扩散化等新特征。② 毫无疑问,面对新自由主义资本全球化的这些变化,世界社会论坛不仅要扩展论坛议题所包含的领域与范围,而且还要吸纳新的反对新自由主义全球化的激进力量加入其活动空间。

就论坛议题而言,虽然对新自由主义全球化进行批判与反思是世界社会论坛的一贯主题,但新自由主义全球化的发展变化对世界社会论坛的议题设置提出了挑战,即议题设置必须具有强烈的现实性与针对性。实际上,在过去近二十年的发展历程中,每届世界社会论坛议题的设置都是建立在对新自由主义全球化消极影响的认识基础之上,尤其是 2008 年的金融危机之后,对新自由主义全球化危机的探讨已成为论坛召开中不可回避的议题。目前,新自由主义全球化是"垂而不死",如何更好地把与此相关的一些问题吸纳到论坛

---

① 朱安东、王娜:《新自由主义的新阶段与资本主义的系统性危机》,《经济社会体制比较》2017 年第 4 期。

② 参见谢长安、丁晓钦:《后危机时代西方资本主义新特征——对新自由主义的批判性分析》,《经济社会体制比较》2018 年第 4 期。

中,且不至于让参与者认为是"老调重弹""新瓶旧酒"是世界社会论坛在议题设置方面面临的严峻挑战。

就新力量的吸纳而言,世界社会论坛面临着如何处理与"新一代"运动者的紧张关系问题,在坚持指导论坛核心原则的同时,纳入新的声音,进而扩大世界社会论坛影响。自2008年国际金融危机以来,全球危机进一步加剧,面对日益严重的经济压力、现有政治体制和代表机构的腐败和不民主,世界各地频繁爆发了许多抗议运动。尤其是2011年以来,欧洲国家学生抗议运动、反缩减运动、中东阿拉伯地区的抗议运动、美国的华尔街运动等一系列群众抗议运动的爆发,充分表明世界迎来了新一轮的抗议浪潮。对此,霍勒斯·凯贝尔(Horace Campell)称之为"21世纪革命"①。新一轮抗议浪潮中活动人士共同的特点是:并不是制定他们对国家的主张,而是为了"人身自由和尊严"而战,寻求新的政治关系和实践类型。不仅如此,"新一轮的抗议浪潮也对民主审议和交流公共空间的消失做出了反应"②。由此可以看出,新一轮抗议浪潮与世界社会论坛有共同之处,因此,"新一代"运动者如占领者和愤怒者可以进入世界社会论坛的活动进程,利用世界社会论坛这一平台进行交流与学习。当然,新的、往往是经验不足的年轻运动者涌入世界社会论坛,为论坛带来活力,新老运动者在论坛中展开激烈辩论,促进了论坛组织者对论坛自身的活动进行反思。但同时也应该看到,由于新老活动者在价值观念、兴趣偏好等方面存在很大差异,论坛中的冲突、分歧也存在进一步升级与激化的可能。在这种情况下,如何在吸纳新力量的同时,继续更好地发挥世界社会论坛作为对话、交流、辩论和反思的平台作用,有效地开展共同斗争,就成为未来论坛发展的重要挑战。

---

① Horace Campbell, "Echoes from Tunisia and Egypt:Revolutions without Self-Proclaimed Revolutionaries", Pambazuka News 515,2011,pambazuka.org/en/category/features/70670.

② Jackie Smith etal, *Global Democracy and the World Social Forums*(International Studies Intensives), Basingstoke:Paradigm Publisher,2014,p.150.

（二）世界社会论坛必须面对世界政治格局变化的冲击

世界政治格局是指世界上各个国家或地区政治力量的对比以及政治利益的划分情况。在世界社会论坛刚刚起步时,处在世纪之交的世界政治格局的主要特点是"一超多强",以美国为首的西方大国在国际社会极力推行新自由主义经济和政治模式。在这种情况下,反对新自主义经济全球化的世界社会论坛活动与反对美帝国主义、霸权主义紧密联系在一起。然而,在2008年国际金融危机之后,伴随着新兴国家的群体性崛起,世界多极化发展加速,美国的"一超"地位受到了冲击。当今世界,国际力量对比已经发生了明显变化,世界政治格局也发生着前所未有的深刻转变:一方面,受2008年国际金融危机的影响,以美国为代表的西方国家参与全球治理的能力大幅度削弱;另一方面,新兴市场国家和发展中国家的经济实力大大提升。以美国为首的西方国家绝不会轻易接受这种变化,而新兴市场国家和发展中国家的经济实力还没有超越西方大国的力量。因此,西方大国与新兴市场国家和发展中国家之间的矛盾仍将继续存在。在这种情况下,国际政治格局的变化必然会对世界社会论坛的发展带来挑战,要求其进一步增强"世界性"。

具体而言,国际格局变化对世界社会论坛"世界性"的挑战主要表现在两个方面:一方面,世界社会论坛必须改变与世界经济论坛针锋相对的立场,与其求得合作。正如前文所论,世界社会论坛是作为世界经济论坛的对立面而出现的,二者在许多方面都存在差别,"如就名称而言,两者有'经济'与'社会'之分;就内容而言,前者更像是富人沙龙,而后者为穷人会所;前者关心效率与发展,后者关心公正与社会多元;前者偏重官方,参加者多为政要富豪,而后者多来自民间草根,只有少数国家领袖点缀其间;前者羽扇纶巾,坐而论道,后者肩负旗帜,行在街上,以世界社会力量的动人姿态同世界政经力量博弈"①。尽管如此,世

---

① 熊培云:《右脚经济,左脚社会——两个"世界论坛"的启示》,《南风窗》2006年第2期。

界经济论坛与世界社会论坛所表达的都是全人类对世界和对自己命运的关怀,都具有全球化性质,都是对经济全球化做出的必然回应。如2005年世界经济论坛就中国经济前景、气候变化、全球化中的公平性、全球经济、大规模杀伤性武器、世界贸易、巴以问题、伊朗核问题、伊拉克局势和伊拉克大选等议题进行磋商和讨论,这说明在某种程度上或某些问题上两个论坛并非是完全针锋相对,仍然存在对话、磋商的可能。实际上,在第二届世界社会论坛召开期间,联合国秘书长安南就呼吁两个论坛要加强合作,共同为反贫困而斗争,尽管两个论坛的与会代表对经济全球化问题讨论没有达成一致意见,但却是二者之间可以进行合作的一个尝试。

2008年金融危机后,世界经济论坛更是倾向于努力探索构建一个危机后的新世界。如2008年世界经济论坛年会以"合作创新的力量"为主题,2500多名与会者分别就全球关注的金融市场动荡、经济前景的不确定性、气候变化、能源形势、食品供应安全等问题进行了辩论。2009年世界经济论坛年会以"构建危机后的世界"为主题,与会者就如何应对国际金融危机进行了深入探讨,同时也关注了气候、能源、粮食等全球性议题以及中东局势等热点问题。2010年世界经济论坛的主题是"改善世界状况——重新思考、重新设计、重新建设"。2012年世界经济论坛的主题为"大转型:塑造新模式"。2014年世界经济论坛的会议主题是"重塑世界:对社会、政治和商业的影响"。所有这些均说明,世界经济论坛也在为创造另一个可能的世界而努力。不仅如此,随着国际政治格局的变化,发展中国家在国际社会的话语权不断提升,在近几年举办的世界经济论坛中,发展中国家尤其是中国的地位和作用越来越突出,从而也在一定程度上改变了世界经济论坛是富国的俱乐部形象。因此,先前针锋相对的两个论坛之间相互合作的共同因子在明显增多,"两个论坛之间并非一定要唱对台戏,而是在同一个舞台上唱戏,是一场声势浩大的对话"①。21世纪是一个

---

① 熊培云:《右脚经济,左脚社会——两个"世界论坛"的启示》,《南风窗》2006年第2期。

全人类和解的世纪,也是一个携手进步的世纪。作为国际舞台上的两大非国家行为体,世界经济论坛代表着世界发展的方向,而世界社会论坛则为经济论坛站岗放哨。世界不能没有经济论坛,也不能没有社会论坛。因而,世界社会论坛必须尽力与世界经济论坛通力合作而不是对抗,才能逐渐实现"另一个世界是可能的"美好愿景。当然,对于一个代表底层民众利益的平民论坛而言,如何与官方论坛进行更好地沟通与合作,也是未来世界社会论坛面临的一大挑战。

另一方面,伴随着国际形势的变化,世界社会论坛也面临着是否以及如何把世界上最重要国家的民众纳入其进程的挑战。自首届世界社会论坛召开以来,美国与中国两个大国在世界社会论坛整个发展过程中都存在严重的"缺席"现象。姑且不论世界社会论坛的召开地从未选定在两个大国中任何一个城市,而且在历届世界社会论坛中,来自两大国的参与者也是少之又少。在美国方面,美国民众游离于世界社会论坛之外,主要是受"美国例外论"思想的影响。在中国方面,由于对这个新兴的论坛还没有给予足够重视,虽然是作为发展中国家的一个重要成员,但在论坛期间的参与也存在明显的不足,这不仅表现在每年世界社会论坛召开过程中,来自中国的参与者在论坛活动中存在严重的"代表性不足","只是在有的会议名单上看到一两个中国名字",而且也表现在中国媒体对世界社会论坛年度活动的报道更是"微不足道","没有对这个新兴的论坛给予足够的重视"。① 可以想象,虽然社会论坛在其名称冠上了"世界"二字,但是在没有美国与中国两大国充分参与的情况下,其世界性大打折扣。对此,一些学者认为,"论坛真正的国际化还没有发生,只有地理的扩张。尽管地理的扩张是国际化的一部分,但就更广泛的国际主义而言,还是存在很大的不足"②。因

---

① 杨雪冬:《在狂欢中抗议——感受 2003 年世界社会论坛》,《国外理论动态》2003 年第 4 期。

② Peter(Jay) Smith and Elizabeth Smythe, "(in) Fertile ground? Social Forum activism in its regional and local dimensions", In *Handbook on World Social Forum Activism*, eds, Jackie Smith, Scott Byrd, Ellen Reese, and Elizabeth Smythe, Boulder · London: Paradigm Publishers, 2011, p.47.

而,在未来发展中,世界社会论坛要增加其国际影响,还必须尽可能地去吸纳中美乃至其他大国的民众参与论坛活动。2016 年,世界社会论坛在加拿大蒙特利尔城召开,是论坛向发达国家进军的一次尝试。既然世界社会论坛能在加拿大国家召开,世界各地参与世界社会论坛的人也"希望论坛能在美国境内举行,以便能使建立一个正义、和平和友爱的世界成为可能"①。

(三) 世界社会论坛遭遇到网络信息技术发展的影响

新世纪以来,伴随着互联网和移动通信技术的进步,人类迎来了以大数据、云计算、人工智能为代表的信息技术革命,它不仅深刻地影响人类发展的历史,而且也渗透到社会生活的各个方面,深刻地影响着人们的生产方式、生活方式与思维方式。可以肯定的是,网络信息技术的发展对世界社会论坛进程起了重要推动作用,它为世界社会论坛开辟了新的阵地和空间。一方面,利用网络信息技术,参与者可以进行网上与网下的一系列的联动,广泛地发动网络社会力量,从而增加了世界社会论坛内不同运动和组织之间进行融合的新渠道。另一方面,利用网络信息技术,论坛的组织者和活动者可以为强化世界社会论坛的主题宣传搭建新的平台,扩大论坛活动在全球、地区与国家各个层面的影响,从而为增强论坛的民主性创造新条件。尽管如此,对世界社会论坛而言,网络信息技术也是一把双刃剑,既有利也有弊。网络信息技术为世界社会论坛发展带来机遇的同时,也使论坛未来发展面临更多的挑战。具体来说,网络信息技术的发展,尤其是信息鸿沟与信息区隔化的存在,对世界社会论坛的发展带来很大挑战。

首先,信息鸿沟的存在,加深了论坛内部的各种分歧与矛盾。信息鸿沟又称"数字鸿沟",即"信息富有者和信息贫困者之间的鸿沟","指的是一个在那些拥有信息时代的工具的人以及那些未曾拥有者之间存在的鸿沟。数字鸿沟

---

① Jackie Smith, Scott Byrd, Ellen Reese, and Elizabeth Smythe, *Handbook on World Social Forum Activism*, Boulder · London:Paradigm Publishers,2011,p.XIV.

体现了当代信息技术领域中存在的差距现象。这种差距,既存在于信息技术的开发领域,也存在于信息技术的应用领域,特别是由网络技术产生的差距,数字鸿沟现象存在于国与国、地区与地区、产业与产业、社会阶层与社会阶层之间,已经渗透到人们的经济、政治和社会生活当中,成为在信息时代突显出来的社会问题"。① 在世界社会论坛发展过程中,伴随着网络信息技术作用的发挥,信息鸿沟现象在论坛活动中也逐渐凸显出来,主要表现在两个方面:一是来自欧美发达地区的参与者与来自南方不发达地区的参与者之间存在信息鸿沟。很显然,在论坛活动中,来自北方发达地区的运动组织和群体在论坛议题信息的收集、整理、分析方面具有明显优势,对新自由主义资本全球化的认识与分析比较系统、深刻,因而在论坛活动中拥有较多的话语权,往往处于主导地位。二是在不同年龄、职业的参与者之间也存在信息鸿沟现象。一般来说,在论坛活动中,年轻的、受过高等教育的、来自新中间阶层的参与者往往比其他参与者在信息的获取与利用方面更具有优势。正因为此,虽然世界社会论坛为不同的运动组织和群体提供了一个可以自由交流思想的平台,但由于参与者之间存在明显的信息鸿沟,对论坛议题甚至活动方式的认识程度不一,甚至出现尖锐对立的现象。就此而言,网络信息技术并没有真正使不同的参与者在论坛活动中融合在一起,相反,信息鸿沟的存在却加深了参与者之间的分歧与矛盾。在这种情况下,如何缩小参与者之间存在的信息鸿沟,进而促进多元化的参与者达成共识,构建有觉悟的集体身份认同将是世界社会论坛未来发展的一个挑战。

其次,信息区隔化为世界社会论坛的活动尤其是翻译工作带来了难度。"信息区隔化是指在信息的使用、编码与译码过程中,不同国家和地区都有其自己特有的讲法与名词,彼此都有不同的语法,从而造成不能相互译码"。② 在世界社会论坛活动中,参与论坛活动的不同运动和组织不仅在具体实践、斗

---

① 石磊:《新媒体概论》,中国传媒大学出版社2009年版,第137页。
② 本刊编辑部:《信息技术革命与国家治理》,《经济导刊》2017年第9期。

争目标上不同,而且受不同文化的影响,嵌入不同文化之中,因而,对新自由主义全球化就有不同理解。在这种情况下,如何在这些不同的运动和组织中建立联合、同盟与合作,克服信息区隔化的影响,辨明使不同运动和实践联合与分裂的因素,以确定他们之间团结联合的可能与限制所在,就成为世界社会论坛发展中必须面对和解决的重要问题。为此,必须在论坛活动开展中做好翻译工作,确认和强调反霸权主义驱动下的多样性之间存在的共同点。在论坛活动中,不同运动和非政府组织、不同实践或战略,不同的论坛话语之间都存在一个接触区。翻译的目的就是要寻找可以产生知识互动和实践互动的接触区。具体而言,世界社会论坛活动中的翻译工作主要包括知识的翻译与实践的翻译。"知识的翻译是指两种或两种以上文化间的翻译工作,它在接触区内不同运动和组织所属的文化中进行,以确定相似的关注和期望及与此的不同回应。"①实践的翻译是有关社会实践及其代理者之间的翻译,"尤其注重组织形式、目标、行动方式、斗争类型的相互理解"②。由于信息区隔化的存在,论坛翻译工作中所出现的一些问题,如从什么翻译成什么、如何翻译、谁来翻译等问题,将成为世界社会论坛发展道路上面对的一项长期挑战。

综上,可以肯定的是,世界社会论坛的未来发展一定不会一帆风顺,多种挑战因素的存在使论坛的发展犹如骑独轮自行车一样,在摇摇晃晃中艰难前进。

第二节 世界社会论坛发展的可能趋向

作为一个开放的政治空间,世界社会论坛是 21 世纪全球左翼运动不断发

① [葡萄牙]鲍温图拉·德·苏撒·桑托斯:《全球左翼之崛起》,彭学农等译,上海人民出版社 2013 年版,第 143—144 页。
② [葡萄牙]鲍温图拉·德·苏撒·桑托斯:《全球左翼之崛起》,彭学农等译,上海人民出版社 2013 年版,第 148 页。

展和寻求另一种发展模式的动力。但是,世界社会论坛所描绘的新兴的基于"新旧社会运动大联盟"的抵抗逻辑,使其在全球左翼运动中愈来愈像西方新社会运动的一个变种。基于此,世界社会论坛的未来发展会呈现以下三种可能趋向。

一、 作为 21 世纪反新自由主义全球化的一种新形式而存在

作为反霸权的全球化运动的新形式,世界社会论坛出现及其发展已经成为 21 世纪世界公民政治的最突出表现之一。自 2001 年首届世界社会论坛召开以来,其一直在不断创新中推动发展,在持续发展中寻求创新。无论是从最初对新自由主义全球化进行谴责、反思,到倡导变革,最后发展到"有条理地具体地提出一个世界层面的政治与经济体系的替代方案"①来看,还是就世界社会论坛召开地点的变更与召开形式的转变而言,世界社会论坛都可以看作是 21 世纪一个重要的政治发展,代表着一种新的政治和社会现象。刘金源认为,"世界社会论坛的出现是反对新自由主义全球化发展到一定阶段、为完善自己而采取的一种新形式。它的成功运转也标志着全球社会运动的发展已进入一个新阶段"②。新世纪以来,尤其是 2008 年金融危机之后,国际社会掀起了反对新自由主义全球化的抗议浪潮,典型的如中东地区的"阿拉伯之春"运动、欧洲愤怒者运动、席卷全球的占领运动等。总体来看,这些抗议运动均拥有一个共同的抗议主框架:反对新自由主义;均具有预示性行为的性质,即在运动中采取了既能改变社会运动自身实践,也能促进社会转型的组织方式、运动策略和实践模式;均彰显了民众对构建另一个更加公正、公平、开放、和谐的世界秩序的诉求和渴望。由此可以看出,2008 年金融危机后爆发的反新自由

---

① Chloè Keraghel and Jai Sen, "Explorations in Open Space. The World Social Forum and Cultures of Politics", *International Social Science Journal*, 2004, Vol.56, Iss.182, p.483.

② 刘金源:《"运动中的运动"——发展中的世界社会论坛》,《国外理论动态》2006 年第 6 期。

主义全球化运动与世界社会论坛有诸多相似性。正因为此,在全球危机加剧的时期,应该扩大世界社会论坛的设想与另一个世界是可能的呼吁,尽可能地包容新抗议浪潮中出现的各种运动。同时,世界社会论坛的组织者也意识到,"在人们尚未获得权力和机会平等的背景下,为参与者创造公开的空间并不能最终实现公平,而要实现开放空间所阐述的愿望,就必须重新思考那些以看不见的方式渗入空间的基本做法、习惯以及身份"①。实际上,伴随着新一代抗议活动分子进入世界社会论坛的进程,在反对新自由主义抗议浪潮中,运动者越来越多地开始使用运动建设的语言和方法来开展斗争。因此,世界社会论坛作为交流和学习的平台得到更新,已经成为当今反新自由主义全球化的一个焦点。在未来发展中,世界社会论坛将继续作为反对新自由主义全球化的一种新政治形式,在国际舞台上发挥影响与作用。

二、　作为公民参与的多维政治空间而存在

在反对新自由主义全球化的进程中,世界社会论坛是作为交流思想、资源和信息,建立网络和联盟,并促进提出新自由主义全球化的具体替代方案的公共空间而存在的。在论坛的发展进程中,由于论坛内部存在各种裂痕与紧张关系,这一公共空间呈现出多维性质。对世界社会论坛来说,所谓的多维政治空间主要体现在以下四个方面。

第一,公共空间是一个开放的空间。论坛所提供的公共空间是一个开放空间,这不仅体现在世界社会论坛原则宪章中,也体现在论坛的组织设计与行动方案上。在原则宪章中,世界社会论坛被定义为"一个开放性的集会场所";在组织设计中,世界社会论坛采取当今社会运动尤其是全球正义运动中盛行的"网络工作的文化逻辑",既保持参与者的自主性,同时也在尊重多样化的前提下,围绕共同的标识创造可以包容各种运动的空间;在行动方案中,

① Jackie Smith etal,*Global Democracy and the World Social Forums*(International Studies Intensives),Boulder·London:Paradigm Publishers,2014,p.163.

论坛本身不代表其成员发表议题声明或政治决定,并"用自己掌握的手段保证决议广泛交流,对它们不进行指导,不分等级,不审查或限制,仅仅把它们看成作出这些决定的组织或组织的团体的一些思考而已"①。由此看出,世界社会论坛所提供的公共空间是一个开放的空间,世界社会论坛是一个具有开放空间性质的论坛。

第二,公共空间是一个协商的空间。在世界社会论坛内部,其开放空间的视角主要集中体现在能够为参与者提供一个协商或话语式的空间,即一个自我管理的话语制作空间。在这一空间中,在公正、平等、不受胁迫和开放的价值观指导下,被占主导地位的经济和政治秩序压制的声音变得非常自由,不仅有助于解决新自由主义全球化在全球南北之间以及跨域种族、阶级、性别和其他社会鸿沟不断加深的政治交流之外的问题,而且还加强了论坛活动者提出问题和接受观点的能力,促使参与者产生或形成超越论坛的思想。因此,开放空间中民主的话语模式,充分表明了世界社会论坛是一个具有协商性空间的社会论坛。

第三,公共空间是一个竞争的空间。后马克思主义代表人物尚塔尔·墨菲(Chantal Mouffe)认为,"权力关系是所有社会关系的组成部分"②。同样,在世界社会论坛活动中,虽然原则宪章明确表明论坛不是权力的空间或权力的焦点,但是依然存在权力关系。有权力关系存在,就有行动与语言上的对立与冲突,从而在一定程度上影响了参与者之间进行协商的性质。就此而言,世界社会论坛所提供的公共空间是一个竞争的空间。

第四,公共空间是一个争议的空间。世界社会论坛也是一个充满争议的活动场所,其中一些争议来自论坛内部,而另一些争议来自论坛外部。随着论

---

① [葡萄牙]鲍温图拉·德·苏撒·桑托斯:《全球左翼之崛起》,彭学农等译,上海人民出版社2013年版,第201页。

② Chantal Mouffe,"Deliberative Democracy or Agonistic Pluralism?",*Social Research*,1999,Vol.66,p.753.

坛的进展，人们也日益认识到世界社会论坛作为话语空间的局限性，论坛越来越被认为是"多元和有争议的空间"。鉴于世界社会论坛内部存在的分歧与争议前文已经论述，此处不再赘述。

三、 既是空间，也是运动行为者

世界社会论坛是一个空间？运动行为者？还是二者兼备？这一问题自从首届世界社会论坛召开以来就一直存在争议。一方面，作为世界社会论坛是一个公共空间的坚定支持者，惠特克指出，世界社会论坛不能同时作为空间与行为者而存在。他坚持认为："在空间内开展的斗争的组织形式是完全平坦的或水平的，而运动则意味着斗争在组织、战略、任务以及领导关系等方面的表现是有等级的。因此，空间可以促进行为者、身份和运动的产生，但运动并不能轻而易举地创造出一个像世界社会论坛那样的空间。"[①]另一方面，把论坛看作是运动行为者的维吉妮亚·巴尔加斯（Viginia Vargas）则否认论坛进程中的横向性质，甚至要将论坛转变为一个独特的社会运动，他明确指出，世界社会论坛应"以广泛和通用的全球运动的名义行事，在这种运动中，包容是没有保证的"[②]。尽管如此，一些学者对世界社会论坛这种非此即彼的僵化认识并不认同，如沃勒斯坦就主张采取中间立场，认为世界社会论坛"在其框架内为创建采取行动的网络留出空间"[③]。特沃·特瓦恩（Teivo Teivainen）则相信世界社会论坛"一旦建立了相当透明和民主的机制，就有可能同时成为竞技场和行为者"[④]。

① Chico Whitaker, "The WSF as Open Space." In *World Social Forum: Challenging Empires*, eds, Jai Sen, Anita Anand, Arturo Escobar, and Peter Waterman, New Delhi: Viveka, 2004, pp.111-121.

② Virginia Vargas, "The WSF and Tensions in the Construction of Global Alternative Thinking", In *World Social Forum: Challenging Empires*, eds, Jai Sen, Anita Anand, Arturo Escobar, and Peter Waterman, New Delhi: Viveka, 2004, p.230.

③ Jackie Smith, "The Struggle for Global Society in a World System", *Public Sociologies Essay*, *Social Forces*, 2005, Vol.83, No.3, pp.1279-1285.

④ Teivo Teivainen, "The WSF: Arena or Actor?", In *World Social Forum: Challenging Empires*, ed, Jai Sen, Anita Anand, Arturo Escobar, and Peter Waterman, New Delhi: Viveka, 2004, p.126.

　　虽然学者们对世界社会论坛角色的定位存在分歧,但是伴随着世界社会论坛进程的发展,其不仅作为一个公共空间而存在,同时也扮演着运动行动者的角色。如在世界社会论坛和区域社会论坛中出现的"社会运动大会",其组织者声称他们使用的是论坛,但并不代表论坛发言,因而,社会运动大会在聚集论坛行为者、起草宣言以及制定具体行动清单方面发挥了重要作用。以美国社会论坛为例,一方面在论坛活动中,人民运动大会发挥着类似采取行动这样的作用,另一方面美国社会论坛特别强调"运动建设",所有这些都精确地反映了论坛既可以作为空间,也可以作为行为者的中间立场。很显然,既是一种空间,也是行为者将是世界社会论坛未来发展的一种可能倾向。

　　总之,由于世界社会论坛在发展过程中存在各种矛盾、挑战与问题,其未来发展存在诸多变数,很难做出有针对性的明确判断。尽管如此,在当今复杂多变的国际社会中,世界社会论坛仍然是一股不可忽视的左翼力量,"它可以被看作是世界发生变化的一项指标,也可被视为某种变革的催化剂"①,其有助于推动世界走向更加民主、更加公平、更加和谐。因此,可以肯定的是,作为全球左翼运动的新形式,在未来很长一段时间内,世界社会论坛仍是抵抗新自由资本主义全球化以及另样选择的"曙光"与动力。

---

　　① Jackie Smith, Scott Byrd, Ellen Reese, and Elizabeth Smythe, *Handbook on World Social Forum activism*, Boulder·London:Paradigm Publishers,2012,p.x.

附录一　世界社会论坛原则宪章

通过的宪章

2001年4月9日在巴西圣保罗被构成世界社会论坛组织委员会的诸组织通过和采纳,2001年6月10日世界社会论坛国际理事会批准了其修正案。

1.世界社会论坛是一个开放性的集会场所,供现代社会的组织和运动深入地反思问题、民主地讨论各种思潮、认真地提出倡议、自由地交流经验、在有影响的行动之间构建联系。这些组织和运动都反对新自由主义,反对资本对世界的主宰,反对任何形式的帝国主义,致力于在人类内部和人类与地球之间建立一个具有丰富多样联系的全球社会。

2.阿雷格里港的世界社会论坛是受时间和地点限制的事件。从现在开始,由于阿雷格里港宣告和确立了"另一个世界是可能的",世界社会论坛变成了寻求和构建替代方案的一个永恒的进程,这个进程不能再归结为构成论坛的受限制的事件。

3.世界社会论坛是一个世界性的进程。所有作为这一进程的组成部分的会议,都有一个国际性的维度。

4.世界社会论坛提出的替代方案反对由大型跨国公司以及服从于这些公司利益的政府机构和国际机构所主导的、国家政府参与合谋的全球化进程。

这些方案旨在确保团结统一和全球化成为世界历史的新阶段。这一全球化将尊重广泛的人权,尊重所有国家的不分男女的所有的公民的人权,并尊重环境。这一全球化将依赖于维护社会正义、平等和人民主权的民主的国际体系和国际机构。

5. 世界社会论坛只聚集和连接世界各国的现代社会的组织和运动,而不准备成为代表世界现代社会的一个机构。

6. 世界社会论坛的会议不代表作为一个机构的世界社会论坛来商讨问题。因此,没有人会获得任何形式的论坛的授权来表达据称代表所有论坛参与者的意见的观点。论坛的参与者不得被要求作为一个团队来作出决策,因为不管是通过投票还是通过口头表决得出的决策,都关涉行动的宣言或提案,这样的宣言或提案会约束所有的或大部分的参与者,并且会被看作作为一个机构的论坛的基本观点。因此,它不构成会议的参与者争夺权力的一个场所,也不准备构成参与论坛的组织和运动相互联系和发动行动的唯一选择。

7. 然而,参加论坛会议的组织或组织的团体在会议期间必须被赋予如下权利:它们可以慎重考虑它们可以单独或与其他参与者共同决定的宣言或行动。世界社会论坛运用自己掌握的手段保证这些决议被广泛交流,对它们不进行指导,不分等级,不审查或限制,仅仅把它们看成作出这些决定的组织或组织的团体的一些思考而已。

8. 世界社会论坛形成了多元性、多样化、非教派、非政府和非党派的环境,这种环境以分散的方式将参与从地方到国际各层次的具体行动来建设另一个世界的组织和运动连接起来。

9. 世界社会论坛将永远向多元主义开放,向决定参与论坛的组织和运动的各种行动和各种连接方式开放,向各种不同性别、种族、文化、年龄和身体条件的人开放,只要他们遵守本原则宪章。任何党派代表和军事组织不得参与论坛。可以邀请愿意接受本宪章约束的政府领导人和立法机构成员以个人身份参与论坛。

10.世界社会论坛反对关于经济、发展和历史的所有的极端主义和简化论的观点,反对国家把暴力用作社会控制的手段。它主张尊重人权,支持真正民主的实践,支持参与性民主,维护在大众、种族、性别、民族之间的平等的和团结的和睦关系;它谴责任何形式的统治和一切人对人的奴役。

11.作为一个讨论的场所,世界社会论坛推动一场思想的运动来促进一系列的反思并对这些反思的结果进行公开的交流。这些反思的对象包括:资本统治的机制和手段、抵抗和克服这一统治的手段和行动、解决排斥和社会不平等问题的替代性措施。这里的排斥和不平等问题是由具有种族主义、性别歧视和环境破坏取向的资本主义全球化进程在全球和各个国家不断制造出来的。

12.作为一个经验交流的框架,世界社会论坛推动参与其中的组织和运动之间的相互理解和相互认同,高度关注它们之间的交流活动,特别重视社会群体正在构建的所有的如下的交流活动:为了从当前和后代的利益出发而把经济活动和政治行动集中在满足人们的需要和尊重自然方面。

13.作为一种促进相互联系的环境,世界社会论坛谋求在现代社会的组织和运动之间加强和创造新的国家层面和国际层面的联系,这将在公共和私人生活两个方面增强非暴力的社会抵抗能力,以抵抗这个世界正在经受着的人性丧失过程和国家滥用的暴力,并强化这些运动和组织正在实施的人性化措施。

14.世界社会论坛是一个进程,它激励参与其中的组织和运动把它们的行动从地方层面提升到国家层面,再寻求积极地参与到如全球公民权问题这样的国际层面,同时,把它们在团结地建设一个新世界中正在试验的诱导变迁性的实践引入全球性议程中来。

附录二　《阿雷格里港宣言》

另一个世界是可能的:十二条建议

从 2001 年 1 月第一届世界社会论坛在阿雷格里港举办以来,社会论坛已经传播到各大洲的国家层面和地方层面。伴随着世界社会论坛,一个为公民权利着想的公共论坛贯穿了全世界。世界社会论坛提出了政治替代方案,以替代由金融市场和跨国公司推动的新自由主义全球化的独断专行。这些市场和公司的军事武装是美国的帝国权力。同时,通过积极分子和社会运动的多样性和统一性获得力一量的追求另一个世界的运动还没有获得世界性的影响。

各种社会运动一般都接受了论坛提出来的建议。阿雷格里港宣言的签名人仅仅表达他们个人的意见而绝不以论坛的名义发言,在这个前提下他们制定出代表建设另一个新世界的基本原理的十二条建议。如果执行这些建议,公民们就可能决定性地开始共同重新占有他们的未来。

这个小小的纲领供各个国家的世界社会论坛的参与者和社会运动作评论之用。这些建议的实现必然要求在各个层面展开斗争,包括整个地球、各大洲的层面,以及国家的和地方的层面。我们对各国政府和国际机构执行这些建议的意愿绝对不抱幻想。

第一,另一个世界是可能的。所有个人的生活方面的权利应该受到经济中的新规则的尊重。

下面的措施是必要的：

1. 取消南半球国家的国家债务。这些债务已经多次偿付。对债权国、信用机构和国际金融制度来说，债务是统治大多数人并使他们不能脱离贫困的最好的最有效的方式。收回被腐败的领导人从他们的人民手中扣留的钱款是必要的。

2. 针对金融交易（如针对货币投机的托宾税）、国外直接投资、跨国企业的合并利润、武器交易和排出大量温室气体的活动的一种国际性的税收。国家经济援助应该达到富裕国家国内生产总值的 0.7%。这些基金应该用来控制流行病（包括艾滋病）的跨界传染，用来保证每个人获得饮用水、住房、能源、卫生保健、医药、教育和社会保障的权利。

3. 逐渐地清除各种税收的、法律的、银行账户的避风港，这些避风港为有组织的犯罪、腐败、各种非法贸易、欺诈、逃税以及大公司和政府的违法商业交易提供了藏身之处。

这些税务避风港不限于被当作法律空白区的某些国家。发达国家的法律也牵涉其中。对流进和流出这些"避风港"的资本运动以及对信用机构、金融人员和其他经手大规模盗窃行为的人课以重税，是明智的第一步。

4. 在男女平等的前提下地球上的每个公民享有工作、社会保障和养老金的权利，是所有的国内国际政策中的一个基础性要素。

5. 通过拒绝世界贸易组织的自由贸易规则和建立逐渐提升商品生产和服务供应的社会和环境标准的机制，促进各种形式的公平贸易。教育、卫生保健、社会服务和文化都必须完全从世界贸易组织的服务贸易总协定（GATS）的范围之内分离出来。

在关于目前正由联合国教科文组织（UNESCO）商讨的文化多样性的协定中，赋予文化的和支持文化的政策的权利要优先于赋予商业方面的法律的权利。

6. 通过促进农村农业生产来使每个国家或国家联合会的食品安全和主权得到保证。这要求,一方面,完全取消农业产品的出口补贴,特别是美国和欧盟的补贴;另一方面,为阻止产品倾销,可以对进口征税。每个国家或国家联合会也都应有不受限制的权利阻止转基因食品的生产和进口。

7. 禁止授予有关生命(不管是人的,动物的还是植物的生命)的任何形式的知识以专利权,禁止人类共同财产的任何私有化,特别是饮用水。

第二,另一个世界是可能:促进和平和正义的"合作生活"。

下面的措施是必要的。

8. 首先,通过不同的政治措施反对各种形式的歧视、性别歧视、对外国人的敌视、种族主义、反犹太主义。

9. 采取紧急的措施阻止环境的破坏,消除由温室效应、交通的快速发展以及过度消耗不可再生能源造成的严重的气候变迁的危险。现有的协议和条约应该得到执行,即使不够恰当。另一种发展模式必须建立于生活的能源节约方式和对自然矿产资源的民主控制的基础上。

10. 外国的军事基地应该关闭。所有的外国军队必须撤出,除非得到联合国的明确命令。对伊拉克和巴勒斯坦是第一重要的。

第三,另一个世界是可能的:超越地方和全球层面的民主。

下面的措施是必要的:

11. 确保个人获得信息和传递信息的权利,这需要通过立法:

a. 终结大型通讯企业联合体对媒体的集中控制;

b. 保证新闻工作者相对股份所有者的独立性;

c. 推动非利润取向的新闻业,特别是替代性的和合作组建的媒体业。

遵守这些权利预设了公民发展了反作用力,特别是在国家和国际媒体跟踪站这一形式中发展了反作用力。

12. 通过强制实行《世界人权宣言》(Universal Declaration of Human Rights)意义上的经济的、社会的和文化的人权,改革和民主化国际组织。这一工作重点要求把世界银行、国际货币基金组织和世界贸易组织置入联合国的决策系统和决策机制之中。鉴于美国对国际法的持续侵犯这一状况，联合国总部应该从纽约迁移到另外的国家，最好是南方的国家。

阿雷格里港

2005 年 1 月 29 日

Tariq Ali（巴基斯坦），Samir Amin（埃及），Walden Bello（菲律宾），Frei Betto（巴西），Atilio Borón（阿根廷），Bernard Cassen（法国），Eduardo Galeano（乌拉圭），Francois Houtart（比利时），Armand Mattelart（比利时），Adolfo Pérez Esquivel（阿根廷），Riccardo Petrella（意大利），Ignácio Ramonet（西班牙），Samuel Ruiz Garcia（墨西哥），Emir Sader（巴西），José Saramago（葡萄牙），Roberto Sávio（意大利），Boaventura de Sousa Santos（葡萄牙），Animata Traoré（马里），Immanuel Wallerstein（美国）

附录三 《巴马科倡议》

5 年多以来,全世界反新自由主义的个人和组织的集会,为实现一种全新的集体意识提供了经验。世界性的、主题性的、洲际性的或国内的社会论坛以及社会运动的大聚会是这种集体意识的主要缔造者。2006 年 1 月 18 日,即多中心的世界社会论坛开幕前夕,人们在巴马科集会,纪念万隆会议召开 50 周年。在一天的会议中,与会者一致表示需要确定发展的替代性目标,创建社会平衡,消灭由阶级、性别、种族及种姓而造成的种种剥削,探求一条通往全新的南北关系的路线。

《巴马科倡议》旨在推出一种全新的、普遍的历史主题,并巩固迄今论坛会议所取得的成果。它努力推进实现所有人平等生存权的原则,坚决维护和平、正义和多样性的集体生活,并努力改进方法以在地方和全人类实现这些目标。

为了形成一个多样、多极且民众性的历史主题,必须确定并推进能够动员社会政治力量的替代性目标。这个目标就是对资本主义制度的根本改造。由于事关人类自身的生存,人们无法再容忍对这个星球及千百万同胞的践踏,无法再容忍伴随并滋养资本主义制度的个人主义和消费主义文化,无法再容忍帝国主义列强所强加的这种制度。对资本主义破坏性与浪费性的替代,可以从群众抵抗的长期传统中汲取力量,这种抵抗包括对于资本主义制度受害者的日常生活来说必不可少的每一点进步。

建立在各小组委员会讨论的广泛主题的基础上,《巴马科倡议》表示将致力于:

(1)构建一种国际主义,以联合那些饱受金融市场专政和跨国公司在全球肆意妄为之苦的南、北方各民族;

(2)构建一种亚、非、欧及南、北美洲各民族之间的团结,以应对21世纪发展的挑战;

(3)构建一种政治、经济与文化上的共识,以替代军事化和新自由主义的全球化,替代美国及其盟国的霸权。

一、 基本原则

1.构建一个以全人类和各民族团结为甚础的世界

在我们的时代,占支配地位的是强加在工人间、国家间和民族间的竞争。然而,从历史的角度看,团结原则对有效组织知识的和物质的生产发挥了更加有益的作用。我们应该给予团结原则以其应有的地位并减少竞争的作用。

2.构建充分肯定公民身份和性别平等的世界

政治上积极的公民最终应该负责管理社会、政治、经济和文化生活等各方面。这是确保真实民主的先决条件。否则,人类将被强加的法律弱化为劳动力的供应者、面对掌权者传达决策的无助旁观者以及被引导成挥霍无度的消费者。确保两性在法律上和现实上的完全平等是真实民主的必要组成部分。真实民主的先决条件之一就是消灭任何形式的父权制,无论是被公开承认的还是隐匿的。

3.构建一个可以使所有地区不同成员充分发挥创造性发展潜能的世界文明

新自由主义认为,对于个人而非政治上积极的公民的肯定有助于人类最优秀品质的传播。资本主义制度强加在这种“个人”身上的令人难以忍受的孤立,制造出其自己的虚假的"解毒剂":把个体一个个禁锢在由所谓共同身份组成的隔离区内,而那些隔离区通常由不同种族或宗教信仰者所组成。我们希望建构一种面向未来的、不怀旧的世界文明,一种公民的政治多样性、国家和民族的文化和政治差异等都成为促进个人创造性发展手段的世界文明。

4.构建民主基础上的社会化

新自由主义政策旨在将市场力量作为社会化的唯一手段。这对于大多数人的破坏性影响已无需赘述。我们所需要的世界的社会化应是无边界民主化的产物。在这一框架内,市场有它应有的地位,但不是支配性地位;经济和金融应该为社会计划服务,而不应该从属于只为小部分人的私人利益服务的资本的需要。我们所希望推进的民主旨在恢复作为人类基本属性的政治革新力量,它使社会生活建立在永不枯竭的多样性的生产和再生产之上,而不是建立在取消深入讨论、削弱异见人士或将他们隔离起来的虚假共识之上。

5.构建一个对非市场驱动的自然法则、地球资源和农业土壤具有充分认识的世界

新自由主义模式的资本主义旨在令社会生活的所有方面,几乎无一例外地屈从于商品化的淫威。私有化和市场化进程最终将给人类带来史无前例的毁灭性后果:对地球上最基本的地球生物化学进程的威胁;生态系统的削弱对生物多样性的破坏;重要资源(尤其是石油和水)的浪费;受大规模逐出田地威胁的农民社会的灭绝。所有这些社会—自然新陈代谢领域都必须作为人类的共同财富来加以管理,并与全人类的基本需求相协调。在这些方面,决策的基础肯定不是市场,而是各国、各民族的政治力量。

6.构建一个确认文化生产、科学成就、教育与卫生保健的非市场驱动地位的世界

新自由主义政策导致文化产品的商品化和大多数重要的社会服务,特别是卫生和教育的私有化。这一政策伴随着低品质的泛文化产品的大规模生产、强调短期利益的研究结果的提交、面向最贫困人群的教育和卫生的降级，甚至完全取消。恢复和扩充这些公共服务应该加强对教育、卫生和粮食供应方面基本需求与权利的满足。

7. 推进旨在将预先不设限的民主与社会进步及肯定地方自治权密切联系起来的政策

新自由主义政策否认社会进步的前提——一部分人认为社会进步是市场的自然结果——比如地方自治对纠正不平等就是必要的。在市场霸权的体制下，民主就丧失了全部有效内容，变得脆弱而妥协。因此，对真实民主目标的肯定，要求在社会、政治、经济和文化生活等各个方面的管理中赋予社会进步以决定性地位。历史因素造成的各个国家和民族的差异，在包括不平等在内的所有现实方面都需要充分肯定国家和民族的自治权。在政治和经济领域都不存在任何可以绕过自治而能解决问题的独门秘方。当然，通往平等的道路必须通过多种方法来实现。

8. 构建反帝国主义基础的国际主义，必须确保南、北方人民的团结

在建构世界文明的过程中，南北方各民族的团结不能建立在一种虚幻主张上：认为只要忽视造成不同阶级和国家分离的利益冲突，就有可能实现这种团结。事实上，正是这些不同的阶级和国家形成了一个真实的世界。因此，要实现这种真正的团结，必须超越资本主义和帝国主义内在的对抗性；支持替代性的全球化的地方组织必须尽力加强五大洲国家、民族的自治和团结。这种观点当然与眼下作为新自由主义全球化构件的区域化主导模式相矛盾。在万隆会议50年后，《巴马科倡议》倡导南方人民即现存资本主义受害者的万隆精神，倡导重建能够抑制具有经济主导力量的帝国主义和美国军事霸权的南方人民阵线。这种反帝国主义阵线不会将南方人民与北方人民对立起来。相反，它构成一种全球国际主义的基础，这种全球国际主义在构建多样性的共同文明过程中把南北方人民联合在了一起。

二、 长期目标与直接行动建议

为了从一种集体意识出发,培养出一批集体性的、大众性的、多元性的和多极性的行为体,始终有必要明确主题,以制订策略和形成具体建议。《巴马科倡议》的主题涉及以下 10 个领域,其中包括长期目标与直接行动建议:全球性的政治组织;世界体系性的经济组织;农民社会的未来;工人联合阵线的构建;有利于民族利益的地区化;社会的民主管理;性别平等;地球资源的可持续管理;对媒体的民主管理与文化多样性;国际组织的民主化。

《巴马科倡议》向代表包括全球工人阶级在内的绝大多数人的一切斗争组织、向被新自由主义的资本主义制度排斥在外的人们,以及所有支持这些原则的人们与政治力量发出呼吁——为实现替代不平等的、破坏性的现存制度的新集体意识而共同奋斗!

参 考 文 献

一、中文文献

著作

[德]保罗·蒂里希:《政治期望》,徐钧尧译,四川人民出版社 1989 年版。

[德]哈贝马斯:《合法性危机》,刘北成等译,上海人民出版社 2000 年版。

[德]哈贝马斯:《在事实与规范之间——关于法律和民主法治国的商谈理论》,童世骏译,生活·读书·新知三联书店 2003 年版。

[德]乌尔里希·贝克:《全球化时代的权力与反权力》,蒋仁祥等译,广西师范大学出版 2004 年版。

[法]米歇尔·克罗齐、[美]塞缪尔·P.亨廷顿、[日]绵贯让治:《民主的危机——就民主国家的统治能力,写给三边委员会的报告》,马殿军等译,求实出版社 1989 年版。

[法]雅克·德里达:《马克思的幽灵:债务国家、哀悼活动和新国际》,何一译,中国人民大学出版社 1999 年版。

[古巴]萨洛蒙·苏希·萨尔法蒂:《卡斯特罗语录》,宋晓平等译,社会科学文献出版社 2010 年版。

[美]贝弗里·J.西尔弗:《劳工的力量:1870 年以来的工人运动与全球化》,张璐译,社会科学文献出版社 2012 年版。

[美]丹尼尔·贝尔:《后工业社会的来临——对社会预测的一项探索》,高铦等

译,新华出版社 1997 年版。

[美]福山:《历史的终结及最后的人》,黄胜强等译,中国社会科学出版社 2003 年版。

[美]赫伯特·马尔库塞:《单向度的人——发达工业社会意识形态研究》,刘继译,上海译文出版社 1989 年版。

[美]罗纳德·英格尔哈特:《发达工业社会的文化转型》,张秀琴译,社会科学文献出版社 2013 年版。

[美]诺姆·乔姆斯基:《新自由主义和全球秩序》,徐海铭等译,江苏人民出版社 2000 年版。

[美]斯蒂芬·K. 怀特:《政治理论与后现代主义》,孙曙光译,辽宁教育出版社 2004 年版。

[美]斯坦利·阿罗诺维茨等:《控诉帝国:21 世纪世界秩序中的全球化及其抵抗》,肖维青等译,广西师范大学出版社 2004 年版。

[美]伊曼纽尔·沃勒斯坦:《转型中的世界体系:沃勒斯坦评论集》,路爱国译,社会科学文献出版社 2006 年版。

[美]约翰·奈斯比特:《大趋势——改变我们生活的十个新方向》,梅艳译,中国社会科学出版社 1984 年版。

[美]约瑟夫·S. 奈等主编:《全球化世界的治理》,王勇等译,世界知识出版社 2003 年版。

[葡萄牙]鲍温图拉·德·苏撒·桑托斯:《全球左翼之崛起》,彭学农等译,上海人民出版社 2013 年版。

[希]塔基斯·福托鲍洛斯:《当代多重危机与包容性民主》,李宏译,山东大学出版社 2008 年版。

[英]阿列克斯·卡利尼斯科:《反资本主义宣言》,罗汉等译,上海译文出版社 2005 年版。

《辞海》(第六版 彩图本),上海辞书出版社 2009 年版。

《世界知识年鉴》编辑部:《世界知识年鉴 2003/2004》,世界知识出版社 2003 年版。

《世界知识年鉴》编辑部:《世界知识年鉴 2005/2006》,世界知识出版社 2006 年版。

《无地大军——巴西无地运动》,《视界》第 10 辑,河北教育出版社 2003 年版。

陈林、侯玉兰等:《激进、温和还是僭越? 当代欧洲左翼政治现象审视》,中央编译出版社 1998 年版。

程恩富等主编:《外国经济学说与中国研究报告(2015)》,社会科学文献出版社 2015 年版。

崔桂田、蒋锐等:《拉丁美洲社会主义及左翼社会运动》,山东人民出版社 2013 年版。

戴锦华、刘健芝主编:《蒙面骑士:墨西哥副司令马科斯文集》,上海人民出版社 2006 年版。

陈学明:《驶向冰山的泰坦尼克号——西方左翼思想家眼中的当代资本主义》,人民出版社 2008 年版。

冯仕政:《西方社会运动理论研究》,中国人民大学出版社 2013 年版。

复旦大学国外马克思主义与国外思潮研究创新基地等:《国外马克思主义研究报告 2009》,人民出版社 2009 年版。

顾海良、梅荣政:《科学社会主义理论与实践》,武汉大学出版社、湖北人民出版社 2006 年版。

郭大方、李明辉:《中国共产党六十年执政理念的探索与实践》,国防工业出版社 2010 年版。

胡振良、常欣欣:《当代世界社会主义前沿问题》,中共中央党校出版社 2011 年版。

黄宗良、林勋健等:《世界社会主义的历史和理论》,中央编译出版社 1995 年版。

江时学主编:《拉丁美洲和加勒比海发展报告 No.3(2002—2003)——拉美经济改革》,社会科学文献出版社 2003 年版。

康学同:《当代拉美政党简史》,当代世界出版社 2011 年版。

李丹:《反全球化运动研究:从构建和谐世界的视角分析》,九州出版社 2007 年版。

李惠民:《世界经济学概论》,陕西旅游出版社 1997 年版。

李文:《东亚社会运动》,社会科学文献出版社 2009 年版。

刘健芝、[法]萨米尔·阿明、[法]弗朗·索瓦·浩达主编:《抵抗的全球化》(下),人民文学出版社 2009 年版。

刘金源、李义中、黄光耀:《全球化进程中的反全球化运动》,重庆出版社 2006 年版。

刘颖:《新社会运动理论视角下的反全球化运动》,复旦大学出版社 2013 年版。

刘颖:《新世纪以来西方新社会运动研究》,人民出版社 2018 年版。

刘贞晔:《国际政治领域中的非政府组织:一种互动关系的分析》,天津人民出版社 2005 年版。

梅新育:《大象之殇:从印度低烈度内战看新兴市场发展道路之争》,中国发展出版社 2015 年版。

孟鑫:《西方左翼对当代资本主义的研究》,中共中央党校出版社 2014 年版。

《马克思恩格斯全集》第 25 卷,人民出版社 2001 年版。

倪力亚:《当代资本主义国家的社会阶级结构》,福建人民出版社 1993 年版。

钱满素:《美国自由主义的历史变迁》,生活·读书·新知三联书店 2006 年版。

上海社会科学院中国马克思主义研究所等编:《世界社会主义研究年鉴》(2011—2012),上海人民出版社 2013 年版。

上海社会科学院中国马克思主义研究所等编:《世界社会主义研究年鉴》(2014),上海人民出版社 2015 年版。

邵祥能、左理:《商品经济新论——社会化、全球化大生产商品经济》,中国财政经济出版社 2010 年版。

沈瑞英:《矛盾与变量:西方中产阶级与社会稳定研究》,经济管理出版社 2009 年版。

石磊:《新媒体概论》,中国传媒大学出版社 2009 年版。

王鸿刚等:《全球化时代》,长春出版社 2003 年版。

王家瑞主编:《当代国外政党概览》,当代世界出版社 2009 年版。

苏恩泽:《思想的力量:关于思想素质的思考》,军事科学出版社 2009 年版。

唐袅:《新自由主义全球化别名考》,中央民族大学出版社 2007 年版。

王世伟、荣跃明主编:《国外社会科学前沿 2013》第 17 辑,上海人民出版社 2014 年版。

王舒建:《世界经济》,天津大学出版社 2013 年版。

王贻志、莫建备主编:《国外社会科学前沿(2005)》第 9 辑,上海社会科学院出版社 2006 年版。

王贻志、莫建备主编:《国外社会科学前沿(2006)》第 10 辑,上海人民出版社 2007 年版。

王贻志、莫建备主编:《国外社会科学前沿(2007)》第 11 辑,上海人民出版社 2008 年版。

王振、李安方主编:《国外社会科学前沿 2016》第 20 辑,上海人民出版社 2017 年版。

卫建林:《全球化与第三世界》(第 2 卷),清华大学出版社 2009 年版。

卫建林:《全球化与第三世界》(第 3 卷),清华大学出版社 2009 年版。

向红:《全球化与反全球化运动新探》,中央编译出版社 2010 年版。

徐崇温:《当代资本主义新变化》,重庆出版社 2004 年版。

徐觉哉:《放眼全球:世界社会主义研究报告(2011—2017)》,上海社会科学院出版社 2018 年版。

徐世澄:《拉美左翼与社会主义理论思潮研究》,中国社会科学出版社 2017 年版。

许平、朱晓罕:《一场改变了一切的虚假革命——20 世纪 60 年代西方学生运动》,上海人民出版社 2004 年版。

杨雪冬等主编:《全球治理》,中央编译出版社 2015 年版。

张富厚:《马克思主义理论与教学研究》,辽宁大学出版社 1994 年版。

张新生、宿景祥:《全球化:时代的标识》,时事出版社 2003 年版。

张永红:《20 世纪 60 年代美国青年运动及其社会应对研究》,新华出版社 2014 年版。

赵鼎新:《社会与政治运动讲义》,社会科学文献出版社 2006 年版。

赵明义等主编:《社会主义年鉴(2013)》,山东大学出版社 2014 年版。

周穗明、王玫:《西方左翼论当代西方社会结构的演变》,江苏人民出版社 2008 年版。

朱继东编:《"占领华尔街"之争》,中国社会科学出版社 2013 年版。

期刊

[巴西]埃米尔·萨德尔:《左派的新变化》,《国外理论动态》2003 年第 4 期。

[法]萨米尔·阿明:《世界社会论坛与世界社会运动》,邹之坤译,《国外理论动态》2007 年第 9 期。

[美]大卫·怀特豪斯:《世界左翼齐聚孟买》,朱艳辉译,《国外理论动态》2004 年第 6 期。

[美]克里斯托弗·芬利森、托马斯·A.李森等:《新自由主义经济学的意识形态霸权》,胡占利译,《国外理论动态》2006 年第 10 期。

[美]赛拉蒙:《第三域的兴起》,于海译,《社会》1998 年第 2 期。

[美]伊曼纽埃尔·沃勒斯坦:《开放空间的困境:世界社会论坛的前途如何?》,《国际社会科学杂志》2005 年第 4 期。

[美]伊曼纽尔·沃勒斯坦:《世界社会论坛:转守为攻》,路爱国译,《国外理论论坛》2007 年第 9 期。

[美]伊曼纽尔·沃勒斯坦:《新的反体系运动及其战略》,刘元琪译,《国外理论动

态》2003 年第 4 期。

　　[美]伊曼纽尔·沃勒斯坦:《新一轮反体系运动的代表:世界社会论坛》,陈靖译,《国外理论动态》2004 年第 8 期。

　　[墨西哥]卡洛斯·安东尼奥·阿居雷·罗哈斯:《拉美印第安人运动的特征、历史进程及贡献》,于蔷译,《拉丁美洲研究》2018 年第 4 期。

　　《今天的万隆会议——哈特评世界社会论坛》,黄晓武译,《国外理论动态》2002 年第 9 期。

　　《马克思主义的历史命运——"圆桌会议"资料》,《国外社会科学》1997 年第 2 期。

　　R.孟克:《拉美的马克思主义抑或拉美化的马克思主义?》,郑祥福等译,《马克思主义与现实》2015 年第 4 期。

　　本刊编辑部:《信息技术革命与国家治理》,《经济导刊》2017 年第 9 期。

　　伯恩哈德·勒波特、安德烈亚斯·诺维、若阿基姆·贝克尔:《阿雷格里港参与模式的变化》,项龙译,《国际社会科学杂志》2009 年第 4 期。

　　蔡拓:《世界主义的理路与谱系》,《南开学报》2017 年第 6 期。

　　陈学文:《冷战结束以来拉美中左翼崛起的原因和面临的挑战》,《当代世界》2012 年第 6 期。

　　成晓叶:《拉美左翼政治的历史回顾与未来展望》,《中共南京市委党校学报》2013 年第 2 期。

　　程恩福、丁晓钦:《2006 年纽约"全球左翼论坛"综述》,《马克思主义研究》2006 年第 6 期。

　　程恩福、丁晓钦:《来自西方反左翼联盟的声音——2006 年纽约"全球左翼论坛"综述》,《红旗文稿》2006 年第 14 期。

　　程恩富、张飞岸:《民主社会主义及其与中国特色社会主义的区别》,《学习月刊》2007 年第 6 期。

　　达米安·格伦费尔:《"另一个世界是可能的"》,《社会科学报》2004 年 5 月 13 日。

　　[英]大卫·哈维:《新自由主义方案依然活着 但其合法性已然丧失——英国马克思主义学者大卫·哈维专访》,禚明亮译,《吉首大学学报》2019 年第 3 期。

　　代兵:《冷战后国际非政府组织的发展状况》,《国际资料信息》2007 年第 7 期。

　　丁晓钦:《全球左翼运动与西方左翼经济思潮》,《海派经济学》2006 年第 16 辑。

　　方旭飞:《当代拉美社会运动初探》,《拉丁美洲研究》2009 年第 3 期。

　　费明燕:《2006 年世界社会论坛之巴马科分会与〈巴马科倡议〉》,《国外理论动态》2006 年第 6 期。

傅永军:《哈贝马斯晚期资本主义危机理论述评》,《哲学研究》1992年第2期。

傅永军:《哈贝马斯与勃兰特资本主义危机观比较研究》,《文史哲》1998年第3期。

高明:《全球左翼的认识论突围与重构》,《中国图书评论》2015年第7期。

郭元增:《穷人的联合国——参加第二次世界社会论坛见闻》,《当代世界》2002年第4期。

郭元增:《世人关注的世界社会论坛》,《拉丁美洲研究》2002年第2期。

何秉孟:《再论新自由主义的本质》,《理论参考》2016年第6期。

贺钦:《拉美左派力量和公民运动的前沿——圣保罗论坛和世界社会论坛的特点及其意义》,《拉丁美洲研究》2005年第3期。

胡学雷:《全球市民社会与国家:一种功能分析》,《欧洲》2002年第1期。

贾学军:《社会主义运动的消沉与"新社会运动"的兴起——西方社会主义运动沿革的历史性研究》,《前沿》2011年第1期。

杰弗里·普莱耶:《理想的合流模式——社会论坛》,张大川译,《国际社会科学杂志》2005年第4期。

靳辉明:《纽约世界社会主义学者大会纪要》,《真理的追求》2000年第7期。

克劳埃·凯拉海尔、杰伊·森:《开放空间的探索:世界社会论坛与政治文化》,李存山译,《国际社会科学杂志》2005年第4期。

李百玲、李姿姿等:《资本主义危机与世界历史的转折点——2009年全球左翼论坛综述》,《国外理论动态》2009年第12期。

李鹏涛、孙晓翔:《2006年世界社会论坛之卡拉奇分会述评》,《国外理论动态》2006年第6期。

李文:《新自由主义把经济全球化引向歧途》,《光明日报》2018年10月22日。

林华:《阿根廷的社会安全治理》,《拉丁美洲研究》2015年第2期。

林晖:《危机时代的激进想象力:美国左翼学术的新趋向》,《复旦学报》2012年第2期。

林进平:《为一个正义的世界而奋斗——2014年全球"左翼论坛"综述》,《当代世界与社会主义》2014年第4期。

刘承军:《拉美左翼思想动向》,《拉丁美洲研究》2004年第5期。

刘金源:《"运动中的运动"——发展中的世界社会论坛》,《国外理论动态》2006年第6期。

刘金源:《世界社会论坛:反全球化运动的新形式》,《国际论坛》2005年第6期。

刘颖:《替代新自由主义的实践与探索——2016 年世界社会论坛在加拿大蒙特利尔举行》,《中国社会科学报》2017 年 2 月 23 日。

刘颖:《政治机会视角下的反全球化组织——以法德 ATTAC 为例》,《世界经济与政治论坛》2010 年第 3 期。

刘元琪:《2004 年纽约世界社会主义学者大会述要》,《国外理论动态》2004 年第 6 期。

刘贞晔:《世界主义思想的基本内涵及其当代价值》,《国际政治研究》2018 年第 6 期。

陆夏:《第七届世界社会论坛综述》,《马克思主义研究》2007 年第 5 期。

马志刚:《世界社会论坛提出建立新的发展模式》,《经济日报》2012 年 2 月 10 日。

毛禹权:《世界社会论坛的面临的三大挑战》,《国外理论动态》2007 年第 9 期。

毛禹权:《西方马克思主义学者关于全球替代运动的评论》,《国外理论动态》2009 年第 9 期。

聂智琪:《宪制选择与巴西民主的巩固》,《开放时代》2013 年第 5 期。

世南:《美国"2001 世界社会主义学者大会"纪要》,《马克思主义研究》2001 年第 5 期。

苏振兴:《拉美印第安人运动兴起的政治与社会背景》,《拉丁美洲研究》2006 年第 3 期。

孙寿涛:《20 世纪 70 年代以来发达国家工人阶级的"白领化"特征》,《教学与研究》2011 年第 2 期。

万俊人:《新自由主义的"华盛顿共识"》,《中国图书商报》2000 年 10 月 31 日。

王宏伟:《质疑新自由主义全球化的世界社会论坛》,《国外理论动态》2002 年第 6 期。

王双:《世界社会论坛:时代背景、发展进程与局限》,《当代世界社会主义问题》2015 年第 1 期。

文晓灵:《谈谈当代西方的新社会运动》,《当代世界社会主义》1986 年第 3 期。

吴茜、王美英:《浅析拉美新社会运动的新特征与新路径》,《当代世界社会主义问题》2017 年第 3 期。

吴志华:《关注气候变化 声援海地人民——第十届世界社会论坛在巴西闭幕》,《人民日报》2010 年 1 月 31 日。

吴志华:《世界社会论坛反思 10 年得与失——巴西总统卢拉强调,经济和社会和谐发展才是可行模式》,《人民日报》2010 年 1 月 28 日。

谢长安、丁晓钦:《后危机时代西方资本主义新特征——对新自由主义的批判性分析》,《经济社会体制比较》2018 年第 4 期。

熊培云:《右脚经济,左脚社会——两个"世界论坛"的启示》,《南风窗》2006 年第 2 期。

徐步华:《反全球化的世界社会论坛析论(2001—2006)》,上海师范大学 2007 年硕士学位论文。

徐明棋:《世界社会论坛:反全球化的先锋》,《新民晚报》2007 年 1 月 26 日。

徐世澄:《巴西劳工党政府应对社会矛盾的主要做法》,《拉丁美洲研究》2005 年第 6 期。

徐世澄:《圣保罗论坛 20 周年与拉美左翼的崛起》,《当代世界与社会主义问题》2011 年第 1 期。

许宝友:《占领制度"高地",对抗全球资本主义——2012 年纽约左翼论坛综述》,《当代世界与社会主义》2012 年第 2 期。

许峰:《巴西阿雷格里参与式预算的民主意蕴》,《当代世界》2010 年第 9 期。

许峰编写:《巴西阿雷格里市参与式预算的基本原则》,《国外理论动态》2006 年第 6 期。

许维新:《激进的改革方式给俄罗斯带来的后果:再评"休克疗法"》,《世界经济》1993 年第 6 期。

薛方圆:《愤怒、反抗、革命:组织我们的力量》,《当代世界社会主义问题》2016 年第 4 期。

杨光等:《试析二战后西方工运特点与成因》,《天津市工会管理干部学院学报》2007 年第 1 期。

杨建民:《圣保罗论坛、世界社会论坛与拉美当代世界社会主义》,《党建》2009 年第 5 期。

杨晓杰:《拉美左翼崛起现象探析》,《探求》2010 年第 4 期。

杨雪冬:《在狂欢中抗议——感受 2003 年世界社会论坛》,《国外理论动态》2003 年第 4 期。

尹德慈:《拉美选择左翼政党执政的四个理由》,《当代世界》2003 年第 9 期。

张凡:《巴西政治体制的特点与改革进程》,《拉丁美洲研究》2001 年第 4 期。

张茂钰:《新自由主义的资本主义全球化及其替代方案——访剑桥大学大卫·莱恩教授》,《国外社会科学》2019 年第 1 期。

张卫中:《为了建设和谐的世界———第六届世界社会论坛侧记》,《人民日报》2006年2月1日。

张文海:《斯蒂格利茨批评新自由主义的结构调整》,《国外理论动态》2001年第12期。

张文红:《环球何时同此凉热——第五届世界社会论坛评述》,《当代世界与社会主义》2005年第2期。

张新宁、张晓明:《马克思主义与北美左翼新战略——2018年纽约左翼论坛述论》,《毛泽东邓小平理论研究》2018年第8期。

张新宁:《从纽约左翼论坛看美国激进政治经济学研究新动向》,《海派经济学》2013年第2期。

张学斌:《西方工人阶级的逆向发展及其影响》,《当代世界社会主义问题》1988年第4期。

张有军、赵常伟:《苏联模式的衰落与社会主义的未来发展》,《山东社会科学》2005年第4期。

赵汇:《卡斯特罗与古巴的社会主义改革》,《求实》2004年第10期。

周尚文:《近距离观察美国左翼思潮——赴美参加第22届社会主义学者大会及学术交流有感》,《毛泽东邓小平理论研究》2005年第1期。

周穗明:《新社会运动:世纪末的文化抗衡》,《当代世界与社会主义》1997年第4期。

周小庄:《"另一种世界是可能的"》,《读书》2004年第6期。

周新城:《如何看待苏联社会主义模式》,《思想理论教育导刊》2008年第6期。

周仪、贺双荣:《阿根廷"断路者"现象:根源及其政治影响》,《拉丁美洲研究》2005年第3期。

周志成:《阶级划分与阶层划分是马克思主义的起点——兼论西方中间阶层的概念与特征》,《上海社会科学院学术季刊》1992年第1期。

朱安东、王娜:《新自由主义的新阶段与资本主义的系统性危机》,《经济社会体制比较》2017年第4期。

邹之坤:《处于十字路口的世界社会论坛》,《国外理论动态》2007年第9期。

《2018年美国的人权纪录》,见 http://www.xinhuanet.com//2019-03/14/c_1124234797.htm.2019-03-14。

〔美〕伊曼纽尔·沃勒斯坦:《新萨帕塔:二十年后》,路爱国译,见 http://www.cssn.cn/gj/gj_gjwtyj/gj_sjjj/201405/t20140513_1157171.shtml.2014-05-13。

《世界社会论坛关注气候变化等国际问题》，见 http://news.sohu.com/20100130/n269931101.shtml.2010-01-30。

《世界社会论坛呼吁"建设一个别样世界"》，见 http://news.xinhuanet.com/world/2009-02/02/content_10750442.htm.2009-02-02。

管彦忠：《墨西哥 2008 世界社会论坛拒绝北美自由贸易条约生效》，见 http://world.people.com.cn/GB/1029/42358/6827348.html.2008-01-27。

李瑞琴：《金融危机时期的世界左翼运动》，见 http://world.people.com.cn/n/2015/0410/c1002-26825201.html.2015-04-10。

陶短房：《穷国论坛马里开幕 小排场大嗓门要援助》，见 http://www.chinadaily.com.cn/hqzx/2007-06/15/content_895392.htm.2007-06-15。

徐世澄：《巴西总统罗塞夫在 2012 年世界社会论坛号召建立一个新的发展模式》，见 http://blog.china.com.cn/xushicheng/art/8002351.html。

薛翠：《1984 年以来的巴西无地农民运动》，见 https://www.thepaper.cn/newsDetail_forward_1515307.2016-08-18。

二、英文文献

著作

Anheier, Kaldor and Glasius, *Global Civil Society* 2005-6, London: Sage, 2005.

Avram Noam Chomsky, *Profit Over People: Neoliberalism and Global Order*, New York: Seven Stories Press, 1999.

Boaventura de Sousa Santos, *The Rise of the Global Left: The World Social Forum and Beyond*, New York: Zed Books.2006.

Boaventura De Sousa Santos, *Toward a New Common Sense: Law, Science and Politics in the Paradigmatic Transition*, New York: Routledge, 1995.

Chico Whitaker, *A New Way of Changing the World*, Nairobi, Kenya: World Council of Churches, 2007.

Cristian Flesher Fominaya, *Social Movements and Globalization: How Protest, Occupations and Uprising Are Changing the World*, New York: Palgrave Macmillan, 2014.

Donatella Della Porta and Mario Dian, *Social Movements: An Introduction*, Malden, Mass:

Blackwell, 1999.

Donatella Della Porta, *Another Europe: Conceptions and Practices of Democracy in the European Social Forums*, London and New York: Routledge, 2009.

Donatella della Porta, S. Tarrow, *Transnational Protest and Global Activism*, Lanham, MD: Rowman & Littlefield, 2005.

Ernst Bloch, *The Principle of Hope*, Cambridge, MA: MIT Press, 1995.

Francesca Polletta, *Freedom Is an Endless Meeting: Democracy in American Social Movements*, Chicago: University of Chicago Press, 2002.

Göran Therbon, *From Maxism to Postmaxism*, London: Verso, 2008.

Hank Johnston, *New social movement*, Philadelphia: Temple University Press, 1994.

Heather Gautney, *Protest and Organization in the Alternative Globalization Era: NGOs, Social Movements, and Political Parties*, New York: Palgrave Macmillan, 2010.

Helmut Anheier, Marlies Glasius and Mary Kaldor, *Global Civil Society* 2002, Oxford: Oxford University Press, 2002.

Jackie Smith etal, *Global Democracy and the World Social Forums* (International Studies Intensives), Boulder London: Paradigm Publishers, 2014.

Jackie Smith, Charles Chatfield, and Ron Pagnucco, *Transnational Social Movements and Global Politics: Solidarity Beyond the State*, New York: Syracuse University Press, 1997.

Jackie Smith, Scott Byrd, Ellen Reese and Elizabeth Smythe, *Handbook on World Social Forum Activism*, Boulder · London: Paradigm Publishers, 2011.

Jai Sen, Anita Anand, Arturo Escobar and Peter Waterman, *World Social Forum: Challenging Empires*, India/South Asia: Viveka Foundation, 2004.

Jai Sen, Anita Anand, Arturo Escobar, and Peter Waterman, *World Social Forum: Challenging Empires*, Montréal: Black Rose Book, 2009.

Janet Conway, *Edges of Global Justice*, New York: Routledge, 2012.

Jeffrey Juris, *Networking Futures: The Movements against Corporate Globalization*, Durham, NC: Duke University Press, 2008.

José Corrêa Leite, *The World Social Forum: Strategies of Resistance*, Chicago Illinois: Haymarket Books, 2005.

Jr John Womack, *Rebellion in Chiapas*, New York: New Press, 1999.

Judith Blau and Marina Karides, *The world and US Social Forums: A Better World Is Possible and Necessary*, Lanham · Boulder · NewYork · Toronto · Plymouth, UK: Rowman & Littlefield Publishers, INC 2009.

King and D. McCarthy, *Environmental Sociology: From Analysis to Action*, New York: Rowman & Littlefield, 2005.

Lawrence Wilde, *Modern European Socialism*, New Hampshire: Dartmouth, 1994.

Lenard R. Berlanstein, *Rethinking Labor History: Essays on Discourse and Class Analysis*, Chichago Illinois: University of Illinois Press, 1993.

Manuel Castells, *The Power of Identity*, Malden MA: Blackwell, 2004.

Margaret Keck& Kathry Sikkink, *Activist beyond Borders*, New York: Cornell University Press, 1998.

Marlies Glasius, Mary Kaldor, and Helmut Anheier, *Global Civil Society*, London: Sage Publications, 2006.

Mary Kaldor, Henrietta L. Moore, Sabine Selchow, and Tamsin Murray – Leach, *Global Civil Society* 2012: *Ten Years of Critical Reflection*, Basingstoke: Palgrave Macmillan, 2012.

Micha Fiedlschuster, *Globalization*, *EU Democracy Assistance and the World Social Forum: Concept and Practices of Democracy*, Basingstoke: Palgrave Macmillan, 2017.

R. Turner and L. Killian, *Collective Behavior*, *Englewood Cliffs*, NJ: Prentice Hall, 1987.

Robert J. Alexander, *Political Parties of the Americas*, New York: Greenwood Press, 1982.

Ruth Reitan, *Global Activism*, London: Routledge, 2007.

Tom Mertes, *A Movement of Movements*, London & New York: Verso, 2004.

William F. Fisher and Thomas Ponniah, *Another World is Possible: Popular Alternatives to Globalization at the World Social Forum*, Nova Scotia: Fernwood Publishing Ltd., 2003.

William Fisher and Thomas Ponniah, *Another World is Possible: World Social Forum Proposals for An Alternative*, London: Zed Books Ltd., 2015.

期刊

Alejandro Milci Andes Pen A & Thomas Richard Davies, "Globalisation from Above? Corporate Social Responsibility, the Workers' Party and the Origins of the World Social Forum", *New Political Economy*, 2014, Vol. 19, No. 2.

April Biccum, "The World Social Forum: Exploiting the Ambivalence of 'Open' Spaces", *Ephemera*, 2005, Vol. 5, No. 2.

Ara Wilson, "Feminism in the Space of the World Social Forum", *Journal of International Women's Studies*, 2007, Vol. 8, No. 3.

Asad Ismi, *Impoverishing a Continent: the World Bank and the IMF in Africa*, 2004, Halifax Initiative Coalition Report, www.halifaxinitiative.org/updir/ImpoverishingAContinent.pdf.

Boaventura de Sousa Santos, "*The World Social Forum and the Global Left, Focus on Trade: Special Issue on the World Social Forum 136*", 2008, Retrieved January 28. http://www.focusweb.org/focus-on-trade-number-136-january-2008.html? Itemid=1.

Cândido Grzybowski, "The World Social Forum: Reinventing Global Politics", *Global Governance*, 2006, Vol.12.

Chantal Mouffe, "Deliberative Democracy or Agonistic Pluralism?" *Social Research*, 1999, Vol.66.

Chico Whitaker, "The World Social Forum: Towards a New Politics?" *Presentation at World Social Forum Panel*, Porto Alegre, Brazil, 2005.

Chloè Keraghel and Jai Sen, "Explorations in Open Space, The World Social Forum and Cultures of Politics", *International Social Science Journal*, 2004, Vol.56.

Chris Nineham and Alex Callinicos, "*Critical Reflections on the Fifth World Social Forum*", Woods Hole, 2005. MA: Znet. www. zmag. org/content/print _ article. cfm? itemID = 7197&sectionID=1.

Christoph Haug, "Democracy in Movements: Analysing Practices of Decision-making Within the European Social Forums Process Using the Public Arena Model", Paper prepared for the Cortona Colloquium 2006 on*Cultural Conflicts, Social Movements and New Rights: A European Challenge.*held from 20-22 October 2006 in Cortona, Italy.

Christoph Haug, "Meta-Democracy? Practices of Public Decision-making in the Preparatory Process for the European Social Forum 2006", Paper prepared for *the* ECPR Joint Sessions Workshop "*Democracy in Movements. Conceptions and Practices of Democracy in Contemporary Social Movements*", held 7-12 May 2007 in Helsinki.

Christoph Haug, "Organizing Spaces: Meeting Arenas as a Social Movement Infrastructure Between Organization, Network, and Institution", *Organization Studies*, 2013, Vol.34, No.5-6.

David Schlosberg, "Reconceiving Environmental Justice: Global Movements and Political Theories", *Environmental Politics*, 2004, Vol.13, No.3.

Fatma Jabberi, "Spaces of dialogue? The Case of the World Social Forum Tunis 2013 from the Perspective of Young", *Local volunteers Global Studies of Childhood*, 2015, Vol.5.

Franklin D Rothman and Pamela Oliver, "From Local to Global: The Anti-Dam Movement in Southern Brazil(1979–1992)", *Mobilization*, 1999, Vol.4.

Garmany Jeff, Flaxis Bessa Maia, "Considering Space, Politics, and Social Movement: An Interview with JooPedro Stedile, a Leader within Brazil's O Movimento dos Trabaohadores Rurais Sem Terra(the MST)", *Antipode*, 2008, Vol.40.

Geoffrey Pleyers, "The Social Forums as an Ideal Model of Convergence", *International Journal of the Social Sciences*, 2004, Vol.182.

Giuseppe Caruso, "Open Cosmopolitanism and the World Social Forum: Global Resistance, Emancipation, and the Activists' Vision of a Better World", *Globalizations*, 2017, Vol.14.

Giuseppe Caruso, "Organizing Global Civil Society: The World Social Forum 2004", A thesis submitted to the University of London in partial fulfilment of the requirements for the degree of Ph.D.in Development Studies, April 2007.

Göran Ahrne and Nils Brunsson, "Organization Outside Organizations: The Significance of Partial Organization", *Organization*, 2011, Vol.8.

Hebe De Bonafini, "Reinventing Left Politics: Toward a Socialist Politics for the Second Globalization", *Transnational Alternatives*, 2002, www.tni.org./tat/.

Horace Campbell, "Echoes from Tunisia and Egypt: Revolutions without Self – Proclaimed Revolutionaries", *Pambazuka News* 515, 2011, pambazuka.org/en/category/features/70670.

Immanuel Wallerstein, "The World Social Forum Still Matters", *Commentary No.* 436, 2016.November 1.http://iwallerstein.com/the-world-social-forum-still-matters/.

Isabelle Biagiotti, "The World Social Forums. AParadoxical Application of Participatory Doctrine", *International Social Science Journal*, 2004, Vol.56.

Jackie Smith, "The Struggle for Global Society in a World System", *Public Sociologies Essay*, *Social Forces*, 2005, Vol.83.

Jai Sen, "The Power of Civility", *Development Dialogue*, 2007, Vol.49.

Jan Rocha, "Cutting the Wire: The Landless Movement in Brazil", *Current History*, February 2003.

Janet Conway, "Reading Nairobi: Place, Space, and Difference at the 2007 World Social Forum", *Societies Without Borders*, 2008, Vol.3.

José María Ramos, Alternative Futures of Globalisation: A Socio – Ecological Study of World Social Forum Process, *Doctor Degree*, May 2010.

José Seoane and Taddei Emilio, "From Seattle to Porto Alegre: The Anti-neoliberal Globalization Movement", *Current Sociology*, 2002, Vol.50, No.1.

Karen Buckley, "Space, Social Relations, and Contestation: Transformative Peacebuilding and World Social Forum Climate Spaces", *Antipode*, 2017, Vol.00, No.0.

Karl E.Weick, "Educational Organizations as Loosely Coupled Systems", *Administrative Science Quarterly* 21 , 1976, No.1.

Marc Becker, "Hugo Chavez Returns to the World Social Forum", www. yachana. org/reports/wsf5/chavez.html, accessed December 7, 2006.

Marc Becker, "World Social Forum", *Peace and Change*, 2007, Vol.32, No.2.

Michal Osterweil, "A Cultural-Political Approach to Reinventing the Political", *International Social Science Journal* 56, 2004, No.182.

Nancy Fraser, "Reframing Justice in a Globalizing World", *New Left Review*, 2005, Vol.36.

Pablo Iglesias Turrión and Sara López Martín, "The Autonimous Singal. Political identity and collective action of the autonomous spaces at the European Social Forumin London 2004", Paper Presented at the Social Movements Conference *Alternative Futures and Popular Protest*, Manchester Metropolitan University, Manchester, U.K, 30th March 1st April 2005.

Paul Routledge, Andrew Cumbers, and Corinne, "Nativel Grassrooting Network Imaginaries: Relationality, Power, and Mutual Solidarity in Global Justice Networks", *Environment and Planning A* 39, 2007, Vol.11.

Peter N.Funke, "The World Social Forum: Social Forums as Resistance Relays", *New Political Science*, 2008, Vol.30, No.4.

Peter Waterman, "The Call of Social Movement", *Antipode*, Sep, 2002, Vol.34, No.4.

Peter. Waterman, "What's Left Internationally? Institute of Social Studies", *The Hague*, *Working Series* 362, 2002, http://groups/yahoo.com/groups/GoSoDia4.

Robert W. Mcchesney, "Noam Chomsky and the Struggle against Neoliberalism", *Monthly Review*, 1999, Vol.50, No.11.

Roland Bleiker, "Activism after Seattle: Dilemmas of the Anti-globalisation Movement", *Pacifica Review*, October 2002, Vol.14, No.3.

Saqib Saeed, Markus Rohde & Volker Wulf, "Analyzing Political Activists' Organization Practices: Findings from a Long Term Case Study of the European Social Forum", *Computer Supported Cooperative Work*, 2011, Vol.20.

Stephanie Lee Mudge, "The State of the Art: What Is Neo-liberalism?", *Socio-Economic Review*, 2008, No.6.

Steven Erlanger, "Bush's Move on ABM Pact Gives Pause to Europeans", *New York Times*, December 13, 2001.

T. Hayden, "Post-Marx From Mumbai", Downloaded from http://www.altemet.0rg/st0ry/l 7675/.

Teivo Teivaine, "The World Social Forum and Global Democratisation: Learning from Porto Alegre", *Third World Quarterly*, 2002, Vol.23, No.4.

Terry Gibbs, "Another World is Coming", *NACLA Report on the Americas*, Vol.36, No.5, March/April, 2003.

"Venezuela's Chavez Closes World Social Forum with Callto Transcend Capitalism", January 31, 2005. http://www.venezuelanalysis.com/news.php? newsno=1486.

Thomas Pogge, "Cosmopolitanism and Sovereignty", *Ethics*, 1992, Vol.103, No.1.

Thomas Ponniah, *Interview for the Project Voices from Mumbai*, 2004, http://www.voices-frommumbai.webhop.org.

Véronique Rioufol, "Approaches to Social Change in Social Forums: Snapshots of Recompositions in Progress", *International Social Science Journal*, 2004, Vol.56, Iss.182.

Walden Bello, "World Social Forum at the Crossroads", Retrieved January 28, 2008, http://www.openspaceforum.net/twiki/tiki-read_article.php? articleId=418.

William K. Carroll, "Crisis, Movements, Counter-Hegemony: In Search of the New", *Interface*, 2010, Vol.2, No.2.

Outcomes of Convergence Assemblies at the WSF 2015, https://fsm2015.org/en/dossier/2015/04/08/outcomes-convergence-assemblies.

World Social Forum 2018, "*Between Standstill and Renewal*", https://www.fes.de/en/iez/global-policy-and-development/articles-in-global-policy-and-development/world-social-forum-2018-between-standstill-and-renewal/.2018-03-14.

World Social Forum, *Building Resistance*, *Mobilizing people: Program of Event and Activities*, 2005, p. 5. Retrieved October 21, 2007, http://www.foei.org/en/wsf/wsf_program.pdf/view.

WSF 2011, "*Guiding Principles for Organizing WSF Events*", http://openfsm.net/projects/ic-methodology/metcom-principiosguias-versao2011-en/#_Toc304497698.

WSF, *Charter of Principles*, 2001, June10. http://www.forumsocialmundial.org.br/main.

php？id_menu＝4&cd_language＝2.

Zofeen T Ebrahim，*WSF Karachi Ends：The First Step Has Been Made*，http：//www.ips-terraviva.net/tv/karachi/viewstory.asp？idnews＝609.

后　记

　　本书是我承担的国家社会科学基金年度一般项目《全球左翼运动中的世界社会论坛研究》(14BKS067)的最终成果。

　　自1999年西雅图风暴以来,反对新自由主义全球化的抗议运动就因成为国际社会一道风景而备受关注,但在此抗议过程中不断成长与发展起来的世界社会论坛,由于其基本上是一年一次(偶尔间隔一年)召开,并没有引起国内学界的过多关注与研究。本书的目的在于抛砖引玉,意图在全球左翼运动的大背景下,通过对世界社会论坛产生、运作、意义、问题、挑战等问题的研究,展示世界社会论坛的全貌,向国内学者与青年学生提供一个了解世界社会论坛的窗口。

　　课题的完成离不开相关专家的指导。北京大学的郇庆治教授、山东大学的崔桂田教授、南京师范大学的王永贵教授、山东师范大学的高继文教授、王慧媞教授等在课题立项后的开题论证会中,针对课题研究中应该注意的问题均给出了十分中肯的意见与建议,为课题的顺利开展进行了细致的指导。值此课题最终成果付梓之际,特向课题研究过程中给予帮助与支持的各位专家学者表示感谢!

　　限于本人学术水平,书中肯定还存在许多不足以及待完善的地方,恳请专家、学者指正,在以后的研究中我将不断充实与完善。

刘　颖

2020 年 11 月于济南

策划编辑：李　航
责任编辑：孔　欢　李　航
封面设计：石笑梦
封面制作：姚　菲
版式设计：胡欣欣
责任校对：梁　悦

图书在版编目（CIP）数据

全球左翼运动中的世界社会论坛研究/刘颖 著. —北京：人民出版社，2021.5
ISBN 978－7－01－023116－7

Ⅰ. ①全…　Ⅱ. ①刘…　Ⅲ. ①左翼文化运动-研究　Ⅳ. ①I206.6

中国版本图书馆 CIP 数据核字（2021）第 018199 号

全球左翼运动中的世界社会论坛研究
QUANQIU ZUOYI YUNDONG ZHONG DE SHIJIE SHEHUI LUNTAN YANJIU

刘颖 著

人民出版社 出版发行
（100706　北京市东城区隆福寺街 99 号）

环球东方（北京）印务有限公司印刷　新华书店经销

2021 年 5 月第 1 版　2021 年 5 月北京第 1 次印刷
开本：710 毫米×1000 毫米 1/16　印张：22
字数：300 千字

ISBN 978－7－01－023116－7　定价：78.00 元

邮购地址 100706　北京市东城区隆福寺街 99 号
人民东方图书销售中心　电话（010）65250042　65289539